Zu diesem Buch

P. D. James (eigtl. Phyllis White), geboren 1920 in Oxford, die unter ihrem Mädchennamen schreibt, war in einer Krankenhausverwaltung tätig und mit einem britischen Arzt verheiratet. So lernte sie das Milieu kennen, in dem zwei ihrer berühmten Krimis spielen: «Eine Seele von Mörder» (rororo Nr. 4306) und «Tod im weißen Häubchen» (rororo Nr. 4698). Nach dem Tod ihres Mannes arbeitete sie überdies von 1968 bis 1980 in der Kriminalabteilung des britischen Innenministeriums. Mit ihren Kriminalromanen erwarb sie sich in den anspruchsvollen angelsächsischen Ländern große Anerkennung. «Im Reich des Krimis regieren die Damen», schrieb die «Sunday Times» in Anspielung auf Agatha Christie und Dorothy L. Sayers, «ihre Königin aber ist P. D. James.»

In der Reihe der rororo-Taschenbücher liegen außerdem vor: «Tod eines Sachverständigen» (Nr. 4923), «Der schwarze Turm» (Nr. 5371) und «Ein unverhofftes Geständnis» (Nr. 5509).

P. D. James

Ein reizender Job für eine Frau

Roman

Aus dem Englischen
von Wolfdietrich Müller

Rowohlt

Die Originalausgabe erschien 1972
im Verlag Faber & Faber Ltd., London,
unter dem Titel «An Unsuitable Job for a Woman»
Umschlaggestaltung Susanne Müller (Foto: Mauritius/Ace)

84.–89. Tausend Februar 1994

Veröffentlicht im Rowohlt Taschenbuch Verlag GmbH,
Reinbek bei Hamburg, Februar 1984

Satz Sabon (Linotron 404)
Gesamtherstellung Clausen & Bosse, Leck
Printed in Germany
890-ISBN 3 499 15298 3

Für Jane und Peter, die zwei meiner Personen freundlicherweise erlaubten, in der Norwich Street 57 zu wohnen.

Vorbemerkung der Verfasserin

Ein Kriminalschriftsteller hat auf Grund seines unerfreulichen Handwerks die Pflicht, in jedem Buch wenigstens eine höchst verwerfliche Person zu schaffen, und es ist vielleicht unvermeidlich, daß ihre blutigen Verbrechen von Zeit zu Zeit in die Behausungen der Gerechten eindringen. Ein Autor, dessen handelnde Personen ihre Tragikomödie in einer alten Universitätsstadt aufzuführen belieben, steht vor einer besonderen Schwierigkeit. Er kann die Stadt natürlich Oxbridge nennen, kann nach unwahrscheinlichen Heiligen benannte Colleges erfinden und seine Personen auf den Camsis schicken, um Boot zu fahren, aber dieser ängstliche Kompromiß verwirrt nur gleichermaßen Akteure, Leser und den Autor selbst, mit dem Ergebnis, daß keiner genau weiß, wo er sich befindet, und zwei Gemeinden statt einer Gelegenheit finden, gekränkt zu sein.

Den größten Teil dieser Geschichte habe ich ohne Bedenken in Cambridge angesiedelt, einer Stadt, in der unstreitig Polizisten, Untersuchungsrichter, Ärzte, Studenten, Collegebedienstete, Blumenverkäufer, Universitätslehrer, Naturwissenschaftler und zweifellos sogar pensionierte Majore leben und arbeiten. Keiner von ihnen hat meines Wissens die geringste Ähnlichkeit mit seinem Gegenstück in diesem Buch. Alle Personen, auch die unerfreulichsten, sind frei erfunden; die Stadt ist es zum Glück für uns alle nicht.

P. D. J.

1. Kapitel

Am Morgen von Bernie Prydes Tod – oder vielleicht am Morgen danach, denn Bernie starb aus freiem Willen und hielt es nicht für wert, die mutmaßliche Zeit seines Hinscheidens mitzuteilen –, an jenem Morgen wurde Cordelia wegen einer Betriebsstörung der Bakerloo Line vor Lambeth North aufgehalten und kam eine halbe Stunde zu spät ins Büro. Sie kam aus dem U-Bahnhof Oxford Circus herauf in die strahlende Junisonne, eilte an den ersten Käufern vorbei, die bei Dickins & Jones die Auslage prüften, tauchte in den schrillen Lärm der Kingly Street und schlängelte sich zwischen dem verstellten Bürgersteig und den zahllosen glänzenden Autos und Lieferwagen durch, die die schmale Straße verstopften. Die Eile, das wußte sie, war unsinnig, ein Symptom ihrer zwanghaften Vorstellung von Ordnung und Pünktlichkeit. Es waren keine Verabredungen vorgemerkt, kein Klient wartete auf ein Gespräch, es gab keinen unerledigten Fall, nicht einmal ein Schlußbericht mußte geschrieben werden. Auf Cordelias eigenen Vorschlag hin waren sie selbst und Miss Sparshott, die Aushilfsschreibkraft, zur Zeit damit beschäftigt, Informationen über das Büro an sämtliche Londoner Anwälte in Umlauf zu bringen in der Hoffnung, Kundschaft anzuziehen; Miss Sparshott saß vermutlich jetzt über dieser Arbeit, ließ ihre Augen immer wieder zu ihrer Armbanduhr schweifen und hämmerte ihren Ärger über jede einzelne Minute, die Cordelia bereits zu spät war, aus sich heraus. Sie war eine reizlose Frau, mit Lippen, die sie stets zusammenpreßte, als wolle sie ihre vorstehenden Zähne daran hindern, aus dem Mund zu springen, einem fliehenden Kinn mit einem einzelnen starken Haar, das genauso schnell wieder nachwuchs, wie es ausgezupft wurde, und blondem, in steife, enge Wellen gelegtem Haar. Dieses Kinn und dieser Mund erschienen Cordelia als die leibhaftige Widerlegung des Satzes, daß alle Menschen gleich geboren seien, und sie versuchte von Zeit zu Zeit, Miss Sparshott gern zu haben und Mitleid mit ihrem Leben zu empfinden, das sie in Wohnschlafzimmern führte und das sich in Fünf-Penny-Stükken, mit denen der Gasofen gefüttert wurde, bemaß, ein Leben, umgrenzt von Kappnähten und Handgesäumtem. Denn Miss Sparshott war eine geschickte Schneiderin und eifrige Besucherin der von der Stadt veranstalteten Abendkurse. Ihre Kleider waren schön gearbeitet, aber so zeitlos, daß sie nie wirklich in Mode waren; schlichte Röcke in Grau und Schwarz, gleichsam Übungen, wie man eine Falte näht oder einen Reißverschluß einsetzt; Blusen mit Männerkragen und Umschlagmanschetten in faden Pastelltönen, auf denen sie ohne jeden Geschmack ihren Modeschmuck verteilte; knifflig geschnittene Kleider, die genau in der richtigen Länge umgenäht waren, um ihre unschönen Beine und plumpen Fesseln zu unterstreichen.

Cordelia hatte keine schlimme Vorahnung, als sie die Haustür aufstieß, die zur Bequemlichkeit der verschwiegenen und geheimnisvollen Mieter und ihrer ebenso geheimnisvollen Besucher immer nur eingeklinkt war. Die neue Bronzetafel links der Tür glänzte hell in der Sonne und hob sich ungehörig von dem verblaßten, schmutzverschmierten Anstrich ab. Cordelia warf einen kurzen, anerkennenden Blick darauf.

PRYDES DETEKTIVBÜRO
INH.: BERNARD G. PRYDE – CORDELIA GRAY

Cordelia hatte ein paar Wochen lang ihre ganze Überredungskunst aufbringen müssen, bis sie Bernie geduldig und taktvoll davon überzeugt hatte, daß es unpassend wäre, seinem Namen die Worte «Kriminalbeamter a. D.» anzufügen oder ihrem ein «Miss» voranzustellen. Sonst hatte es wegen der Tafel kein Problem gegeben, da Cordelia keine besonderen Qualifikationen oder einschlägigen Erfahrungen in die Beteiligung eingebracht hatte und in der Tat auch kein anderes Kapital als ihren zierlichen, zweiundzwanzig Jahre alten Körper, eine beachtliche Intelligenz, die Bernie, wie sie glaubte, gelegentlich eher verwirrend als bewundernswert fand, und eine halb kritische, halb mitleidige Zuneigung zu Bernie selbst. Es war Cordelia sehr früh klargeworden, daß sich das Leben irgendwie undramatisch, aber endgültig gegen ihn gewandt hatte. Sie erkannte die Zeichen. Bernie erwischte nie den begehrten Platz links vorne im Bus; er konnte nie die Aussicht von einem Zugfenster aus bewundern, ohne daß sie prompt von einem anderen Zug verdeckt wurde; das Brot, das er fallen ließ, fiel stets mit der bestrichenen Seite nach unten; der Mini, der ziemlich zuverlässig war, wenn sie ihn fuhr, blieb bei Bernie an den belebtesten und ungünstigsten Kreuzungen stehen. Manchmal fragte sie sich, ob sie nicht freiwillig sein ganzes

Pech mit hingenommen hatte, als sie in einem Anfall von Depression oder perversem Masochismus auf sein Angebot eingegangen war. Gewiß hielt sie sich niemals für stark genug, es zu ändern.

Das Treppenhaus roch wie immer nach abgestandenem Schweiß, nach Möbelpolitur und Desinfektionsmitteln. Die Wände waren dunkelgrün und immer feucht, ganz gleich zu welcher Jahreszeit, als schieden sie einen Gifthauch verzweifelter Ehrbarkeit und Resignation aus. Die Treppe mit ihrem reichverzierten schmiedeeisernen Geländer war mit rissigem und fleckigem Linoleum belegt, das von dem Hausbesitzer nur dann, wenn sich ein Mieter beklagte, in den verschiedensten unpassenden Farben geflickt wurde. Das Büro befand sich im dritten Stock. Cordelia hörte kein Schreibmaschinengeklapper, als sie eintrat, und sie sah, daß Miss Sparshott dabei war, ihre Maschine zu reinigen, eine altertümliche Imperial, die ein ständiger Anlaß zu berechtigter Klage war. Als Miss Sparshott aufsah, war ihr Gesicht vor Groll rot gefleckt, ihr Rücken steif wie die Leertaste.

«Ich war schon gespannt, wann Sie wohl aufkreuzen, Miss Gray. Ich mache mir Gedanken wegen Mr. Pryde. Ich meine, er muß im hinteren Büro sein, aber man hört nichts von ihm, überhaupt nichts, und die Tür ist abgeschlossen.»

Cordelia überkam ein Kältegefühl, als sie am Türgriff rüttelte.

«Warum haben Sie nichts unternommen?»

«*Was* unternommen, Miss Gray? Ich habe an die Tür geklopft und laut gerufen. Es war nicht meine Aufgabe, das zu tun, ich bin nur die Aushilfsschreibkraft, ich habe hier keine Vollmachten. Ich wäre in eine sehr peinliche Lage geraten, wenn er geantwortet hätte. Schließlich hat er wohl das Recht, sich in seinem Büro aufzuhalten. Außerdem bin ich nicht einmal sicher, ob er da ist.»

«Er muß da sein. Die Tür ist abgeschlossen, und sein Hut ist hier.»

Bernies Schlapphut, ein Komödiantenhut, mit seinem ringsum aufgeschlagenen fleckigen Rand, hing an dem gewundenen Hutständer, ein Symbol hoffnungsloser Hinfälligkeit. Cordelia suchte in ihrer Umhängetasche nach ihrem eigenen Schlüssel. Wie üblich war das, was sie am dringendsten brauchte, auf den Grund der Tasche gerutscht. Miss Sparshott begann mit den Tasten zu klappern, als wollte sie sich vor einem bevorstehenden Schock schützen. Durch den Lärm hindurch sagte sie, wie zu ihrer Verteidigung:

«Auf Ihrem Tisch liegt ein Brief.»

Cordelia riß ihn auf. Er war kurz und klar. Bernie hatte sich immer knapp ausdrücken können, wenn er etwas zu sagen hatte:

Es tut mir leid, Partner, aber man hat mir gesagt, es ist Krebs, und ich mache mich auf dem bequemeren Weg davon. Ich habe gesehen, was die Behandlung den Menschen antut, ich werde mich keiner unterziehen. Ich habe mein Testament gemacht, es liegt bei meinem Anwalt. Du findest seinen Namen im Schreibtisch. Ich habe Dir das Geschäft vermacht. Alles, einschließlich des ganzen Inventars. Viel Glück und danke.

Darunter hatte er mit der Unbesonnenheit des Verurteilten eine letzte rücksichtslose Bitte gekritzelt:

Wenn Du mich lebend findest, rufe um Himmels willen nicht gleich um Hilfe. Ich verlasse mich ganz auf Dich, Partner. Bernie.

Sie schloß die Tür zum hinteren Büro auf, ging hinein und zog die Tür sorgfältig hinter sich zu. Mit Erleichterung sah sie, daß es nicht notwendig war zu warten. Bernie war tot. Er lag über dem Schreibtisch, als sei er in äußerster Erschöpfung zusammengebrochen. Seine geballte rechte Hand hatte sich halb geöffnet, und ein aufgeklapptes scharfes Rasiermesser war über die Schreibtischplatte gerutscht, hatte einen dünnen Blutfaden, wie eine Schneckenspur, hinterlassen und war in unsicherem Gleichgewicht am äußeren Rand des Tisches liegen geblieben. Sein linkes Handgelenk lag, von zwei parallelen Schnitten geritzt, mit der Innenseite nach oben in der Emailschüssel, die Cordelia zum Geschirrabwaschen benutzte. Bernie hatte sie mit Wasser gefüllt, aber jetzt war sie bis an den Rand voll von einer blassen rötlichen Flüssigkeit, die widerlich süß roch und durch die seine Finger, die wie zum Gebet gebogen und weiß und zart wie die eines Kindes waren, glatt wie Wachs schimmerten. Blut und Wasser waren auf Schreibtisch und Boden übergeschwappt und hatten die prunkvolle Brücke durchnäßt, die Bernie vor kurzem gekauft hatte in der Hoffnung, die Besucher zu beeindrucken, die aber, wie Cordelia insgeheim meinte, nur auf die Armseligkeit aller anderen Dinge im Büro aufmerksam machte. Einer der Schnitte war zaghaft und oberflächlich, aber der andere war bis auf den Knochen gegangen, und die gespaltenen Ränder der Wunde, aus der alles Blut ausgetreten war, klafften säuberlich auseinander wie auf einer Illustration in einem anatomischen Lehrbuch. Cordelia erinnerte sich, wie Bernie einmal die Entdeckung eines Selbstmordversuchs, als er zum erstenmal als junger Polizist seine Runde machte, beschrieben hatte. Es war ein alter Mann gewesen, der im Eingang eines Warenhauses kauerte und sich das Handgelenk mit einer zerbrochenen Flasche zerfetzt hatte, später aber in ein ungeliebtes Halbleben zurückgeholt worden war, weil ein großer Blutpfropfen die durchschnittenen Venen blockiert hatte. Bernie hatte sich daran erinnert und Vorsorge getroffen, um sicherzustellen, daß sein Blut nicht gerinnen würde. Er hatte, wie sie bemerkte, noch eine andere Vorsichtsmaßnahme ergriffen; rechts auf dem Schreibtisch stand eine leere Teetasse, die, in der sie ihm seinen Nachmittagstee brachte, und an ihrem Rand und an der Seite klebten Körnchen eines Pulvers, Aspirin vielleicht oder ein Barbiturat. Ein getrockneter Schleimtropfen von gleicher Farbe hing an seinem Mundwinkel. Sein Mund war gespitzt und stand halb offen wie bei einem schlafenden Kind, launisch und verletzlich. Sie streckte ihren Kopf durch die Bürotür und sagte ruhig:

«Mr. Pryde ist tot; kommen Sie nicht herein. Ich rufe die Polizei von hier aus an.»

Die telefonische Nachricht wurde gelassen entgegengenommen; jemand würde vorbeikommen. Als sie neben dem Toten saß und wartete, fühlte Cordelia, daß sie irgendeine Geste des Bedauerns oder Trostes machen mußte, und legte ihre Hand auf Bernies Haar. Der Tod hatte bis jetzt noch keine Macht, diese kalten und nervenlosen Zellen zu verändern, und das Haar faßte sich rauh und unangenehm lebendig wie das eines Tieres an. Schnell zog sie ihre Hand wieder weg und berührte prüfend seine Schläfe. Die Haut war klebrig und sehr kalt. Das war der Tod; so hatte Vater sich angefühlt. Wie bei ihm war die Geste des Bedauerns auch hier sinnlos und unwichtig. Es gab im Tod keine stärkere Verbindung als im Leben.

Sie überlegte, wann Bernie genau gestorben war. Niemand würde es jemals wissen. Vielleicht hatte Bernie es selbst nicht gewußt. Doch es mußte, dachte sie, eine meßbare Sekunde in der Zeit gegeben haben, in der er aufgehört hatte, Bernie zu sein, und diese unwesentliche, aber peinlich unhandliche Masse aus Fleisch und Knochen geworden war. Wie seltsam, wenn ein Stückchen Zeit, das so wichtig für ihn war, ohne sein Wissen vorübergegangen wäre. Ihre zweite Pflegemutter, Mrs. Wilkes, hätte wohl gesagt, Bernie habe gewiß erfahren, daß es einen Augenblick unbeschreiblicher Herrlichkeit, leuchtender Türme, grenzenlosen Klingens, triumphierender Himmel gab. Arme Mrs. Wilkes! Als Witwe – ihr einziger Sohn war im Krieg gefallen und ihr kleines Haus war ständig erfüllt vom Lärm der Pflegekinder, die ihr Lebensunterhalt waren – hatte sie ihre Träume gebraucht. Sie hatte ihr Leben nach tröstlichen Maximen gelebt, die sie hortete wie Kohlenbrocken für den Winter. Cordelia dachte jetzt zum erstenmal seit Jahren an sie und hörte wieder die müde, entschlossen heitere Stimme: «Wenn der Herr bei seinem Weggang nicht hereinschaut, wird Er auf seinem Rückweg hereinschauen.» Nun, bei Bernie hatte er weder beim Gehen noch beim Kommen einen Besuch gemacht.

Es war seltsam, aber irgendwie typisch für Bernie, daß er seinen hartnäckigen und unbesiegbaren Optimismus bewahrt hatte, was das Geschäft anging, selbst wenn nichts in der Kasse war als ein paar Münzen für den Gaszähler, und doch die Hoffnung aufs Leben aufgegeben hatte, ohne sich auch nur zu wehren. Hatte er vielleicht im Unterbewußtsein erkannt, daß weder er noch das Büro eine wirkliche Zukunft hatten, und deshalb beschlossen, auf diese Art könne er Leben und Lebensunterhalt einigermaßen ehrenvoll aufgeben? Er hatte es wirksam, aber schmutzig getan, was bei einem ehemaligen Polizisten, der sich mit den Todesarten auskannte, um so mehr überraschte. Und dann begriff sie, warum er das Rasiermesser und Tabletten gewählt hatte. Die Waffe. Er hatte wirklich nicht den leichtesten Ausweg gewählt. Er hätte die Waffe benutzen können, aber er hatte gewollt, daß sie sie bekäme; er hatte sie ihr hinterlassen, zusammen mit den wackligen Aktenschränken, der antiquierten Schreibmaschine, dem kriminalistischen Handwerkszeug, dem Mini, seiner stoßfesten und wasserdichten Armbanduhr, dem blutgetränkten Teppich, dem peinlich großen Vorrat an Schreibpapier mit dem schmuckvollen Kopf *Prydes Detektivbüro – Wir bürgen für Qualität.* Das *ganze* Inventar; er hatte es unterstrichen. Bestimmt hatte er sie an die Waffe erinnern wollen.

Sie schloß die kleine Schublade zuunterst in Bernies Schreibtisch auf, zu der nur sie und er einen Schlüssel hatten, und zog sie heraus. Sie steckte immer noch in dem Beutel aus Wildleder mit dem Zugband, den sie dafür genäht hatte, mit drei extra verpackten Schuß Munition. Es war eine Pistole, eine halbautomatische .38er; sie hatte nie erfahren, wie Bernie dazu gekommen war, aber sie war sicher, daß er keinen Waffenschein besaß. Sie hatte sie nie als tödliche Waffe angesehen, vielleicht weil Bernies jungenhafte naive Vernarrtheit in die Pistole sie zu einem wirkungslosen Kinderspielzeug degradiert hatte. Er hatte sie gelehrt, ein – wenigstens theoretisch – achtbarer Schütze zu werden. Sie waren zum Üben tief in den Epping Forest gefahren, und ihre Erinnerung an die Waffe verband sich mit gesprenkelten Schatten und dem schweren Geruch modernden Laubes. Sie hatte immer noch die aufgeregten, abgehackten Befehle im Ohr. «Beuge deine Knie ein wenig. Füße auseinander. Arm ausstrecken. Leg jetzt die linke Hand an die Trommel, so daß du sie umschließt. Richte deine Augen aufs Ziel. Arm gerade, Partner, Arm gerade! Gut! Nicht schlecht; nicht schlecht; durchaus nicht schlecht.» – «Aber Bernie», hatte sie gesagt, «wir können sie nie abfeuern! Wir haben keinen Waffenschein.» Er hatte gelächelt, das listige, selbstzufriedene Lächeln dessen, der es besser weiß. «Falls wir jemals im Ernst schießen, dann nur, um unser Leben zu retten. In einem solchen Eventualfall ist die Frage des Scheines irrelevant.» Er war von diesem hochtrabenden Satz befriedigt gewesen und hatte ihn wiederholt und dabei sein schweres Gesicht wie ein Hund zur Sonne erhoben. Sie hätte gern gewußt, was er in seiner Phantasie gesehen hatte. Sie beide, wie sie in einem einsamen Moor hinter einem Findling kauerten, während die Kugeln den Granit peitschten und die rauchende Waffe von Hand zu Hand ging?

Er hatte gesagt: «Wir müssen sorgfältig mit der Munition umgehen. Nicht daß ich keine bekommen kann, natürlich …» Das Lächeln war finster geworden, als sei daran die Erinnerung an jene geheimnisvollen Verbindungen schuld, an jene allgegenwärtigen gefälligen Bekannten, die er nur aus ihrer Schattenwelt herbeirufen mußte.

Er hatte ihr also die Waffe hinterlassen. Sie war sein am höchsten geschätzter Besitz gewesen. Sie ließ sie, immer noch in der Hülle, in die Tiefen ihrer Umhängetasche gleiten. Es war gewiß unwahrscheinlich, daß die Polizei bei einem eindeutigen Selbstmordfall die Schreibtischschubladen durchsuchen würde, aber es konnte nicht schaden, kein Risiko einzugehen. Bernie hatte die Waffe für sie bestimmt, und sie würde sie nicht so einfach preisgeben. Mit der Tasche vor ihren Füßen setzte sie sich wieder neben der Leiche hin. Sie sprach ein kurzes, in der Klosterschule gelerntes Gebet an den Gott, von dem sie nicht wußte, ob er existierte für die Seele, an die Bernie nie geglaubt hatte, und wartete ruhig auf die Polizei.

Der erste Polizist, der ankam, war tüchtig, aber jung, noch nicht erfahren genug, um seinen Schock und Ekel angesichts dieses gewaltsamen Todes und sein Mißfallen, daß Cordelia so ruhig sein konnte, zu verbergen. Er blieb nicht lange im hinteren Büro. Als er herauskam, grübelte er über Bernies Nachricht, als könne eine sorgfältige Prüfung dem knappen Todesurteil einen verborgenen Sinn entlocken. Dann steckte er sie weg.

«Ich muß diese Nachricht vorerst behalten, Miss. Was hat er hier getrieben?»

«Er hat hier nichts getrieben. Das war sein Büro. Er war Privatdetektiv.»

«Und Sie haben für diesen Mr. Pryde gearbeitet? Sie waren seine Sekretärin?»

«Ich war seine Partnerin. So steht es auch in der Nachricht. Ich bin zweiundzwanzig. Er war der Seniorchef; er hat die Firma gegründet. Vorher hat er bei der Londoner Kriminalpolizei unter Kriminalrat Dalgliesh gearbeitet.»

Kaum hatte sie diese Worte ausgesprochen, bedauerte sie es. Sie waren eine zu versöhnliche, zu naive Verteidigung des armen Bernie. Und der Name Dalgliesh sagte ihm nichts, wie sie sah. Warum auch? Er war ein ganz gewöhnlicher uniformierter Polizeibeamter dieses Stadtbezirks. Man konnte nicht erwarten, daß er wußte, wie oft sie mit höflich verheimlichter Ungeduld Bernies wehmütigen Erinnerungen an seine Zeit bei der Kriminalpolizei, bis er als dienstuntauglich entlassen wurde, oder seinen Lobeshymnen auf Adam Dalglieshs Tugenden und Weisheit zugehört hatte. «Der Chef – das heißt, damals war er einfacher Kommissar – sagte uns immer ... Der Chef beschrieb einmal einen Fall ... Wenn es eines gab, was der Chef überhaupt nicht vertragen konnte ...»

Manchmal hatte sie sich gefragt, ob dieses Vorbild tatsächlich existierte oder ob es, unfehlbar und allmächtig, Bernies Hirn entsprungen war, ein notwendiger Held und Mentor. Es hatte sie wie ein Überraschungsschock getroffen, als sie später ein Zeitungsbild von Oberkriminalrat Dalgliesh gesehen hatte, ein dunkles, zynisches Gesicht, das sich bei einem näheren, prüfenden Blick in die Vieldeutigkeit eines Musters aus winzigen Punkten aufgelöst und nichts preisgegeben hatte. Nicht alle Weisheit, an die sich Bernie so zungenfertig erinnerte, gehörte zu dem empfangenen Evangelium. Sie vermutete, daß vieles seiner eigenen Philosophie entstammte. Sie dagegen hatte sich eine persönliche Litanei der Verachtung ausgedacht: hochnäsig, überheblich; sarkastischer Chef; was für eine Weisheit, überlegte sie, hätte er parat, um Bernie jetzt zu trösten?

Der Polizist hatte ein paar diskrete Telefongespräche geführt. Er durchstöberte jetzt das vordere Büro und bemühte sich kaum, ein erstauntes Naserümpfen über die schäbigen, gebraucht gekauften Möbel zu verbergen, über den ramponierten Aktenschrank, in dessen einer halboffenen Schublade eine Teekanne und Becher zu sehen waren, über das abgenutzte Linoleum. Miss Sparshott saß starr an der altmodischen Schreibmaschine und staunte ihn mit fasziniertem Ekel an. Schließlich sagte er:

«Wie wär's, wenn Sie sich eine schöne Tasse Tee machten, während ich auf den Polizeiarzt warte? Man kann doch irgendwo Tee kochen?»

«Im Flur hinten ist eine kleine Teeküche, die wir uns mit den anderen Mietern auf dieser Etage teilen. Aber Sie brauchen doch gewiß keinen Arzt? Bernie ist tot!»

«Er ist amtlich nicht tot, bis ein approbierter praktischer Arzt es bestätigt.» Er machte eine Pause. «Es ist einfach eine Vorsichtsmaßnahme.»

Wogegen? fragte sich Cordelia – göttliches Gericht, Verdammnis, Verfall? Der Polizist ging wieder in das hintere Büro. Sie folgte ihm und fragte leise:

«Können Sie nicht Miss Sparshott gehen lassen? Sie kommt von einer Sekretärinnenvermittlung, und wir müssen sie stundenweise bezahlen. Sie hat noch nichts gearbeitet, seit ich hier bin, und ich glaube nicht, daß sie jetzt noch etwas tun wird.»

Ihre offensichtliche Gefühllosigkeit, an so eine Nebensache wie die Bezahlung der Sekretärin zu denken, während sie auf Armeslänge neben Bernies Leiche stand, schockierte ihn ein wenig, wie sie sah, aber er sagte ziemlich bereitwillig:

«Ich will nur kurz mit ihr reden, dann kann sie gehen. Das ist kein angenehmer Ort für eine Frau.» Sein Ton deutete an, daß er das auch nie gewesen war.

Danach beantwortete Cordelia im vorderen Büro die unvermeidlichen Fragen.

«Nein, ich weiß nicht, ob er verheiratet war. Ich habe das Gefühl, daß er geschieden war; er sprach nie von einer Frau. Er wohnte in der Cremona Road 15, S. E. 2. Er hat mir dort ein Wohnschlafzimmer überlassen, aber wir haben nicht viel voneinander gesehen.»

«Ich kenne die Cremona Road; meine Tante hat dort gewohnt, als ich klein war – eine von den Straßen beim Reichskriegsmuseum.»

Die Tatsache, daß er die Straße kannte, schien ihn zu beruhigen und menschlicher zu machen. Er sann glücklich einen Augenblick darüber nach.

«Wann haben Sie Mr. Pryde zum letztenmal lebend gesehen?»

«Gestern ungefähr um fünf Uhr, nachdem ich zeitig mit der Arbeit aufgehört hatte, um ein Paar Einkäufe zu machen.»

«Ist er letzte Nacht nicht nach Hause gekommen?»

«Ich habe ihn hin und her gehen gehört, aber gesehen habe ich ihn nicht. Ich habe einen Gaskocher in meinem Zimmer, und ich koche gewöhnlich da, es sei denn, ich weiß, daß er weg ist. Ich habe ihn heute morgen nicht gehört, was ungewöhnlich ist, aber ich dachte, er läge vielleicht noch im Bett. Das kommt manchmal vor, wenn es sein Krankenhausmorgen ist.»

«War heute sein Krankenhausmorgen?»

«Nein, er hatte letzten Mittwoch einen Termin, aber ich dachte, sie hätten ihn vielleicht gebeten, noch einmal hinzukommen. Er muß das Haus sehr spät letzte Nacht oder heute ganz früh, bevor ich aufwachte, verlassen haben. Ich habe ihn nicht gehört.»

Es war unmöglich, das fast zur fixen Idee gewordene Feingefühl zu beschreiben, mit dem sie sich aus dem Weg gingen, versuchten, sich nicht aufzudrängen, das Eigenleben des andern achteten, nach dem Geräusch von Spülkästen lauschten, auf Zehenspitzen gingen, um festzustellen, ob die Küche oder das Bad nicht besetzt war. Sie hatten sich eine unendliche Mühe gegeben, sich nicht gegenseitig lästig zu fallen. Obgleich sie im selben kleinen Reihenhaus wohnten, hatten sie sich kaum außerhalb des Büros gesehen. Sie fragte sich, ob Bernie beschlossen hatte, sich in seinem Büro umzubringen, damit das kleine Haus unbefleckt und ungestört bliebe.

Endlich war das Büro leer, und sie war allein. Der Polizeiarzt hatte seine Tasche geschlossen und war gegangen; Bernies Leiche war, von vielen Augen aus den halb geöffneten Türen anderer Büros beobachtet, die enge Treppe hinuntergeschafft worden; der letzte Polizist war fort. Miss Sparshott war für immer gegangen, da ein gewaltsamer Tod eine noch schlimmere Beleidigung war als eine Schreibmaschine, die für eine geschulte Stenotypistin eine Zumutung darstellte, oder eine Waschgelegenheit, die ganz und gar nicht dem entsprach, was sie gewohnt war. Allein in der Leere und Stille, spürte Cordelia das Bedürfnis nach körperlicher Betätigung. Sie begann energisch das hintere Büro zu säubern, scheuerte die Blutflecken von Schreibtisch und Stuhl und rieb den feuchten Teppich trocken.

Um ein Uhr ging sie rasch in ihr Stammlokal. Es fiel ihr ein, daß es eigentlich keinen Grund mehr gab, im *Goldfasan* Stammgast zu bleiben, aber sie ging weiter, da sie es nicht fertigbrachte, jetzt schon Untreue zu zeigen. Sie hatte das Lokal und die Wirtin nie gemocht und sich oft gewünscht, Bernie würde ein Haus mehr in der Nähe finden, vorzugsweise eines mit einer großen vollbusigen Kellnerin mit einem Herz aus Gold. Das war jedoch ein Typ, vermutete sie, der sich eher in Romanen als im wirklichen Leben bewegte. Die um die Mittagszeit übliche Gesellschaft drängte sich an der Theke, und wie gewohnt führte Mavis mit ihrem leicht bedrohlichen Lächeln, ihrer Miene äußerster Ehrbarkeit dahinter die Aufsicht. Mavis zog sich dreimal am Tag um, änderte einmal jedes Jahr die Frisur, ihr Lächeln blieb immer gleich. Die beiden Frauen hatten sich nie leiden können, obwohl Bernie wie ein liebevoller alter Hund zwischen ihnen hin und her stolziert war und es bequem gefunden hatte, sie für dicke Freundinnen zu halten und das fast hörbare Knistern der Feinschaft nicht zu bemerken oder bewußt zu übergehen. Mavis erinnerte Cordelia an eine ihr aus der Kinderzeit bekannte Bibliothekarin, die die neuen Bücher aus Angst, sie könnten entliehen und beschmutzt werden, unter dem Schalter versteckt hatte. Vielleicht rührte Mavis' kaum unterdrückter Verdruß daher, daß sie gezwungen war, ihre Waren so auffällig auszustellen, daß sie ihre Gaben vor wachsamen Augen abmessen mußte. Sie schob auf Cordelias Bestellung hin ein kleines Glas Bier mit Limonade und eine Frikadelle über die Theke und sagte:

«Ich habe gehört, daß Sie die Polizei im Haus hatten.»

Cordelia betrachtete die gierigen Gesichter und dachte: Natürlich wissen sie davon; die Einzelheiten wollen sie hören; dann sollen sie es eben hören. Sie sagte:

«Bernie hat sich zweimal ins Handgelenk geschnitten. Beim erstenmal hat er die Pulsader nicht getroffen; beim zweitenmal hat er es geschafft. Er hat seinen Arm in Wasser gelegt, damit es besser blutet. Er hatte erfahren, daß er Krebs hat und konnte der Behandlung nicht ins Auge sehen.»

Das war etwas anderes, sie sah es. Die paar Männer um Mavis schauten einander an, dann wandten sie rasch die Augen ab. Gläser wurden auf dem Weg zum Mund plötzlich angehalten. Die Pulsader aufschneiden war etwas, was andere Leute eben taten, aber der drohende kleine Krebs mit seinen Scheren der Angst war in allen ihren Köpfen. Selbst Mavis sah aus, als sähe sie seine glänzenden Scheren zwischen ihren Gläsern lauern. Sie sagte:

«Sie werden sich wohl nach einer neuen Arbeit umsehen? Schließlich können Sie das Büro kaum auf eigene Faust weiterführen. Das ist doch kein Beruf für eine Frau.»

«Nicht anders, als hinter einer Theke zu arbeiten; man trifft alle möglichen Leute.»

Die zwei Frauen sahen sich an, und das Bruchstück eines lautlosen Zwiegesprächs fand zwischen ihnen statt, von beiden deutlich gehört und verstanden.

«Und denken Sie bloß nicht, daß die Leute jetzt, wo er tot ist, weiter Nachrichten für das Büro hier abgeben können.»

«Ich hatte nicht die Absicht, darum zu bitten.»

Mavis begann energisch ein Glas zu polieren, ohne dabei ihre Augen von Cordelias Gesicht abzuwenden.

«Ich kann mir nicht denken, daß Ihre Mutter es für gut hält, wenn Sie allein hier bleiben.»

«Ich hatte nur in der ersten Stunde meines Lebens eine Mutter, also brauche ich mir deswegen keine Sorgen zu machen.»

Cordelia sah sofort, daß die Bemerkung alle zutiefst bestürzte, und wunderte sich wieder einmal über die Fähigkeit älterer Menschen, von schlichten Tatsachen schockiert zu sein, wo sie doch fähig zu sein schienen, jede Menge boshafter oder anstößiger Ansichten hinzunehmen. Aber ihr Schweigen, voller Tadel, ließ sie wenigstens in Ruhe. Sie trug Glas und Essen zu einem Platz an der Wand und dachte ohne Rührseligkeit an ihre Mutter. Aus einer Kindheit voll Entbehrungen hatte sich ihr nach und nach eine Philosophie der Kompensation herausdestilliert. In ihrer Vorstellung hatte sie die Liebe für ein ganzes Leben in einer Stunde ohne Enttäuschungen und ohne Bedauern genossen. Ihr Vater hatte nie vom Tod ihrer Mutter gesprochen, und Cordelia hatte vermieden, ihm Fragen zu stellen, weil sie fürchtete zu hören, ihre Mutter habe sie nie in den Armen gehalten, nie das Bewußtsein wiedererlangt, vielleicht sogar nicht einmal erfahren, daß sie eine Tochter hatte. Dieser Glaube an die Liebe ihrer Mutter war eine Phantasie, die zu verlieren sie immer noch nicht riskieren konnte, obgleich die daraus geschöpfte Befriedigung mit jedem Jahr weniger notwendig und weniger real geworden war. Jetzt fragte sie im Geist ihre Mutter um Rat. Es war genau so, wie sie erwartet hatte: Ihre Mutter fand den Beruf durchaus geeignet für eine Frau.

Die kleine Gruppe an der Theke hatte sich wieder den Getränken zugewandt. Zwischen ihren Schultern konnte sie ihr Spiegelbild in dem Spiegel über der Theke sehen. Das Gesicht von heute sah nicht anders aus als das Gesicht von gestern: Dichtes hellbraunes Haar umrahmte Gesichtszüge, die aussahen, als habe ein Riese die eine Hand auf ihren Kopf und die andere unter ihr Kinn gelegt und das Gesicht ein wenig zusammengedrückt; große Augen, bräunlichgrün unter einem tiefen Pony; breite Backenknochen; ein weicher, kindlicher Mund. Ein Katzengesicht, dachte sie, aber auf eine leise Art hübsch zwischen den Spiegelbildern der bunten Flaschen und dem ganzen hellen Geglitzer von Mavis' Bar. Trotz seines jungen Aussehens konnte es ein geheimnisvolles, verschwiegenes Gesicht sein. Cordelia hatte frühzeitig Gelassenheit gelernt. Alle ihre Pflegeeltern, alle freundlich und wohlmeinend auf unterschiedliche Art, hatten eines von ihr verlangt: Sie sollte glücklich sein. Sie hatte rasch gelernt, daß sie riskierte, ihre Liebe zu verlieren, wenn sie sich unglücklich zeigte. Verglichen mit dieser frühen Übung im Versteckspielen waren alle späteren Täuschungen leicht gewesen.

Der Schnüffler schob sich zu ihr durch. Er setzte sich auf die Bank, und sein fettes Hinterteil in dem scheußlichen Tweed drückte sich an sie. Sie konnte den Schnüffler nicht ausstehen, obwohl er Bernies einziger Freund gewesen war. Bernie hatte erklärt, daß der Schnüffler ein Polizeispitzel war und ein recht gutes Auskommen hatte. Manchmal stahlen seine Freunde berühmte Bilder oder wertvollen Schmuck. Dann gab der Schnüffler, der entsprechend instruiert war, der Polizei einen Wink, wo die Beute zu finden war. Es gab eine Belohnung für den Schnüffler, die er natürlich später mit den Dieben teilen mußte, und eine Zahlung an den Detektiv, der schließlich den größten Teil der Arbeit getan hatte. Wie Bernie erklärte, kam die Versicherungsgesellschaft glimpflich davon, die Eigentümer bekamen ihren Besitz unbeschädigt zurück, die Diebe hatten nichts von der Polizei zu befürchten, und der Schnüffler und der Detektiv bekamen ihren Lohn. Das war das System. Cordelia war bestürzt gewesen, hatte aber nicht zu stark protestieren wollen. Sie ahnte, daß auch Bernie früher einige Spitzeldienste geleistet hatte, wenn auch nie mit so viel Geschick oder so lukrativen Ergebnissen.

Die Augen des Schnüfflers waren feucht, seine Hand um das Whiskyglas zitterte.

«Der arme alte Bernie, ich habe es auf ihn zukommen sehen. Er hat im letzten Jahr abgenommen, und er hat so grau ausgesehen, die Krebsfarbe, hat mein Vater immer dazu gesagt.»

Der Schnüffler wenigstens hatte es bemerkt; sie nicht. Bernie war ihr immer grau und krank aussehend vorgekommen. Ein feister, warmer Schenkel schob sich näher heran.

«Hat nie Glück gehabt, das arme Schwein. Bei der Kripo haben sie ihn gefeuert. Hat er Ihnen das gesagt? Kriminalrat Dalgliesh war es, damals noch Kommissar. Menschenskind, der konnte ein ganz schöner Schweinehund sein; keine Chance mehr für ihn, kann ich Ihnen sagen.»

«Ja, Bernie hat es mir gesagt», log Cordelia. Sie fügte hinzu: «Anscheinend war er nicht besonders verbittert darüber.»

«Hat ja wohl auch keinen Sinn, verbittert zu sein. Nimm, was kommt, das ist mein Motto. Ich nehme an, Sie sehen sich nach einer anderen Stelle um?»

Er sagte es sehnsüchtig, als würde ihr Auszug ihm das Büro zur Ausbeutung sichern.

«Noch nicht sofort», sagte Cordelia. «Ich will mir nicht gleich eine neue Stelle suchen.»

Sie hatte zwei Beschlüsse gefaßt: Sie würde Bernies Geschäft weiterführen, bis nichts mehr da wäre, um die Miete zu bezahlen, und sie würde nie mehr, so lange sie lebte, in den *Goldfasan* kommen.

Dieser Beschluß, das Geschäft weiterzuführen, überlebte die nächsten vier Tage – überlebte die Entdeckung des Mietbuches und des Mietvertrags, aus denen hervorging, daß das kleine Haus in der Cremona Road doch nicht Bernie gehört hatte und daß die Vermietung ihres Wohnschlafzimmers gesetzwidrig war, überlebte die Mitteilung des Bankleiters, daß Bernies Kontostand kaum für die Bezahlung des Begräbnisses ausreichen würde, und der Werkstatt, daß der Mini demnächst für eine Generalüberholung fällig war; überlebte das Aufräumen des Hauses in der Cremona Road. Überall stieß sie auf die traurigen Überbleibsel eines einsiedlerischen und schlecht organisierten Lebens.

Dosen mit Eintopf und Bohnen – hatte er nie etwas anderes gegessen? – zu einer sorgfältig geordneten Pyramide wie im Fenster eines Lebensmittelhändlers übereinandergestapelt; große Dosen von Metall- und Bodenpolitur, angebrochen, mit eingetrocknetem oder fest gewordenem Inhalt; eine Schublade mit alten Lumpen, als

Staubtücher gebraucht, aber steif durch die Mischung von Politur und Schmutz; ein voller Wäschekorb; dicke, wollene Hemdhosen, von der Maschinenwäsche verfilzt und am Zwickel braunfleckig – wie hatte er es ertragen können, sie der Entdeckung zu überlassen?

Sie ging täglich ins Büro, machte sauber, räumte auf, brachte die Akten wieder in Ordnung. Es kamen keine Anrufe und keine Kunden, und doch war sie immer beschäftigt. Da stand die gerichtliche Voruntersuchung an, bei der sie anwesend sein mußte, bedrückend in ihrer unparteiischen, fast langweiligen Förmlichkeit, in ihrem unvermeidlichen Urteil. Dann mußte sie Bernies Anwalt aufsuchen. Er war ein mutloser älterer Mann mit einem ungünstig gelegenen Büro nahe dem Bahnhof Mile End, der die Nachricht vom Tod seines Klienten mit kummervoller Resignation aufnahm, als sei es eine persönliche Beleidigung. Nach kurzem Suchen fand er Bernies Testament und starrte es verwirrt und mißtrauisch an, als sei es nicht das Schriftstück, das er vor kurzem aufgesetzt hatte. Er brachte es fertig, Cordelia den Eindruck zu vermitteln, daß er gemerkt habe, daß sie Bernies Geliebte gewesen war – warum sollte er ihr sonst das Geschäft hinterlassen haben? –, daß er aber ein Mann von Welt sei und sie trotz dieses Wissens nicht tadle. Er beteiligte sich nicht an der Vorbereitung des Begräbnisses, sondern nannte Cordelia nur den Namen eines Bestattungsunternehmens; sie hatte den Verdacht, daß es ihm wahrscheinlich eine Provision zukommen ließ. Nach einer Woche in bedrückend gedämpfter Stimmung stellte sie erleichtert fest, daß der Bestattungsunternehmer nicht nur freundlich, sondern auch sachkundig war. Als er erst einmal entdeckt hatte, daß Cordelia nicht in Tränen aufgelöst zusammenbrechen oder in den theatralischeren Darbietungen trauernder Hinterbliebener schwelgen würde, freute er sich, die relativen Kosten und Vorzüge von Beerdigung und Einäscherung mit einverständlicher Offenheit zu erörtern.

«Einäscherung jederzeit. Es existiert keine private Versicherung, sagen Sie? Dann sollten Sie es so schnell, einfach und billig wie möglich hinter sich bringen. Glauben Sie mir, das wäre neun von zehn Verstorbenen am liebsten. Ein Grab ist heutzutage ein teurer Luxus – ohne Nutzen für ihn, ohne Nutzen für Sie. Staub zu Staub, Asche zu Asche, aber wie steht es mit der Prozedur dazwischen? Nicht schön, daran zu denken, nicht wahr? Warum soll man es also nicht mit den zuverlässigsten modernen Methoden möglichst schnell über die Bühne bringen? Sehen Sie, Miss, ich berate Sie gegen meine eigenen Interessen.»

Cordelia sagte:

«Das ist sehr freundlich von Ihnen. Meinen Sie, wir sollten einen Kranz besorgen?»

«Warum nicht, das gibt dem Ganzen ein bißchen Stil. Überlassen Sie das nur mir.»

Also hatte es eine Einäscherung und einen einzigen Kranz gegeben. Der Kranz war ein sehr gewöhnliches, unpassendes Gebinde aus Lilien und Nelken mit bereits welkenden und nach Verfall riechenden Blüten gewesen. Die Einäscherungsliturgie war vom Pfarrer mit sorgfältig gesteuerter Geschwindigkeit gesprochen worden, und in seinem Ton war eine Entschuldigung angeklungen, als wolle er seine Zuhörer versichern, daß er, obwohl er selbst sich einer besonderen göttlichen Fügung erfreute, von ihnen nicht erwartete, das Unglaubhafte zu glauben. Bernie war unter den Klängen von Tonbandmusik zur Verbrennung gebracht worden, gerade noch rechtzeitig, wie aus dem ungeduldigen Geraschel der Trauergäste zu schließen war, die bereits darauf warteten, die Kapelle zu betreten.

Danach stand Cordelia allein in der strahlenden Sonne und spürte die Wärme der Kieselsteine durch ihre Schuhsohlen. Die Luft war satt und schwer vom Duft der Blumen. Plötzlich von Traurigkeit und einem ohnmächtigen Zorn um Bernie gepackt, suchte sie einen Sündenbock und fand ihn in einem gewissen Kriminalrat vom Yard. Er hatte Bernie aus dem einzigen Beruf hinausgeworfen, zu dem er jemals Lust gehabt hatte; er hatte sich nicht die Mühe gemacht herauszufinden, was später aus ihm geworden war; und – der unsinnigste Anklagepunkt von allen – er hatte sich nicht einmal bereit gefunden, zum Begräbnis zu kommen. Detektiv zu sein, war für Bernie eine Notwendigkeit gewesen, wie für andere Männer Malen, Schreiben, Trinken oder Huren. Die Kriminalpolizei war doch gewiß groß genug, um die Schwärmerei und die Unzulänglichkeit eines einzigen Mannes auszugleichen? Zum erstenmal weinte Cordelia um Bernie; heiße Tränen verwischten und vervielfältigten die langen Reihen wartender Leichenwagen mit ihren strahlenden Krönchen, so daß sie sich in eine Unendlichkeit aus schimmerndem Chrom und zitternden Blumen auszudehnen schienen. Cordelia zog den schwarzen Chiffonschal, ihr einziges Zugeständnis an die Trauer, vom Kopf und machte sich auf den Weg zur U-Bahn-Station.

Sie war durstig, als sie zum Oxford Circus kam, und beschloß, im Restaurant bei Dickins & Jones Tee zu trinken. Das war ungewöhnlich und ausschweifend, aber es war ein ungewöhnlicher und ausschweifender Tag gewesen. Sie blieb lange genug dort sitzen, um den vollen Gegenwert für ihre Rechnung zu bekommen, und Viertel nach vier war vorbei, als sie in das Büro zurückkam.

Sie hatte Besuch. Eine Frau wartete, die Schultern an die Tür gelehnt – eine Frau, die kühl aussah und fehl am Platz vor dem schmutzigen Anstrich und den schmierigen Wänden war. Cordelia hielt vor Überraschung den Atem an und unterbrach ihren schnellen Lauf nach oben. Ihre leichten Schuhe hatten auf der Treppe kein Geräusch gemacht, und ein paar Sekunden lang betrachtete sie ihre Besucherin unbemerkt. Sie gewann einen unmittelbaren und lebendigen Eindruck von Kompetenz und Autorität und einer einschüchternd korrekten Kleidung. Die Frau trug ein graues Kostüm mit einem kleinen Stehkragen, der einen schmalen Streifen von weißem Baumwollstoff am Hals freigab. Ihren schwarzen Lackschuhen sah man den Preis an; eine große schwarze Tasche mit aufgesetzten Seitentaschen hing von ihrer linken Schulter. Sie war groß, und ihr Haar, weißer, als es ihr Alter erwarten ließ, war kurz geschnitten und lag, sorgfältig geformt, wie eine Mütze um den Kopf. Ihr Gesicht war blaß und schmal. Sie las die *Times*, die sie zusammengefaltet hatte, um sie in der rechten Hand halten zu können. Nach ein paar Sekunden bemerkte sie Cordelia, und ihre Blicke trafen sich. Die Frau sah auf ihre Armbanduhr.

«Wenn Sie Cordelia Gray sind, dann sind Sie achtzehn Minuten zu spät. Auf dem Zettel steht, daß Sie um vier Uhr zurückkommen würden.»

«Ich weiß, entschuldigen Sie.» Cordelia sprang die letzten paar Stufen hinauf und steckte den Sicherheitsschlüssel ins Schloß. Sie öffnete die Tür.

«Möchten Sie bitte eintreten?»

Die Frau trat vor ihr ins Büro und drehte sich zu ihr um, ohne auch nur einen Blick auf das Zimmer zu werfen.

«Ich hoffte, Mr. Pryde anzutreffen. Wird er lange wegbleiben?»

«Es tut mir leid; ich bin gerade von seiner Einäscherung zurückgekommen. Ich meine ... Bernie ist tot.»

«Das liegt ja dann auf der Hand. Unseres Wissens war er vor zehn Tagen noch am Leben. Er muß auffallend schnell und diskret gestorben sein.»

«Diskret nicht gerade. Bernie hat sich umgebracht.»

«Wie außerordentlich!» Die Besucherin schien von der Außerordentlichkeit betroffen zu sein. Sie preßte ihre Hände zusammen und ging ein paar Sekunden lang in seltsamer Gebärde des Schmerzes unruhig im Zimmer auf und ab.

«Wie außerordentlich!» sagte sie noch einmal. Sie lachte kurz auf. Cordelia sprach nicht, aber die beiden Frauen betrachteten einander ernst. Dann sagte die Besucherin:

«Ja, dann habe ich anscheinend meine Reise vergebens gemacht.»

Cordelia hauchte ein kaum hörbares «O nein!» und widerstand der absurden Regung, ihren Körper gegen die Tür zu werfen.

«Bitte, gehen Sie nicht, bevor Sie mit mir gesprochen haben. Ich war Mr. Prydes Mitarbeiterin, und das Geschäft gehört jetzt mir. Ich bin sicher, daß ich helfen kann. Möchten Sie sich nicht setzen?»

Die Besucherin nahm keine Notiz von dem angebotenen Stuhl.

«Keiner kann helfen, keiner in der ganzen Welt. Das gehört jedoch nicht zur Sache. Es gibt da etwas, was mein Arbeitgeber wissen will – einige Aufschlüsse, die er braucht –, und er hatte entschieden, daß Mr. Pryde die Person sei, sie ihm zu beschaffen. Ich weiß nicht, ob er Sie für einen gleichwertigen Ersatz halten würde. Kann ich hier ungestört telefonieren?»

«Hier hinein, bitte.»

Die Frau ging in das hintere Büro, wieder ohne ein Anzeichen, daß dessen schäbiges Aussehen irgendeinen Eindruck auf sie machte. Sie wandte sich nach Cordelia um.

«Entschuldigen Sie, ich hätte mich vorstellen sollen. Mein Name ist Elizabeth Leaming, und mein Arbeitgeber ist Sir Ronald Callender.»

«Der Naturschützer?»

«Das würde er nicht gerne hören, daß Sie ihn so nennen. Ihm ist es lieber, wenn man ihn als Mikrobiologen bezeichnet, was er tatsächlich ist. Bitte, entschuldigen Sie mich.»

Sie schloß die Tür fest. Cordelia fühlte sich plötzlich schwach und setzte sich vor die Schreibmaschine. Die Tasten, seltsam bekannte Symbole, in schwarze Medaillons eingeschlossen, verschoben ihr Muster vor ihren müden Augen, sprangen dann, als sie blinzelte, wieder in ihre normale Lage zurück. Sie packte die Seiten der Maschine, die sich kalt und klamm anfaßten, und versuchte, sich Ruhe einzureden. Ihr Herz klopfte.

Ich muß ruhig sein, muß ihr zeigen, daß ich stark bin. Diese Verdrehtheit kommt nur von der Anspannung bei Bernies Beerdigung und vom langen Stehen in der heißen Sonne.

Aber die Hoffnung brachte sie durcheinander; sie war auf sich selbst böse, daß sie sich so viel daraus machte.

Das Telefongespräch war nur kurz. Die Tür des hinteren Büros wurde geöffnet; Miss Leaming zog ihre Handschuhe an.

«Sir Ronald hat darum gebeten, Sie zu sehen. Können Sie gleich mitkommen?»

Wohin kommen? dachte Cordelia, aber sie fragte nicht.

«Ja, brauche ich mein Werkzeug?»

Das Werkzeug war Bernies sorgfältig angelegte und ausgestattete Polizeitasche mit ihren Pinzetten, Scheren, der Ausrüstung für Fingerabdrücke, den Gläsern zum Sammeln von Proben. Cordelia hatte noch nie Gelegenheit gehabt, sie zu benutzen.

«Es hängt davon ab, was Sie unter Ihrem Werkzeug verstehen, aber ich glaube nicht. Sir Ronald möchte Sie sehen, bevor er entscheidet, ob er Ihnen die Arbeit anbietet. Das bedeutet eine Zugfahrt nach Cambridge, aber Sie dürften heute nacht noch zurückkommen. Müssen Sie irgendwem Bescheid sagen?»

«Nein, ich bin allein.»

«Vielleicht sollte ich mich ausweisen.» Sie machte ihre Handtasche auf. «Hier ist ein adressierter Briefumschlag. Ich bin keine Mädchenhändlerin, falls es die gibt und falls Sie Angst haben.»

«Ich habe vor einer ganzen Menge von Dingen Angst, aber nicht vor Mädchenhändlern, und wenn doch, würde mich ein adressierter Briefumschlag kaum beruhigen. Ich würde darauf bestehen, Sir Ronald Callender anzurufen, um es nachzuprüfen.»

«Vielleicht möchten Sie das tun?» schlug Miss Leaming vor, ohne beleidigt zu sein.

«Nein.»

«Wollen wir also gehen?» Miss Leaming ging zur Tür voran. Als sie in den Flur hinaustraten und Cordelia sich umdrehte, um das Büro hinter sich abzuschließen, deutete ihre Besucherin auf den Notizblock und den Bleistift, die zusammen an einem Nagel an der Wand hingen.

«Wollen Sie nicht lieber die Mitteilung ändern?»

Cordelia riß die alte Nachricht ab, dachte einen Augenblick nach und schrieb:

Ich bin in einem dringenden Fall abberufen worden. Alle Nachrichten, die unter der Tür durchgeschoben werden, finden bei meiner Rückkehr sofortige und persönliche Beachtung.

«Das», erklärte Miss Leaming, «dürfte Ihre Klienten beruhigen.» Cordelia fragte sich, ob die Bemerkung spöttisch gemeint war, aber es war nicht möglich, das aus dem gleichgültigen Tonfall herauszuhören. Doch hatte sie nicht das Gefühl, daß Miss Leaming sich über sie lustig machte, und sie war überrascht, daß sie über die Art, in der ihre Besucherin die Dinge in die Hand genommen hatte, nicht verstimmt war. Bereitwillig folgte sie Miss Leaming die Treppe hinunter auf die Kingly Street.

Sie fuhren mit der Central Line bis zum Bahnhof Liverpool Street und erreichten den Zug um 17 Uhr 36 nach Cambridge ganz bequem. Miss Leaming kaufte Cordelias Fahrkarte, holte eine Reiseschreibmaschine und eine Aktentasche mit Papieren bei der Gepäckaufbewahrung ab und ging zu einem Erster-Klasse-Wagen voran. Sie sagte:

«Ich muß im Zug arbeiten. Haben Sie etwas zu lesen?»

«Das ist mir ganz recht. Ich unterhalte mich auf Zugfahrten auch nicht gern. Ich habe Hardys ‹*Trumpet Major*› dabei – in meiner Handtasche ist immer ein Taschenbuch.»

Hinter Bishops Stortford hatten sie das Abteil für sich, aber nur einmal sah Miss Leaming von ihrer Arbeit auf, um Cordelia etwas zu fragen.

«Wie kamen Sie dazu, für Mr. Pryde zu arbeiten?»

«Nachdem ich aus der Schule war, habe ich bei meinem Vater auf dem Kontinent gewohnt. Wir sind ziemlich viel herumgereist. Er starb im Mai letzten Jahres in Rom nach einem Herzanfall, und ich kam zurück. Ich hatte mir ein wenig Stenografie und Schreibmaschine beigebracht, deshalb bewarb ich mich um eine Stelle bei einer Vermittlung für Sekretärinnen. Sie schickten mich zu Bernie, und nach ein paar Wochen ließ er mich bei einem oder zwei Fällen helfen. Er beschloß, mich auszubilden, und ich willigte ein zu bleiben. Vor zwei Monaten hat er mich zur Teilhaberin gemacht.»

Das bedeutete nichts anderes, als daß Cordelia einen regelmäßigen Lohn eintauschte gegen die ungewissen Erfolgsprämien in Form eines gleichen Anteils am Verdienst zusammen mit einem mietfreien Wohnschlafzimmer in Bernies Haus. Er hatte sie nicht beschwindeln wollen. Das Angebot der Teilhaberschaft war in dem aufrichtigen Glauben gemacht worden, daß sie es als das gelten ließe, was es war: keine Auszeichnung für gute Führung, sondern ein Beweis des Vertrauens.

«Was war Ihr Vater?»

«Er war ein marxistischer Wanderpoet und ein Amateurrevolutionär.»

«Sie müssen eine interessante Kindheit gehabt haben.»

Cordelia dachte an die Reihe von Pflegemüttern, die unerklärten, unverständlichen Umzüge von Haus zu Haus, die Schulwechsel, die besorgten Gesichter von Beamten der örtlichen Wohlfahrtsbehörden und Schullehrern, die sich verzweifelt fragten, was sie in den Ferien mit ihr anfangen sollten, und sie antwortete, wie sie es immer auf diese Behauptung tat, ernst und ohne Ironie.

«Ja, es war sehr interessant.»

«Und wie war die Ausbildung, die Sie von Mr. Pryde bekommen haben?»

«Bernie brachte mir ein paar Dinge bei, die er bei der Kriminalpolizei gelernt hatte: wie man einen Tatort ordnungsgemäß untersucht, wie man Beweisstücke sammelt, einige Grundzüge der Selbstverteidigung, wie man Fingerabdrücke entdeckt und aufnimmt – derartige Dinge.»

«Das sind Fähigkeiten, die Sie in diesem Fall kaum für geeignet halten werden, habe ich das Gefühl.»

Miss Leaming beugte ihren Kopf über ihre Papiere und sprach nicht wieder, bis der Zug Cambridge erreichte.

Vor dem Bahnhof sah sich Miss Leaming kurz auf dem Parkplatz um und ging auf einen kleinen schwarzen Lieferwagen zu. Daneben stand steif wie ein Chauffeur in Uniform ein stämmig gebauter junger Mann in einem weißen Hemd mit offenem Kragen, dunklen Reithosen und hohen Stiefeln, den Miss Leaming beiläufig und ohne Erklärung als Lunn vorstellte. Er erwiderte die Vorstellung mit einem knappen Nicken, lächelte aber nicht. Cordelia streckte ihre Hand aus. Sein Händedruck war knapp, aber auffallend kräftig und zerquetschte ihr fast die Finger, so daß sie vor Schmerz beinahe das Gesicht verzogen hätte; dabei sah sie etwas in den großen erdbraunen Augen aufflackern, und sie fragte sich, ob er ihr absichtlich weh getan hatte. Die Augen waren gewiß merkwürdig und schön, feuchte Kälberaugen unter dichten Wimpern mit einem Blick angstvollen Schmerzes über die Unvorhersehbarkeit der Schrecken der Welt. Aber ihre Schönheit unterstrich eher, wie wenig anziehend seine ganze Erscheinung war, als daß sie es vergessen ließ. Er war, dachte sie, eine finstere Schwarzweißstudie mit seinem dicken, kurzen Hals und den kräftigen Schultern, die die Nähte seines Hemdes spannten. Er hatte einen Helm aus kräftigem schwarzem Haar, ein schwammiges, ein wenig pockennarbiges Gesicht und einen feuchten, launischen Mund, das Gesicht eines ordinären Engels. Er war ein Mann, der stark zum Schwitzen neigte; sein Hemd war unter den Armen fleckig, und der Baumwollstoff klebte auf dem Körper und betonte die starke Rückenlinie und die aufdringlichen Muskelpakete.

Cordelia sah, daß alle drei zusammengepfercht vorne im Lieferwagen sitzen müßten. Lunn hielt die Tür auf und erklärte als einzige Entschuldigung:

«Der Rover ist immer noch in der Werkstatt.»

Miss Leaming zögerte, so daß Cordelia gezwungen war, zuerst einzusteigen und sich neben ihn zu setzen. Sie dachte: Sie können sich nicht leiden, und ich bin ihm lästig.

Sie überlegte, welchen Platz er in Sir Ronald Callenders Haushalt haben mochte. Miss Leamings Stellung hatte sie bereits erraten; keine gewöhnliche Sekretärin, sei sie noch so lange im Dienst, noch so unentbehrlich, hatte dieses ausgesprochen selbstbewußte Auftreten oder sprach von «meinem Arbeitgeber» in diesem besitzergreifenden, ironischen Ton. Aber bei Lunn war sie sich nicht sicher. Er benahm sich nicht wie ein Untergebener, kam ihr aber auch nicht wie ein Wissenschaftler vor. Zugegeben, Naturwissenschaftler waren für sie exotische Geschöpfe. Schwester Mary Magdalen war die einzige, die sie gekannt hatte. Die Schwester hatte unterrichtet, was der Lehrplan als allgemeine Naturwissenschaft bezeichnet hatte, einen Mischmasch aus elementarer Physik, Chemie und Biologie, die unfeierlich in einen Topf geworfen wurden. Naturwissenschaftliche Fächer wurden im allgemeinen wenig geachtet im Kloster zur Unbefleckten Empfängnis, während der Unterricht in den Geisteswissenschaften gut war. Schwester Mary Magdalen war eine ältliche, schüchterne Nonne gewesen, mit verwunderten Augen hinter stahlumrandeten Brillengläsern und ungeschickten, ständig von Chemikalien fleckigen Händen, die offenbar über die seltsamen Explosionen und Dämpfe, die ihr Umgang mit Reagenzgläsern und Kolben gelegentlich erzeugte, genauso überrascht war wie ihre Schülerinnen. Sie war mehr daran interessiert, die Unbegreiflichkeit des Universums und die Unergründlichkeit Gottes zu beweisen als wissenschaftliche Prinzipien aufzudecken, und hierin hatte sie zweifellos Erfolg gehabt. Cordelia fühlte, daß Schwester Mary Magdalen ihr im Umgang mit Sir Ronald Callender keine Hilfe sein würde – Sir

Ronald, der für die Sache des Naturschutzes geworben hatte, lange bevor sein Interesse eine allgemein populäre Idee geworden war, der sein Land auf internationalen ökologischen Kongressen vertreten hatte und für seine Leistungen auf dem Gebiet des Naturschutzes geadelt worden war. Das alles wußte Cordelia, wie alle im Lande, durch seine Fernsehauftritte und die bunten Sonntagsbeilagen. Er war der anerkannte Wissenschaftler, der politisch sorgsam auf Ungebundenheit bedacht war und zu jedermanns Beruhigung den armen Jungen personifizierte, der es zu etwas gebracht hatte und dabei gut geblieben war. Wie, fragte sich Cordelia, war er auf den Gedanken gekommen, Bernie Pryde anzustellen?

Nicht sicher, wie weit Lunn das Vertrauen seines Arbeitgebers oder Miss Leamings hatte, fragte sie vorsichtig:

«Wie kam Sir Ronald auf Bernie?»

«John Bellinger hat es ihm gesagt.»

Also war der Bellinger-Bonus doch noch eingetroffen! Bernie hatte immer damit gerechnet. Der Fall Bellinger war sein einträglichster, vielleicht sein einziger Erfolg gewesen. John Bellinger war der Direktor eines kleinen Familienunternehmens, das hochentwickelte wissenschaftliche Apparate herstellte. Im vorigen Jahr war sein Büro von einer Flut obszöner Briefe belästigt worden, und da er ungern die Polizei zuziehen wollte, hatte er Bernie angerufen. Bernie, auf eigenen Vorschlag als Bote eingestellt, hatte das nicht sehr schwierige Problem schnell gelöst. Der Schreiber war Bellingers hochgeschätzte persönliche Sekretärin gewesen. Bellinger hatte sich dankbar gezeigt. Bernie hatte nach banger Erwägung und Beratung mit Cordelia eine Rechnung geschickt, deren Höhe beide mit Schrecken erfüllte, aber die Rechnung war umgehend bezahlt worden. Sie hatte das Büro einen Monat lang über Wasser gehalten. Bernie hatte gesagt: «Der Fall Bellinger verschafft uns einen Bonus, warte nur ab. Alles ist möglich in diesem Beruf. Er hat sich zufällig für uns entschieden, indem er unseren Namen im Telefonbuch herausgegriffen hat, aber jetzt wird er uns seinen Freunden empfehlen. Dieser Fall könnte der Anfang von etwas Großem werden.» Und jetzt, dachte Cordelia, am Tag von Bernies Begräbnis, war der Bonus eingetroffen.

Sie stellte keine weiteren Fragen, und die Fahrt, die weniger als dreißig Minuten dauerte, ging schweigsam vorbei. Die drei saßen Schenkel an Schenkel und dennoch auf Abstand. Sie sah nichts von der Stadt. Am Ende der Station Road am Kriegerdenkmal bog das

Auto links ab, und sie waren bald auf dem Land. Dann kamen ausgedehnte Felder mit jungem Getreide, ab und zu ein Streifen gesprenkelten Schattens von den Alleebäumen, verstreut liegende Dörfer mit strohgedeckten Häusern und hingeduckte rote Landhäuser an der Straße aufgereiht, niedrige Erhebungen, von denen Cordelia die Türme und Spitzen der Stadt sehen konnte, die trügerisch nahe in der Abendsonne aufleuchteten. Zuletzt dann noch ein Dorf, eine lichte Reihe von Ulmen, die die Straße säumte, eine lange, geschwungene Ziegelmauer, und der Lieferwagen bog durch ein offenes schmiedeeisernes Tor ein. Sie waren am Ziel.

Das Haus war offensichtlich georgianisch, vielleicht nicht im besten Stil dieser Zeit, aber gediegen gebaut, gefällig in den Proportionen und schien, wie bei aller guten einheimischen Architektur, natürlich aus seiner Umgebung herausgewachsen zu sein. Der weiche Stein, von Glyziniengirlanden geschmückt, schimmerte satt in der tiefstehenden Sonne, so daß das Grün der Kletterpflanze leuchtete und das ganze Haus plötzlich so künstlich und unwirklich wie eine Filmszenerie aussah. Es war eigentlich ein Haus für eine Familie, ein einladendes Haus. Aber jetzt lag eine drückende Stille über ihm, und die Reihen der schön geformten Fenster waren leere Augen.

Lunn, der schnell, aber geschickt gefahren war, bremste vor dem Portal. Er blieb auf seinem Sitz, während die beiden Frauen ausstiegen, dann fuhr er den Wagen um die Hausecke. Als sie von dem hohen Sitz rutschte, konnte Cordelia flüchtig eine Reihe von niedrigen Gebäuden sehen, alle von kleinen schmückenden Türmchen gekrönt, die sie für Ställe oder Garagen hielt. Durch den breiten Bogen der Einfahrt konnte sie erkennen, daß das Gelände sich allmählich in der Ferne verlor und einen weiten Ausblick auf die flache Landschaft von Cambridgeshire bot, gemustert mit den zarten Grün- und hellen Brauntönen des frühen Sommers. Miss Leaming sagte:

«Der Stalltrakt ist zum Laboratorium umgebaut worden. Fast die ganze Ostseite ist jetzt aus Glas. Es ist eine tüchtige Arbeit von einem schwedischen Architekten, funktionell, aber reizvoll.»

Zum erstenmal, seit sie sich begegnet waren, klang ihre Stimme interessiert, fast begeistert.

Die Eingangstür stand offen. Cordelia kam in eine geräumige getäfelte Halle mit einer Wendeltreppe links und einem gemauerten Kamin rechts. Sie nahm einen Duft von Rosen und Lavendel wahr, Teppiche, die sich in kräftigen Farben von dem gebohnerten Holz abhoben, das gedämpfte Ticken einer Uhr.

Miss Leaming ging durch die Halle voraus zu der Tür direkt gegenüber. Sie führte in ein Arbeitszimmer, einen geschmackvollen Raum mit Bücherschränken ringsum und einem Blick auf ausgedehnte Rasenflächen und einen Schirm aus Bäumen. Vor den Glastüren stand ein King George-Schreibtisch, und dahinter saß ein Mann.

Cordelia hatte Fotos von ihm in der Zeitung gesehen und wußte, was sie erwartete. Aber er war kleiner und zugleich beeindruckender, als sie sich vorgestellt hatte. Sie wußte, daß sie vor einem angesehenen und hochintelligenten Mann stand; sie fühlte seine Stärke wie eine physische Kraft. Aber als er sich von seinem Platz erhob und ihr mit einer Handbewegung einen Stuhl anbot, sah sie, daß er schlanker war, als die Fotos vermuten ließen, und die starken Schultern und der eindrucksvolle Kopf ließen ihn gedrungen erscheinen. Er hatte ein zerfurchtes, sensibles Gesicht mit einer hoch ansetzenden Nase, tiefliegenden Augen, auf denen schwere Lider lagen, und einem lebhaften, scharfgeschnittenen Mund. Sein schwarzes Haar, noch ohne graue Strähnen, lag voll über der Stirn. Sein Gesicht war von Müdigkeit überschattet, und als Cordelia näher kam, konnte sie das Zucken eines Nervs an seiner linken Schläfe und die fast unmerkliche Färbung der Äderchen in der Iris der tiefliegenden Augen sehen. Sein gedrungener Körper, gespannt vor Energie und verborgener Vitalität, machte kein Zugeständnis an die Müdigkeit. Der arrogante Kopf war hoch erhoben, die Augen waren scharf und wachsam unter den schweren Lidern. Vor allen Dingen sah er erfolgreich aus. Cordelia hatte diesen Ausdruck schon früher gesehen, hatte ihn von den hintersten Reihen von Menschenansammlungen aus erkannt, wenn sie, aus rätselhaften Gründen, die berühmten und allbekannten Männer betrachteten, die an ihnen vorbeizogen – diese fast körperliche, der Sexualität verwandte und nicht von Müdigkeit oder Kränklichkeit eingeschränkte Glut von Männern, die die Wirklichkeit der Macht kannten und genossen.

Miss Leaming sagte:

«Das ist alles, was von Prydes Detektivbüro übrig ist – Miss Cordelia Gray.»

Die scharfen Augen fixierten Cordelia.

«Wir bürgen für Qualität. Wirklich?»

Cordelia war nach der Fahrt am Ende eines folgenschweren Tages müde und nicht zu Scherzen über Bernies rührenden Spruch aufgelegt. Sie sagte:

«Sir Ronald, ich bin hierhergekommen, weil Ihre Sekretärin sagte, Sie möchten mich vielleicht beschäftigen. Wenn sie sich geirrt hat, wüßte ich das gern, damit ich nach London zurückfahren kann.»

«Sie ist nicht meine Sekretärin, und sie irrt sich nicht. Sie müssen meine Unhöflichkeit entschuldigen; es ist ein wenig verwirrend, wenn man einen stämmigen Expolizisten erwartet und dann Sie vorgesetzt bekommt. Ich beklage mich nicht, Miss Gray; Sie sind vielleicht sehr gut dafür geeignet. Wie ist Ihr Honorar?»

Die Frage hätte beleidigend klingen können, aber sie war es nicht; er war völlig sachlich. Cordelia sagte es ihm, ein wenig zu schnell, ein wenig zu eifrig.

«Fünf Pfund am Tag und die Unkosten, aber wir versuchen, sie so niedrig wie möglich zu halten. Dafür bekommen Sie natürlich meine ausschließlichen Dienste. Ich meine, ich arbeite für keinen anderen Klienten, bis Ihr Fall zu Ende geführt ist.»

«Und gibt es einen anderen Klienten?»

«Na ja, zur Zeit gerade nicht, aber es wäre sehr gut möglich.» Sie fuhr schnell fort:

«Wir haben eine Fairplay-Klausel. Wenn ich in irgendeinem Stadium der Untersuchung beschließe, daß ich sie lieber nicht fortführen möchte, haben Sie ein Recht auf sämtliche Erkenntnisse, die ich bis zu diesem Zeitpunkt gewonnen habe. Wenn ich beschließe, Ihnen diese vorzuenthalten, dann berechne ich die bereits getane Arbeit nicht.»

Das war eines von Bernies Prinzipien. In Prinzipien war er groß gewesen. Selbst wenn sie eine Woche lang keinen Fall hatten, konnte er zufrieden darüber diskutieren, bis zu welchem Grade sie berechtigt waren, einem Klienten weniger als die volle Wahrheit zu sagen, über den Punkt, an dem die Polizei in eine Untersuchung eingeschaltet werden sollte, über die Moral der Täuschung oder Lüge im Dienst der Wahrheit. «Aber keine Wanzen», sagte Bernie dann. «Ich bin strikt gegen Wanzen. Und wir lassen die Finger von Industriesabotage.»

Die Versuchung war ohnehin nicht groß. Sie hatten weder Abhörgeräte, noch hätten sie gewußt, wie man sie anwendet, wenn sie welche gehabt hätten, und niemals war Bernie aufgefordert worden, sich mit Industriesabotage zu befassen.

Sir Ronald sagte:

«Das klingt vernünftig, aber ich glaube nicht, daß dieser Fall Ihnen eine Gewissenskrise bescheren wird. Er ist relativ einfach. Vor achtzehn Tagen erhängte sich mein Sohn. Ich möchte, daß Sie herausbekommen, warum. Können Sie das?»

«Ich würde es gern versuchen, Sir Ronald.»

«Mir ist klar, daß Sie gewisse Auskünfte über Mark benötigen. Miss Leaming wird sie für Sie aufschreiben, dann können Sie sich das durchlesen und uns sagen, was Sie sonst noch brauchen.»

Cordelia sagte:

«Ich wäre froh, wenn Sie es mir selbst erzählen würden, bitte.»

«Ist das notwendig?»

«Es würde mir helfen.»

Er setzte sich wieder auf seinen Stuhl, nahm einen Bleistiftstummel auf und drehte ihn in den Händen. Nach einer Weile ließ er ihn geistesabwesend in seine Tasche gleiten. Ohne sie anzusehen, begann er zu reden.

«Mein Sohn Mark wurde am 25. April dieses Jahres einundzwanzig. Er studierte Geschichte an meinem alten College in Cambridge und war im letzten Jahr. Vor fünf Wochen verließ er ohne Vorwarnung die Universität und nahm eine Arbeit als Gärtner bei einem Major Markland an, der in einem Haus namens Summertrees außerhalb von Duxford lebt. Mark gab mir keine Erklärung für dieses Benehmen, weder damals noch später. Er wohnte allein in einem Gartenhaus auf Major Marklands Besitz. Achtzehn Tage später wurde er von der Schwester seines Arbeitgebers gefunden; er hing mit dem Hals in einem Riemen, der an einen Haken an der Decke seines Wohnzimmers geknüpft war. Das Urteil der gerichtlichen Voruntersuchung lautete, daß er sich in einem Zustand geistiger Verwirrung das Leben nahm. Ich weiß wenig vom Geisteszustand meines Sohnes, aber ich lehne diese bequeme Beschönigung ab. Er war ein vernünftiger Mensch. Er hatte einen Grund für seine Tat. Ich möchte wissen, was für einen.»

Miss Leaming, die durch die Glastür in den Garten geblickt hatte, drehte sich um und sagte mit überraschender Heftigkeit:

«Immer diese Sucht, wissen zu wollen! Es ist nichts als Neugier. Wenn er gewollt hätte, daß wir es wissen, hätte er es uns gesagt.»

Sir Ronald sagte:

«Ich bin nicht gewillt, mit dieser Ungewißheit weiterzuleben. Mein Sohn ist tot. *Mein* Sohn. Falls ich irgendwie dafür verantwortlich bin, ist es mir lieber, es zu wissen. Falls irgendein anderer dafür verantwortlich ist, möchte ich es ebenfalls wissen.»

Cordelia sah vom einen zum anderen. Sie fragte:

«Hat er eine Nachricht hinterlassen?»

«Er hat eine Nachricht hinterlassen, aber keine Erklärung. Man hat sie in seiner Schreibmaschine gefunden.»

Leise begann Miss Leaming zu sprechen:

«Durch die gewundene Höhle ertasteten wir unseren mühseligen Weg nach unten, bis sich eine Leere, grenzenlos wie der niedere Himmel, unter uns auftat, und wir hielten uns an den Baumwurzeln fest und hingen über dieser Unendlichkeit; aber ich sagte: Wenn du möchtest, wollen wir uns dieser Leere anvertrauen und sehen, ob die Vorsehung auch hier weilt.»

Die heisere, eigenartig tiefe Stimme verstummte. Sie schwiegen. Dann sagte Sir Ronald: «Sie behaupten, Detektiv zu sein, Miss Gray. Was folgern Sie daraus?»

«Daß Ihr Sohn William Blake las. Ist das nicht eine Stelle aus ‹*Die Hochzeit von Himmel und Hölle*›?»

Sir Ronald und Miss Leaming tauschten einen Blick. Sir Ronald sagte:

«Das hat man mir gesagt.»

Cordelia dachte, Blakes leise, uneindringliche Ermunterung, frei von Leidenschaft oder Verzweiflung, passe eigentlich eher zu einem Selbstmord durch Ertränken oder Gift – ein feierliches Treiben oder Sinken in die Vergessenheit – als zu dem Schock des Erhängens. Und doch war das Fallen, das Sichhineinwerfen in die Leere etwas Ähnliches. Aber diese Betrachtung war müßige Phantasie. Er hatte Blake gewählt; er hatte Erhängen gewählt. Vielleicht waren andere und sanftere Mittel nicht zur Hand gewesen; vielleicht hatte er impulsiv gehandelt. Was sagte doch der Kriminalrat immer? «Stelle nie Theorien auf, bevor du die Fakten hast.» Sie würde sich das Gartenhaus ansehen müssen.

Sir Ronald sagte mit einem Anflug von Ungeduld:

«Wie sieht es aus? Wollen Sie den Auftrag nicht?»

Cordelia schaute Miss Leaming an, aber die Frau erwiderte ihren Blick nicht.

«Ich möchte ihn sehr gern. Ich weiß nur nicht, ob Sie wirklich wollen, daß ich ihn annehme.»

«Ich biete ihn Ihnen an. Machen Sie sich über Ihre eigene Verantwortung Gedanken, Miss Gray, und ich kümmere mich um meine.»

Cordelia sagte:

«Gibt es sonst noch etwas, was Sie mir erzählen könnten? Die alltäglichen Dinge. War Ihr Sohn bei guter Gesundheit? Schien er sich um seine Arbeit oder seine Liebesgeschichten Sorgen zu machen? Oder um Geld?»

«Mark hätte ein beträchtliches Vermögen von seinem Großvater mütterlicherseits geerbt, wenn er das Alter von fünfundzwanzig Jahren erreicht hätte. In der Zwischenzeit bekam er ein angemessenes Taschengeld von mir, aber an dem Tag, an dem er das College verließ, überwies er sein Guthaben auf mein Konto zurück und beauftragte seinen Bankdirektor, mit allen künftigen Zahlungen ähnlich zu verfahren. Vermutlich lebte er in den letzten zwei Wochen seines Lebens von seinem Lohn. Die Obduktion deckte keine Krankheiten auf, und sein Tutor erklärte, daß seine Arbeit an der Universität zufriedenstellend war. Ich verstehe natürlich nichts von seinem Fach. Er vertraute mir nichts über seine Liebesgeschichten an – welcher junge Mann tut das gegenüber seinem Vater? Falls er welche hatte, nehme ich an, daß es heterosexuelle waren.»

Miss Leaming, die den Garten betrachtet hatte, wandte sich um. Sie streckte ihre Hände mit einer Geste von sich, die Resignation oder Verzweiflung ausdrücken konnte:

«Wir wußten nichts von ihm, nichts! Warum also warten, bis er tot ist, und dann anfangen nachzuforschen?»

«Und seine Freunde?» fragte Cordelia ruhig.

«Sie kamen selten zu Besuch, aber es gab zwei, die ich bei der gerichtlichen Voruntersuchung und dem Begräbnis wiedererkannte: Hugo Tilling aus seinem eigenen College und dessen Schwester, die am New Hall ist und in Philologie promoviert. Erinnerst du dich an ihren Namen, Eliza?»

«Sophie. Sophie Tilling. Mark brachte sie ein- oder zweimal zum Abendessen mit.»

«Könnten Sie mir etwas über die Kinderjahre Ihres Sohnes erzählen? Wo ging er zur Schule?»

«Er kam in eine Vorschule, als er fünf war, und anschließend in eine Internatsvolksschule. Ich konnte hier kein Kind brauchen, das unbeaufsichtigt im Labor herumrannte. Später ging er auf Wunsch seiner Mutter – sie starb, als er neun Monate alt war – in eine Woodard-Stiftung. Meine Frau war, was man, glaube ich, streng anglikanisch nennt, und wollte, daß der Junge in dieser Tradition erzogen würde. Soviel ich weiß, hatte es keinen verderblichen Einfluß auf ihn.»

«War er glücklich im Internat?»

«Ich nehme an, er war so glücklich wie die meisten Achtjährigen, was bedeutet, daß er sich die meiste Zeit elend fühlte und dazwischen Perioden erlebte, in denen sich die Lebensgeister regten. Ist das alles denn wichtig?»

«Alles kann wichtig sein. Wissen Sie, ich muß versuchen, ihn kennenzulernen.»

Was hatte doch der überlegene, weise, übermenschliche Kriminalrat gelehrt? «Lerne die tote Person kennen. Nichts über sie ist zu banal, zu unwichtig. Tote Menschen können sprechen. Sie können direkt zu ihrem Mörder führen.» Nur gab es diesmal natürlich keinen Mörder. Sie sagte:

«Es wäre mir eine Hilfe, wenn Miss Leaming die Auskünfte, die Sie mir gegeben haben, auf der Maschine schreiben und die Namen seines Colleges und seines Tutors hinzufügen könnte. Und dürfte ich bitte ein paar Zeilen mit Ihrer Unterschrift haben, die mich ermächtigen, Nachforschungen anzustellen?»

Er langte nach unten in eine Schublade links in seinem Schreibtisch, nahm ein Blatt Papier heraus und schrieb etwas darauf. Dann reichte er es Cordelia. Der gedruckte Kopf lautete: Sir Ronald Callender, F. R. C., Garforth House, Cambridgeshire. Darunter hatte er geschrieben:

Die Überbringerin, Miss Cordelia Gray, ist berechtigt, in meinem Namen Nachforschungen über den Tod meines Sohnes Mark Callender am 26. Mai anzustellen. Darunter hatte er Unterschrift und Datum gesetzt. Er fragte:

«Gibt es sonst noch etwas?»

Cordelia sagte: «Sie sprachen von der Möglichkeit, daß irgendein anderer für den Tod Ihres Sohnes verantwortlich sein könnte. Haben Sie etwas an dem Urteilsspruch auszusetzen?»

«Das Urteil stimmte mit dem Beweismaterial überein, und mehr kann man von einem Urteil nicht erwarten. Ein Gericht ist nicht dazu geeignet, die Wahrheit festzustellen. Ich beschäftige Sie, damit Sie diesen Versuch unternehmen. Haben Sie alles, was Sie brauchen? Ich glaube nicht, daß wir Ihnen noch mit weiteren Auskünften helfen können.»

«Ich hätte gern ein Foto.» Sie sahen sich verblüfft an. Er sagte zu Miss Leaming:

Ein beträchtliches Vermögen ...

«Ein Foto. Haben wir ein Foto, Eliza?»

«Irgendwo liegt sein Paß, aber ich weiß nicht genau wo. Ich habe noch dieses Bild, das ich letzten Sommer im Garten von ihm aufgenommen habe. Es zeigt ihn ziemlich deutlich, glaube ich. Ich gehe es holen.» Sie ging aus dem Zimmer. Cordelia sagte:

«Und dann würde ich gern sein Zimmer sehen, wenn ich darf. Ich nehme an, daß er seine Ferien hier verbrachte?»

«Nur manchmal, aber natürlich hatte er hier ein Zimmer. Ich zeige es Ihnen.»

Das Zimmer lag im zweiten Stock auf der Rückseite. Sobald er drinnen war, nahm Sir Ronald keine Notiz mehr von Cordelia. Er ging zum Fenster hinüber und starrte hinaus über den Rasen, als ob weder das Zimmer noch sie ihn interessierten. Es sagte Cordelia nichts über den erwachsenen Mark. Es war einfach möbliert, das Heiligtum eines Schuljungen, und sah aus, als sei in den letzten zehn Jahren kaum etwas verändert worden. An der einen Wand stand ein niedriger weißer Schrank mit der üblichen Reihe beiseite gelegter Kinderspielsachen; ein Teddybär mit abgenutztem Fell vom vielen Ansichdrücken und einem heraushängenden Perlenauge; bemalte Holzeisenbahnen und -lastwagen; eine Arche Noah, auf deren Dach steifbeinige Tiere kunterbunt durcheinanderlagen, darüber ein rundgesichtiger Noah mit seiner Frau; ein Schiff mit schlaffen, traurigen Segeln; eine Minizielscheibe für ein Pfeilspiel. Über den Spielsachen waren zwei Reihen Bücher. Cordelia ging hinüber, um sie genauer anzusehen. Es war die herkömmliche Bibliothek eines Kindes aus bürgerlichem Haus, die bewährten Klassiker, von Generation zu Generation weitergegeben, das übliche Erzählgut von Mutter und Kindermädchen. Cordelia war erst spät als Erwachsene zu diesen Dingen gekommen; sie hatten in ihrer von den wöchentlichen Comics und vom Fernsehen beherrschten Kindheit keinen Platz gehabt. Sie sagte:

«Und seine jetzigen Bücher?»

«Sie liegen in Kartons im Keller. Er schickte sie zur Aufbewahrung her, als er das College verließ, und wir haben noch keine Zeit gehabt, sie auszupacken. Es hat wohl kaum viel Sinn.»

Neben dem Bett stand ein kleiner runder Tisch mit einer Lampe darauf und einem glänzenden, runden Stein, vom Meer vielfach durchlöchert, ein Schatz, vielleicht an irgendeinem Ferienstrand aufgelesen. Sir Ronald berührte ihn leicht mit langen, zaghaften Fingern, dann begann er, ihn unter seiner Handfläche über die Tischplatte zu rollen. Schließlich ließ er ihn, offenbar gedankenlos, in seine Tasche fallen. «So», sagte er, «wollen wir jetzt nach unten gehen?»

Sie wurden unten an der Treppe von Miss Leaming empfangen. Sie sah zu ihnen auf, als sie langsam nebeneinander die Treppe herunterkamen. In ihrem Blick lag eine solche gezügelte Kraft, daß Cordelia fast ängstlich darauf wartete, was sie sagen würde. Aber sie wandte sich ab, ließ die Schultern wie in plötzlicher Erschöpfung hängen, und alles, was sie sagte, war: «Ich habe das Foto gefunden. Ich hätte es gern zurück, wenn Sie mit allem fertig sind. Ich habe es zu dem Brief in den Umschlag gesteckt. Der nächste Schnellzug nach London zurück geht erst um 21 Uhr 37. Hätten Sie vielleicht Lust, zum Abendessen zu bleiben?»

Die folgende Abendgesellschaft war ein interessantes, aber ziemlich seltsames Erlebnis, das Essen selbst eine Mischung aus Förmlichkeit und Zwanglosigkeit, die nach Cordelias Gefühl eher das Ergebnis bewußter Bemühung waren als Zufall. Eine bestimmte Wirkung, spürte sie, war beabsichtigt, ob es aber der Eindruck einer ganz in ihrer Aufgabe aufgehenden Gruppe von Mitarbeitern war, die am Ende eines Tages zu einem Gemeinschaftsessen zusammenkamen, oder die rituelle Auferlegung von Ordnung und Förmlichkeit auf eine ungleiche Gesellschaft, konnte sie nicht entscheiden. Die Gesellschaft bestand aus zehn Personen: Sir Ronald Callender, Miss Leaming, Chris Lunn, einem amerikanischen Professor auf Besuch, dessen unaussprechlichen Namen sie vergaß, sobald Sir Ronald sie vorgestellt hatte, und fünf jungen Wissenschaftlern. Alle Männer, einschließlich Lunn, hatten Smokings an, und Miss Leaming trug einen langen Rock aus Satin-Patchwork unter einem schlichten ärmellosen Oberteil. Die kräftigen Blau-, Grün- und Rottöne leuchteten und veränderten sich im Kerzenlicht, wenn sie sich bewegte, und unterstrichen das matte Weiß ihres Haars und den fast farblosen Teint. Cordelia war ziemlich in Verlegenheit gewesen, als ihre Gastgeberin sie im Wohnzimmer gelassen hatte und nach oben gegangen war, um sich umzuziehen. Da sie in einem Alter war, das Eleganz höher als Jugend einschätzte, wünschte sie, sie hätte etwas, das besser mithalten könnte als der hellbraune Rock und die grüne Bluse.

Sie war in Miss Leamings Schlafzimmer geführt worden, um sich frisch zu machen, und war von der Eleganz und Schlichtheit der Einrichtung und dem davon abstechenden Komfort des anstoßenden Badezimmers beeindruckt gewesen. Als sie ihr abgespanntes Gesicht im Spiegel betrachtete und etwas Lippenstift auftrug, wünschte sie, einen Lidschatten dabeizuhaben. Impulsiv und mit Schuldgefühl zog sie eine Schublade im Toilettentisch heraus. Sie war angefüllt mit einem ganzen Sortiment von Kosmetikartikeln: alte Lippenstifte in Farben, die längst aus der Mode waren, halb aufgebrauchte Flaschen mit Tagescreme, Augenbrauenstifte, Feuchtigkeitscremes, halbvolle Parfumflaschen. Sie hatte die Schublade durchstöbert und schließlich einen Lidstift gefunden, und angesichts des verschwenderischen Durcheinanders von ausrangierten Artikeln in der Schublade hatte sie wenig Gewissensbisse verspürt, ihn zu benutzen. Das Ergebnis war bizarr, aber eindrucksvoll. Sie konnte nicht mit Miss Leaming wetteifern, aber zumindest sah sie fünf Jahre älter aus. Die Unordnung in der Schublade hatte sie überrascht, und sie hatte gegen die Versuchung ankämpfen müssen nachzusehen, ob der Kleiderschrank und die anderen Schubladen in einem ähnlich unordentlichen Zustand waren. Wie widersprüchlich und wie interessant doch die Menschen waren! Sie fand es erstaunlich, daß eine so penible und tüchtige Frau mit einem solchen Durcheinander leben konnte.

Das Speisezimmer lag auf der Vorderseite des Hauses. Miss Leaming setzte Cordelia zwischen sich und Lunn, eine Sitzordnung, die wenig Aussicht auf angenehme Unterhaltung bot. Die anderen in der Gesellschaft nahmen Platz, wo sie wollten. Der Kontrast zwischen Einfachheit und Eleganz zeigte sich in der Art, wie der Tisch gedeckt war. Es gab kein Lampenlicht, statt dessen standen drei silberne Armleuchter in gleichen Abständen auf dem Tisch. Dazwischen waren vier Weinkaraffen aus dickem grünem Glas mit gewölbtem Rand, wie Cordelia sie oft in billigen italienischen Restaurants gesehen hatte, verteilt. Die Platzdecken waren aus gewöhnlichem Kork, die Gabeln und Löffel dagegen aus altem Silber. Die Blumen standen in flachen Schalen, aber sie waren nicht geschickt zusammengestellt, sondern sahen aus wie Opfer eines Unwetters, das über den Garten gezogen war, Blüten, die im Wind abgeknickt waren und von denen jemand gedacht hatte, es sei nett, sie in Wasser zu stellen.

Die jungen Männer wirkten fehl am Platz in ihren Smokings, zwar nicht befangen, da sie sich jener Selbstschätzung, wie sie den Klugen und Erfolgreichen eigen ist, erfreuten, aber als hätten sie die Anzüge in einem Gebrauchtwarenladen oder bei einem Maskenkostümverleiher aufgelesen und träten als Figuren einer Scharade auf. Cordelia wunderte sich über ihre Jugend; sie schätzte, daß nur einer über dreißig war. Drei waren unordentliche, hastig redende, nervöse junge Männer, mit lauten, eindringlichen Stimmen, die nach der ersten Vorstellung keine weitere Notiz von Cordelia nahmen. Die beiden anderen waren stiller, und einer, ein großer schwarzhaariger junger Mann mit ausgeprägten ungleichmäßigen Zügen, lächelte ihr über den Tisch zu und sah aus, als würde er gern näher bei ihr sitzen und sich unterhalten.

Das Essen wurde von einem italienischen Diener und seiner Frau aufgetragen, die warmen Gerichte auf Wärmeplatten auf einen Beistelltisch gestellt. Die Auswahl war groß, und der Geruch wirkte auf Cordelia, die bis jetzt nicht gemerkt hatte, wie hungrig sie war, fast unerträglich appetitanregend. Es gab eine hoch mit glänzendem Reis beladene Platte, eine große Kasserolle mit Kalbfleisch in einer kräftigen Pilzsauce, eine Schüssel mit Spinat. Daneben gab es ein kaltes Büfett mit einem großen Schinken, einer Rinderlende und einer verlockenden Auswahl von Salaten und Obst. Die Gäste bedienten sich selbst und trugen ihre Teller mit einer beliebigen Zusammenstellung von warmen oder kalten Speisen, je nach Geschmack, an den Tisch. Die jungen Wissenschaftler luden ihre Teller voll, und Cordelia folgte ihrem Beispiel.

Sie interessierte sich kaum für die Unterhaltung und stellte nur fest, daß sie sich vorwiegend um Wissenschaftliches drehte und daß Lunn, obgleich er weniger redete als die anderen, als Gleichberechtigter mit ihnen sprach. Sie hatte sich vorgestellt, er müßte in seinem ziemlich engen Smoking lächerlich aussehen, aber erstaunlicherweise schien er sich am wohlsten zu fühlen, die zweitstärkste Persönlichkeit im Zimmer. Cordelia versuchte zu analysieren, warum das so war, mußte sich aber geschlagen geben. Er aß langsam, widmete der Anordnung der Speisen auf seinem Teller übertriebene Aufmerksamkeit und lächelte von Zeit zu Zeit heimlich in seinen Wein.

Am anderen Ende des Tisches schälte Sir Ronald einen Apfel und unterhielt sich mit zur Seite geneigtem Kopf mit seinem Gast. Die grüne Schale glitt dünn über seine langen Finger und ringelte sich auf seinen Teller hinunter. Cordelia warf einen Blick auf Miss Leaming. Sie starrte Sir Ronald mit einem solch beharrlichen und forschenden Interesse an, daß Cordelia das ungute Gefühl hatte, jedes anwesende Auge müsse unwiderstehlich auf diese bleiche hochmütige Maske gezogen werden. Dann schien Miss Leaming sich ihres Blickes bewußt zu werden. Sie entspannte sich und wandte sich an Cordelia.

«Als wir zusammen hierhergefahren sind, haben Sie Hardy gelesen. Gefällt er Ihnen?»

«Sehr. Aber Jane Austen lese ich noch lieber.»

«Dann müssen Sie zusehen, daß Sie eine Gelegenheit finden, das Fitzwilliam-Museum in Cambridge zu besuchen. Sie haben dort einen Originalbrief von Jane Austen. Ich denke, das wird Sie interessieren.»

Sie sprach mit der beherrschten künstlichen Fröhlichkeit einer Gastgeberin, die versucht, für einen schwierigen Gast ein interessantes Thema zu finden. Cordelia, den Mund voll mit Kalbfleisch und Pilzen, fragte sich, wie sie dieses Essen überstehen sollte. Zum Glück hatte jedoch der amerikanische Professor das Wort «Fitzwilliam» aufgeschnappt und rief jetzt über den Tisch, um sich nach der Majolikasammlung des Museums, für die er sich offenbar besonders interessierte, zu erkundigen. Das Gespräch wandte sich allgemeinen Themen zu.

Miss Leaming fuhr Cordelia zum Bahnhof, diesmal nach Audley End anstatt nach Cambridge, eine Änderung, für die kein Grund genannt wurde. Sie sprachen während der Fahrt nicht über den Fall. Cordelia war von Müdigkeit, Essen und Wein erschöpft und ließ sich bereitwillig führen und in den Zug setzen, ohne daß sie versuchte, weitere Auskünfte zu erhalten. Sie glaubte auch nicht ernsthaft, daß sie welche bekommen hätte. Als der Zug aus dem Bahnhof fuhr, rissen ihre müden Finger ungeschickt die Klappe des festen Briefumschlags auf, den Miss Leaming ihr gegeben hatte, und sie zog den Brief heraus und las ihn. Er war fachmännisch getippt und angeordnet, teilte ihr aber wenig mehr mit, als sie bereits erfahren hatte. Dabei lag das Foto. Sie sah das Bild eines lachenden Jungen, der seinen Kopf halb der Kamera zuwandte und mit einer Hand seine Augen vor der Sonne schützte. Er trug Jeans und eine Weste und lag aufgestützt auf dem Rasen, einen Stapel Bücher hinter sich im Gras. Vielleicht hatte er da unter den Bäumen gearbeitet, als sie mit der Kamera durch die Verandatür herausgekommen war und ihm gebieterisch zugerufen hatte zu lächeln. Das Foto sagte Cordelia nur, daß er, zumindest in der festgehaltenen Sekunde, gewußt hatte, wie man glücklich sein kann. Sie steckte es wieder in den Umschlag; ihre Hände schlossen sich schützend darüber. Cordelia schlief.

2. Kapitel

Am nächsten Morgen verließ Cordelia vor sieben Uhr die Cremona Road. Trotz ihrer Müdigkeit hatte sie noch in der letzten Nacht die wichtigsten Vorbereitungen getroffen, bevor sie zu Bett gegangen war. Sie hatte nicht lange dazu gebraucht. Wie Bernie es ihr beigebracht hatte, überprüfte sie systematisch die Tasche mit dem kriminalistischen Zubehör, eine überflüssige Routine, da sie nicht mehr angerührt worden war, seit Bernie sie ihr zur Feier ihrer Partnerschaft zum erstenmal vorgeführt hatte. Sie legte die Polaroidkamera bereit, sortierte die Straßenkarten aus dem Durcheinander im hintersten Winkel des Schreibtisches, schüttelte den Schlafsack aus und rollte ihn zusammen, füllte eine Tragetasche mit einer eisernen Ration aus Bernies Konservenvorrat an Suppen und Bohnen, überlegte, ob sie ihr Exemplar von Professor Simpsons Buch über Gerichtsmedizin und ihr eigenes tragbares Radio mitnehmen sollte, und entschied sich schließlich dafür, überprüfte ihr Erste-Hilfe-Köfferchen. Schließlich trieb sie ein neues Notizbuch auf, schrieb *Fall Mark Callender* darauf und zog auf den letzten Seiten Linien für die Aufstellung ihrer Auslagen. Diese Vorbereitungen waren immer der befriedigendste Teil eines Falles gewesen, bevor sich Langeweile oder Widerwille einstellten, bevor Hoffnung in Ernüchterung und Mißlingen zerbröckelte. Bernies Planung war immer peinlich genau und erfolgreich gewesen; die Realität war es, die ihn im Stich gelassen hatte.

Zuletzt dachte sie über die Kleiderfrage nach. Wenn dieses heiße Wetter anhielt, war ihr Wollkostüm, das sie nach langen, sorgfältigen Überlegungen von ihrem Ersparten gekauft hatte, um so gut wie jede Unterredung bestehen zu können, unangenehm warm, aber sie würde vielleicht den Leiter eines College sprechen müssen, und dann entsprach ein würdiges und standesgemäßes Auftreten, durch ein Kostüm am besten gewährleistet, genau der Wirkung, die es zu erzielen galt. Sie beschloß, in ihrem rehbraunen Wildlederrock und einem kurzärmeligen Pulli zu fahren und Jeans und wärmere Pullover für eventuelle Geländearbeit einzupacken. Cordelia hatte Spaß an Kleidern, hatte Spaß, sie sich auszudenken und zu kaufen, ein Vergnügen, das weniger von Geldmangel als von ihrem zwanghaften Bedürfnis, ihre ganze Garderobe wie ein ständig zur Flucht bereiter Flüchtling in einen einzigen mittelgroßen Koffer packen zu können, eingeschränkt war.

Sowie sie die ausgreifenden Arme des Londoner Nordens abgeschüttelt hatte, genoß Cordelia die Fahrt. Der Mini schnurrte dahin, und sie meinte, er sei noch nie so leicht gelaufen. Cordelia mochte die flache ostenglische Landschaft, die breiten Straßen der Marktstädte, die Felder, die, nicht von Hecken begrenzt, bis an den Straßenrand reichten, die Offenheit und Freiheit der fernen Horizonte und weiten Himmel. Das Land paßte zu ihrer Stimmung. Sie hatte um Bernie getrauert und würde wieder um ihn trauern, würde seine Kameradschaft und seine anspruchslose Zuneigung vermissen, aber dies war gewissermaßen ihr erster Fall, und sie war froh, daß sie ihn allein in Angriff nehmen konnte. Es war ein Fall, den sie für lösbar hielt. Weder erschreckte er sie, noch fand sie ihn abstoßend. So fuhr sie in glücklicher Erwartung durch die sonnenbeschienene Landschaft, den Kofferraum sorgfältig mit ihrem ganzen Gepäck beladen, und war von der Hochstimmung der Hoffnung erfüllt.

Als sie schließlich das Dorf Duxford erreichte, hatte sie zunächst Schwierigkeiten, Summertrees zu finden. Major Markland war offenbar ein Mann, der glaubte, seine Bedeutung rechtfertige es, den Straßennamen bei seiner Adresse wegzulassen. Aber die zweite Person, die sie fragte, war ein Mann aus dem Dorf, der ihr den Weg zeigen konnte und sich unendliche Mühe bei den einfachsten Richtungsangaben machte, als habe er Angst, eine nachlässige Antwort könnte unhöflich wirken. Cordelia mußte eine passende Stelle zum Wenden suchen und dann ein paar Meilen zurückfahren, denn sie war bereits an Summertrees vorbei.

Und das endlich mußte das Haus sein. Es war ein großes viktorianisches Gebäude aus rotem Backstein, ein gutes Stück zurückgesetzt, mit einem breiten Rasenstreifen zwischen dem offenen Holztor, das zu dem Fahrweg führte, und der Straße. Cordelia fragte sich, warum irgend jemand ein so abschreckend häßliches Haus hatte bauen wollen oder warum er, wenn er sich schon dazu entschlossen hatte, diese Vorstadtungeheuerlichkeit mitten aufs Land gesetzt hatte. Vielleicht war es an der Stelle eines früheren, schöneren Hauses gebaut worden. Sie fuhr den Mini auf das Gras, aber in einiger Entfernung vom Tor, und ging die Zufahrt hinauf. Der Garten paßte zum Haus; er war streng bis zur Künstlichkeit angeordnet, und fast zu gut gepflegt. Sogar die Steingartenpflanzen sprossen wie krankhafte Auswüchse in sorgfältig geplanten Abständen zwischen den Terrassenplatten hervor. Im Rasen gab es zwei rechteckige Beete, beide mit roten Rosensträuchern bepflanzt und mit abwechselnden Borten von Lobelien und Steinkraut umrandet. Sie sahen wie eine patriotische Schaustellung in einem öffentlichen Park aus. Cordelia vermißte nur noch den Fahnenmast.

Die Eingangstür war offen und gab den Blick in eine dunkle, braungestrichene Halle frei. Bevor Cordelia läuten konnte, kam eine ältere Frau, die einen Schubkarren voller Pflanzen vor sich herschob, um die Ecke des Hauses. Trotz der Hitze trug sie Stulpenstiefel, einen Pullover und einen langen Tweedrock und hatte ein Tuch um den Kopf gebunden. Als sie Cordelia sah, ließ sie die Griffe des Schubkarrens los und sagte:

«Oh, guten Morgen. Sie kommen wohl von der Kirche wegen dem Trödel?»

Cordelia sagte:

«Nein, nicht deswegen. Ich komme von Sir Ronald Callender. Es geht um seinen Sohn.»

«Dann kommen Sie wohl wegen seiner Sachen vorbei? Wir haben uns schon gefragt, wann Sir Ronald danach schicken würde. Sie sind noch im Gartenhaus. Wir sind, seit Mark gestorben ist, nicht mehr unten gewesen. Wir haben ihn Mark genannt, wissen Sie. Nun, er hat uns nie erzählt, wer er war, was ziemlich ungezogen von ihm war.»

«Es ist auch nicht wegen Marks Sachen. Ich möchte mich über Mark selbst unterhalten. Sir Ronald hat mich angestellt, damit ich versuche herauszubekommen, warum sein Sohn sich umbrachte. Mein Name ist Cordelia Gray.»

Diese Neuigkeit schien Mrs. Markland eher zu verblüffen als aufzuregen. Sie blinzelte Cordelia rasch mit ängstlichen, ziemlich einfältigen Augen an und griff krampfhaft nach den Schubkarrengriffen, als müsse sie sich stützen.

«Cordelia Gray? Dann sind wir uns noch nicht begegnet, oder? Ich glaube nicht, daß ich eine Cordelia Gray kenne. Vielleicht wäre es besser, wenn Sie ins Wohnzimmer kommen und mit meinem Mann und meiner Schwägerin sprechen.»

Sie ließ den Schubkarren stehen, wo er stand, mitten auf dem Weg, und ging ins Haus voran, wobei sie ihr Kopftuch abzog und fruchtlos an ihrem Haar herumrückte. Cordelia folgte ihr durch die dürftig möblierte, nach Bohnerwachs riechende Halle mit ihrem Durcheinander von Spazierstöcken, Schirmen und Regenmänteln, die den schweren Kleiderständer aus Eichenholz zierten, in ein Zimmer auf der Rückseite des Hauses.

Es war ein gräßliches Zimmer, mit unharmonischem Grundriß, ohne Bücher, nicht in schlechtem Geschmack, sondern in überhaupt keinem Geschmack möbliert. Ein ausladendes Sofa mit abstoßendem Muster und zwei Sessel umrahmten den Kamin, und ein schwerer Mahagonitisch mit reichem Schnitzwerk, auf seinem Piedestal schwankend, nahm die Mitte des Zimmers ein. Das war fast das ganze Mobiliar. Die einzigen Bilder waren gerahmte Gruppenfotos, blasse, längliche Gesichter, zu klein, um sie zu erkennen, in geraden, namenlosen Reihen vor der Kamera aufgebaut. Eines war ein Regimentsfoto; das andere zeigte ein Paar gekreuzte Ruder über zwei Reihen von stämmigen Jünglingen, die alle flache Schildmützen und gestreifte Blazer trugen. Cordelia vermutete, daß es der Ruderklub einer Schule war.

Trotz der Wärme des Tages war das Zimmer düster und kalt. Die Verandatüren standen offen. Auf dem Rasen draußen waren eine Hollywoodschaukel mit einem fransenbesetzten Baldachin, drei Rohrstühle, jeder mit einem Fußbänkchen und verschwenderisch mit grellblauer Kretonne gepolstert, und ein hölzerner Lattentisch gruppiert. Sie sahen aus, als gehörten sie zu einem Bühnenbild, wobei es dem Bühnenbildner irgendwie mißlungen war, die Stimmung zu treffen. Alle Gartenmöbel sahen neu und unbenutzt aus. Cordelia fragte sich, warum die Familie an einem schönen Sommermorgen lieber drinnen saß, wo der Rasen so viel bequemer ausgestattet war.

Mrs. Markland stellte Cordelia vor, indem sie mit dem Arm eine ausholende Geste der Übergabe machte und leise zu den Versammelten im allgemeinen sagte:

«Miss Cordelia Gray. Sie kommt nicht wegen dem Trödel für die Kirche.»

Cordelia war verblüfft, wie ähnlich sich der Mann, seine Frau und Miss Markland sahen. Alle drei erinnerten sie an Pferde. Sie hatten lange, knochige Gesichter, einen schmalen Mund über einem ausgeprägten eckigen Kinn, unschön eng stehende Augen und graues, grob aussehendes Haar, das die beiden Frauen in dicken Ponies bis fast auf die Augen trugen. Major Markland trank Kaffee aus einer übergroßen, am Rand und außen ziemlich verschmierten weißen Tasse, die auf einem runden Blechtablett stand. Er hielt die *Times* in den Händen. Miss Markland strickte, eine Beschäftigung, die für Cordelias Geschmack irgendwie nicht zu einem warmen Sommermorgen paßte.

Die zwei Gesichter, unfreundlich, kaum neugierig, betrachteten sie mit einer gewissen Ablehnung. Miss Markland konnte stricken, ohne auf die Nadeln zu sehen, und diese Fertigkeit erlaubte es ihr, Cordelia mit scharfen, fragenden Augen zu fixieren. Von Major Markland aufgefordert, Platz zu nehmen, setzte Cordelia sich auf die Sofakante und erwartete fast, daß das weiche Polster ein unfeines Geräusch von sich geben würde, wenn es unter ihr zusammensank. Sie fand es jedoch überraschend hart. Sie gab ihrem Gesicht den angemessenen Ausdruck – Ernsthaftigkeit kombiniert mit Tüchtigkeit und einem Anflug von versöhnender Bescheidenheit schienen in etwa richtig, aber sie war sich nicht sicher, ob es ihr gelang, das so hinzukriegen. Als sie da saß, die Knie geziert geschlossen, ihre Umhängetasche vor ihren Füßen, war ihr schmerzlich bewußt, daß sie wahrscheinlich mehr einer eifrigen Siebzehnjährigen glich, die ihr erstes Vorstellungsgespräch vor sich hat, als einer reifen Geschäftsfrau, der alleinigen Inhaberin von Prydes Detektivbüro.

Sie überreichte Sir Ronalds Vollmacht und sagte:

«Sir Ronald war Ihretwegen sehr unglücklich, ich meine, es war schrecklich für Sie, daß es auf Ihrem Grundstück passieren mußte, wo Sie doch so nett gewesen sind, Mark eine Arbeit zu geben, die ihm gefiel. Sein Vater hofft, es macht Ihnen nichts aus, darüber zu sprechen; es geht nur darum, daß er wissen möchte, was seinen Sohn veranlaßt hat, sich umzubringen.»

«Und er hat Sie geschickt?» In Miss Marklands Stimme war eine Mischung aus Ungläubigkeit, Belustigung und Geringschätzung. Cordelia nahm die Grobheit nicht übel. Sie fühlte, daß Miss Markland irgendwie recht hatte. Sie gab eine Erklärung, die, wie sie hoffte, glaubwürdig klang. Sie war wahrscheinlich richtig.

«Sir Ronald glaubt, es müßte irgend etwas mit Marks Leben an der Universität zu tun haben. Er verließ das College ganz plötzlich, wie Sie vielleicht wissen, und sein Vater erfuhr nie warum. Sir Ronald dachte, daß ich vielleicht mit größerem Erfolg mit Marks Freunden reden könnte als der übliche Typ des Privatdetektivs. Er meinte, er könne damit nicht die Polizei behelligen; schließlich ist diese Art von Untersuchung wirklich nicht ihr Geschäft.»

Miss Markland sagte grimmig:

«Ich hätte gedacht, genau das ist ihre Arbeit; das heißt, wenn Sir Ronald glaubt, daß irgend etwas bei dem Tod seines Sohnes nicht stimmt ...»

Cordelia unterbrach sie:

«O nein, ich glaube nicht, daß er irgendeine derartige Vermutung hat! Er ist mit dem Urteil völlig zufrieden. Er möchte nur unbedingt wissen, was ihn dazu gebracht hat, das zu tun.»

Miss Markland sagte mit einer überraschenden Heftigkeit:

«Er war ein Drop-out, ein Ausbrecher. Er brach aus der Universität aus, er brach anscheinend aus seinen familiären Verpflichtungen aus, er brach schließlich aus dem Leben aus. Buchstäblich.»

Ihre Schwägerin gab einen kleinen Ausruf des Protestes von sich.

«Oh, Eleanor, ist das ganz gerecht? Er hat hier wirklich gut gearbeitet. Ich habe den Jungen gern gehabt. Ich glaube nicht ...»

«Ich leugne nicht, daß er sein Geld verdient hat. Das ändert nichts an der Tatsache, daß er zur Gärtnerarbeit weder geboren noch ausgebildet war. Er war deshalb ein Drop-out. Ich weiß den Grund nicht, und ich bin auch nicht daran interessiert, ihn aufzudecken.»

«Wie kamen Sie dazu, ihn anzustellen?» fragte Cordelia.

Diesmal antwortete Major Markland.

«Er sah meine Anzeige wegen einem Gärtner in den *Cambridge Evening News* und kreuzte hier eines Abends auf seinem Fahrrad auf. Ich nehme an, daß er den ganzen Weg von Cambridge her mit dem Rad gefahren ist. Es muß vor ungefähr fünf Wochen gewesen sein, an einem Dienstag, glaube ich.»

Wieder unterbrach Miss Markland:

«Es war Dienstag, der 9. Mai.»

Der Major sah sie mißbilligend an, als ärgerte es ihn, daß er diese Auskunft nicht widerlegen konnte.

«Ja, gut, Dienstag der 9. Er sagte, daß er beschlossen habe, die Universität zu verlassen und Arbeit zu suchen, und daß er meine Anzeige gesehen habe. Er gab zu, daß er nicht viel von Gartenarbeit verstand, sagte aber, er sei stark und bereit zu lernen. Seine Unerfahrenheit störte mich nicht! Wir wollten ihn vor allem für den Rasen und das Gemüse. Den Blumengarten rührte er nie an; meine Frau und ich kümmern uns selbst darum. Wie dem auch sei, der Junge machte einfach einen guten Eindruck auf mich, und ich dachte, ich lasse es auf den Versuch ankommen.»

Miss Markland sagte:

«Du hast ihn genommen, weil er der einzige Bewerber war, der bereit war, für den kläglichen Hungerlohn, den du angeboten hast, zu arbeiten.» Der Major, weit davon entfernt, wegen dieser Direktheit beleidigt zu sein, lächelte selbstgefällig.

«Ich zahlte ihm, was er wert war. Wenn mehr Arbeitgeber dazu bereit wären, würde das Land nicht von dieser Inflation heimgesucht.» Er sprach wie einer, für den die Nationalökonomie ein offenes Buch ist.

«Haben Sie es nicht eigenartig gefunden, wie er so aufkreuzte?»

«Natürlich, verdammt eigenartig! Ich dachte, er wird wohl rausgeflogen sein; Alkohol, Drogen, Revolution, Sie wissen ja, was die da heute in Cambridge aushecken. Aber ich fragte ihn nach dem Namen seines Tutors als Referenz und rief ihn an, einen Burschen namens Horsfall. Er war nicht besonders entgegenkommend, aber er versicherte mir, daß der Junge freiwillig gegangen sei und, um seine eigenen Worte zu gebrauchen, daß sein Benehmen im College fast bis zur Langeweile einwandfrei gewesen sei. Ich brauchte keine Angst zu haben, daß die Schatten von Summertrees beschmutzt würden.»

Miss Markland wendete ihr Strickzeug und fiel in den leisen Ausruf ihrer Schwägerin «Was kann er damit gemeint haben?» mit der trockenen Bemerkung:

«Ein wenig mehr Langeweile von dieser Art wäre willkommen aus diesem Sodom und Gomorrha.»

«Sagte Mr. Horsfall Ihnen, warum Mark das College verlassen hat?» fragte Cordelia.

«Danach habe ich nicht gefragt. Das ging mich nichts an. Ich habe eine klare Frage gestellt und eine mehr oder weniger klare Antwort bekommen, so klar, wie Sie es von diesen akademischen Typen erwarten können. Wir hatten bestimmt keine Klagen über den Burschen, solange er hier war. So jedenfalls sehe ich es.»

«Wann ist er in das Gartenhaus eingezogen?» fragte Cordelia.

«Sofort. Das war natürlich nicht unsere Idee. Wir hatten die Stelle durchaus nicht mit Wohnmöglichkeit angeboten. Er hatte das Gartenhaus jedoch anscheinend gesehen und Gefallen an dem Platz gefunden, und er fragte, ob wir etwas dagegen hätten, wenn er sich dort einquartierte. Es war für ihn nicht gut möglich, jeden Tag von Cambridge hierher zu radeln, das haben wir natürlich eingesehen, und soviel wir wußten, gab es niemand im Dorf, der ihn hätte aufnehmen können. Ich kann nicht behaupten, daß ich von der Idee begeistert war; am Gartenhaus müßte eine Menge getan werden. Tatsächlich spielen wir mit dem Gedanken, einen Umbauzuschuß zu beantragen und das Haus dann abzustoßen. In seinem jetzigen Zustand würde es für eine Familie nicht ausreichen, aber der Junge war anscheinend richtig erpicht darauf, also stimmten wir zu.»

Cordelia sagte:

«Er muß also das Gartenhaus besichtigt haben, bevor er wegen der Arbeit kam.»

«Besichtigt? Hm, ich weiß nicht. Vermutlich hat er ein bißchen herumgeschnüffelt, um zu sehen, was für ein Anwesen das war, bevor er tatsächlich an die Tür kam. Ich weiß nicht, ob ich ihm das vorwerfen soll, ich hätte es genauso gemacht.»

Mrs. Markland mischte sich ein:

«Er war richtig hinter dem Gartenhaus her, wirklich. Ich habe ihm erklärt, daß es dort weder Gas noch Elektrizität gibt, aber er sagte, das würde ihm nichts ausmachen; er würde einen Gaskocher kaufen und sich mit Petroleumlampen behelfen. An die Wasserleitung ist es natürlich angeschlossen, und der größte Teil des Daches ist wirklich ganz intakt. Das glaube ich wenigstens. Wissen Sie, wir gehen da gar nicht hin. Er schien sich sehr gut einzuleben. Wir haben ihn eigentlich nie besucht, es gab keinen Grund dafür, aber soweit ich sehen konnte, ist er bestens allein zurechtgekommen. Natürlich war er, wie mein Mann gesagt hat, sehr unerfahren, das eine oder andere mußten wir ihm beibringen, zum Beispiel, daß er jeden Morgen früh in die Küche kommen mußte, um sich die Anweisungen zu holen. Aber ich hatte den Jungen gern; er hat immer tüchtig gearbeitet, wenn ich im Garten war.»

Cordelia sagte:

«Ob ich mir wohl das Gartenhaus einmal ansehen könnte?»

Die Bitte verwirrte sie. Major Markland sah seine Frau an. Es herrschte verlegenes Schweigen, und Cordelia fürchtete einen Augenblick, die Antwort würde nein heißen. Dann spießte Miss Markland ihre Nadeln in den Wollknäuel und stand auf:

«Ich komme gleich mit», sagte sie.

Das Gelände von Summertrees war ausgedehnt. Zuerst kam der streng angelegte Rosengarten, die Sträucher dicht gepflanzt und nach Art und Farbe zusammengestellt wie in einer Gärtnerei, die Namensschilder in genau gleicher Höhe über dem Erdboden angebunden. Danach kam der Küchengarten, durch einen Kiespfad zweigeteilt, der mit seinen gejäteten Reihen von Kopfsalat und Kohlsorten und den Flecken von umgegrabenem Erdreich von Marks Arbeit zeugte. Schließlich gingen sie durch ein Tor in einen kleinen Obstgarten mit alten und unbeschnittenen Apfelbäumen.

Das gemähte Gras, das kräftig nach Heu roch, lag in dicken Schwaden um die knorrigen Stämme.

Am anderen Ende des Obstgartens war eine dichte Hecke so wild gewuchert, daß die kleine Tür in den Garten hinter dem Gartenhaus zuerst kaum zu sehen war. Aber das Gras war auf beiden Seiten geschnitten, und die Tür ließ sich von Miss Marklands Hand leicht öffnen. Auf der anderen Seite war eine dicke Brombeerhecke, dunkel und undurchdringlich, die man ein Leben lang offenbar wild hatte wachsen lassen. Irgend jemand hatte einen Weg freigeschlagen, aber Miss Markland und Cordelia mußten sich tief bücken, damit ihr Haar sich nicht in dem Gewirr der Dornenzweige verfing.

Sobald sie dieses Hindernis hinter sich hatte, hob Cordelia den Kopf und blinzelte im strahlenden Sonnenschein. Sie stieß einen kleinen Freudenschrei aus. Mark Callender hatte in der kurzen Zeit, die er hier gewohnt hatte, aus Chaos und Vernachlässigung eine kleine Oase der Ordnung und Schönheit geschaffen. Er hatte alte Blumenbeete entdeckt und die übriggebliebenen Pflanzen gepflegt; der Plattenweg war von Gras und Moos gesäubert; ein kleines Rasenviereck rechts von der Tür zum Gartenhaus war gemäht und vom Unkraut befreit worden. Auf der anderen Seite des Weges war ein Flecken von ein paar Quadratmetern zum Teil umgegraben. Der Spaten steckte noch in der Erde, tief hineingestoßen, ungefähr einen halben Meter vom Ende der Reihe entfernt.

Das Gartenhaus war ein niedriges Backsteingebäude unter einem Schieferdach. Es strahlte im Licht der Morgensonne trotz der nackten, vom Regen verwaschenen Tür, den morschen Fensterrahmen und dem Blick auf freiliegende Dachbalken den leisen melancholischen Zauber von Alter aus, das noch nicht dem Verfall ausgeliefert war. Direkt vor der Haustür stand ein nachlässig fallen gelassenes Paar erdverkrusteter schwerer Gartenschuhe.

«Gehören die ihm?» fragte Cordelia.

«Wem sonst?»

Sie standen eine Weile nebeneinander und betrachteten die umgegrabene Erde. Keiner sprach. Dann gingen sie zu der Hintertür. Miss Markland steckte den Schlüssel ins Schloß. Er drehte sich leicht, als sei das Schloß vor kurzem geölt worden. Cordelia folgte ihr in das Wohnzimmer des Hauses.

Die Luft war kühl nach der Hitze im Garten, aber muffig und verströmte einen Hauch von Krankheit. Cordelia sah, daß das Gartenhaus einen einfachen Grundriß hatte. Es gab drei Türen; die eine geradeaus ging offensichtlich auf den Vorgarten, aber sie war abgeschlossen und verriegelt, und von den Angeln hingen Spinnweben, als sei sie seit Generationen nicht mehr geöffnet worden. Eine andere, an der rechten Seite, führte, wie Cordelia annahm, in die Küche. Die dritte Tür stand halb offen, und sie konnte flüchtig eine blanke Holztreppe erkennen, die zum ersten Stock führte. In der Mitte des Zimmers standen ein Tisch mit einer Holzplatte, deren Oberfläche vom vielen Scheuern zerkratzt war, und zwei Küchenstühle, an jedem Ende einer. Mitten auf dem Tisch stand ein blauer geriffelter Becher mit einem Strauß verwelkter Blumen, schwarze dürre Stengel, die traurige Reste unkenntlicher Blüten trugen, deren Pollen die Tischplatte wie mit Goldstaub gefärbt hatten. Sonnenstrahlen fielen durch die reglose Luft; in den Strahlen tanzten Myriaden von winzigen Teilchen, Körnchen von Staub und unendlichem Leben, ihren bizarren Tanz.

Rechts war ein Kamin, ein altmodischer Eisenherd mit Backröhren zu beiden Seiten des offenen Feuers. Mark hatte Holz und Papier verbrannt; auf dem Rost häufte sich weiße Asche, und ein Stapel Anmachholz und kleine Scheite lagen für den nächsten Abend bereit. Auf der einen Seite des Feuers stand ein niedriger Stuhl aus Holzlatten mit einem verblichenen Kissen, auf der anderen ein Stuhl mit einer radförmigen Lehne, dessen Beine abgesägt waren, vielleicht um ihn niedrig genug für einen Kinderstuhl zu machen. Cordelia dachte, daß es vor der Verstümmelung ein schönes Stück gewesen sein mußte.

Zwei gewaltige, vom Alter geschwärzte Balken liefen über die Decke. In der Mitte des einen war ein stählerner Haken angebracht, der vermutlich früher dazu benutzt worden war, um Speck daran aufzuhängen. Cordelia und Miss Markland sahen ihn wortlos an; Frage und Antwort waren überflüssig. Nach einer Weile gingen sie, als hätten sie es abgesprochen, zu den beiden Stühlen am Kamin und setzten sich. Miss Markland sagte:

«Ich war es, die ihn gefunden hat. Er kam nicht rüber in die Küche, um sich die Aufträge für den Tag zu holen, deshalb ging ich nach dem Frühstück hierher, um nachzusehen, ob er verschlafen hatte. Es war genau 9 Uhr 23. Die Tür war nicht abgeschlossen. Ich klopfte, aber es kam keine Antwort, also stieß ich die Tür auf. Er hing an dem Haken da mit einem Ledergürtel um den Hals. Er hatte seine blauen Baumwollhosen an, in denen er gewöhnlich arbeitete, und seine Füße waren nackt. Der Stuhl da lag umgekippt auf dem Boden. Ich berührte seine Brust. Sie war ganz kalt.»

«Haben Sie ihn runtergeholt?»

«Nein. Er war eindeutig tot, und ich hielt es für besser, die Leiche so zu lassen, bis die Polizei kam. Ich habe allerdings den Stuhl aufgehoben und so hingestellt, daß er seine Füße stützte. Es war gegen jede Vernunft, ich weiß, aber ich konnte es nicht ertragen, ihn da hängen zu sehen, ohne den Druck an seiner Kehle zu erleichtern. Es war, wie ich gesagt habe, eine unsinnige Handlung.»

«Ich meine, es war ganz natürlich. Ist Ihnen sonst irgend etwas an ihm oder am Zimmer aufgefallen?»

«Ein halbleerer Becher mit irgendwas, das nach Kaffee aussah, stand auf dem Tisch, und im Kamin war ziemlich viel Asche. Es sah aus, als hätte er Papiere verbrannt. Seine Reiseschreibmaschine war da, wo Sie sie jetzt sehen, auf diesem Beistelltisch; der Abschiedsbrief war noch in der Maschine. Ich las ihn, dann ging ich zum Haus zurück, sagte meinem Bruder und meiner Schwägerin, was passiert war, und rief die Polizei an. Nachdem die Polizei gekommen war, brachte ich sie zum Gartenhaus und erzählte nochmals, wie ich ihn gefunden hatte. Bis zu diesem Augenblick bin ich nicht wieder hierhergekommen.»

«Haben Sie oder Major und Mrs. Markland Mark am Abend, bevor er starb, gesehen?»

«Keiner von uns hat ihn gesehen, nachdem er, ungefähr um halb sieben, mit der Arbeit aufgehört hatte. Er war an jenem Abend ein bißchen später dran, weil er den Rasen vorm Haus fertig mähen wollte. Wir alle haben gesehen, wie er den Rasenmäher wegbrachte und dann durch den Garten auf den Obstgarten zuging. Wir haben ihn nicht mehr lebend gesehen. Keiner von uns war an jenem Abend in Summertrees. Wir hatten eine Einladung zum Abendessen in Trumpington – bei einem alten Kriegskameraden meines Bruders. Wir kamen erst nach Mitternacht nach Hause. Da muß Mark nach Aussage des Arztes schon ungefähr vier Stunden tot gewesen sein.»

Cordelia sagte:

«Bitte erzählen Sie mir von ihm.»

«Was gibt es da zu erzählen? Seine Arbeitszeit ging von halb neun bis sechs Uhr, mit einer Stunde Pause zum Mittagessen und einer halben Stunde zum Tee. An den Abenden arbeitete er gewöhnlich im Garten hier oder um das Gartenhaus. Manchmal fuhr er in seiner Mittagspause in den Laden im Dorf. Ich habe ihn ab und zu dort getroffen. Er kaufte nicht viel – einen Laib Vollkornbrot, Butter, die billigste Sorte Speck, Tee, Kaffee – das übliche. Ich habe einmal gehört, wie er nach Gutshofeiern fragte, und Mrs. Morgan sagte ihm, daß Wilcox auf der Grange-Farm ihm immer ein halbes Dutzend verkaufen würde. Wir unterhielten uns nicht, wenn wir uns begegneten, aber er lächelte mir zu. Abends, sobald es dämmerte, las er gewöhnlich an diesem Tisch oder schrieb auf der Maschine. Ich konnte seinen Kopf im Lampenlicht sehen.»

«Sagte Major Markland nicht, daß Sie das Gartenhaus nie aufgesucht haben?»

«Die andern nicht; für sie sind gewisse peinliche Erinnerungen damit verbunden. Aber ich.» Sie schwieg und blickte in das erloschene Feuer.

«Mein Verlobter und ich verbrachten hier viel Zeit vor dem Krieg, als er in Cambridge war. Er kam 1937 ums Leben, als er in Spanien für die Sache der Republik kämpfte.»

«Das tut mir leid», sagte Cordelia. Sie empfand die Unzulänglichkeit, die Unaufrichtigkeit ihrer Antwort, und doch, was hätte sie sonst sagen sollen? Das war alles vor fast vierzig Jahren geschehen. Sie hatte nie von ihm gehört. Das kurze Gefühl von Schmerz, so kurz, daß sie es kaum merkte, war nicht mehr als eine vorübergehende Unannehmlichkeit, ein sentimentales Bedauern für alle Liebhaber, die jung sterben mußten, für die Unvermeidlichkeit menschlichen Verlustes.

Miss Markland sprach mit einer unvermuteten Leidenschaft, als drängten die Worte gewaltsam aus ihr heraus.

«Ich mag Ihre Generation nicht, Miss Gray. Ich hasse eure Arroganz, eure Selbstsucht, euer Ungestüm, die eigenartige Verteilung eures Mitgefühls. Ihr zahlt für nichts mit gleicher Münze, nicht einmal für eure Ideale. Ihr lästert und zerstört und baut nie auf. Ihr fordert die Strafe heraus wie widerspenstige Kinder, dann schreit ihr, wenn ihr bestraft werdet. Die Männer, die ich gekannt habe, mit denen ich aufgewachsen bin, waren nicht so.»

Cordelia sagte leise:

«Ich glaube, Mark Callender war auch nicht so.»

«Vielleicht nicht. Zumindest richtete sich die Gewalt, die er anwandte, gegen ihn selbst.» Sie sah Cordelia forschend an.

«Sicher werden Sie sagen, ich sei eifersüchtig auf die Jugend. Es ist eine ziemlich verbreitete Erscheinung in meiner Generation.»

«Das sollte nicht sein. Ich kann nie verstehen, warum die Menschen eifersüchtig sein müssen. Schließlich ist die Jugend kein bestimmtes Privileg, wir alle bekommen den gleichen Anteil davon. Manche Menschen werden vielleicht in eine leichtere Zeit geboren oder sind reicher und privilegierter als andere, aber das hat mit Jungsein nichts zu tun. Und jung zu sein, das kann manchmal schrecklich sein. Erinnern Sie sich nicht, wie schrecklich es sein konnte?»

«Doch, ich erinnere mich. Aber ich erinnere mich auch an andere Dinge.»

Cordelia saß schweigend da und dachte, daß das Gespräch einen eigenartigen Verlauf nahm, aber auch irgendwie unvermeidlich war, und daß sie es, aus was für Gründen auch immer, nicht schlimm fand. Miss Markland blickte auf.

«Seine Freundin besuchte ihn einmal. Wenigstens nehme ich an, daß sie seine Freundin war, oder warum wäre sie sonst gekommen? Das war ungefähr drei Tage nachdem er zu arbeiten angefangen hatte.»

«Wie sah sie aus?»

«Schön. Sehr blond, mit einem Gesicht wie ein Botticelli-Engel – glatt, oval, unintelligent. Sie war Ausländerin, Französin, glaube ich. Sie war auch reich.»

«Woher wissen Sie das, Miss Markland?» Cordelia war verblüfft.

«Weil sie mit einem ausländischen Akzent sprach; weil sie in einem weißen Renault vorgefahren kam, den ich für ihr eigenes Auto hielt; weil ihre Kleidung, die ausgefallen war und nicht aufs Land paßte, nicht billig war; weil sie mit der selbstsicheren Arroganz der Reichen auf die Haustür zuging und verkündete, daß sie ihn besuchen wollte.»

«Und haben sie sich getroffen?»

«Er arbeitete da gerade im Obstgarten und mähte das Gras. Ich brachte sie zu ihm. Er begrüßte sie ruhig und ohne Verlegenheit und ließ sie im Gartenhaus sitzen, bis es für ihn Zeit war, mit der Arbeit aufzuhören. Er schien ziemlich erfreut zu sein, sie zu sehen, aber weder begeistert noch überrascht, dachte ich. Er stellte sie nicht vor. Ich ließ sie allein und ging zum Haus zurück, bevor er Gelegenheit dazu hatte. Ich habe sie nicht wiedergesehen.»

Bevor Cordelia sprechen konnte, sagte sie plötzlich:

«Sie denken daran, eine Zeitlang hier zu wohnen, nicht wahr?»

«Werden sie etwas dagegen haben? Ich möchte nicht fragen – falls sie nein sagen.»

«Sie werden es nicht erfahren, und wenn doch, ist es ihnen egal.»

«Aber macht es Ihnen etwas aus?»

«Nein. Ich werde Sie nicht belästigen, und es macht mir nichts aus.» Sie unterhielten sich flüsternd, als wären sie in einer Kirche. Dann stand Miss Markland auf und ging zur Tür. Sie wandte sich um.

«Sie haben diese Arbeit natürlich wegen des Geldes angenommen. Warum nicht. Aber wenn ich Sie wäre, würde ich die Sache auf dieser Ebene belassen. Es ist unklug, in eine zu persönliche Beziehung zu einem Menschen zu treten. Wenn dieser Mensch tot ist, ist es vielleicht nicht nur unklug, sondern auch gefährlich.»

Miss Markland stapfte den Gartenpfad hinunter und verschwand durch das Türchen. Cordelia freute sich, sie gehen zu sehen. Sie zappelte vor Ungeduld, das Gartenhaus zu durchsuchen. Hier war es geschehen; hier war es, wo ihre Arbeit erst richtig anfing.

Was hatte der Kriminalrat noch gesagt? «Wenn du ein Gebäude untersuchst, betrachte es, wie du es bei einer Kirche auf dem Land tun würdest. Mach zuerst einen Rundgang. Betrachte die ganze Szene von innen und außen; dann ziehe deine Schlüsse. Frage dich, was du gesehen hast, nicht, was du zu sehen erwartet oder gehofft hast, sondern was du gesehen hast.»

Er mußte demnach ein Mann sein, der ländliche Kirchen mochte, und das war wenigstens einmal ein Punkt zu seinen Gunsten; denn das war bestimmt ein echtes Dalglieshsches Dogma. Bernie hatte auf Kirchen, sei es auf dem Land oder in der Stadt, mit halb abergläubischer Vorsicht reagiert. Cordelia beschloß, dem Rat zu folgen.

Sie ging zuerst auf die Ostseite des Gartenhauses. Hier, diskret zurückgesetzt und fast von der Hecke umschlossen, gab es eine Toilette aus Holz mit einer Tür mit Schnappschloß ähnlich einer Stalltür. Cordelia spähte hinein. Der Abort war sehr sauber und sah aus, als sei er vor kurzem gestrichen worden. Als sie an der Kette zog, rauschte – zu ihrer Erleichterung – das Wasser. Eine Rolle Toilettenpapier hing an einer Schnur an der Tür und an einem Nagel daneben eine kleine Plastiktüte mit einem Vorrat von zerknülltem Apfelsinenpapier und anderem weichem Einpackmaterial. Er war ein sparsamer junger Mann gewesen. Neben der Toilette lag ein großer baufälliger Schuppen. Sie fand darin ein Herrenfahrrad, alt, aber gut gepflegt, eine große Blechbüchse mit weißer Emulsionsfarbe, deren Deckel fest zugedrückt war, und daneben, mit dem Stiel nach unten, einen sauberen Pinsel in einem Marmeladeglas, eine Zinkbadewanne, ein paar saubere Säcke und eine Reihe Gartengeräte. Alles lehnte blitzblank und ordentlich an der Wand oder hing an einem Nagel.

Sie ging zur Vorderseite des Hauses. Sie bot ein deutlich anderes Bild als der Anblick von Süden her. Hier hatte Mark Callender keinen Versuch unternommen, der hüfthohen Wildnis aus Nesseln und Gras, die den kleinen Vorgarten erdrückte und den Weg fast unkenntlich machte, Herr zu werden. Ein dichter, mit kleinen weißen Blüten gesprenkelter Kletterstrauch hatte seine schwarzen dornigen Zweige vorgeschoben und versperrte die beiden unteren Fenster. Das Tor, das zum Weg führte, klemmte und ließ sich nur so weit öffnen, daß sich ein Besucher durchzwängen konnte. Auf beiden Seiten stand ein Eibisch Wache, die Blätter grau vor Staub. Die Ligusterhecke nach vorn war mannshoch. Cordelia konnte erkennen, daß früher Blumenrabatten, die mit großen, weißbemalten Steinen eingefaßt waren, den Pfad auf beiden Seiten gesäumt hatten. Jetzt waren die meisten Steine unsichtbar unter dem ausgreifenden Unkraut versunken, und von den Beeten war nur ein Gestrüpp von wildwuchernden Rosen übrig.

Als sie einen letzten Blick auf den Vorgarten warf, sahen ihre Augen etwas Buntes aufleuchten, das halb unter das Unkraut neben dem Pfad getreten war. Es war eine zerknüllte Seite aus einer Illustrierten. Sie strich sie glatt und sah, daß es eine Farbaufnahme eines weiblichen Aktes war. Die Frau wandte ihren Rücken der Kamera zu und beugte sich nach vorn, wobei sie den fetten Hintern über schenkelhohen Stiefeln ins Bild reckte. Sie lachte frech über ihre Schulter in einer schamlosen Einladung, die durch das lange androgyne Gesicht, das auch durch taktvolles Ausleuchten nicht anders als abstoßend wirken konnte, noch grotesker wurde. Cordelia nahm das Datum oben auf der Seite zur Kenntnis; es war die Mainummer. Demnach war es möglich, daß die Illustrierte, oder zumindest das Bild, in das Gartenhaus gekommen war, als er schon da wohnte.

Sie blieb mit dem Bild in der Hand stehen und versuchte, der Art ihres Ekels, der ihr übertrieben schien, auf den Grund zu kommen. Das Bild war vulgär und obszön, aber nicht anstößiger und ungehöriger als Dutzende andere, die in den Londoner Seitenstraßen ausgestellt waren. Aber als sie es zusammenfaltete und in ihre Tasche steckte – denn es war eine Art von Beweisstück –, fühlte sie sich beschmutzt und deprimiert. War Miss Markland scharfsichtiger gewesen, als sie wußte? War sie, Cordelia, in Gefahr, sich gefühlsmäßig zu sehr mit dem toten Jungen einzulassen? Das Bild hatte vermutlich nichts mit Mark zu tun; es konnte gut von einem beliebigen Besucher des Gartenhauses fallen gelassen worden sein. Aber sie wünschte, sie hätte es nicht gesehen.

Sie ging um die Ecke an die Westseite des Hauses und machte eine weitere Entdeckung. Versteckt hinter einer Gruppe von Holunderbüschen war ein kleiner Brunnen, der etwas über einen Meter im Durchmesser maß. Er hatte keinen Aufbau, war aber mit einem gewölbten Deckel aus Holzlatten und einem Eisenband obendrauf fest verschlossen. Cordelia sah, daß der Deckel mit einem Vorhängeschloß an den Holzrand des Brunnens angeschlossen war, und das Schloß hielt ihrem heftigen Ruck stand, obwohl es vor Alter rostig war. Irgend jemand hatte sich die Mühe gemacht, dafür zu sorgen, daß der Brunnen für Kinder mit Entdeckerdrang und vorbeikommende Landstreicher ungefährlich war.

Und jetzt war es an der Zeit, das Gartenhaus von innen zu erforschen. Zuerst die Küche. Es war ein kleiner Raum mit einem Fenster über dem Spülstein, das nach Osten ging. Sie war offensichtlich vor kurzem gestrichen worden und der große Tisch, der fast den ganzen Raum einnahm, hatte eine rote Plastikdecke bekommen. Es gab eine winzige Speisekammer, die ein halbes Dutzend Bierdosen, ein Glas Marmelade, ein Steinguttöpfchen mit Butter und einen verschimmelten Kanten Brot enthielt. Hier in der Küche fand Cordelia die Erklärung für den unangenehmen Geruch, der ihr aufgefallen war, als sie das Gartenhaus betreten hatte. Auf dem Tisch stand eine offene, ungefähr halbvolle Milchflasche, der silberne Deckel lag zerknüllt daneben. Die Milch war gestockt und von der Zersetzung mit einem Pelz überzogen; eine fette Fliege saugte am Rand der Flasche und blieb auch bei ihrem Festmahl sitzen, als Cordelia instinktiv versuchte, sie wegzuschnipsen. Auf der anderen Seite des Tisches stand ein zweiflammiger Propankocher mit einem schweren Topf auf der einen Kochstelle. Cordelia zog an dem festsitzenden Deckel, der mit einemmal nachgab und einen starken, ekelhaften Geruch entweichen ließ. Sie zog die Tischschublade auf, nahm einen Löffel heraus und rührte das Gericht um. Es sah nach einem Rindfleischeintopf aus. Brocken von grünlichem Fleisch, seifig aussehende Kartoffelstücke und unidentifizierbare Gemüseblätter kamen durch den Schaum nach oben wie ertrunkene, verwesende Kadaver.

Neben dem Spülstein stand eine Apfelsinenkiste, in der er Gemüse aufbewahrt hatte. Die Kartoffeln waren grün, die Karotten runzlig und schlaff, die Zwiebeln waren geschrumpft und hatten Keime getrieben. Es war also nichts aufgeräumt, nichts fortgeschafft worden. Die Polizei hatte die Leiche und alle Beweisstücke, die sie brauchte, weggebracht, aber niemand, weder die Marklands noch die Familie oder die Freunde des Jungen, hatten daran gedacht hierherzukommen und die armseligen Überbleibsel seines jungen Lebens wegzuräumen.

Cordelia ging nach oben. Ein enger Flur führte zu zwei Schlafzimmern, von denen das eine offenbar seit Jahren nicht mehr benutzt worden war. Hier war der Fensterrahmen morsch, der Verputz von der Decke abgebröckelt, und die verblaßte Tapete mit einem Rosenmuster löste sich durch die Feuchtigkeit ab. Im zweiten und größeren Zimmer hatte er geschlafen. Ein einzelnes Eisenbett mit Roßhaarmatratze stand darin, und darauf lagen ein Schlafsack und ein Kopfkeil, der einmal zusammengelegt war, um ein hohes Kissen daraus zu machen. Neben dem Bett war ein alter Tisch mit zwei Kerzen, die mit ihrem eigenen Wachs auf die rissige Platte geklebt waren, und einer Schachtel Streichhölzer. Seine Kleider hingen in dem einteiligen Schrank, eine hellgrüne Kordhose, ein paar Hemden, Pullover und ein guter Anzug. Ein bißchen Unterwäsche, sauber, aber nicht gebügelt, lag zusammengefaltet auf dem Brett darüber. Cordelia befühlte die Pullover. Es waren vier, alle mit komplizierten Mustern aus dicker Wolle handgestrickt. Irgend jemand hatte sich also genug für ihn interessiert, um sich seinetwegen einige Mühe zu machen. Sie fragte sich wer.

Sie fuhr mit ihren Händen über seine kärgliche Garderobe und fühlte nach Taschen. Sie fand nichts außer einer braunen Lederbrieftasche in der linken unteren Tasche seiner Anzugjacke. Aufgeregt ging sie damit ans Fenster in der Hoffnung, sie könnte einen Schlüssel enthalten – einen Brief vielleicht, eine Liste mit Namen und Adressen, eine persönliche Notiz. Aber die Brieftasche war leer bis auf ein paar Pfundnoten, seinen Führerschein und eine Blutspendekarte, die vom Cambridger Bluttransfusionsdienst ausgestellt war und seine Blutgruppe als B, Rhesusfaktor negativ, auswies.

Durch das vorhanglose Fenster hatte man einen Blick auf den Garten. Seine Bücher waren auf dem Fensterbrett aufgebaut. Es waren nicht viele: mehrere Bände der *Cambridge Modern History*; ein paar Bände Trollope und Hardy, eine Gesamtausgabe von William Blake, Schulausgaben von Wordsworth, Browning und Donne, zwei Taschenbücher über Gartenbau. Am Ende der Reihe stand ein in weißes Leder gebundenes Buch, das Anglikanische Gebetbuch, wie Cordelia sah. Es war mit einem hübsch gearbeiteten Messingschloß versehen und sah nach häufiger Benutzung aus. Sie war von den Büchern enttäuscht; sie sagten ihr wenig, was über seine oberflächlichen Vorlieben hinausging. Wenn er sich für dieses einsiedlerische Leben entschlossen hatte, um zu studieren, zu schreiben oder zu philosophieren, war er denkbar schlecht gerüstet gekommen.

Der interessanteste Gegenstand im Zimmer befand sich über dem Bett. Es war ein kleines Ölgemälde, etwa fünfundzwanzig Zentimeter im Quadrat. Cordelia betrachtete es. Es war mit Sicherheit italienisch und wahrscheinlich, dachte sie, spätes 15. Jahrhundert. Es stellte einen jungen Mönch mit Tonsur dar, der lesend an einem Tisch saß, die sensiblen Finger zwischen den Seiten seines Buches. Das lange, beherrschte Gesicht war angespannt vor Konzentration, die Augen unter schweren Lidern fest auf die Seite gerichtet. Die Aussicht aus dem Fenster hinter ihm war eine entzückende Miniatur. Cordelia dachte, daß man wohl niemals müde werden könne, sie zu betrachten. Es war eine toskanische Szene und zeigte eine ummauerte Stadt mit Türmen, umgeben von Zypressen, einen Fluß, der sich wie ein Silberstrom schlängelte, eine prunkend gekleidete Prozession, der Banner vorangetragen wurden, angeschirrte Ochsen, die auf den Feldern arbeiteten. Sie verstand das Bild als Gegenüberstellung der Welten des Geistes und der Tat und versuchte sich zu erinnern, wo sie ähnliche Gemälde gesehen hatte. Die Genossen – wie Cordelia jene allgegenwärtige Clique von Mitrevolutionären, die sich um ihren Vater scharte, in Gedanken immer nannte – hatten ihre Botschaften mit Vorliebe in Gemäldegalerien ausgetauscht, und Cordelia war stundenlang von Bild zu Bild gegangen und hatte gewartet, daß der unauffällige Besucher neben ihr stehenblieb und seine wenigen Worte der Warnung oder Information flüsterte. Das Manöver war ihr immer als eine infantile und unnötig theatralische Art der Kontaktaufnahme erschienen, aber die Galerien waren wenigstens warm, und es hatte ihr Spaß gemacht, die Bilder zu betrachten. Ihr gefiel dieses Bild; offensichtlich hatte er es auch gemocht. Hatte er auch jenes vulgäre Illustriertenfoto gemocht, das sie im Garten gefunden hatte? Offenbarten beide einen wichtigen Teil seines Charakters?

Nach ihrem Besichtigungsrundgang machte sie sich einen Kaffee, indem sie ein Päckchen aus seinem Vorratsschrank benutzte und das Wasser auf der Gasflamme kochte. Sie nahm einen Stuhl aus dem Wohnzimmer, setzte sich mit dem Becher Kaffee im Schoß draußen an die Hintertür und lehnte den Kopf zurück, um die Sonne zu genießen. Sie war von einem leisen Glück erfüllt, als sie dasaß, zufrieden und entspannt, auf die Stille lauschend, die halbgeschlossenen Lider vom Widerschein der Sonne durchdrungen. Aber jetzt war es an der Zeit nachzudenken. Sie hatte das Gartenhaus gemäß den Anweisungen des Kriminalrats untersucht. Was wußte sie jetzt über den toten Jungen? Was hatte sie gesehen? Was konnte sie folgern?

Er war fast zwanghaft ordentlich und sauber gewesen. Seine Gartengeräte wurden nach Gebrauch sorgfältig gereinigt und weggestellt, seine Küche war frisch gestrichen und sauber und aufgeräumt. Dennoch hatte er mit dem Umgraben einen halben Meter vor dem Ende einer Reihe aufgehört, hatte den ungereinigten Spaten in der Erde stecken lassen, hatte seine Gartenschuhe nachlässig an der Hintertür fallen gelassen. Er hatte anscheinend alle Papiere verbrannt, bevor er sich umbrachte, jedoch seinen Kaffeebecher ungespült stehenlassen. Er hatte sich einen Eintopf zum Abendessen gekocht, den er nicht angerührt hatte. Das Gemüse mußte er früher am Tag oder vielleicht einen Tag vorher vorbereitet haben, aber der Eintopf war eindeutig für das Essen an jenem Abend bestimmt gewesen. Der Topf stand noch auf dem Herd und war voll bis zum Rand. Das war keine aufgewärmte Mahlzeit, die vom vorigen Abend übrig war. Dies bedeutete mit Sicherheit, daß er den Entschluß, sich umzubringen, erst gefaßt hatte, nachdem der Eintopf vorbereitet und zum Kochen auf den Herd gestellt worden war. Warum hätte er sich die Mühe machen sollen, eine Mahlzeit zuzubereiten, wenn er gewußt hatte, daß er nicht mehr am Leben sein würde, um sie zu essen?

Aber war es wahrscheinlich, fragte sie sich, daß ein gesunder junger Mann, der nach ein paar Stunden anstrengender Gartenarbeit ins Haus kam, wo ein warmes Essen wartete, in jener Stimmung von Überdruß, Unlust, Seelenqual und Verzweiflung sein sollte, die zum Selbstmord führen kann? Cordelia wußte von Zeiten tiefen Unglücks, aber sie konnte sich nicht erinnern, daß sie auf sinnvolle Betätigung im Freien, in der Sonne, noch dazu mit einem Essen in Aussicht, gefolgt wären. Und warum der Becher Kaffee auf dem

Tisch, der Becher, den die Polizei zur Untersuchung mitgenommen hatte? In der Speisekammer stand Dosenbier; warum hatte er denn nicht eine Dose Bier aufgemacht, wenn er durstig vom Umgraben hereingekommen war? Bier wäre die schnellste, die naheliegendste Art gewesen, seinen Durst zu löschen. Sicher würde niemand, und sei er noch so durstig, kurz vor dem Essen Kaffee kochen und trinken. Kaffee kam nach dem Essen.

Aber angenommen, irgend jemand hätte ihn an jenem Abend besucht? Es war nicht wahrscheinlich, daß jemand wegen einer nebensächlichen Mitteilung im Vorbeigehen hereingeschaut hatte; für Mark war es so wichtig gewesen, daß er einen halben Meter vor dem Ende der Reihe mit dem Umgraben aufgehört und den Besucher in das Gartenhaus gebeten hatte. Vermutlich war es ein Besucher gewesen, der nicht gern Bier trank – konnte das auf eine Frau hindeuten? Es war ein Besucher gewesen, von dem nicht erwartet wurde, daß er zum Essen blieb, der sich aber doch lang genug im Haus aufgehalten hatte, um eine Stärkung angeboten zu bekommen. Vielleicht war es jemand, der auf dem Weg zu seinem eigenen Abendessen war. Offensichtlich war der Besucher nicht vorher zum Abendessen eingeladen worden, oder warum hätten die beiden die Mahlzeit mit Kaffeetrinken beginnen sollen, und warum hatte Mark dann so spät noch im Garten gearbeitet, anstatt hineinzugehen, um sich umzuziehen? Also handelte es sich um einen unvorhergesehenen Besucher. Aber warum gab es nur den einen Becher Kaffee? Bestimmt hätte Mark seinem Besucher dabei Gesellschaft geleistet oder für sich eine Dose Bier aufgemacht, wenn er keine Lust auf Kaffee gehabt hätte. Aber in der Küche war weder eine leere Bierdose noch ein zweiter Becher. Hatte er ihn vielleicht abgewaschen und weggestellt? Aber warum hätte Mark den einen Becher spülen sollen und den anderen nicht? Etwa um die Tatsache zu verschleiern, daß er an jenem Abend Besuch gehabt hatte?

Die Kaffeekanne auf dem Küchentisch war fast leer, und die Milchflasche nur halb voll. Sicher hatten mehr als eine Person Milch und Kaffee genommen. Aber vielleicht war das eine gefährliche und unberechtigte Folgerung; der Besucher hätte natürlich mehr als einen Becher trinken können.

Aber angenommen, es war nicht Mark, der die Tatsache, daß ein Besucher in jener Nacht dagewesen war, hatte verschleiern wollen; angenommen, es war nicht Mark, der den zweiten Becher gespült und weggestellt hatte; angenommen, es war der Besucher, der die Tatsache, daß er dagewesen war, hatte verschleiern wollen. Aber warum sollte er sich damit abgeben, wo er doch gar nicht wissen konnte, daß Mark sich umbringen würde? Cordelia schüttelte sich ungeduldig. Das war natürlich alles Unsinn. Es lag auf der Hand, daß der Besucher den Becher nicht gespült hätte, solange Mark noch da und am Leben gewesen wäre. Er hätte den Beweis für seinen Besuch nur verwischt, wenn Mark schon tot gewesen wäre. Und wenn Mark schon tot war, schon an diesem Haken gehangen hatte, bevor sein Besucher aus dem Gartenhaus gegangen war, konnte es dann wirklich Selbstmord sein? Ein Begriff, der durch Cordelias geheimste Gedanken tanzte, ein gestaltloses, halbgeformtes Gewirr von Buchstaben wurde plötzlich scharf und setzte sich zum erstenmal deutlich zu dem blutbefleckten Wort zusammen. Mord.

Cordelia blieb noch fünf Minuten in der Sonne sitzen und trank ihren Kaffee aus, dann spülte sie den Becher und hängte ihn wieder an den Haken in der Speisekammer. Sie ging den Weg hinunter zur Straße, wo der Mini immer noch auf dem Grasstreifen vor Summertrees stand, froh über das instinktive Gefühl, das sie veranlaßt hatte, ihn außer Sichtweite vom Haus stehenzulassen. Sie ließ weich die Kupplung kommen, fuhr langsam den Weg entlang und hielt dabei auf beiden Seiten Ausschau nach einem möglichen Parkplatz; ließ sie ihn vor dem Gartenhaus stehen, lenkte sie nur die Aufmerksamkeit auf ihre Anwesenheit. Es war schade, daß Cambridge nicht näher war; dann hätte sie Marks Fahrrad benutzen können. Der Mini war für ihre Aufgabe nicht nötig, würde aber immer unangenehm ins Auge fallen, wo immer sie ihn parkte.

Aber sie hatte Glück. Ungefähr fünfzig Meter den Weg hinunter war die Einfahrt zu einem Feld, ein breiter Grasstreifen mit einem kleinen Dickicht am Rand. Das Dickicht sah feucht und unheimlich aus. Man konnte sich nicht vorstellen, daß Blumen aus dieser verpesteten Erde sprießen oder zwischen diesen narbigen und verkrüppelten Bäumen blühen konnten. Auf dem Boden verstreut lagen alte Töpfe und Pfannen, das umgekippte Gerippe eines Kinderwagens, ein ramponierter rostiger Gasherd. Neben einer verkümmerten Eiche zerfiel ein verfilzter Haufen Wolldecken und wurde eins mit der Erde. Aber es war genügend Platz, den Mini vom Weg herunter und in eine Art Deckung zu fahren. Wenn sie ihn sorgfältig abschloß, wäre er hier besser aufgehoben als vor dem Gartenhaus, und nachts, dachte sie, würde man ihn nicht bemerken.

Doch jetzt fuhr sie ihn zum Gartenhaus und begann auszupakken. Sie schob Marks wenige Wäschestücke auf die eine Seite des Bords und setzte ihre eigenen daneben. Sie legte ihren Schlafsack auf das Bett über seinen und freute sich über diese zusätzliche Bequemlichkeit. Auf der Fensterbank am Küchenfenster standen eine rote Zahnbürste und eine halb aufgebrauchte Tube Zahnpasta in einem Marmeladeglas; sie legte ihre gelbe Bürste und ihre eigene Zahnpasta daneben. Ihr Handtuch hängte sie neben seines über die Schnur, die er mit zwei Nägeln unter dem Spülstein angebracht hatte. Dann machte sie eine Bestandsaufnahme vom Inhalt der Speisekammer und schrieb die Dinge auf, die sie brauchen würde. Es war besser, sie in Cambridge zu kaufen; sie würde nur Aufmerksamkeit auf sich ziehen, wenn sie im Dorf einkaufte. Der Kochtopf mit dem Eintopf und die halbvolle Milchflasche machten ihr Kummer. Sie konnte sie nicht in der Küche lassen, wo sie das Gartenhaus mit ihrem fauligen Geruch verpesteten, aber es widerstrebte ihr, den Inhalt wegzuschütten. Sie erwog, sie zu fotografieren, entschied sich aber dagegen; greifbare Gegenstände gaben bessere Beweisstücke ab. Schließlich trug sie sie nach draußen in den Schuppen und bedeckte sie mit einem dicken Packen alter Säcke.

Zuletzt dachte sie über die Waffe nach. Es war ein schwerer Gegenstand, zu schwer, um ihn die ganze Zeit mit sich herumzutragen, aber sie wollte sich nur ungern von ihm trennen, nicht einmal vorübergehend. Obwohl die Hintertür des Gartenhauses abgeschlossen werden konnte und Miss Markland ihr den Schlüssel gegeben hatte, wäre es für einen ungebetenen Gast nicht schwer, durch ein Fenster einzudringen. Sie hielt es für die beste Idee, die Munition unter ihrer Unterwäsche im Schlafzimmerschrank zu verstecken, die Pistole aber für sich in oder nahe dem Gartenhaus zu verbergen. Der genaue Platz kostete sie etwas Nachdenken, aber dann fielen ihr die dicken, knorrigen Äste des Holunderbusches am Brunnen ein; als sie sich hochreckte, konnte sie eine passende Aushöhlung bei einer Astgabel ertasten und die immer noch in dem Beutel steckende Waffe zwischen die bergenden Blätter gleiten lassen.

Endlich war sie bereit, nach Cambridge aufzubrechen. Sie sah auf ihre Uhr. Es war halb elf; sie konnte bis elf in Cambridge sein und hatte dann immer noch zwei Stunden am Morgen vor sich. Sie entschied, daß es am besten war, zuerst das Zeitungsbüro aufzusuchen und den Bericht über die gerichtliche Voruntersuchung zu lesen, dann die Polizei zu sprechen; danach würde sie sich auf die Suche nach Hugo und Sophia Tilling machen.

Sie fuhr mit einem Gefühl, das Bedauern sehr ähnlich war, vom Gartenhaus weg, als verlasse sie ein Zuhause. Es war ein seltsamer Ort, dachte sie, mit einer dichten Atmosphäre und zwei unterschiedlichen Gesichtern, die es der Welt wie zwei Seiten einer menschlichen Persönlichkeit zeigte. Die Nordseite mit ihren blinden, von Dornenzweigen versperrten Fenstern, dem überwuchernden Unkraut und der abweisenden Ligusterhecke war eine unheimliche Bühne für Schrecken und Tragödien. Doch die Rückseite, wo er gewohnt und gearbeitet hatte, den Garten gelichtet und umgegraben und die wenigen Blumen aufgebunden hatte, wo er den Pfad gejätet und die Fenster der Sonne geöffnet hatte, war so friedlich wie ein Heiligtum. Sie hatte gespürt, als sie dort an der Tür saß, daß nichts Entsetzliches sie jemals berühren könnte; sie konnte der Nacht allein da draußen ohne Furcht entgegensehen. War es diese Atmosphäre heilsamer Stille, fragte sie sich, was Mark Callender angezogen hatte? Hatte er das empfunden, bevor er die Arbeit annahm, oder war es auf irgendeine geheimnisvolle Weise das Ergebnis seines vorübergehenden verhängnisvollen Aufenthalts dort? Major Markland hatte recht gehabt: offensichtlich hatte Mark das Gartenhaus besichtigt, bevor er zum Haus hinaufgegangen war. War es das Gartenhaus gewesen, was er gewollt hatte, oder die Arbeit? Warum kamen die Marklands so ungern an diesen Ort, so ungern, daß sie offenbar nicht einmal hingegangen waren, um nach seinem Tod Ordnung zu schaffen? Und warum hatte Miss Markland hinter ihm herspioniert, denn solch ein genaues Beobachten kam dem Nachspionieren gewiß sehr nahe. Hatte sie diese vertrauliche Geschichte von ihrem toten Geliebten nur erzählt, um ihr Interesse am Gartenhaus zu rechtfertigen, ihre zwanghafte Beschäftigung mit dem Tun und Treiben des neuen Gärtners? Und war die Geschichte überhaupt wahr? Dieser alternde Körper voller verborgener Kraft, dieses Pferdegesicht mit dem Ausdruck ständiger Unzufriedenheit – konnte sie wirklich einmal jung gewesen sein, vielleicht an langen, warmen Abenden längst vergessener Sommer mit ihrem Geliebten auf Marks Bett gelegen haben? Wie fern, wie unmöglich und lächerlich das alles schien.

Cordelia fuhr die Hills Road hinunter, vorbei an dem mächtigen Denkmal eines jungen Soldaten von 1914, der dem Tod entgegenschritt, vorbei an der römisch-katholischen Kirche und in das Stadtzentrum hinein. Wieder wünschte sie, sie hätte das Auto stehenlassen und statt dessen Marks Fahrrad nehmen können. Alle anderen schienen mit Fahrrädern unterwegs zu sein, und die Luft klirrte von den Fahrradklingeln wie an einem Festtag. In diesen engen und belebten Straßen war selbst der kleine Mini ein Nachteil. Sie entschloß sich, ihn auf dem erstbesten Platz zu parken und zu Fuß eine Telefonzelle zu suchen. Sie hatte beschlossen, ihr Programm umzustellen und zuerst die Polizei aufzusuchen.

Aber als sie schließlich die Polizeiwache anrief, überraschte es sie nicht zu hören, daß Sergeant Maskell, der mit dem Fall Callender befaßt gewesen war, den ganzen Morgen unabkömmlich war. Das gab es nur in Romanen, daß die Leute, die man sprechen wollte, zu Hause oder in ihren Büros bereitsaßen, um einem ihre Zeit, Energie und ihr Interesse zu widmen. Im wirklichen Leben gingen sie ihren eigenen Geschäften nach und man wartete, bis es ihnen paßte, selbst wenn sie sich, was untypisch war, über die Aufmerksamkeit von Prydes Detektivbüro freuten. Gewöhnlich taten sie das nicht. Sie erwähnte Sir Ronalds Vollmacht, um ihren Gesprächspartner mit der Echtheit ihres Anliegens zu beeindrucken. Der Name blieb nicht ohne Wirkung. Er ging weg, um sich zu erkundigen. In weniger als einer Minute kam er zurück und sagte, Sergeant Maskell könne Miss Gray um halb drei an diesem Nachmittag empfangen.

Also kam das Zeitungsbüro doch zuerst dran. Alte Nummern wenigstens waren zugänglich und konnten nichts dagegen einwenden, wenn man sie zu Rate zog. Sie fand schnell, was sie wollte. Der Artikel über die gerichtliche Voruntersuchung war knapp und in der üblichen förmlichen Sprache von Gerichtsberichten abgefaßt. Er sagte ihr wenig Neues, aber sie notierte sorgfältig die wichtigsten Zeugenaussagen. Sir Ronald Callender sagte aus, er habe zuletzt mit seinem Sohn über zwei Wochen vor dessen Tod gesprochen, als Mark telefoniert hatte, um seinem Vater den Entschluß mitzuteilen, daß er das College verlasse und eine Arbeit in Summertrees annehme. Er hatte Sir Ronald weder um Rat gefragt, bevor er den Entschluß faßte, noch hatte er seine Gründe erläutert. Sir Ronald hatte darauf mit dem Rektor gesprochen, und die Collegeleitung hatte sich bereit erklärt, seinen Sohn im nächsten akademischen Jahr wieder aufzunehmen, falls er seine Meinung änderte. Sein Sohn hatte nie von Selbstmord gesprochen und hatte keine gesundheitlichen oder finanziellen Probleme, soviel er wußte. Auf Sir Ronalds Aussage folgte ein kurzer Hinweis auf die anderen Zeugen. Miss Markland beschrieb, wie sie die Leiche gefunden hatte; ein Gerichtsmediziner gab zu Protokoll, daß die Todesursache Erstikken durch Strangulierung war; Sergeant Maskell zählte im einzelnen auf, welche Maßnahmen er für angebracht gehalten hatte, und ein Bericht des gerichtsmedizinischen Labors wurde vorgelegt, der bestätigte, daß ein auf dem Tisch vorgefundener Becher mit Kaffee untersucht und für harmlos befunden worden war. Das Urteil war, daß der Verstorbene von eigener Hand im Zustand geistiger Verwirrung gestorben war. Als Cordelia die schwere Mappe zuschlug, fühlte sie sich deprimiert. Es sah so aus, als sei die Arbeit der Polizei gründlich gewesen. War es tatsächlich möglich, daß diese erfahrenen Profis die Bedeutung des nicht fertig umgegrabenen Stückes, der achtlos an der Hintertür fallen gelassenen Gartenschuhe, des nicht angerührten Abendessens übersehen hatten?

Und jetzt, es war gerade Mittag, war sie bis halb drei Uhr frei. Sie konnte Cambridge erforschen. Sie kaufte den billigsten Führer, den sie bei Bowes & Bowes finden konnte, und widerstand der Versuchung, dort in den Büchern zu schmökern, da die Zeit knapp war und das Vergnügen rationiert werden mußte. Sie füllte ihre Umhängetasche mit einer Fleischpastete und Obst, das sie an einem Marktstand kaufte, und betrat die Kirche St. Mary, um sich in Ruhe hinzusetzen und ihre Marschroute auszuarbeiten. Dann lief sie anderthalb Stunden benommen vor Glück durch die Stadt und ihre Colleges.

Sie sah Cambridge von seiner schönsten Seite. Der Himmel war eine blaue Unendlichkeit, aus deren durchsichtigen Tiefen die Sonne in wolkenlosem, aber mildem Glanz schien. Die Bäume in den Collegegärten und die Alleen, die zu den Backs führten, reckten ihr grünes Maßwerk, noch unberührt von der Schwere des Hochsommers, gegen Stein und Fluß und Himmel. Boote schossen mit eingezogener Stange unter den Brücken durch und scheuchten die Wasservögel auf, und wo sich die neue Garret Hostel Bridge über den Fluß spannte, ließen die Weiden ihre hellen, beladenen Zweige im dunkleren Grün des Cam treiben.

Sie schloß alle besonderen Sehenswürdigkeiten in ihren Rundgang ein. Sie schritt feierlich die ganze Länge der Trinity Library ab, besuchte die Old Schools, saß still ganz hinten in der Kapelle des King's College und bestaunte den schwungvollen Aufstieg des großartigen Gewölbes John Wastells, das sich in gebogene Fächer aus zartem weißem Stein ausbreitete. Das Sonnenlicht floß durch die großen Fenster herein und färbte die reglose Luft blau, karmesinrot und grün. Die feingeschnitzten Tudorrosen, die Wappentiere, die die Krone stützten, traten in arrogantem Stolz aus der Holztäfelung hervor. Ungeachtet dessen, was Milton und Wordsworth geschrieben hatten, war diese Kapelle wohl doch zum Ruhm eines irdischen Souveräns und nicht, um Gott zu dienen, errichtet worden? Aber das konnte weder ihrem Zweck etwas anhaben noch schadete es ihrer Schönheit. Es war immer noch ein überaus religiöses Gebäude. Konnte ein Ungläubiger dieses herrliche Innere entworfen und ausgeführt haben? Gab es eine notwendige Einheit von Motiv und Schöpfung? Dies war eine Frage, der Carl, wohl als einziger unter den Genossen, nachzugehen versucht hätte, und sie dachte an ihn in seinem griechischen Gefängnis, versuchte von sich zu schieben, was sie ihm vielleicht antaten, und wünschte, seine untersetzte Gestalt könnte neben ihr sitzen.

Während ihres Rundgangs gönnte sie sich ein paar kleine besondere Freuden. Sie kaufte an einem Stand beim Westportal eine kleine, mit einem Bild der Kapelle bedruckte Leinendecke; sie lag mit dem Gesicht auf dem geschnittenen Gras über dem Fluß bei der King's Bridge und ließ das kalte grüne Wasser um ihre Arme strudeln; sie schlenderte zwischen den Bücherständen auf dem Marktplatz umher und kaufte, nachdem sie sorgfältig nachgerechnet hatte, eine kleine Dünndruckausgabe von Keats und einen braunen Baumwollkaftan mit einem Muster in Grün- und Blautönen. Falls das warme Wetter anhielt, wäre er an den Abenden angenehmer zu tragen als eine Bluse und Jeans.

Schließlich kehrte sie zum King's College zurück. Sie fand eine Bank vor der großen Steinmauer, die von der Kapelle zum Fluß lief, und setzte sich dort in die Sonne, um ihren Lunch zu essen. Ein privilegierter Spatz hüpfte über den makellosen Rasen und sah sie mit sorglosen, glänzenden Augen an. Sie warf ihm Bröckchen von der Kruste der Fleischpastete hin und mußte über sein aufgeregtes Gepicke lächeln. Vom Fluß wurden der Klang von Stimmen, die über das Wasser riefen, das gelegentliche Knirschen von Holz auf Holz, der schrille Ruf einer jungen Ente herübergetragen. Alles um sich herum – die Kiesel, glitzernd wie Edelsteine auf dem Kiespfad, die kleinen Grasspitzen am Rand des Rasens, die zerbrechlichen Beinchen des Spatzes – sah sie mit einer ungewöhnlichen Schärfe, als habe das Glücksgefühl ihre Augen klarer gemacht.

Dann kamen ihr die Stimmen ins Gedächtnis. Zuerst die ihres Vaters:

«Unser kleiner Faschist ist von den Papisten erzogen worden. Das erklärt eine ganze Menge. Wie in aller Welt ist das überhaupt passiert, Delia?»

«Du weißt doch, Papa. Sie haben mich mit einer anderen C. Gray verwechselt, und die war römisch-katholisch. Wir haben beide im selben Jahr die Aufnahmeprüfung für die höhere Schule bestanden. Als sie den Fehler entdeckten, schrieben sie dir und fragten, ob du etwas dagegen hättest, wenn ich weiter in der Klosterschule blieb, da ich mich doch da eingelebt hatte.»

Tatsächlich hatte er nicht geantwortet. Die Ehrwürdige Mutter hatte taktvoll versucht zu verheimlichen, daß er sich nicht darum gekümmert hatte zu antworten, und Cordelia war in der Klosterschule geblieben und hatte dort die sechs glücklichsten und ruhigsten Jahre ihres Lebens verbracht, durch Ordnung und Ritual geschieden vom Drunter und Drüber der Außenwelt, die unverbesserlich protestantisch war, zügellos, milde bedauert für ihre unbesiegbare Unwissenheit. Zum erstenmal erfuhr sie, daß sie ihre Intelligenz, diese Klugheit, die eine Folge von Pflegemüttern irgendwie als eine Bedrohung angesehen hatte, nicht verbergen mußte. Schwester Perpetua hatte gesagt:

«Es dürfte keine Schwierigkeiten mit dem Abitur geben, wenn du so weitermachst. Das heißt, wir denken an die Zulassung zum Studium im Oktober in zwei Jahren. Cambridge, denke ich. Wir könnten uns durchaus um Cambridge bemühen, und ich sehe wirklich keinen Grund, warum du keine Chance für ein Stipendium haben solltest.»

Schwester Perpetua war selbst in Cambridge gewesen, bevor sie in das Kloster eingetreten war, und sie sprach immer noch vom studentischen Leben, allerdings nicht sehnsüchtig oder bedauernd, sondern als sei es ein Opfer gewesen, das ihre Berufung wert war. Sogar die fünfzehnjährige Cordelia hatte erkannt, daß Schwester Perpetua eine wirkliche Gelehrte war und hatte es für ziemlich ungerecht vom lieben Gott gehalten, daß er eine Frau, so glücklich und nützlich wie sie, mit einer Berufung bedacht hatte. Aber Cordelia selbst war die Zukunft zum erstenmal geregelt und vielversprechend erschienen. Sie würde nach Cambridge gehen, und die Schwester würde sie dort besuchen. Sie hatte eine romantische Vorstellung von breiten Wegen unter der Sonne, auf denen sie beide in Donnes Paradies wandelten.

«Ströme des Wissens gibt es dort, Künste und Wissenschaften fließen von dort; verschlossene Gärten; bodenlose Tiefen unergründlichen Wissens gibt es dort.» Mit Hilfe ihres eigenen Kopfes und der Gebete der Schwester würde sie ihr Stipendium gewinnen. Die Gebete beunruhigten sie gelegentlich. Sie hatte nicht die geringsten Zweifel an ihrer Wirksamkeit, da Gott notwendigerweise jemandem Gehör schenken *mußte*, der unter solchen persönlichen Opfern Ihm Gehör geschenkt hatte. Und falls der Einfluß der Schwester ihr einen ungerechten Vorteil gegenüber den anderen Kandidaten verschaffte – nun, daran war nichts zu ändern. In einer Sache von so großer Bedeutung war weder Cordelia noch Schwester Perpetua geneigt, sich um theologische Spitzfindigkeiten zu sorgen.

Inzwischen hatte ihr Vater auf den Brief geantwortet. Er hatte ein Verlangen nach seiner Tochter entdeckt. Vorbei war es mit dem Abitur und dem Stipendium, und mit sechzehn beendete Cordelia ihre geregelte Ausbildung und begann ihr Wanderleben als Köchin, Krankenschwester, Botin und allgemeine Begleiterin des Vaters und der Genossen.

Und auf was für gewundenen Pfaden und mit was für einer seltsamen Absicht war sie endlich nach Cambridge gekommen. Die Stadt enttäuschte sie nicht. Auf ihrer Wanderschaft hatte sie hübschere Orte gesehen, aber keinen, an dem sie glücklicher und ruhiger gewesen war. Wirklich, dachte sie, wie konnte das Herz gleichgültig bleiben gegenüber dieser Stadt, wo Stein und buntes Glas, Wasser und grüne Rasen, Bäume und Blumen in einer solchen geordneten Schönheit im Dienste der Gelehrsamkeit arrangiert waren. Aber als sie schließlich mit Bedauern aufstand, um zu gehen, und ein paar Krümel von ihrem Rock schüttelte, kam ihr ein Zitat, unvermutet und nicht einzuordnen, in den Sinn. Sie hörte es mit solcher Klarheit, als wären die Worte von einer menschlichen Stimme, einer jungen, männlichen Stimme, unbekannt und doch geheimnisvoll vertraut, gesprochen worden: «Dann sah ich, daß es sogar von den Pforten des Himmels einen Weg zur Hölle gab.»

Das Gebäude der Polizeidirektion war modern und funktionell. Es verkörperte Autorität, gemildert durch Diskretion; das Publikum sollte beeindruckt, aber nicht eingeschüchtert werden. Sergeant Maskells Büro und der Sergeant selbst stimmten mit dieser Absicht überein. Er war überraschend jung und geschmackvoll angezogen, hatte ein eckiges, energisches Gesicht, wachsam aus Erfahrung, und eine lange, aber geschickt geschnittene Frisur, die den Polizeivorschriften, selbst für einen Detektiv in Zivil, eben noch knapp entsprechen konnte, dachte Cordelia. Er war äußerst höflich, ohne galant zu sein, und das ermutigte sie. Es würde kein leichtes Gespräch werden, aber sie wollte nicht mit der Nachsicht behandelt werden, die man einem hübschen, aber aufdringlichen Kind gegenüber zeigt. Manchmal half es, die Rolle eines verletzlichen und naiven, auf Auskünfte begierigen jungen Mädchens zu spielen – das war die Rolle, die Bernie ihr häufig hatte zuweisen wollen –, aber sie spürte, daß Sergeant Maskell mehr auf nüchterne Kompetenz ansprechen würde. Sie wollte tüchtig erscheinen, aber nicht zu tüchtig, und ihre Geheimnisse mußte sie für sich behalten; sie war hier, um Auskünfte zu erhalten, und nicht, um welche zu geben.

Sie erläuterte ihre Aufgabe knapp und zeigte ihm ihre Vollmacht von Sir Ronald. Er gab sie ihr zurück und bemerkte ohne Groll:

«Sir Ronald sagte nichts zu mir, was angedeutet hätte, daß er mit dem Urteil nicht zufrieden war.»

«Ich glaube nicht, daß es darum geht. Er vermutet keine Unregelmäßigkeit. Andernfalls wäre er zu Ihnen gekommen. Ich denke, es ist die Neugier des Wissenschaftlers zu erfahren, was seinen Sohn dazu veranlaßt hat, sich umzubringen, und der kann er nicht gut auf Kosten des Steuerzahlers nachgeben. Ich meine, Marks private Sorgen sind eigentlich nicht Ihr Problem, nicht wahr?»

«Sie könnten es sein, wenn die Gründe für seinen Tod eine kriminelle Handlung aufgedeckt hätten, etwa Erpressung, Einschüchterung, aber darauf gab es keinen Hinweis.»

«Sind Sie persönlich davon überzeugt, daß er sich selbst umgebracht hat?»

Der Sergeant sah sie mit dem plötzlichen scharfen Verstand eines Jagdhunds an, der Witterung bekommt.

«Warum fragen Sie das, Miss Gray?»

«Ich meine, wegen der Mühe, die Sie sich gemacht haben. Ich habe Miss Markland gesprochen und den Zeitungsbericht über die Voruntersuchung gelesen. Sie haben einen Gerichtsmediziner zugezogen; Sie haben die Leiche fotografieren lassen, bevor sie heruntergeholt wurde; Sie haben den Kaffee, der noch in seinem Becher war, untersuchen lassen.»

«Ich habe den Fall als verdächtigen Todesfall behandelt. Das ist mein übliches Verfahren. Diesmal erwiesen sich die Vorsichtsmaßnahmen als überflüssig, aber sie hätten es nicht zu sein brauchen.»

Cordelia sagte:

«Aber etwas beunruhigte Sie, etwas schien nicht in Ordnung?»

Er sagte, als hänge er seinen Erinnerungen nach:

«Oh, es war allem Anschein nach ziemlich unkompliziert. Fast die übliche Geschichte. Wir haben mehr als genug mit Selbstmorden zu tun. Da ist ein junger Mann, der sein Universitätsleben aus nicht erkennbaren Gründen aufgibt und beginnt, trotz gewisser Unannehmlichkeiten auf sich selbst gestellt zu leben. Man bekommt den Eindruck eines nach innen gekehrten, ziemlich einsiedlerischen Studenten, der sich seiner Familie oder seinen Freunden nicht anvertraut. Drei Wochen, nachdem er das College verlassen hat, wird er tot aufgefunden. Es gibt kein Anzeichen eines Kampfes, keine Unordnung im Gartenhaus: Er läßt bequemerweise eine auf Selbstmord hinweisende Nachricht in der Schreibmaschine, genau die Art von Nachricht, die man erwarten würde. Zugegeben, er macht sich die Mühe, alle Papiere im Gartenhaus zu vernichten, und läßt dennoch den Spaten ungereinigt und seine Gartenarbeit unbeendet liegen und gibt sich noch damit ab, ein Abendessen zu kochen, das er nicht mehr ißt. Aber das alles beweist nichts. Die Menschen benehmen sich nun mal irrational, besonders Selbstmörder. Nein, das alles war es nicht, was mir ein wenig zu denken gegeben hat; es war der Knoten.»

Plötzlich beugte er sich hinunter und kramte in der linken Schreibtischschublade.

«Hier», sagte er. «Wie würden Sie das benutzen, um sich aufzuhängen, Miss Gray?»

Der Riemen war ungefähr anderthalb Meter lang. Er war knapp drei Zentimeter breit und bestand aus starkem, aber geschmeidigem Leder, das stellenweise vom Alter nachgedunkelt war. Ein Ende lief schmal zu und war mit einer Reihe kleiner, metallgefaßter Löcher versehen, das andere mit einer starken Messingschnalle ausgestattet. Cordelia nahm ihn in die Hand; Sergeant Maskell sagte:

«Das hier hat er genommen. Offensichtlich ist es als Riemen gedacht, aber Miss Leaming bestätigte, daß er ihn gewöhnlich zweimal um die Taille gebunden als Gürtel benutzte. Also, Miss Gray, wie würden Sie sich erhängen?»

Cordelia ließ den Riemen durch die Hände gleiten.

«Zuallererst würde ich natürlich das schmale Ende durch die Schnalle ziehen, um eine Schlinge zu machen. Dann würde ich mich mit der Schlinge um den Hals auf einen Stuhl stellen und das andere

Ende des Riemens über den Haken ziehen. Ich würde ihn ziemlich kräftig anziehen und dann noch zweimal darumschlingen, um ihn festzuhalten. Ich würde fest an dem Riemen reißen, um mich zu vergewissern, daß der Knoten nicht aufgeht und der Haken hält. Dann würde ich den Stuhl umstoßen.»

Der Sergeant schlug die Akte vor sich auf und schob sie über den Schreibtisch.

«Sehen Sie sich das an», sagte er. «Das ist ein Bild von dem Knoten.»

Das Polizeifoto, hart in Schwarz und Weiß, zeigte den Knoten in bewundernswerter Deutlichkeit. Es war ein Seemannsknoten am Ende einer flachen Schleife, und er hing ungefähr dreißig Zentimeter vom Haken.

Sergeant Maskell sagte:

«Ich bezweifle, daß er diesen Knoten mit den Händen über dem Kopf knüpfen konnte, das könnte niemand. Demnach muß er zuerst die Schlinge gemacht haben, so wie Sie, und dann den Seemannsknoten geknüpft haben. Aber das kann auch nicht stimmen. Zwischen der Schnalle und dem Knoten waren nur wenige Zentimeter. Wenn er es so gemacht hätte, dann hätte er nicht genug Spiel am Riemen gehabt, um seinen Kopf durch die Schlinge zu stecken. Es gibt nur eine Möglichkeit, wie er es gemacht haben könnte. Er machte zuerst die Schlinge, zog sie an, bis der Riemen an seinem Hals wie ein Kragen saß, und knüpfte dann den Seemannsknoten. Dann stieg er auf den Stuhl, legte die Schlinge über den Haken und trat den Stuhl zur Seite. Sehen Sie, das hier zeigt Ihnen, was ich meine.»

Er schlug eine andere Seite in der Akte auf und warf sie ihr plötzlich hin.

Die Fotografie, umbarmherzig, eindeutig, ein surrealer Horror in Schwarzweiß, hätte so unecht wie ein übler Scherz ausgesehen, wenn der Körper nicht so augenfällig tot gewesen wäre. Cordelia spürte ihr Herz gegen die Brust hämmern. Neben diesem Entsetzen war Bernies Tod sanft gewesen. Sie beugte ihren Kopf tief über die Akte, so daß ihr Haar nach vorn fiel und ihr Gesicht verdeckte, und zwang sich, die bedauernswerte Sache vor sich zu betrachten.

Der Hals war in die Länge gezogen, so daß die nackten Füße, die Zehen wie bei einem Tänzer gespitzt, nur eine Fußhöhe über dem Boden hingen. Die Bauchmuskeln waren gespannt. Der vorstehende Brustkorb sah zerbrechlich aus wie der eines Vogels. Der

Kopf lag grotesk auf der Schulter wie die schreckliche Karikatur einer aus dem Leim gegangenen Puppe. Die Augen waren unter halboffenen Lidern nach oben gerollt. Die geschwollene Zunge hatte sich zwischen die Lippen gedrängt.

Cordelia sagte ruhig:

«Ich sehe, was Sie meinen. Da sind nur gut zehn Zentimeter Riemen zwischen dem Hals und dem Knoten. Wo ist die Schnalle?»

«Hinten am Hals unter dem linken Ohr. Weiter hinten in der Akte ist eine Aufnahme von dem Einschnitt, den sie in das Fleisch gemacht hat.»

Cordelia sah nicht nach. Warum, fragte sie sich, hatte er ihr dieses Foto gezeigt? Es war nicht nötig, um seine Schlußfolgerung zu untermauern. Hatte er gehofft, sie zu schockieren, damit ihr klarwurde, in was sie sich da einließ, sie zu strafen, weil sie ihm ins Gehege kam, die brutale Wirklichkeit seines Berufs ihrer amateurhaften Einmischung gegenüberzustellen, sie vielleicht zu warnen? Aber wovor? Die Polizei hatte keinen echten Verdacht, daß etwas nicht mit rechten Dingen zugegangen war; der Fall war abgeschlossen. War es vielleicht die unerwartete Gehässigkeit, der Anflug von Sadismus eines Mannes, der dem Drang, zu verletzen und zu schockieren, nicht widerstehen konnte? Waren ihm überhaupt seine eigenen Motive klar?

Sie sagte:

«Ich stimme Ihnen zu, daß er es nur so getan haben kann, wie Sie es beschrieben haben, falls er es getan hat. Aber angenommen, ein anderer hat die Schlinge fest um seinen Hals gezogen und ihn dann aufgehängt. Er dürfte schwer gewesen sein, ein totes Gewicht. Wäre es nicht leichter gewesen, zuerst die Knoten zu machen und ihn dann auf den Stuhl zu heben?»

«Nachdem er ihn erst gebeten hätte, ihm seinen Gürtel zu reichen?»

«Warum sollte er einen Gürtel benutzen? Der Mörder hätte ihn auch mit einer Schnur oder Krawatte erwürgen können. Oder hätte das eine tiefere und feststellbare Strieme unter dem Abdruck des Riemens hinterlassen?»

«Der Pathologe hat nach so einem Mal gesucht. Er hat nichts gefunden.»

«Es gibt allerdings andere Möglichkeiten; eine Plastiktüte, so eine dünne, in die man Kleider einpackt, über seinen Kopf geworfen und fest gegen sein Gesicht gepreßt, ein dünner Schal, ein Damenstrumpf.»

«Ich sehe, Sie würden eine erfinderische Mörderin abgeben, Miss Gray. Das ist möglich, aber dafür wäre ein kräftiger Mann nötig, und es müßte ein Überraschungsmoment dazukommen. Wir haben keine Hinweise auf einen Kampf gefunden.»

«Aber es hätte auf diese Art gemacht werden können?»

«Natürlich, aber es gibt nicht den geringsten Beweis, daß es so war.»

«Und wenn er zuerst betäubt wurde?»

«An diese Möglichkeit dachte ich tatsächlich; deshalb ließ ich den Kaffee untersuchen. Aber es war keine Droge beigemischt, die Obduktion hat es bestätigt.»

«Wieviel Kaffee hat er getrunken?»

«Nur etwa einen halben Becher nach dem Obduktionsbefund, und er starb unmittelbar danach. Irgendwann zwischen sieben und neun Uhr abends, enger konnte es der Pathologe nicht eingrenzen.»

«Ist es nicht eigenartig, daß er den Kaffee vor dem Essen trank?»

«Da gibt es kein Gesetz. Wir wissen nicht, wann er vorhatte, sein Abendessen zu sich zu nehmen. Jedenfalls können Sie keinen Mordfall auf der Reihenfolge aufbauen, in der es einem Mann beliebt, zu essen und zu trinken.»

«Und was ist mit dem Brief, den er hinterließ? Es ist wohl nicht möglich, von den Schreibmaschinentasten Fingerabdrücke abzunehmen?»

«Bei diesem Typ von Tasten ist es nicht leicht. Wir versuchten es, aber es kam nichts deutlich zum Vorschein.»

«Also haben Sie schließlich akzeptiert, daß es Selbstmord war?»

«Schließlich habe ich akzeptiert, daß es nicht möglich war, etwas anderes zu beweisen.»

«Aber Sie hatten einen gefühlsmäßigen Verdacht? Der frühere Kollege meines Partners – er ist Kriminalrat beim Yard – setzte immer auf seine Eingebungen.»

«Ja, schön, das sind die Londoner, die können sich das leisten. Wenn ich auf alle meine Vorahnungen setzen würde, bekäme ich keine Arbeit fertig; nicht was Sie vermuten, sondern was Sie beweisen können, das zählt.»

«Darf ich den Abschiedsbrief und den Gürtel mitnehmen?»

«Warum nicht, wenn Sie beides quittieren? Anscheinend will sie sonst keiner haben.»

«Könnte ich jetzt bitte den Brief sehen?»

Er zog ihn aus dem Aktenordner und reichte ihn ihr. Cordelia begann für sich die ersten Worte zu lesen, die sie fast auswendig wußte.

... bis sich eine Leere, grenzenlos wie der niedere Himmel, unter uns auftat ...

Sie war, nicht zum erstenmal, von der Wichtigkeit des geschriebenen Wortes, der Magie geordneter Symbole beeindruckt. Würde Dichtung ihren Zauber behalten, wenn man die Zeilen als Prosa druckte, wäre Prosa so zwingend ohne die strukturgebende und Akzente setzende Kraft der Interpunktion? Miss Leaming hatte das Zitat aus Blake gesprochen, als sei ihr seine Schönheit aufgegangen, doch hier, auf dem Papier, übte es eine noch größere Kraft aus.

In diesem Augenblick fielen ihr zwei Dinge im Zusammenhang mit dem Zitat ein, die sie den Atem anhalten ließen. Das erste war etwas, was sie Sergeant Maskell lieber nicht mitteilen wollte, aber es bestand kein Grund, warum sie nicht über das zweite reden sollte. Sie sagte:

«Mark Callender muß viel Übung auf der Schreibmaschine gehabt haben. Das hat ein Fachmann geschrieben.»

«Das glaube ich nicht. Wenn Sie genau hinschauen, sehen Sie, daß ein paar Buchstaben schwächer sind als der Rest. Das ist immer ein Hinweis auf einen Amateur.»

«Aber die schwachen Buchstaben sind nicht immer dieselben. Gewöhnlich sind es die Tasten am Rand des Tastenfelds, die der ungeübte Schreiber schwächer anschlägt. Und die Raumeinteilung ist gut bis fast zum Ende des Abschnitts. Es sieht so aus, als sei dem Schreiber plötzlich eingefallen, daß er seine Fähigkeit verschleiern sollte, als hätte er aber keine Zeit mehr gehabt, den ganzen Abschnitt noch einmal zu tippen. Und es ist eigenartig, daß die Interpunktion so genau ist.»

«Es ist wahrscheinlich direkt von der gedruckten Seite abgeschrieben. Im Schlafzimmer des Jungen fand sich ein Buch von Blake. Das Zitat stammt von Blake, wissen Sie, dem Dichter des ‹*Tiger*›.»

«Ich weiß. Wenn er es aber aus dem Buch abgeschrieben hat, warum hat er sich dann die Mühe gemacht, den Blake in sein Schlafzimmer zurückzubringen?»

«Er war ein ordentlicher junger Mann.»

«Aber nicht ordentlich genug, um seinen Kaffeebecher zu spülen und seinen Spaten zu reinigen.»

«Das beweist nichts. Wie ich gesagt habe, benehmen sich die Menschen seltsam, wenn sie vorhaben, sich umzubringen. Wir wissen, daß es seine Schreibmaschine war und daß er sie seit einem Jahr besaß. Aber wir konnten das Geschriebene nicht mit seiner eigenen Arbeit vergleichen. Seine ganzen Papiere waren verbrannt worden.»

Er warf einen Blick auf seine Armbanduhr und stand auf. Cordelia merkte, daß die Unterredung zu Ende war. Sie unterschrieb einen Schein für den Abschiedsbrief und den Ledergürtel, dann gab sie ihm die Hand und bedankte sich förmlich für seine Hilfe. Als er ihr die Tür aufhielt, sagte er ziemlich unvermittelt:

«Da gibt es noch eine interessante Einzelheit, die Sie vielleicht wissen möchten. Es sieht so aus, als sei er irgendwann im Laufe des Tages, an dem er starb, mit einer Frau zusammengewesen. Der Pathologe fand eine winzige Spur – nicht mehr als eine dünne Linie – von purpurrotem Lippenstift auf seiner Oberlippe.»

3. Kapitel

New Hall mit seiner byzantinischen Atmosphäre, dem tiefliegenden Hof und dem glänzenden Kuppelsaal, der einer geschälten Orange glich, erinnerte Cordelia an einen Harem – zugegebenermaßen an den Harem eines Sultans mit aufgeschlossenen Ansichten und einer Vorliebe für kluge Mädchen, aber dennoch an einen Harem. Das College war bestimmt zu schön, um nicht von ernsthaften Studien abzulenken. Sie war sich auch nicht sicher, ob ihr die aufdringliche Weichheit der weißen Mauersteine, die manierierte Schönheit der flachen Teiche, wo die Goldfische wie blutrote Schatten an den Wasserlilien vorbeiglitten, die geschickt gesetzten jungen Bäumchen gefielen. Sie konzentrierte sich auf ihre Kritik an dem Gebäude, was ihr half, sich nicht einschüchtern zu lassen.

Sie hatte es vermieden, an der Pförtnerloge nach Miss Tilling zu fragen, weil sie befürchtete, nach ihrem Anliegen gefragt oder nicht eingelassen zu werden. Es schien ihr klüger, einfach hineinzugehen und sich auf ihr Glück zu verlassen. Das Glück war auf ihrer Seite. Nach zwei vergeblichen Erkundigungen nach Sophia Tillings Zimmer rief ihr eine vorbeieilende Studentin zu:

«Sie wohnt nicht im College, aber sie sitzt dort drüben mit ihrem Bruder im Gras.»

Cordelia trat aus dem Schatten des Hofes in das helle Sonnenlicht hinaus und ging über moosweichen Rasen auf die kleine Gruppe zu. Vier waren es, die da im warm duftenden Gras lagen. Die zwei Tillings waren unverkennbar Bruder und Schwester. Cordelias erster Gedanke war, daß die beiden sie mit ihren kräftigen dunklen Köpfen, in stolzer Haltung auf ungewöhnlich kurzen Hälsen, und ihren geraden Nasen über geschwungenen, verkürzten Oberlippen an einige präraffaelitische Porträts erinnerten. Neben ihrer eckigen Vornehmheit wirkte das zweite Mädchen sehr weich. Falls dies das Mädchen war, das Mark in seinem Gartenhaus besucht hatte, hatte Miss Markland es zu Recht als schön bezeichnet. Sie hatte ein ovales Gesicht mit einer hübschen schmalen Nase, einen kleinen, aber schön geformten Mund und schrägstehende Augen von einem überraschend tiefen Blau, die ihrem ganzen Gesicht ein orientalisches Aussehen verliehen, das mit ihrem hellen Teint und dem langen blonden Haar unvereinbar war. Sie trug ein knöchellanges Kleid aus feiner, lila gemusterter Baumwolle, von der Taille hoch geknöpft, sonst aber durch nichts anderes gehalten. Das geraffte Mieder umschloß ihre vollen Brüste, und der Rock fiel offen und enthüllte knapp sitzende Shorts aus demselben Stoff. Soviel Cordelia sehen konnte, trug sie sonst nichts. Ihre Füße waren nackt, und ihre langen, wohlgeformten Beine waren nicht von der Sonne gebräunt. Cordelia dachte für sich, daß diese weißen sinnlichen Schenkel erotischer wirken mußten als eine ganze Stadt voller sonnenverbrannter Gliedmaßen und daß das Mädchen es wußte. Sophia Tillings dunkles, gutes Aussehen ließ diese weichere, hinreißende Schönheit nur noch stärker zur Geltung kommen.

Auf den ersten Blick war das vierte Mitglied der Gruppe unauffälliger. Es war ein untersetzter, bärtiger junger Mann mit rostbraunem lockigem Haar und einem eckigen Gesicht, der im Gras neben Sophia Tilling lag.

Alle außer dem blonden Mädchen trugen verwaschene Jeans und sportliche Baumwollhemden.

Cordelia war neben die Gruppe getreten und hatte ein paar Sekunden über ihnen gestanden, ehe sie Notiz von ihr nahmen. Sie sagte:

«Ich suche Hugo und Sophia Tilling. Mein Name ist Cordelia Gray.» Hugo Tilling sah auf:

«Was sagt Cordelia nun? Sie liebt und schweigt.»

Cordelia sagte:

«Die Leute, die meinen, sie müssen einen Scherz wegen meines Namens machen, fragen mich gewöhnlich nach meinen Schwestern. Es wird auf die Dauer langweilig.»

«Das muß es wohl. Tut mir leid. Ich bin Hugo Tilling, das ist meine Schwester, das ist Isabelle de Lasterie und das Davie Stevens.»

Davie Stevens setzte sich wie ein Schachtelmännchen auf und sagte ein freundliches «Tag».

Er sah Cordelia mit spöttischer Aufmerksamkeit an. Sie wußte nicht recht, wie sie Davie einordnen sollte. Ihr erster Eindruck von der kleinen Gruppe, vielleicht beeinflußt von der Architektur des Colleges, war der von einem Sultan gewesen, der es sich mit zweien seiner Lieblingsfrauen gemütlich machte und von dem Hauptmann der Wache begleitet wurde. Aber als sie Davies festem, klugem Blick begegnete, schwand dieser Eindruck. Sie hatte den Verdacht, daß in diesem Serail eher der Hauptmann der Wache die beherrschende Persönlichkeit war.

Sophia Tilling nickte ihr zu und sagte «Hallo.»

Isabelle sagte nichts, aber ein Lächeln, schön und nichtssagend, breitete sich über ihrem Gesicht aus. Hugo sagte:

«Möchten Sie sich nicht setzen, Cordelia Gray, und das Wesen Ihrer Bedürfnisse erläutern?»

Cordelia kniete sich vorsichtig hin, um Grasflecke auf dem weichen Wildleder ihres Rockes zu vermeiden. Es war eine seltsame Art, Verdächtige zu verhören – nur waren diese Menschen natürlich keine Verdächtige –, sie sah eher wie eine Bittstellerin aus, als sie da vor ihnen kniete. Sie sagte:

«Ich bin Privatdetektiv. Sir Ronald Callender hat mich angestellt, um herauszubekommen, warum sein Sohn starb.»

Die Wirkung ihrer Worte war verblüffend. Die kleine Gruppe, die sich bequem gerekelt hatte wie erschöpfte Krieger, erstarrte vor plötzlichem Schrecken zu einem reglosen Bild, als sei sie in Marmor gehauen. Dann, kaum wahrnehmbar, entspannten sie sich. Cordelia konnte das langsame Ausströmen des angehaltenen Atems hören. Sie beobachtete ihre Gesichter. Davie Stevens war am wenigsten betroffen. Er lächelte ein wenig traurig, interessiert, aber ohne Angst, und warf Sophie einen Blick zu, als sei er ein Mitschuldiger. Der Blick wurde nicht erwidert; sie und Hugo sahen starr geradeaus. Cordelia spürte, daß die beiden Tillings sorgsam vermieden, sich in die Augen zu sehen. Es war jedoch Isabelle, die am meisten erschüttert war. Sie schnappte nach Luft und schlug ihre Hand vors Gesicht wie eine zweitrangige Schauspielerin, die Entsetzen mimt. Ihre Augen weiteten sich zu bodenlosen Tiefen dunklen Blaus und richteten sich verzweifelt auf Hugo. Sie sah so blaß aus, daß Cordelia halb damit rechnete, sie würde ohnmächtig. Sie dachte:

Falls ich mich mitten in einer Verschwörung befinde, dann weiß ich, wer ihr schwächstes Glied ist.

Hugo Tilling sagte:

«Sie wollen uns erzählen, daß Ronald Callender Sie angestellt hat, damit Sie herausfinden, warum Mark starb?»

«Ist das so außergewöhnlich?»

«Ich finde es unglaublich. Er hatte kein besonderes Interesse an seinem Sohn, solange er lebte, warum will er jetzt anfangen, wo er tot ist?»

«Woher wissen Sie, daß er sich nicht besonders für ihn interessiert hat?»

«Das ist nur so ein Gedanke von mir.»

Cordelia sagte:

«Nun, jetzt interessiert er sich dafür, selbst wenn es nur der Drang des Wissenschaftlers ist, die Wahrheit aufzudecken.»

«Dann sollte er sich lieber an die Mikrobiologie halten und entdecken, wie man Plastik in Salzwasser löslich macht oder was auch immer. Menschliche Wesen sind nicht empfänglich für seine Art von Behandlung.»

Davie Stevens sagte mit lässiger Gleichgültigkeit:

«Ich wundere mich, daß Sie diesen arroganten Faschisten ertragen können.»

Der Spott riß an zu vielen Saiten der Erinnerung. Sich absichtlich verständnislos stellend, sagte Cordelia:

«Ich habe nicht nachgefragt, welche politische Partei Sir Ronald bevorzugt.»

Hugo lachte.

«Das meint Davie nicht. Mit faschistisch meint Davie, daß Ronald Callender gewisse unhaltbare Ansichten vertritt. Zum Beispiel, daß vielleicht nicht alle Menschen gleich geschaffen sind, daß das allgemeine Wahlrecht vielleicht nicht notwendigerweise zum allgemeinen Glück der Menschheit beiträgt, daß die linken Diktaturen nicht merklich liberaler und erträglicher sind als die rechten Diktaturen, daß es kaum ein Fortschritt ist, wenn Schwarze von Schwarzen anstatt von Weißen getötet werden, soweit es die Opfer betrifft, und daß der Kapitalismus vielleicht nicht für alle Übel der Menschheit – von Drogenabhängigkeit bis zu schlechtem Satzbau – verantwortlich ist. Ich unterstelle nicht, daß Ronald Callender alle oder auch nur eine dieser verwerflichen Ansichten vertritt. Aber Davie ist davon überzeugt.»

Davie warf ein Buch nach Hugo und sagte ohne Groll:

«Hör auf! Du redest wie der *Daily Telegraph*. Und du langweilst unseren Gast.»

Sophie Tilling fragte plötzlich:

«Hat Sir Ronald Ihnen etwa vorgeschlagen, uns auszufragen?»

«Er sagte, daß Sie Marks Freunde sind; er sah Sie bei der gerichtlichen Voruntersuchung und bei der Trauerfeier.»

Hugo lachte:

«Um Gottes willen! Stellte er sich *das* unter Freundschaft vor?»

Cordelia sagte:

«Aber Sie waren dort?»

«Wir gingen zu der Voruntersuchung – wir alle außer Isabelle, die zwar eine Zierde, aber unzuverlässig gewesen wäre. Es war ziemlich öde. Es gab eine ganze Menge von unwichtigen medizinischen Beweisen über den ausgezeichneten Zustand von Marks Herz, Lunge und Verdauungsapparat zu hören. Soweit ich verstanden habe, hätte er ewig gelebt, wenn er sich keinen Gürtel um den Hals gelegt hätte.»

«Und die Trauerfeier? Waren Sie dort auch?»

«Ja, im Krematorium von Cambridge. Eine sehr gedämpfte Angelegenheit. Es waren nur sechs Leute da außer den Männern vom Bestattungsunternehmen – wir drei, Ronald Callender, diese Sekretärin-Haushälterin von ihm und eine alte Kinderschwester oder so was in Schwarz. Sie gab der ganzen Angelegenheit eine ziemlich düstere Note, fand ich. Tatsächlich sah sie so haargenau wie ein altes Familienfaktotum aus, daß ich den Verdacht habe, sie war eine verkleidete Polizistin.»

«Warum sollte sie das sein? Sah sie wie eine aus?»

«Nein, aber Sie sehen schließlich auch nicht wie ein Privatdetektiv aus.»

«Sie haben keine Ahnung, wer sie war?»

«Nein, wir wurden nicht vorgestellt; es war keine Trauerfeier von der geselligen Art. Jetzt fällt mir ein, daß keiner von uns ein einziges Wort zu einem von den anderen sagte. Sir Ronald trug eine

Maske öffentlicher Trauer – der König, der um den Kronprinzen trauert.»

«Und Miss Leaming?»

«Die Gemahlin des Königs; sie hätte einen schwarzen Schleier vor ihrem Gesicht tragen sollen.»

«Ich fand, daß ihr Leid ziemlich echt war», sagte Sophie.

«Das kannst du nicht sagen. Keiner. Was ist Leid? Was ist echt?»

Davie Stevens wälzte sich wie ein ausgelassener Hund auf den Bauch und sagte plötzlich: «Miss Leaming sah in meinen Augen ganz schön leidend aus. Übrigens hieß die alte Dame Pilbeam; jedenfalls war das der Name auf dem Kranz.»

Sophie lachte:

«Dieses scheußliche Kreuz aus Rosen mit der schwarz umrandeten Karte? Das hätte ich mir denken können, daß es von ihr war. Aber wieso weißt du das?»

«Ich habe nachgesehen, Schatz. Die Männer vom Bestattungsunternehmen haben den Kranz vom Sarg genommen und an die Wand gelehnt, also habe ich schnell einen Blick riskiert. Auf der Karte stand: ‹Mit aufrichtigem Mitgefühl von Nanny Pilbeam.›»

Sophie sagte:

«Stimmt, ich habe dich gesehen, jetzt weiß ich es wieder. Wie herrlich feudal! Seine arme alte Nanny, das muß sie eine schöne Stange Geld gekostet haben.»

«Hat Mark jemals von Nanny Pilbeam gesprochen?» fragte Cordelia.

Sie warfen sich einen raschen Blick zu. Isabelle schüttelte den Kopf. Sophie sagte: «Zu mir nicht.»

Hugo Tilling antwortete:

«Er hat nie von ihr gesprochen, aber ich glaube, ich habe sie vor der Trauerfeier schon einmal gesehen. Sie kam vor ungefähr sechs Wochen im College vorbei – tatsächlich an Marks einundzwanzigstem Geburtstag – und fragte nach ihm. Ich war gerade in der Pförtnerloge, und Robbins fragte mich, ob Mark im College sei. Sie ging in sein Zimmer hoch, und sie waren dort ungefähr eine Stunde zusammen. Ich sah sie weggehen, aber er hat sie mir gegenüber weder damals noch später erwähnt.»

Und bald darauf, dachte Cordelia, gab er die Universität auf. Konnte da ein Zusammenhang bestehen? Es war nur ein winziger Anhaltspunkt, aber sie würde ihm nachgehen müssen. Sie fragte aus einer Neugier, die verkehrt und unangebracht schien:

«Gab es noch andere Blumen?»

Es war Sophie, die antwortete:

«Ein einfacher Strauß Gartenblumen auf dem Sarg. Keine Karte. Miss Leaming, nehme ich an. Es war kaum Sir Ronalds Stil.»

«Sie waren seine Freunde. Bitte erzählen Sie mir von ihm», bat Cordelia.

Sie sahen einander an, als müßten sie beschließen, wer reden sollte. Ihre Verlegenheit war fast greifbar. Sophie Tilling zupfte kleine Grashalme aus und rollte sie zwischen ihren Fingern. Ohne aufzublicken, sagte sie:

«Mark war ein sehr in sich gekehrter Mensch. Ich bin mir nicht sicher, wie weit einer von uns ihn kannte. Er war still, freundlich, zurückhaltend, bescheiden. Er war intelligent, ohne raffiniert zu sein. Er war sehr liebenswürdig; er kümmerte sich um seine Mitmenschen, belastete sie aber nicht mit seinen Sorgen. Er verfügte über wenig Selbstachtung, aber das schien ihn nie zu beunruhigen. Ich glaube nicht, daß wir sonst noch etwas über ihn sagen können.»

Plötzlich sprach Isabelle, mit einer so leisen Stimme, daß Cordelia sie kaum verstehen konnte. Sie sagte:

«Er war lieb.»

Hugo sagte mit einer unerwarteten, ärgerlichen Ungeduld:

«Er war lieb, und er ist tot. Da haben Sie es. Wir können Ihnen über Mark Callender nicht mehr erzählen als das. Keiner von uns hat ihn gesehen, nachdem er das College hingeschmissen hat. Er fragte uns nicht um Rat, bevor er wegging, und er fragte uns nicht um Rat, bevor er sich umbrachte. Er war, wie meine Schwester Ihnen gesagt hat, ein sehr in sich gekehrter Mensch. Ich schlage vor, daß Sie ihm sein Eigenleben lassen.»

«Hören Sie», sagte Cordelia, «Sie sind zur Voruntersuchung gegangen, Sie sind zur Trauerfeier gegangen. Wenn Sie sich nicht mehr mit ihm getroffen haben, wenn er Ihnen so gleichgültig war, warum haben Sie sich dann diese Mühe gemacht?»

«Sophie ging aus Zuneigung. Davie ging, weil Sophie es tat. Ich ging aus Neugier und Achtung! Sie dürfen sich von meiner saloppen, frechen Art nicht verleiten lassen zu denken, ich hätte kein Herz.»

Cordelia sagte hartnäckig:

«Jemand hat ihn am Abend, an dem er starb, im Gartenhaus besucht. Jemand hat Kaffee mit ihm getrunken. Ich habe vor herauszukriegen, wer jene Person war.»

War es nur Einbildung, daß diese Neuigkeit sie überraschte? Sophie Tilling sah aus, als wollte sie eine Frage stellen, als ihr Bruder ihr schnell zuvorkam:

«Es war keiner von uns. In der Nacht, als Mark starb, saßen wir alle in der zweiten Reihe im ersten Rang des Arts Theatre und sahen uns Pinter an. Ich weiß nicht, ob ich es beweisen kann. Ich bezweifle, daß die Frau an der Kasse den Sitzplan von diesem bestimmten Abend aufgehoben hat, aber ich habe die Plätze bestellt, und sie erinnert sich vielleicht an mich. Wenn Sie unbedingt so schrecklich genau sein müssen, kann ich Sie wahrscheinlich mit einem Freund bekannt machen, der von meiner Absicht wußte, ein paar Leute mit in das Stück zu nehmen, und mit einem anderen, der wenigstens einen Teil von uns in der Pause gesehen hat, oder mit noch einem anderen, mit dem ich anschließend über die Vorstellung diskutiert habe. Nichts davon beweist etwas; meine Freunde sind eine hilfsbereite Clique. Es wäre einfacher für Sie, wenn Sie das, was ich sage, als die Wahrheit hinnehmen. Warum sollte ich lügen? Wir waren am Abend des 26. Mai alle vier im Arts Theatre.»

Davie Stevens sagte freundlich: «Warum sagen Sie diesem arroganten Schweinehund Pa Callender nicht, er soll sich zum Teufel scheren und seinen Sohn in Frieden lassen, und Sie suchen sich einen netten, einfachen Fall von Diebstahl?»

«Oder Mord», sagte Hugo Tilling.

«Suchen Sie sich einen netten, einfachen Mordfall.»

Als gehorchten sie irgendeinem geheimen Signal, begannen sie aufzustehen, ihre Bücher zusammenzusuchen und die Grashalme von ihren Kleidern abzuschütteln. Cordelia folgte ihnen durch die Innenhöfe und aus dem College. Immer noch schweigend, ging die Gruppe auf einen weißen Renault zu, der im Vorhof geparkt war.

Cordelia holte sie ein und sprach Isabelle direkt an.

«Hat Ihnen der Pinter gefallen? Hat diese furchtbare letzte Szene, in der Wyatt Gillman von den Eingeborenen erschossen wird, Sie nicht erschreckt?»

Es funktionierte so leicht, daß Cordelia sich beinahe selbst verachtete. Die großen dunkelblauen Augen bekamen einen verwirrten Ausdruck.

«O nein! Das hat mir nichts ausgemacht, ich war nicht erschreckt. Ich war ja bei Hugo und den anderen, wissen Sie.»

Cordelia wandte sich an Hugo Tilling.

«Ihre Freundin scheint den Unterschied zwischen Pinter und Osborne nicht zu kennen.»

Hugo setzte sich auf den Fahrersitz des Autos. Er drehte sich um, um die hintere Tür für Sophie und Davie zu öffnen. Er sagte ruhig:

«Meine Freundin, wie Sie sie nennen, lebt in Cambridge – unzureichend beaufsichtigt, kann ich zum Glück sagen – zu dem Zweck, Englisch zu lernen. Bis jetzt ist ihr Fortschritt fragmentarisch und in mancher Hinsicht enttäuschend gewesen. Man kann nie sicher sein, wieviel meine Freundin verstanden hat.»

Der Motor sprang an. Das Auto setzte sich in Bewegung. In diesem Augenblick streckte Sophie Tilling ihren Kopf aus dem Fenster und sagte spontan:

«Ich habe nichts dagegen, mich über Mark zu unterhalten, wenn Sie meinen, daß es nutzt. Das wird zwar nicht der Fall sein, aber Sie können heute nachmittag bei mir vorbeikommen, wenn Sie wollen – Norwich Street 57. Kommen Sie nicht zu spät; Davie und ich gehen Boot fahren. Sie können auch mitkommen, wenn Sie Lust haben.»

Das Auto wurde schneller. Cordelia sah ihm nach, bis es außer Sicht war. Hugo hob seine Hand zu einem ironischen Abschiedsgruß, aber keiner von ihnen wandte den Kopf.

Cordelia murmelte die Adresse vor sich hin, bis sie sicher aufgeschrieben war: Norwich Street 57. Ob Sophie hier wohl in Untermiete wohnte, vielleicht in einem Studentenheim, oder lebte ihre Familie in Cambridge? Nun, sie würde es ja bald feststellen. Wann sollte sie hingehen? Zu früh würde übertrieben eifrig aussehen; zu spät, dann wären sie vielleicht schon zum Fluß aufgebrochen. Welches Motiv auch immer Sophie Tilling veranlaßt hatte, diese verspätete Einladung auszusprechen, sie durfte jetzt nicht den Kontakt verlieren.

Sie wußten irgend etwas, das sie mit einem Schuldgefühl erfüllte; das war ganz deutlich gewesen. Warum hätten sie sonst so heftig auf ihr Erscheinen reagieren sollen? Sie wünschten, daß die Fakten von Mark Callenders Tod nicht aufgerührt würden. Sie würden versuchen, sie zu überreden, ihr gut zuzureden oder gar Schamgefühl in ihr zu wecken, damit sie den Fall aufgäbe. Würden sie, fragte sie sich, auch drohen? Aber warum? Die wahrscheinlichste Theorie war, daß sie jemanden deckten. Aber noch einmal, warum? Mord war etwas anderes, als wenn einer nachts ins College einstieg, eine entschuldbare Übertretung der Regeln, die ein Freund selbstverständlich verstehen und verheimlichen würde. Mark Callender war ihr Freund. Jemand, den er kannte und dem er vertraute, hatte einen Riemen fest um seinen Hals gezogen, hatte seinem qualvollen Ersticken zugesehen und zugehört, hatte seinen Körper an einen Haken gehängt wie den Kadaver eines Tieres. Wie ließ sich dieses entsetzliche Wissen vereinbaren mit Davie Stevens' leicht amüsiertem und wehmütigem Blick auf Sophie, mit Hugos zynischer Ruhe, mit Sophies freundlichen und interessierten Augen? Wenn sie Verschwörer waren, dann waren sie Ungeheuer. Und Isabelle? Falls sie jemanden deckten, war es am wahrscheinlichsten, daß es sich um Isabelle handelte. Aber Isabelle de Lasterie konnte Mark nicht ermordet haben. Cordelia erinnerte sich an die zarten, hängenden Schultern, diese unbrauchbaren, fast durchsichtigen Hände, die langen, wie zierliche rosa Krallen bemalten Nägel. Falls Isabelle schuldig war, hatte sie nicht allein gehandelt. Nur eine große und sehr kräftige Frau konnte jenen trägen Körper auf den Stuhl und hinauf an den Haken gehoben haben.

Die Norwich Street war eine Einbahnstraße, und Cordelia kam zuerst aus der falschen Richtung. Es dauerte eine Zeitlang, bis sie ihren Weg zurück zur Hills Road, an der katholischen Kirche vorbei und hinunter bis zur vierten Straße nach rechts gefunden hatte. Die Straße war mit kleinen Backsteinreihenhäusern, deutlich im frühen viktorianischen Stil, bebaut. Ebenso deutlich war sie im Begriff, sich zu einer besseren Wohnstraße zu wandeln. Die meisten Häuser sahen sehr gepflegt aus; der Anstrich auf den gleichartigen Eingangstüren war frisch und glänzend, glatte Vorhänge ersetzten die gerafften Spitzen an den einzelnen Erdgeschoßfenstern, und die Mauersockel trugen noch Narben, wo eine Isolierschicht angebracht worden war. Nummer 57 hatte eine schwarze Haustür mit einer Glasscheibe darüber, an die von innen die Hausnummer in Weiß gemalt war. Cordelia entdeckte erleichtert eine Parkmöglichkeit für ihren Mini. Von dem Renault war in der fast lückenlosen Reihe von alten Autos und ramponierten Fahrrädern, die den Bürgersteig säumten, nichts zu sehen.

Die Haustür stand weit offen. Cordelia drückte auf die Klingel und trat zögernd in eine enge weiße Diele. Das Äußere des Hauses war ihr sofort vertraut. Von ihrem sechsten Geburtstag an hatte sie zwei Jahre lang in einem ebensolchen viktorianischen Reihenhaus bei Mrs. Gibson am Rand von Romford gelebt. Sie erkannte die steile, enge Treppe direkt vor sich wieder, die Tür rechts, die in das vordere Wohnzimmer führte, die zweite Tür übereck, die in das hintere Wohnzimmer und durch das Zimmer zur Küche und auf den Hof ging. Sie wußte, daß es da Schränke und runde Nischen zu beiden Seiten des Kamins gäbe; sie wußte, wo sie die Tür unter der Treppe finden würde. Die Erinnerung war so klar, daß der Geruch von ungewaschenen Windeln, Kohl und Fett, der das Haus in Romford durchzogen hatte, dieses saubere, nach Sonne duftende Innere überdeckt. Sie konnte fast die Kinderstimmen hören, die ihren fremd klingenden Namen über die Hecke um den Schulhof der Grundschule auf der anderen Seite der Straße riefen und dabei über den Asphalt stapften mit den obligaten hohen Stiefeln, die sie das ganze Jahr über trugen, und ihre dünnen, in Wollpullovern steckenden Arme schwenkten: «Cor, Cor, Cor!»

Die gegenüberliegende Tür war angelehnt, und sie konnte in ein Zimmer sehen, das leuchtend gelb gestrichen und von Sonnenlicht überflutet war. Sophies Kopf tauchte auf.

«Ach, Sie sind's! Kommen Sie herein. Davie ist weggegangen, um ein paar Bücher im College zu holen und Essen für das Picknick zu kaufen. Möchten Sie gleich einen Tee, oder wollen wir warten? Ich bin gerade mit Bügeln fertig.»

«Ich warte lieber, vielen Dank.»

Cordelia setzte sich hin und sah zu, wie Sophie die Schnur um das Bügeleisen wickelte und das Tuch zusammenlegte. Sie sah sich im Zimmer um. Es war einladend und reizvoll, in keinem bestimmten Stil, keiner bestimmten Periode möbliert, ein gemütliches Sammelsurium von Billigem und Wertvollem, schlicht und freundlich. Da gab es einen massiven Eichentisch vor der Wand, vier ziemlich häßliche Eßzimmerstühle, einen Windsorstuhl mit einem dicken gelben Kissen, ein elegantes viktorianisches Sofa mit braunem Samtbezug unter dem Fenster, drei gute Figuren aus Staffordshire-Porzellan auf dem Sims über dem halb bedeckten schmiedeeisernen Kaminrost. Eine der Wände war fast ganz mit einem Anschlagbrett aus dunklem Kork bedeckt, an das Poster, Ansichtskarten, Merkzettel und aus Illustrierten ausgeschnittene Bilder geheftet waren. Zwei davon, sah Cordelia, waren schön fotografierte und attraktive Akte.

Der kleine ummauerte Garten vor dem Fenster mit den gelben Vorhängen war eine Orgie in Grün. Ein großer, mit Blüten übersäter Stockrosenstrauch wucherte an einem schäbig aussehenden Spalier; es gab große Kübel mit Rosen, und auf der Mauer stand eine Reihe von Töpfen mit leuchtend roten Geranien.

Cordelia sagte:

«Das Haus gefällt mir. Gehört es Ihnen?»

«Ja, es gehört mir. Unsere Großmutter starb vor zwei Jahren und hinterließ Hugo und mir eine kleine Erbschaft. Ich habe meinen Anteil für die Anzahlung auf dieses Haus verwandt und von der Stadt einen Zuschuß für die Umbaukosten bekommen. Hugo hat alles dafür ausgegeben, Wein einzulagern. Er hat für eine glückliche Lebensmitte gesorgt; ich habe mir eine glückliche Gegenwart gesichert. Ich nehme an, das ist der Unterschied zwischen uns.»

Sie faltete das Bügeltuch am Tischende zusammen und verstaute es in einem der Schränke. Sie setzte sich Cordelia gegenüber und fragte unvermittelt:

«Mögen Sie meinen Bruder?»

«Nicht besonders. Ich meine, er benahm sich mir gegenüber ziemlich unhöflich.»

«Das hat er nicht beabsichtigt.»

«Das ist meiner Meinung nach eher noch schlimmer. Unhöflichkeit sollte immer absichtlich sein, andernfalls ist es Unempfindlichkeit.»

«Hugo ist nicht der Liebenswürdigste, wenn er mit Isabelle zusammen ist. Sie hat diese Wirkung auf ihn.»

«War sie in Mark Callender verliebt?»

«Sie werden sie selbst fragen müssen, Cordelia, aber ich glaube es eigentlich nicht. Sie kannten sich kaum. Mark war mein Freund, nicht ihrer. Ich dachte, ich lasse Sie lieber hierherkommen, um es Ihnen selbst zu sagen, da irgend jemand es früher oder später ohnehin tut, wenn Sie in Cambridge herumlaufen, um Fakten über ihn aufzustöbern. Er hat natürlich nicht hier bei mir gewohnt. Er hatte ein Zimmer im College. Aber wir waren fast das ganze letzte Jahr zusammen. Es ging gleich nach Weihnachten zu Ende, als ich Davie begegnete.»

«Waren Sie verliebt?»

«Ich bin nicht sicher. Der ganze Sex ist eine Art von Ausbeutung, nicht wahr? Wenn Sie damit meinen, daß wir unsere eigene Identität durch die Persönlichkeit des anderen erforschten, dann waren wir vermutlich ineinander verliebt oder glaubten, es zu sein. Für Mark war es notwendig zu glauben, daß er verliebt sei. Ich bin nicht sicher, ob ich weiß, was das Wort bedeutet.»

Cordelia spürte eine Welle der Sympathie. Auch sie war sich nicht sicher. Sie dachte an ihre beiden Liebhaber; Georges, mit dem sie geschlafen hatte, weil er sanft und unglücklich war und sie Cordelia nannte, bei dem richtigen Namen, ihrem Namen, nicht Delia, Papas kleiner Faschist; und Carl, der jung und stürmisch war und den sie so gern gemocht hatte, daß sie es für unrecht gehalten hätte, es ihm nicht auf die einzige Art, die ihm wichtig zu sein schien, zu zeigen. Sie hatte die Jungfräulichkeit nie für etwas anderes als einen vorübergehenden und lästigen Zustand gehalten, Teil der allgemeinen Unsicherheit und Verletzlichkeit des Jungseins. Vor Georges und Carl war sie einsam und unerfahren gewesen. Danach war sie einsam und ein bißchen weniger unerfahren gewesen. Keines der beiden Verhältnisse hatte ihr die ersehnte Sicherheit im Umgang mit Papa oder den Zimmerwirtinnen gegeben, keines hatte ihr Herz richtig berührt. Aber für Carl hatte sie Zärtlichkeit empfunden. Es war schon gut so, daß er Rom verlassen hatte, bevor sein Sex zu angenehm und er zu wichtig für sie geworden war. Es war unerträglich zu denken, daß diese seltsamen sportlichen Übungen eines Tages notwendig würden. Der Sex, hatte sie entschieden, wurde überbewertet, was nicht schmerzhaft, aber erstaunlich war. Die Entfremdung zwischen Gedanke und Tun war so total. Sie sagte:

«Ich habe wohl nur gemeint, ob Sie sich gern hatten und ob Sie gern zusammen ins Bett gegangen sind.»

«Beides trifft zu.»

«Warum ging es zu Ende? Haben Sie sich gestritten?»

«Nein, das nicht. Man stritt nicht mit Mark. Das war eine der Schwierigkeiten mit ihm. Ich sagte ihm, daß ich diese Beziehung nicht weiterlaufen lassen wollte, und er nahm meine Entscheidung so ruhig hin, als würde ich einfach eine Abmachung, ein Stück im Arts Theatre anzusehen, brechen. Er versuchte nicht, darüber zu reden oder mich davon abzubringen. Und wenn Sie sich fragen, ob der Bruch etwas mit seinem Tod zu tun hatte, dann liegen Sie falsch. Soviel gibt keiner auf mich, schon gar nicht Mark. Ich habe ihn wahrscheinlich lieber gehabt als er mich.»

«Warum ging es dann zu Ende?»

«Ich hatte das Gefühl, daß ich mich in einer moralischen Prüfung befand. Das stimmte in Wirklichkeit gar nicht; Mark war kein Snob. Aber ich habe es eben so empfunden oder mir vorgemacht, daß ich es empfand. Ich konnte nicht ihm gemäß leben, und ich wollte es auch nicht. Da war zum Beispiel Gary Webber. Am besten erzähle ich Ihnen von ihm; das erklärt eine ganze Menge über Mark. Gary ist ein autistisches Kind, eines von der unkontrollierbaren, gewalttätigen Art. Mark begegnete ihm mit seinen Eltern und deren beiden anderen Kindern vor ungefähr einem Jahr im Jesus Green; die Kinder spielten dort auf der Schaukel. Mark sprach Gary an, und der Junge reagierte auf ihn. Das ging ihm bei Kindern immer so. Er fing an, die Familie zu besuchen und an einem Abend in der Woche auf Gary aufzupassen, damit die Webbers ins Kino gehen konnten. Während seiner letzten beiden Semesterferien blieb er im Haus und kümmerte sich ausschließlich um Gary, während die ganze Familie in Urlaub fuhr. Die Webbers konnten es nicht ertragen, den Jungen in ein Krankenhaus zu schicken; sie versuchten es einmal, aber er gewöhnte sich nicht ein. Doch sie ließen ihn sehr gern in Marks Obhut. Ich ging gewöhnlich an ein paar Abenden hin und besuchte die beiden. Mark hielt den Jungen dann auf seinem Schoß und wiegte ihn immer stundenlang hin und her. Das war die einzige Möglichkeit, ihn zu beruhigen. Wir hatten unterschiedliche Ansichten, was Gary anging. Ich dachte, er wäre besser tot, und sagte das auch. Ich denke immer noch, es wäre besser, wenn er sterben würde, besser für seine Eltern, besser für den Rest der Familie, besser für ihn selbst. Mark stimmte nicht zu. Ich erinnere mich, daß ich sagte:

«‹Nun gut, wenn du es für vernünftig hältst, daß Kinder leiden, damit du den emotionalen Kitzel, sie zu trösten, genießen kannst...› Danach wurde das Gespräch ermüdend abstrakt. Mark sagte: ‹Weder du noch ich wären bereit, Gary zu töten. Er existiert. Seine Familie existiert. Sie brauchen Hilfe, die wir geben können. Es ist gleichgültig, was wir fühlen. Taten sind wichtig, Gefühle sind es nicht.›»

Cordelia sagte:

«Aber Taten gehen aus Gefühlen hervor.»

«Oh, Cordelia, nun fangen Sie nicht damit an! Ich habe diese bestimmte Unterhaltung früher zu oft geführt. Natürlich tun sie das.»

Sie schwiegen eine Weile. Cordelia wollte das schwache Vertrauen und die Freundschaft, die, wie sie spürte, zwischen ihnen zu wachsen begann, nur ungern zerstören, aber dann rang sie sich doch zu der Frage durch:

«Warum hat er sich umgebracht – falls er sich umgebracht hat?»

Sophies Antwort war so entschieden wie eine zugeschlagene Tür.

«Er hat eine Nachricht hinterlassen.»

«Eine Nachricht vielleicht, aber, wie sein Vater bemerkt hat, keine Erklärung. Es ist ein wunderschönes Stück Prosa – wenigstens denke ich das –, aber als Rechtfertigung für einen Selbstmord ist es einfach nicht überzeugend.»

«Es hat die Geschworenen überzeugt.»

«Mich überzeugt es nicht. Denken Sie selbst nach, Sophie! Bestimmt gibt es nur zwei Gründe, sich selbst zu töten. Jemand läuft entweder vor etwas weg oder auf etwas zu. Das erste ist rational. Wenn jemand mit unerträglichen Schmerzen, in Verzweiflung oder seelischer Qual lebt und keine vernünftige Möglichkeit auf Besserung besteht, dann ist es vermutlich klug, das Vergessen vorzuziehen. Aber es ist nicht klug, sich in der Hoffnung zu töten, man könne eine bessere Existenz erringen oder sein Bewußtsein um die Erfahrung des Todes erweitern. Es ist nicht möglich, den Tod zu erfahren. Ich bin nicht einmal sicher, ob es möglich ist, das Sterben zu erfahren. Man kann nur die Vorbereitungen auf den Tod erfahren, und selbst das scheint sinnlos, weil man von der Erfahrung hinterher keinen Gebrauch machen kann. Falls es irgendeine Art von Existenz nach dem Tod gibt, werden wir es früh genug erfahren. Falls es sie nicht gibt, werden wir nicht mehr existieren, um uns beklagen zu können, daß man uns betrogen hat. Menschen, die an ein Leben nach dem Tod glauben, sind völlig vernünftig. Sie sind die einzigen, die vor der allerletzten Enttäuschung sicher sind.»

«Sie haben das alles zu Ende gedacht, nicht wahr? Ich bin nicht sicher, ob Selbstmörder das tun. Diese Tat ist wahrscheinlich zugleich impulsiv und irrational.»

«War Mark impulsiv und irrational?»

«Ich habe Mark nicht gekannt.»

«Aber Sie waren doch seine Geliebte! Sie haben mit ihm geschlafen!»

Sophie sah sie an und rief in zornigem Schmerz aus:

«Ich habe ihn nicht gekannt! Ich habe es geglaubt, aber ich habe nicht das geringste von ihm gewußt!»

Sie saßen fast zwei Minuten da, ohne ein Wort zu reden. Dann fragte Cordelia:

«Sie waren zum Abendessen in Garforth House, nicht wahr? Wie war es dort?»

«Das Essen und der Wein waren erstaunlich gut, aber ich nehme an, das haben Sie nicht gemeint. Die Gesellschaft war ansonsten nicht bemerkenswert. Sir Ronald war recht liebenswürdig, als er merkte, daß ich da war. Miss Leaming betrachtete mich prüfend wie eine künftige Schwiegermutter, wenn sie ihre zwanghafte Aufmerksamkeit von dem präsidierenden Genius losreißen konnte. Mark war ziemlich still. Ich glaube, er hatte mich mitgenommen, um mir oder vielleicht sich selbst etwas zu beweisen; ich weiß es nicht. Er sprach nie von dem Abend und fragte mich nie, was ich dazu meinte. Einen Monat später gingen Hugo und ich gemeinsam zum Abendessen hin. Bei dieser Gelegenheit lernte ich Davie kennen. Er war der Gast eines der Biologen, und Ronald Callender versuchte, ihn zu bekommen. Davie hatte in seinem letzten Jahr einen Ferienjob dort. Wenn Sie vertrauliche Informationen über Garforth House wollen, sollten Sie ihn fragen.»

Fünf Minuten später kamen Hugo, Isabelle und Davie. Cordelia war nach oben ins Bad gegangen und hörte das Auto anhalten und das Geschnatter von Stimmen in der Diele. Schritte gingen unter ihr vorbei auf das hintere Wohnzimmer zu. Sie drehte das heiße Wasser an. Der Gasboiler in der Küche gab sofort ein Getöse von sich, als würde das kleine Haus von einer Dynamomaschine versorgt. Cordelia ließ den Wasserhahn laufen, dann trat sie aus dem Badezimmer und schloß die Tür leise hinter sich. Sie stahl sich zum Ende der Treppe. Es war Pech für Sophie, daß sie ihr heißes Wasser verschwendete, dachte sie schuldbewußt; aber noch schlimmer war das Gefühl des Verrats und gemeinen Opportunismus, als sie die drei obersten Stufen hinunterschlich und lauschte. Die Haustür war zugemacht worden, aber die Tür zum hinteren Zimmer stand offen. Sie hörte Isabelles hohe, ausdruckslose Stimme:

«Aber wenn dieser Sir Ronald sie bezahlt, damit sie etwas über Mark herausbekommt, warum kann ich sie dann nicht bezahlen, daß sie damit aufhört?»

Dann Hugos Stimme, belustigt, ein wenig verächtlich:

«Isabelle, Schatz, wann lernst du endlich, daß man nicht jeden kaufen kann?»

Dann redete Sophie. Ihr Bruder antwortete:

«Jedenfalls kann man das nicht bei ihr. Ich mag sie.»

«Wir alle mögen sie. Die Frage ist, wie werden wir sie los?»

Dann drang ein paar Minuten lang nur Stimmengemurmel zu ihr, keine erkennbaren Worte, bis Isabelle ausrief:

«Ich meine, das ist kein Beruf für eine Frau.»

Sie hörte das Geräusch von einem Stuhl, der über den Boden kratzte, das Schlurfen von Füßen. Sie sprang schuldbewußt ins Bad zurück und drehte den Wasserhahn zu. Sie erinnerte sich an Bernies selbstgefällige Belehrung, als sie ihn gefragt hatte, ob sie einen Scheidungsfall unbedingt übernehmen müßten.

«Du kannst unsere Arbeit nicht tun, Partner, und dich wie ein Gentleman benehmen.» Sie stand an der halboffenen Tür und paßte auf. Hugo und Isabelle gingen weg. Sie wartete, bis sie die Haustür zugehen und das Auto wegfahren hörte. Dann ging sie hinunter ins Wohnzimmer. Sophie und Davie waren zusammen und packten eine große Tragetasche voller Lebensmittel aus. Sophie lächelte und sagte:

«Isabelle gibt heute abend eine Party. Sie hat ein Haus ganz hier in der Nähe, in der Panton Street, Marks Tutor, Edward Horsfall, wird wahrscheinlich dort sein, und wir dachten, es könnte für Sie nützlich sein, mit ihm über Mark zu sprechen. Die Party fängt um acht Uhr an, aber Sie können uns hier abholen. Wir packen gerade die Sachen für ein Picknick zusammen; wir wollen für eine Stunde oder so auf dem Fluß Boot fahren. Kommen Sie doch mit, wenn Sie Lust haben. Es ist bei weitem die lustigste Art, Cambridge zu besichtigen.

Später setzten sich Cordelias Erinnerungen an das Picknick auf dem Fluß aus einer Reihe von kurzen, aber intensiven, klaren Bildern zusammen, Augenblicke, in denen Ansicht und Empfindung eins wurden und die Zeit vorübergehend angehalten schien, während das sonnenbeschienene Bild sich ihrem Gedächtnis einprägte. Sonnenlicht, das auf dem Fluß glitzerte und die Haare auf Davies Brust und Unterarmen vergoldete; das Fleisch seiner kräftigen Oberarme, gesprenkelt wie ein Ei; Sophie, die den Arm hob, um den Schweiß von ihrer Stirn zu wischen, wenn sie zwischen den Stößen mit der Bootsstange ausruhte; grünschwarze Wasserpflanzen, die von der Stange aus geheimnisvollen Tiefen gezogen wurden und sich schlängelnd unter der Oberfläche wanden; eine leuchtend bunte Ente, die ihren weißen Bürzel hochreckte, bevor sie in einem Wirbel von grünem Wasser verschwand. Als sie unter die Silver Street Bridge geschaukelt waren, schwamm ein Freund von Sophie heran, geschmeidig und stumpfnasig wie ein Otter, mit schwarzen Haaren, die wie Halme über seinen Backen lagen. Er legte seine Hände auf das Boot und sperrte den Mund auf, um sich von einer protestierenden Sophie mit Sandwichstücken füttern zu lassen. Die Boote scheuerten aneinander und rempelten sich in dem wirbelnden weißen Wasser, das unter der Brücke durchschoß. Lachende Stimmen schwirrten durch die Luft, und die grünen Ufer waren von halbnackten Menschen bevölkert, die auf dem Rücken lagen und ihre Gesichter der Sonne zuwandten.

Davie stakte das Boot flußaufwärts, und Cordelia und Sophie streckten sich in den Enden des Bootes auf Kissen aus. Auf diese Entfernung war es unmöglich, ein vertrauliches Gespräch zu führen; Cordelia vermutete, daß Sophie genau das beabsichtigt hatte. Ab und zu rief sie ihr kurze Erläuterungen zu, als wolle sie unterstreichen, daß der Ausflug ausschließlich der Bildung diente.

«Der Hochzeitskuchen hier ist von John – wir fahren gerade unter der Clare Bridge durch, eine der schönsten, meine ich. Thomas Grumbald baute sie 1639. Es heißt, man habe ihm nur drei Shilling für den Entwurf gezahlt. Sie kennen diese Ansicht natürlich; immerhin ist es ein guter Blick auf das Queen's College.»

Cordelia verließ der Mut bei dem Gedanken, dieses ziellose Touristengeplauder mit der Frage zu unterbrechen:

Haben Sie und Ihr Bruder Ihren Liebhaber getötet?

Hier, wo sie sanft auf dem sonnenbeschienenen Fluß schaukelten, schien die Frage ungehörig und zugleich lächerlich. Sie war in Gefahr, sich beschwichtigen zu lassen und ganz still ihre Niederlage hinzunehmen, alle ihre Verdächtigungen als neurotisches Verlangen nach Dramatik und Berühmtheit anzusehen, als Notwendigkeit, um ihren Lohn von Sir Ronald zu rechtfertigen. Sie glaubte, Mark Callender sei ermordet worden, weil sie es glauben wollte. Sie hatte sich mit ihm identifiziert, mit seinem einsiedlerischen Leben, seiner Unabhängigkeit, seiner Entfremdung vom Vater, seiner einsamen Kindheit. Sie war sogar – und das war die allergefährlichste Einbildung – soweit, sich als seine Rächerin zu sehen. Als Sophie die Stange übernahm, gerade nach dem Garden House Hotel, und Davie langsam durch das leicht schaukelnde Boot balancierte und sich neben ihr ausstreckte, wußte sie, daß sie Marks Namen nicht würde aussprechen können. Es war nicht mehr als eine unbestimmte, unaufdringliche Neugier, als sie sich fragen hörte:

«Ist Sir Ronald Callender ein guter Wissenschaftler?» Davie nahm ein kurzes Paddel in die Hand und begann träge das schimmernde Wasser aufzurühren.

«Seine Wissenschaft ist durchaus solide, wie meine Kollegen sagen würden. Tatsächlich eher mehr als solide. Zur Zeit arbeitet das Labor an Möglichkeiten, die Verwendung biologischer Warnzeichen zur Bestimmung der Verschmutzung von Meer und Flußmündungen auszuweiten; das bedeutet Routineüberwachung von Pflanzen und Tieren, die als Indikatoren dienen können. Und sie haben im letzten Jahr einige sehr nützliche Vorarbeiten über den Abbau von Plastikstoffen gemacht. R. C. selbst ist nicht so große Klasse, aber schließlich kann man von den Männern über fünfzig nicht mehr viele originelle Anstöße erwarten. Aber er hat einen ausgezeichneten Riecher für Talente, und er versteht sich unbedingt darauf, ein Team zu leiten, wenn Ihnen dieser ergebene brüderliche Gruppengeist, einer für alle, gefällt. Mir nicht. Sie veröffentlichen ihre Arbeiten sogar als Callender-Forschungslaboratorium, nicht unter ihrem eigenen Namen. Das wäre nichts für mich. Wenn ich etwas herausbringe, dann dient es ausschließlich dem Ruhm von David Forbes Stevens und übrigens auch Sophies Genugtuung. Die Tillings lieben Erfolg.»

«Wollten Sie deshalb nicht dort bleiben, als er Ihnen eine Stelle anbot?»

«Das neben anderen Gründen. Er zahlt zu großzügig und verlangt zuviel. Ich lasse mich nicht gern kaufen, und ich habe sehr viel dagegen, mich jeden Abend wie ein Affe, der im Zoo Kunststücke vorführt, in einen Smoking zu werfen. Ich bin Molekularbiologe. Ich suche nicht den Heiligen Gral. Vater und Mutter haben mich als Methodisten aufgezogen, und ich sehe nicht ein, warum ich eine gute, einfache Religion, die mir zwölf Jahre lang geholfen hat, wegwerfen sollte, nur um das große wissenschaftliche Prinzip oder Ronald Callender an ihre Stelle zu setzen. Ich mißtraue diesen priesterhaften Wissenschaftlern. Es ist ein Riesenwunder, daß diese kleine Gemeinschaft in Garforth House nicht dreimal täglich die Knie in Richtung des Cavendish-Laboratoriums beugt.»

«Und was ist mit Lunn los? Wie paßt er da hinein?»

«Oh, der Junge ist ein verdammtes Wunder! Ronald Callender fand ihn in einem Kinderheim, als er fünfzehn war – fragen Sie mich nicht wie – und bildete ihn als Laborassistenten aus. Sie könnten keinen besseren finden. Es gibt kein Gerät, das Chris Lunn nicht lernen würde, zu begreifen und sich darum zu kümmern. Er hat sogar selbst ein paar entwickelt, und Callender hat sie patentieren lassen. Wenn einer im Labor unentbehrlich ist, dann ist es wahrscheinlich Lunn. Bestimmt macht sich Ronald Callender zehnmal mehr aus ihm, als er sich aus seinem Sohn gemacht hat. Und Lunn, wie Sie sich denken können, betrachtet R. C. als Gott den Allmächtigen, was für beide sehr befriedigend ist. Es ist wirklich außergewöhnlich, wie dieses Ungestüm, das sich früher in Straßenschlachten und im Vermöbeln alter Damen ausdrückte, für den Dienst an der Wissenschaft nutzbar gemacht wurde. Das muß man Callender lassen. Er weiß zweifellos, wie man seine Sklaven aussucht.»

«Und ist Miss Leaming eine Sklavin?»

«Nun, ich kann nicht wissen, was Eliza Leaming genau ist. Sie ist für die Geschäftsführung verantwortlich, und wahrscheinlich ist sie, wie Lunn, unentbehrlich. Lunn und sie scheinen eine Haßliebe füreinander zu empfinden, oder vielleicht ist es eine Haß-Haß-Beziehung. Ich bin nicht sehr begabt, diese psychologischen Nuancen aufzuspüren.»

«Aber wie in aller Welt bezahlt Sir Ronald das alles?»

«Ja, das ist die Tausend-Dollar-Frage, nicht wahr? Man munkelt, daß das Geld zum größten Teil von seiner Frau kommt und daß er und Miss Leaming es gemeinsam ziemlich geschickt angelegt haben. Das hatten die bestimmt nötig. Und dann bekommt er gewisse Beträge für Auftragsarbeiten. Trotzdem ist es ein kostspieliges Hobby. Während ich dort war, sagten sie, daß die Wolvington-Stiftung anfängt, sich zu interessieren. Wenn sie mit einer großen Sache herauskommen – und ich vermute, daß es unter ihrer Würde ist, mit etwas Unbedeutendem herauszukommen –, dann dürften Ronald Callenders größte Sorgen vorbei sein. Marks Tod muß ihn getroffen haben. Mark hätte in vier Jahren zu einem ganz schön ansehnlichen Vermögen kommen sollen, und er sagte zu Sophie, daß er vorhabe, es größtenteils seinem Vater zu übergeben.»

«Warum um Himmels willen sollte er denn so etwas tun?»

«Wer weiß, Reugeld vielleicht. Auf jeden Fall dachte er offenbar, das sei etwas, das Sophie wissen sollte.»

Reugeld wofür? fragte sich Cordelia schläfrig. Weil er seinen Vater nicht genug liebte? Weil er dessen Schwärmereien ablehnte? Weil er nicht dem Sohn entsprach, den sein Vater sich erhofft hatte? Und was geschah jetzt mit Marks Vermögen? Wer gewann etwas durch Marks Tod? Sie dachte, sie würde das Testament seines Großvaters ansehen und das feststellen müssen. Aber das bedeutete eine Fahrt nach London. War es das wirklich wert?

Sie reckte ihr Gesicht wieder zur Sonne und ließ eine Hand in den Fluß hängen. Ein Wasserspritzer von der Bootsstange traf ihre Augen. Sie schlug sie auf und sah, daß das Boot nahe am Ufer im Schatten überhängender Bäume entlangglitt. Plötzlich war vor ihr ein abgerissener Ast, am Ende gespalten und dick wie der Körper eines Mannes; er hing an einem Rindenstreifen und drehte sich langsam, als das Boot darunter vorbeifuhr. Sie nahm Davies Stimme wahr; er mußte eine ganze Weile geredet haben. Wie merkwürdig, daß sie sich nicht erinnern konnte, was er gesagt hatte!

«Man braucht keine Gründe, um sich umzubringen; man braucht Gründe um sich *nicht* umzubringen. Es war Selbstmord, Cordelia. Ich würde es dabei belassen.»

Cordelia dachte, daß sie kurz geschlafen haben mußte, weil er anscheinend eine Frage beantwortete, aber sie konnte sich nicht erinnern, eine gestellt zu haben. Doch jetzt waren da noch andere Stimmen, lauter und eindringlicher. Sir Ronald Callenders Stimme: «Mein Sohn ist tot. *Mein* Sohn. Wenn ich auf irgendeine Art dafür verantwortlich sein sollte, möchte ich es lieber wissen. Wenn irgendein anderer dafür verantwortlich ist, möchte ich es ebenfalls wissen.» Sergeant Maskells Stimme: «Wie würden Sie das benutzen, um sich zu erhängen, Miss Gray?» Das Gefühl des Gürtels, glatt und sich schlängelnd, der wie etwas Lebendiges durch ihre Finger glitt.

Sie setzte sich, die Knie mit den Händen umklammernd, kerzengerade auf, so plötzlich, daß das Boot heftig schaukelte und Sophie nach einem überhängenden Ast greifen mußte, um das Gleichgewicht nicht zu verlieren. Ihr dunkles Gesicht, faszinierend in der Verkürzung und gefleckt vom Schatten der Blätter, sah auf Cordelia aus einer, wie ihr schien, unermeßlichen Höhe herab. Ihre Blicke trafen sich. In diesem Augenblick wußte Cordelia, wie nahe sie daran gewesen war, den Fall aufzugeben. Sie hatte sich von dem herrlichen Tag, dem Sonnenschein, von Trägheit, der Aussicht auf Kameradschaft oder gar Freundschaft bestechen lassen zu vergessen, warum sie hier war. Die Erkenntnis erschreckte sie. Davie hatte gesagt, Sir Ronald sei gut im Aussuchen. Gut, er hatte sie ausgesucht. Dies war ihr erster Fall, und nichts und niemand würde sie daran hindern, ihn zu lösen.

Sie sagte förmlich:

«Es war nett von Ihnen, mich mitzunehmen, aber ich möchte die Party heute abend nicht versäumen. Ich sollte mich mit Marks Tutor unterhalten, und vielleicht sind noch andere Leute da, die mir etwas sagen können. Ist es nicht Zeit, daß wir ans Umkehren denken?»

Sophie warf Davie einen Blick zu. Er zuckte fast unmerklich mit den Schultern. Ohne zu sprechen, stieß Sophie die Stange hart gegen das Ufer. Das Boot begann sich langsam zu drehen.

Isabelles Party sollte eigentlich um acht Uhr beginnen, aber es war fast neun, als Sophie, Davie und Cordelia ankamen. Sie gingen zu Fuß zu dem Haus, das nur fünf Minuten von der Norwich Street entfernt war; die genaue Adresse bekam Cordelia nie heraus. Das Haus gefiel ihr, und sie fragte sich, wieviel Miete es Isabelles Vater kosten mochte. Es war eine langgestreckte weiße zweistöckige Villa mit hohen Bogenfenstern und grünen Klappladen, ein gutes Stück von der Straße zurückgesetzt, mit einem Souterrain und ein paar Stufen zur Haustür. Eine ähnliche Treppe führte vom Wohnzimmer in den ausgedehnten Garten.

Das Wohnzimmer war schon ziemlich voll. Als Cordelia die anderen Gäste sah, war sie froh, daß sie den Kaftan gekauft hatte. Die meisten hatten sich anscheinend umgezogen, wenn sie auch, dachte sie, nun nicht unbedingt etwas Hübscheres trugen. Was man anstrebte, war Originalität; wichtig war, aufregend oder sogar exzentrisch auszusehen und ja nicht langweilig zu erscheinen.

Das Wohnzimmer war elegant, aber nichtssagend eingerichtet, und Isabelle hatte es mit ihrer unordentlichen, unpraktischen und nicht verschonenden Weiblichkeit geprägt. Cordelia glaubte nicht, daß die Besitzer den reichverzierten Kristalleuchter, der wie eine Sonne von der Deckenmitte hing, viel zu schwer und zu groß für das Zimmer, oder die vielen seidenen Kissen und Vorhänge, die den strengen Proportionen des Zimmers etwas von dem prahlerischen Überfluß eines Kurtisanenboudoirs gaben, zur Verfügung gestellt hatten. Auch die Bilder gehörten bestimmt Isabelle. Kein Hausbesitzer, der sein Eigentum vermietete, würde Bilder von dieser Qualität an den Wänden hängen lassen. Eines, das über dem Kamin hing, zeigte ein junges Mädchen, das einen jungen Hund an sich drückte. Cordelia starrte es aufgeregt vor Freude an. Bestimmt konnte sie dieses charakteristische Blau des Kleides des Mädchens nicht verwechseln, diese wunderbare Malweise der Wangen und rundlichen jungen Arme, die das Licht gleichzeitig in sich aufnahmen und zurückwarfen – entzückendes, fühlbares Fleisch. Sie rief unfreiwillig aus, so daß alle sich umdrehten und sie ansahen:

«Aber das ist ja ein Renoir!»

Hugo stand hinter ihr. Er lachte:

«Ja, aber sagen Sie das nicht so entsetzt, Cordelia. Es ist ja nur ein kleiner Renoir. Isabelle hat ihren Vater um ein Bild für ihr Wohnzimmer gebeten. Sie können von ihm doch nicht erwarten, daß er einen Druck von Constables ‹*Heuwagen*› oder eine dieser billigen

Reproduktionen von van Goghs langweiligem altem Stuhl daherbringt.»

«Hätte Isabelle den Unterschied gemerkt?»

«O ja! Isabelle erkennt einen teuren Gegenstand, wenn sie einen vor sich hat.»

Cordelia fragte sich, ob die Bitterkeit, der harte Klang der Verachtung in seiner Stimme Isabelle oder sich selbst galt. Sie blickten über das Zimmer zu der Stelle, wo sie stand und ihnen zulächelte. Hugo ging wie ein Träumender auf sie zu und nahm ihre Hand. Cordelia beobachtete sie. Isabelle hatte ihr Haar zu einem hohen Lockenschopf nach griechischer Art frisiert. Sie trug ein knöchellanges Kleid aus cremefarbener, matter Seide mit einem sehr tiefen, eckigen Ausschnitt und kleinen, raffiniert gefältelten Ärmeln. Es war offensichtlich ein Modellkleid und hätte eigentlich bei einer zwanglosen Party fehl am Platz wirken müssen, dachte Cordelia. Aber so war es nicht. Es ließ nur die Kleider aller anderen Frauen wie improvisiert aussehen und setzte ihr eigenes, dessen Farben beim Kauf gedämpft und zart gewirkt hatten, auf die Stufe eines knalligen Fähnchens herab.

Cordelia war entschlossen, irgendwann im Laufe des Abends Isabelle allein zu erwischen, konnte aber sehen, daß das nicht leicht sein würde. Hugo blieb hartnäckig an ihrer Seite und steuerte sie mit einer besitzergreifenden Hand auf ihrer Hüfte durch ihre Gäste. Er schien ständig zu trinken, und auch Isabelles Glas war immer gefüllt. Vielleicht wurden sie, wenn der Abend erst weiter fortgeschritten war, unvorsichtig, vielleicht bot sich dann eine Gelegenheit, sie zu trennen. In der Zwischenzeit beschloß Cordelia, das Haus zu erkunden und etwas Praktischeres zu tun, nämlich festzustellen, wo die Toilette war, bevor sie sie brauchte. Es war eine jener Parties, wo man es den Gästen überließ, solche Dinge selbst herauszufinden.

Sie ging hinauf in den ersten Stock, dann über den Flur und stieß leise die Tür am gegenüberliegenden Ende auf. Der Geruch von Whisky überfiel sie sofort; er war überwältigend, und Cordelia schlüpfte instinktiv in das Zimmer und schloß aus Angst, er könnte das ganze Haus durchziehen, die Tür hinter sich. Das Zimmer, das sich in einem unbeschreiblich unordentlichen Zustand befand, war nicht leer. Auf dem Bett lag halb mit einer Steppdecke zugedeckt eine Frau; eine Frau mit hellem rötlichem Haar, das sich auf dem Kissen ausbreitete, und mit einem rosaseidenen Morgenrock bekleidet. Cordelia ging auf das Bett zu und blickte auf sie hinunter.

Sie war vom Alkohol betäubt. Sie lag da und ließ in kurzen Zügen ihren übelriechenden whiskyträchtigen Atem ausströmen, der wie unsichtbare Rauchwölkchen aus dem halboffenen Mund aufstieg. Ihre Unterlippe und das Kinn waren angespannt und in Falten gezogen, was ihrem Gesicht ein strenges, kritisches Aussehen gab, als tadele sie heftig ihre eigene Lage. Ihre schmalen Lippen waren dick angemalt, die kräftige purpurrote Farbe war in die Fältchen um den Mund gedrungen, so daß der Körper aussah, als sei er vor großer Kälte erstarrt. Ihre Hände mit knorrigen Fingern, die braun vom Nikotin und mit Ringen überladen waren, lagen ruhig auf der Steppdecke. Zwei der krallenartigen Nägel waren abgebrochen, und der ziegelrote Lack auf den anderen war gesprungen oder abgesplittert.

Das Fenster war von einem schweren Toilettentisch verstellt. Cordelia vermied den Blick auf das Durcheinander von zerknüllten Papiertüchern, offenen Flaschen mit Gesichtscremes, verschüttetem Puder und einer halb ausgetrunkenen Tasse mit etwas, das nach schwarzem Kaffee aussah, zwängte sich hinter den Tisch und riß das Fenster auf. Sie pumpte ihre Lunge voll mit frischer, reinigender Luft. Unter ihr im Garten bewegten sich fahle Gestalten still auf dem Gras und zwischen den Bäumen wie die Geister längst verstorbener Nachtschwärmer. Sie ließ das Fenster offen und ging zum Bett zurück. Sie konnte hier nichts tun, aber sie steckte wenigstens die kalten Hände der Frau unter die Steppdecke und nahm einen anderen, wärmeren Morgenmantel vom Haken an der Tür, den sie fest um den Körper packte. Das würde zumindest die frische Luft, die über das Bett wehte, ausgleichen.

Danach schlich Cordelia gerade rechtzeitig hinaus auf den Flur, um Isabelle aus dem Zimmer nebenan kommen zu sehen. Sie streckte einen Arm aus und zerrte das Mädchen beinahe in das Schlafzimmer. Isabelle stieß einen kleinen Schrei aus, aber Cordelia lehnte ihren Rücken fest gegen die Tür und sagte in einem leisen, drängenden Flüsterton:

«Sagen Sie mir, was Sie von Mark Callender wissen.»

Die veilchenblauen Augen gingen von der Tür zum Fenster, als suchten sie verzweifelt einen Fluchtweg.

«Ich war nicht dort, als er es tat.»

«Als wer was tat?»

Isabelle zog sich zum Bett zurück, als könne die reglose Gestalt, die jetzt röchelnd seufzte, Hilfe bieten. Plötzlich wälzte sich die Frau auf die Seite und gab ein langes Schnauben von sich wie ein leidendes

Tier. Beide Mädchen sahen erstaunt und ängstlich hin. Cordelia wiederholte:

«Als wer was tat?»

«Als Mark sich umbrachte. Ich war nicht dort.»

Die Frau auf dem Bett stieß einen kurzen Seufzer aus. Cordelia senkte die Stimme:

«Aber Sie waren ein paar Tage vorher dort, nicht wahr? Sie waren da draußen und erkundigten sich nach ihm. Miss Markland sah Sie. Danach saßen Sie im Garten und warteten, bis er mit der Arbeit fertig war.»

Bildete sich Cordelia nur ein, daß das Mädchen plötzlich entspannter schien, daß es wegen der Harmlosigkeit der Frage erleichtert war?

«Ich habe einfach mal vorbeigeschaut, um Mark zu sehen. Sie gaben mir seine Adresse an der Pförtnerloge in seinem College. Ich ging hin, um ihn zu besuchen.»

«Warum?» Die schroffe Frage schien sie zu verwirren. Sie antwortete einfach:

«Er war mein Freund.»

«Haben Sie auch mit ihm geschlafen?» fragte Cordelia. Diese rücksichtslose Offenheit war gewiß besser, als zu fragen, ob sie mit ihm intim war oder ob sie ein Verhältnis mit ihm hatte – törichte Beschönigungen, die Isabelle vielleicht nicht einmal richtig verstehen würde. Es war schwierig, an diesen schönen, aber verschreckten Augen abzulesen, wieviel sie wirklich verstand.

«Nein, ich habe nicht mit ihm geschlafen. Er arbeitete im Garten, und ich mußte beim Gartenhaus auf ihn warten. Er stellte mir einen Stuhl in die Sonne und gab mir ein Buch, bis er Zeit hatte.»

«Was für ein Buch?»

«Ich weiß es nicht mehr, es war sehr langweilig. Ich war auch gelangweilt, bis Mark kam. Dann tranken wir Tee aus lustigen Bechern, die einen blauen Ringel hatten, und nach dem Tee gingen wir spazieren, und dann aßen wir zu Abend. Mark hatte einen Salat gemacht.»

«Und dann?»

«Dann fuhr ich nach Hause.»

Sie war jetzt ganz ruhig. Cordelia beeilte sich, da sie Schritte auf der Treppe auf und ab gehen und Stimmen hörte.

«Und in der Zeit davor? Wann haben Sie ihn vor jenem gemeinsamen Tee gesehen?»

«Das war ein paar Tage bevor Mark das College verließ. Wir fuhren mit meinem Auto zu einem Picknick ans Meer. Aber zuerst machten wir in einer Stadt halt – St. Edmunds, so hieß sie, glaube ich –, und Mark besuchte einen Arzt.»

«Warum? War er krank?»

«O nein, er war nicht krank, und er blieb nicht lang genug für ein – wie sagt man? – für eine Untersuchung. Er war nur ein paar Minuten in dem Haus. Es war ein sehr armes Haus. Ich wartete im Auto auf ihn, aber nicht direkt vor dem Haus, wissen Sie.»

«Hat er gesagt, warum er dort hingegangen ist?»

«Nein, aber ich glaube, er bekam nicht, was er wollte. Hinterher war er kurze Zeit traurig, aber dann fuhren wir ans Meer, und er war wieder glücklich.»

Auch sie schien jetzt glücklich zu sein. Sie lächelte Cordelia an, mit ihrem reizenden, nichtssagenden Lächeln. Cordelia dachte: Es ist nur das Gartenhaus, was sie erschreckt. Es macht ihr nichts aus, über den lebendigen Mark zu reden – sein Tod ist es, woran sie nicht denken kann. Und doch rührte diese Abneigung nicht aus persönlichem Kummer. Er war ihr Freund gewesen; er war lieb; sie hatte ihn gern. Aber sie kam sehr gut ohne ihn aus.

Es klopfte an die Tür. Cordelia trat zur Seite, und Hugo kam herein. Er sah Isabelle entrüstet an und sagte, ohne Cordelia zu beachten:

«Es ist deine Party, Herzchen; kommst du runter?»

«Cordelia wollte mit mir über Mark sprechen.»

«Das kann ich mir denken. Du hast ihr hoffentlich erzählt, daß du an einem Tag mit ihm ans Meer gefahren bist und einen Nachmittag und Abend bei ihm in Summertrees verbracht hast und daß du ihn seitdem nicht mehr gesehen hast.»

«Das hat sie mir gesagt», sagte Cordelia. «Sie hat es praktisch fehlerfrei gesagt. Ich glaube, sie ist jetzt sicher genug, um allein aus dem Haus gelassen zu werden.»

Er sagte ruhig:

«Sie sollten nicht sarkastisch sein, Cordelia, das paßt nicht zu Ihnen. Sarkasmus ist bei manchen Frauen ganz in Ordnung, aber nicht bei Frauen, die schön sind in der Art, wie Sie schön sind.»

Sie gingen zusammen die Treppe hinunter und wurden vom Lärm in der Diele überfallen. Das Kompliment ärgerte Cordelia. Sie sagte:

«Ich nehme an, diese Frau auf dem Bett ist Isabelles Anstandsdame. Ist sie oft betrunken?»

«Mademoiselle de Congé? So betrunken wie jetzt nicht oft, aber ich gebe zu, daß sie selten ganz nüchtern ist.»

«Sollten Sie dann nicht etwas dagegen tun?»

«Was könnte ich tun? Sie der Inquisition des 20. Jahrhunderts übergeben – einem Psychiater wie meinem Vater? Hat sie uns denn etwas getan, daß sie das verdiente? Außerdem ist sie in ihren wenigen nüchternen Augenblicken umständlich gewissenhaft. Wie es sich trifft, stimmen ihre Triebe und meine Interessen überein.»

Cordelia sagte ernst:

«Das mag nützlich sein, aber ich halte es nicht für sehr verantwortungsbewußt, und es ist jedenfalls nicht nett.»

Er blieb stehen, sah sie an und lächelte ihr gerade in die Augen.

«Ach, Cordelia, Sie reden wie das Kind fortschrittlicher Eltern, das von einer altmodischen Nanny großgezogen und dann in eine Klosterschule gegangen ist. Ich mag Sie wirklich.»

Er lächelte immer noch, als Cordelia entwischte und sich unter die Gäste mischte. Sie überlegte, daß seine Diagnose nicht sehr weit neben der Wirklichkeit lag.

Sie nahm sich ein Glas Wein, dann bewegte sie sich langsam durch das Zimmer und lauschte, ohne sich zu schämen, auf Gesprächsfetzen, in der Hoffnung, Marks Namen erwähnt zu hören. Sie hörte ihn nur einmal. Zwei Mädchen und ein hübscher, ziemlich fader junger Mann standen hinter ihr. Eines der Mädchen sagte:

«Sophie Tilling scheint sich auffallend schnell von Mark Callenders Selbstmord erholt zu haben. Sie und Davie sind bei der Einäscherung gewesen, habt ihr das gewußt? Typisch für Sophie, ihren augenblicklichen Liebhaber mitzunehmen, um den vorigen verbrennen zu sehen. Ich nehme an, das war für sie ein ganz besonderer Spaß.»

Ihre Begleiterin lachte.

«Und der kleine Bruder übernimmt Marks Mädchen. Wenn du nicht Schönheit, Geld und Köpfchen zusammen bekommen kannst, halte ich an die ersten beiden. Armer Hugo! Er leidet an Minderwertigkeitsgefühlen. Nicht so ganz gut aussehend; nicht so ganz intelligent – Sophies Eins muß ihn erschüttert haben; nicht so ganz reich. Kein Wunder, daß er sich an den Sex halten muß, um sein Selbstvertrauen zu stärken.»

«Und selbst da nicht so ganz ...»

«Liebes, du mußt es ja wissen.»

Sie lachten und entfernten sich. Cordelia spürte ihr Gesicht brennen. Ihre Hand zitterte, daß sie fast den Wein verschüttete. Sie stellte überrascht fest, wie nahe ihr das ging, wie sehr sie Sophie liebgewonnen hatte. Aber das war natürlich ein Teil des Plans, das war Tillingsche Strategie. Wenn du sie nicht so beschämen kannst, daß sie den Fall aufgibt, dann besteche sie; nimm sie auf den Fluß mit; sei nett zu ihr; bring sie auf deine Seite. Und es war richtig, sie war auf ihrer Seite, wenigstens gegenüber boshaften Lästerzungen. Sie tröstete sich mit der kritischen Überlegung, daß sie genauso gehässig waren wie Gäste einer Cocktailparty in der Provinz. Sie hatte nie in ihrem Leben an einer jener harmlosen, wenn auch langweiligen Zusammenkünfte für den immer gleichbleibenden Konsum von Klatsch, Gin und Appetithäppchen teilgenommen, aber wie ihrem Vater, der ebenfalls so etwas nie mitgemacht hatte, machte es ihr keine Schwierigkeiten, sich vorzustellen, daß sie Brutstätten von Angebertum, Gehässigkeit und sexuellen Anzüglichkeiten waren.

Ein warmer Körper drückte sich an ihr vorbei. Sie drehte sich um und sah Davie. Er trug drei Weinflaschen. Er hatte offenbar wenigstens einen Teil des Gesprächs mitgehört, was die Mädchen zweifellos beabsichtigt hatten, aber er grinste freundlich.

«Lustig, wie Hugos abgelegte Frauen ihn immer so sehr hassen. Bei Sophie ist das ganz anders. Ihre Exfreunde mit ihren scheußlichen Fahrrädern und klapprigen Autos geben sich in der Norwich Street die Tür in die Hand. Ich finde sie ständig im Wohnzimmer, wie sie mein Bier trinken und ihr die schrecklichen Probleme anvertrauen, die sie mit ihren derzeitigen Mädchen haben.»

«Haben Sie etwas dagegen?»

«Nicht wenn sie nicht weiter als ins Wohnzimmer kommen. Amüsieren Sie sich gut?»

«Nicht besonders.»

«Kommen Sie und lernen Sie einen Freund von mir kennen. Er hat gefragt, wer Sie sind.»

«Nein, danke, Davie. Ich muß mich für Mr. Horsfall freihalten. Ich will ihn nicht verpassen.»

Er lächelte sie an, ziemlich mitleidig, wie sie meinte, und schien etwas sagen zu wollen. Aber er überlegte es sich anders und ging weiter, indem er die Flaschen an seine Brust drückte und eine fröhliche Warnung rief, als er sich durch das Gedränge schob.

Cordelia bahnte sich einen Weg durch das Zimmer und beobachtete und lauschte. Das offene sexuelle Treiben verwirrte sie; sie hatte gedacht, daß Intellektuelle zu dünne Luft atmeten, um sich so sehr für das Fleischliche zu interessieren. Offensichtlich war das ein Mißverständnis. Wenn sie jetzt darüber nachdachte, waren die Genossen, von denen man hätte annehmen können, daß sie in liederlicher Promiskuität lebten, bemerkenswert gesetzt gewesen. Sie hatte manchmal gespürt, daß ihre sexuellen Aktivitäten eher von Pflicht als von Trieben angespornt wurden, daß sie mehr eine Waffe der Revolution oder eine Geste gegen die verachteten bourgeoisen Sitten waren als eine Reaktion auf ein menschliches Bedürfnis. Ihre eigentlichen Energien galten alle der Politik. Es war nicht schwer zu erkennen, worauf die Energien der meisten Anwesenden sich richteten.

Sie hätte sich keine Sorgen um den Erfolg ihres Kaftans zu machen brauchen. Mehrere Männer ließen durchblicken, daß sie bereit oder sogar begierig darauf waren, von ihren Partnerinnen loszukommen, weil es ihnen Spaß gemacht hätte, sich mit ihr zu unterhalten. Mit einem vor allem, einem gutaussehenden und spöttisch amüsanten jungen Historiker, fühlte Cordelia, hätte sie einen unterhaltsamen Abend verbringen können. Die ungeteilte Aufmerksamkeit eines einzigen angenehmen Mannes war alles, was sie sich von einer Party erhoffte, dann konnte sie auf die Beachtung von allen anderen verzichten. Sie war von Natur aus nicht sehr gesellig und war, da sie sich in den vergangenen sechs Jahren ihrer eigenen Generation entfremdet hatte, von dem Lärm, der unterschwelligen Rücksichtslosigkeit und den halbverstandenen Bräuchen dieser Stammespaarungen leicht eingeschüchtert. Und sie sagte sich standhaft, daß sie nicht hier war, um sich auf Sir Ronalds Kosten zu amüsieren. Keiner ihrer möglichen Gesprächspartner kannte Mark Callender oder ließ Interesse an ihm, tot oder lebendig, erkennen. Sie durfte sich nicht den ganzen Abend von Leuten festhalten lassen, die ihr keine Auskünfte geben konnten. Wenn diese Gefahr drohte und das Gespräch zu verführerisch wurde, murmelte sie eine Entschuldigung und entwischte ins Bad oder in die Schatten des Gartens, wo kleine Gruppen auf dem Gras saßen und kifften. Cordelia erinnerte sich an diesen Geruch, sie konnte sich nicht irren. Sie waren nicht zu Gesprächen aufgelegt, und so konnte sie hier wenigstens für sich herumschlendern und Mut schöpfen für ihren nächsten Beutezug, für die nächste listig beiläufige Frage, die nächste unvermeidliche Antwort.

«Mark Callender? Tut mir leid, wir sind uns nie begegnet. Ist das nicht der, der abgehauen ist, um das einfache Leben auszuprobieren, und sich schließlich erhängt hat oder so ähnlich?»

Einmal suchte sie Zuflucht in Mademoiselle de Congés Zimmer, aber sie sah, daß die träge Gestalt unfeierlich auf einem Polster aus Kissen verstaut worden war und das Bett für einen ganz anderen Zweck verwendet wurde.

Sie fragte sich, wann Edward Horsfall erscheinen würde oder ob er überhaupt käme. Und würde Hugo daran denken und sich darum kümmern, sie vorzustellen, falls er käme? Sie sah keinen der Tillings in dem dichten Gedränge von gestikulierenden Körpern, die inzwischen das Wohnzimmer verstopften und die Diele und die halbe Treppe überschwemmten. Allmählich beschlich sie das Gefühl, daß dieser Abend vergeudet war, als sich Hugos Hand auf ihren Arm legte. Er sagte:

«Ich möchte Sie Edward Horsfall vorstellen. Edward, das ist Cordelia Gray. Sie möchte sich über Mark Callender unterhalten.»

Edward Horsfall war eine weitere Überraschung. Cordelia hatte sich unbewußt das Bild eines älteren Universitätslehrers ausgemalt, ein wenig zerstreut durch die Last seiner Gelehrsamkeit, ein gütiger, wenn auch gleichgültiger Ratgeber der Jungen. Horsfall konnte nicht viel über dreißig sein. Er war sehr groß, sein Haar fiel lang über das eine Auge, sein schlanker Körper war gebogen wie eine Melonenschale, ein Vergleich, der durch das gefältelte gelbe Hemd unter der vorspringenden Fliege bekräftigt wurde.

Jede halbeingestandene, halbverschämte Hoffnung, die Cordelia gehegt haben mochte, daß er sich ihrer sofort annehmen und ihr herzlich gern seine Zeit widmen würde, solange sie zusammen wären, schwand schnell dahin. Seine Augen waren rastlos und flatterten zwanghaft immer wieder zur Tür. Sie vermutete, daß er wohl am liebsten allein gewesen wäre und sich absichtlich Verpflichtungen vom Leib gehalten hätte, bis die erhoffte Gesellschaft eintraf. Er war so kribbelig, daß sie Mühe hatte, sich nicht über seine Unruhe zu ärgern. Sie sagte:

«Sie müssen nicht den ganzen Abend mit mir verbringen, wissen Sie, ich möchte nur ein paar Auskünfte.»

Ihre Stimme rief ihm ihre Gegenwart ins Bewußtsein und erinnerte ihn an einen Versuch zur Höflichkeit.

«Das wäre eigentlich keine Strafe, entschuldigen Sie. Was möchten Sie wissen?»

«Alles, was Sie mir von Mark erzählen können. Sie haben ihn in Geschichte unterrichtet, nicht wahr? War er gut?»

Das war keine besonders wichtige Frage, eigentlich nur als Einleitung gedacht, weil sie meinte, darauf würden alle Lehrer ansprechen.

«Der Unterricht war bei ihm lohnender als bei vielen anderen Studenten, mit denen ich mich herumschlagen muß. Ich weiß nicht, warum er Geschichte gewählt hat. Er hätte sehr gut eine Naturwissenschaft studieren können. Er hatte eine lebhafte Neugier für physikalische Phänomene. Aber er hatte sich entschlossen, Geschichte zu studieren.»

«Glauben Sie, um seinen Vater vor den Kopf zu stoßen?»

«Sir Ronald vor den Kopf zu stoßen?» Er drehte sich um und streckte einen Arm nach einer Flasche aus. «Was trinken Sie? Eins haben Isabelle de Lasteries Parties für sich: Die Getränke sind hervorragend, vermutlich weil Hugo sie bestellt. Es ist vortrefflich, daß es kein Bier gibt.»

«Demnach trinkt Hugo kein Bier?» fragte Cordelia.

«Das behauptet er jedenfalls. Wovon haben wir gesprochen? Ach so, Sir Ronald vor den Kopf stoßen. Mark sagte, er habe Geschichte gewählt, weil wir unmöglich die Gegenwart verstehen könnten, ohne die Vergangenheit zu verstehen. Das ist so ein ärgerliches Klischee, mit dem die Leute bei Interviews ankommen, aber vielleicht hat er daran geglaubt. Tatsächlich ist natürlich das Gegenteil wahr, wir deuten die Vergangenheit aus unserer Kenntnis der Gegenwart.»

«War er denn gut?» fragte Cordelia. «Ich meine, hätte er eine Eins bekommen?»

Eine Eins, glaubte sie, sei das Höchste an gelehrter Vollendung, die Bescheinigung ausgeprägter Intelligenz, die den Empfänger unangefochten durchs Leben trug. Sie wollte hören, daß Mark eine Eins sicher gewesen wäre.

«Das sind zwei gesonderte und ganz verschiedene Fragen. Sie scheinen Wert und Leistung zu verwechseln. Es ist unmöglich, seine Note vorauszusagen, aber es wäre kaum eine Eins geworden. Mark war zu außergewöhnlich guter und origineller Arbeit fähig, aber er beschränkte sich auf seine originellen Ideen. Das Ergebnis war dann eher mager. Prüfer mögen Originalität, aber man muß zuerst die anerkannten Fakten und herkömmlichen Meinungen ausspucken, wenn auch nur, um zu zeigen, daß man sie gelernt hat. Ein ungewöhnliches Gedächtnis und eine flotte, leserliche Handschrift, das ist das Geheimnis einer Eins. Wo sind Sie übrigens?» Er bemerkte Cordelias kurzen, verständnislosen Blick. «Ich meine, an welchem College.»

«An keinem. Ich arbeite. Ich bin Privatdetektiv.»

Er schluckte diese Auskunft ohne weiteres.

«Mein Onkel hat einmal einen angestellt, um herauszubekommen, ob meine Tante von ihrem Zahnarzt gebumst wurde. Es stimmte, aber er hätte es leichter auf dem einfachen Weg, sie zu fragen, herausbekommen können. So verlor er gleichzeitig die Dienste einer Frau und eines Zahnarztes und bezahlte viel zuviel für eine Auskunft, die er umsonst hätte haben können. Es hat damals in der Familie ziemlich viel Staub aufgewirbelt. Ich hätte eigentlich gedacht, dieser Beruf sei ...»

Cordelia beendete den Satz für ihn.

«Kein geeigneter Beruf für eine Frau?»

«Ganz und gar nicht. Durchaus geeignet, würde ich sagen, ein Beruf, der, wie ich mir vorstelle, unendlich viel Neugier, unendliche Mühen und einen Hang, sich in die Angelegenheiten anderer Menschen einzumischen, erfordert.» Seine Aufmerksamkeit schweifte wieder ab. Eine Gruppe in ihrer Nähe unterhielt sich, und Gesprächsfetzen drangen zu ihnen.

«... typisch für die schlimmste Art von akademischem Stil. Geringschätzung der Logik; großzügiger Gebrauch von Modewörtern; unechte Tiefgründigkeit und eine wahnsinnig scheußliche Grammatik.»

Der Tutor widmete den Sprechern einen Augenblick seine Aufmerksamkeit, tat ihr akademisches Geschwätz als nicht beachtenswert ab und ließ sich herab, sein Ohr, wenn auch nicht seinen Blick, wieder Cordelia zuzuwenden.

«Warum interessieren Sie sich so sehr für Mark Callender?»

«Sein Vater hat mich angestellt, damit ich herausfinde, warum Mark starb. Ich habe gehofft, daß Sie mir vielleicht helfen könnten. Ich meine, hat er Ihnen gegenüber jemals zu erkennen gegeben, daß er womöglich unglücklich war, unglücklich genug, um sich umzubringen? Hat er erklärt, warum er das College aufgab?»

«Mir nicht. Ich hatte nie das Gefühl, daß ich ihm nahekam. Er verabschiedete sich förmlich, dankte mir für meine Hilfe, wie er sich ausdrückte, und ging weg. Ich gab die üblichen Äußerungen des Bedauerns von mir, und wir schüttelten uns die Hände. Ich war verlegen, Mark jedoch nicht. Er war, glaube ich, kein Typ, der anfällig für Verlegenheit war.»

Es gab eine kleine Verwirrung an der Tür, und eine Gruppe von Neuankömmlingen schob sich lärmend in das Gedränge. Unter ihnen war ein großes dunkles Mädchen in einem feuerroten Kleid, das fast bis zur Taille offen war. Cordelia spürte, wie der Tutor erstarrte, sah seine Augen mit einem gespannten, halb ängstlichen, halb bittenden Blick, den sie von anderen Gelegenheiten kannte, an der Neuen hängen. Ihre Stimmung sank. Jetzt mußte sie Glück haben, wenn sie noch weitere Auskünfte bekommen wollte. Verzweifelt versuchte sie, seine Aufmerksamkeit wieder auf sich zu lenken und sagte:

«Ich bin nicht sicher, ob Mark sich selbst getötet hat. Ich denke, es könnte Mord gewesen sein.»

Er sprach unaufmerksam, seine Augen auf die Neuankömmlinge gerichtet.

«Das ist unwahrscheinlich, bestimmt. Von wem? Aus welchem Grund? Er war eine unbedeutende Person. Er erregte nicht einmal eine vage Abneigung, außer vielleicht bei seinem Vater. Aber Ronald Callender kann es nicht getan haben, wenn es das ist, was Sie hoffen. In der Nacht, in der Mark starb, speiste er im College am Dozententisch. Wir hatten ein Festessen im College. Ich saß neben ihm. Sein Sohn rief ihn an.»

Cordelia zerrte fast an seinem Ärmel, als sie ungeduldig fragte:

«Um welche Zeit?»

«Bald nachdem das Essen angefangen hatte, glaube ich. Benskin, das ist einer der Collegediener, kam herein und sagte es ihm. Es muß zwischen acht und Viertel nach acht gewesen sein. Callender verschwand für etwa zehn Minuten, kam dann zurück und aß seine Suppe weiter. Wir anderen waren auch noch nicht beim zweiten Gang angelangt.»

«Sagte er, was Mark wollte? Schien er erregt?»

«Keins von beiden. Wir sprachen während des Essens kaum ein Wort miteinander. Sir Ronald verschwendet seine Gaben als Unterhalter nicht an Nichtnaturwissenschaftler. Würden Sie mich jetzt bitte entschuldigen?»

Er war weg und bahnte sich seinen Weg durch das Gedränge zu seiner Beute. Cordelia stellte ihr Glas ab und machte sich auf die Suche nach Hugo.

«Hören Sie», sagte sie, «ich möchte mit Benskin sprechen, einen Diener an Ihrem College. Ob er wohl heute abend da ist?»

Hugo stellte die Flasche ab, die er in der Hand hatte.

«Kann sein. Er ist einer der wenigen, die im College wohnen. Aber ich bezweifle, daß Sie allein ihn aus seinem Schlupfloch herausholen können. Wenn es wirklich so dringend ist, komme ich besser mit.»

Der Collegepförtner – mit neugierigem Blick – brachte in Erfahrung, daß Benskin im College war, und Benskin wurde gerufen. Er kam nach fünf Minuten Wartezeit, in der Hugo mit dem Pförtner plauderte und Cordelia vor der Pförtnerloge auf und ab ging und zum Zeitvertreib die Collegeanzeigen las. Benskin erschien, ohne Eile, und ließ sich nicht aus der Ruhe bringen. Er war ein korrekt gekleideter alter Mann mit silbernem Haar, sein Gesicht war zerknittert und dickhäutig wie eine anämische Blutorange, und er hätte, dachte Cordelia, wie eine Reklame für den idealen Butler ausgesehen, wäre da nicht ein Ausdruck von trauriger, heimlicher Verachtung gewesen.

Cordelia zeigte ihm Sir Ronalds Vollmacht und rückte sofort mit ihren Fragen heraus. Mit vorsichtiger Zurückhaltung war nichts zu gewinnen, und da sie Hugos Hilfe in Anspruch genommen hatte, konnte sie kaum hoffen, ihn abzuschütteln. Sie sagte:

«Sir Ronald hat mich gebeten, die Umstände des Todes seines Sohnes zu untersuchen.»

«Ich verstehe, Miss.»

«Ich habe gehört, daß Mr. Mark Callender seinen Vater angerufen hat, während Sir Ronald in der Nacht, in der sein Sohn starb, am Dozententisch speiste, und daß Sie Sir Ronald Bescheid gaben, kurz nachdem das Essen begonnen hatte.»

«Ich hatte damals den Eindruck, daß es Mr. Callender war, der anrief, Miss, aber ich irrte mich.»

«Wie können Sie das so genau wissen, Mr. Benskin?»

«Sir Ronald sagte es mir selbst, Miss, als ich ihn ein paar Tage nach dem Tod seines Sohnes im College sah. Ich kenne Sir Ronald seit seiner Studentenzeit, und ich erlaubte mir, ihm mein Beileid auszudrücken. Während unseres kurzen Gesprächs spielte ich auf den Anruf am 26. Mai an, und Sir Ronald sagte mir, ich hätte mich geirrt, es sei nicht Mr. Callender gewesen, der anrief.»

«Sagte er, wer es war?»

«Sir Ronald teilte mir mit, daß es sein Laborassistent Mr. Chris Lunn war.»

«Hat Sie das nicht überrascht – daß Sie sich geirrt haben, meine ich?»

«Ich gestehe, daß ich etwas überrascht war, Miss, aber das Versehen ist vielleicht entschuldbar. Meine nachträgliche Anspielung auf den Vorfall war zufällig und unter den Umständen bedauerlich.»

«Glauben Sie wirklich, daß Sie sich bei dem Namen verhört haben?»

Das eigensinnige alte Gesicht entspannte sich nicht.

«Sir Ronald kann keine Zweifel in bezug auf die Person, die ihn anrief, gehabt haben.»

«Hat Mr. Callender seinen Vater öfter angerufen, wenn er im College speiste?»

«Ich hatte vorher noch nie einen Anruf von ihm entgegengenommen, aber die Bedienung des Telefons gehört auch nicht zu meinen Pflichten. Es ist möglich, daß einige der anderen Collegebediensteten helfen könnten, aber ich glaube kaum, daß eine Nachfrage zu etwas führen würde oder daß die Nachricht, Collegebedienstete seien ausgefragt worden, für Sir Ronald erfreulich wäre.»

«Jede Nachfrage, welche die Wahrheit ermitteln helfen kann, ist wahrscheinlich erfreulich für Sir Ronald», sagte Cordelia. Tatsächlich, dachte sie, Benskins Redestil steckt langsam an. Sie fügte natürlicher hinzu:

«Sir Ronald liegt sehr viel daran, alles, was möglich ist, über den Tod seines Sohnes herauszubekommen. Können Sie mir irgend etwas erzählen, irgendeine Hilfe geben, Mr. Benskin?»

Das kam einer flehenden Bitte gefährlich nahe, machte aber keinen Eindruck auf ihn.

«Nichts, Miss. Mr. Callender war ein ruhiger und angenehmer junger Herr, der, soweit ich ihn beobachten konnte, bei guter Gesundheit und Stimmung zu sein schien, bis er uns verließ. Sein Tod hat das College sehr getroffen. Gibt es sonst noch etwas, Miss?»

Er wartete geduldig darauf, entlassen zu werden, und Cordelia ließ ihn gehen. Als sie und Hugo zusammen das College verließen und zurück zur Trumpington Street gingen, sagte sie bitter:

«Es ist ihm völlig egal.»

«Warum auch nicht? Benskin ist ein alter Schwindler, aber er ist seit siebzig Jahren am College und hat das alles schon erlebt. Tausend Jahre sind in seinen Augen bloß ein Abend, der vorüber ist. Ich habe Benskin wegen des Selbstmords eines Studenten nur einmal bekümmert gesehen, und da handelte es sich um einen Herzogssohn. Benskin dachte damals, es gäbe doch einige Dinge, die das College nicht geschehen lassen sollte.»

«Aber er hat sich mit Marks Anruf nicht geirrt. Das konnte man aus seinem Verhalten schließen, ich zumindest. Er weiß, was er gehört hat. Er wird es natürlich nicht zugeben, aber er weiß im Grunde seines Herzens, daß er sich nicht verhört hat.»

Hugo sagte gelassen:

«Er war ganz der alte Collegediener, sehr korrekt, sehr anständig; das war durch und durch Benskin. ‹Die jungen Herren sind nicht mehr, was sie waren, als ich damals ins College kam.› Das möchte ich auch verdammt hoffen! Sie trugen damals Backenbärte, und Adlige ließen sich in Phantasiekostümen blicken, um sich von der Plebs zu unterscheiden. Benskin würde das am liebsten wieder alles einführen, wenn er könnte. Er ist ein wandelnder Anachronismus, der Hand in Hand mit einer vornehmeren Vergangenheit über den Hof schlendert.»

«Aber er ist nicht taub. Ich habe absichtlich leise gesprochen, und er hat mich bestens verstanden. Glauben Sie wirklich, daß er sich verhört hat?»

«Wenn er sich mit Chris Lunn vorgestellt hat, klingt das ganz ähnlich wie ‹His son› – sein Sohn.»

«Aber Lunn meldet sich nicht so. Solange ich mit Sir Ronald und Miss Leaming zusammen war, haben sie ihn einfach Lunn genannt.»

«Hören Sie, Cordelia, Sie können unmöglich Ronald Callender verdächtigen, bei dem Tod seines Sohnes die Hand im Spiel zu haben! Bleiben Sie logisch. Sie lassen gelten, nehme ich an, daß ein vernünftiger Mörder hofft, nicht entdeckt zu werden. Sie geben gewiß zu, daß Ronald Callender zwar ein widerlicher Hund, aber ein vernünftiges, denkendes Wesen ist. Mark ist tot und sein Körper eingeäschert. Niemand außer Ihnen hat von Mord gesprochen. Dann stellt Sir Ronald Sie an, um alles aufzurühren. Warum sollte er das tun, wenn er etwas zu verbergen hat? Er hat es nicht einmal nötig, einen Verdacht abzulenken, weil es keinen Verdacht gibt.»

«Natürlich verdächtige ich ihn nicht, seinen Sohn getötet zu haben. Er weiß nicht, wie Mark gestorben ist und will es unbedingt wissen. Deshalb hat er mich angestellt. Das konnte ich bei unserem Gespräch erkennen; darin kann ich mich nicht irren. Aber ich verstehe nicht, warum er wegen des Anrufs gelogen haben sollte.»

«Wenn er da lügt, könnte es eine Handvoll harmloser Erklärungen geben. Falls Mark im College anrief, muß es etwas ziemlich Dringendes gewesen sein, vielleicht etwas, das sein Vater nicht bekannt werden lassen wollte, etwas, das vielleicht einen Anhaltspunkt für den Selbstmord seines Sohnes gibt.»

«Warum hätte er mich dann angestellt, um herauszubekommen, warum er sich umbrachte?»

«Das stimmt, kluge Cordelia; ich versuche es noch einmal. Mark bat um Hilfe, vielleicht um einen dringenden Besuch, den sein Vater ablehnte. Sie können sich seine Reaktion vorstellen. ‹Mach dich nicht lächerlich, Mark, ich speise gerade mit den Professoren. Es ist doch klar, daß ich die Koteletts und den Bordeaux nicht stehenlassen kann, nur weil du mich so hysterisch anrufst und mich sehen willst. Reiß dich zusammen.› So etwas würde sich in einer öffentlichen Verhandlung nicht so gut anhören; Untersuchungsrichter sind bekanntermaßen kritisch.» Hugos Stimme nahm einen tiefen, amtlichen Ton an. «‹Es steht mir nicht an, Sir Ronalds Schmerz zu vergrößern, aber es war vielleicht unglücklich, daß er beschloß, nicht zur Kenntnis zu nehmen, was offenbar ein Hilferuf war. Hätte er sein Essen sofort stehenlassen und sich an die Seite seines Sohnes begeben, wäre dieser hervorragende junge Student vielleicht gerettet worden.› Selbstmörder in Cambridge, habe ich bemerkt, sind immer hervorragend; ich warte immer noch darauf, den Bericht von einer Voruntersuchung zu lesen, wo die Collegeleitung bestätigt, daß der Student sich gerade rechtzeitig umgebracht hat, bevor sie ihn hinausgeworfen hätten.»

«Aber Mark starb zwischen sieben und neun Uhr abends. Dieser Anruf ist Sir Ronalds Alibi!»

«Er würde es nicht so sehen. Er braucht kein Alibi. Wenn man weiß, daß man nichts damit zu tun hat und die Frage eines Verbrechens sich überhaupt nicht stellt, denkt man nicht im Sinne von Alibis. Das tun nur Schuldbewußte.»

«Aber woher wußte Mark, wo sein Vater zu finden war? Bei seiner Aussage behauptete Sir Ronald, er hätte seit über zwei Wochen nicht mehr mit seinem Sohn gesprochen.»

«Hier haben Sie vielleicht wirklich recht. Fragen Sie Miss Leaming. Noch besser, Sie fragen Lunn, ob er es tatsächlich war, der im College angerufen hat. Wenn Sie einen Schurken suchen, würde Lunn vorzüglich passen. Ich finde ihn durch und durch unheimlich.»

«Ich wußte nicht, daß Sie ihn kennen.»

«Oh, er ist ziemlich gut bekannt in Cambridge. Er fährt diesen scheußlichen kleinen geschlossenen Lieferwagen mit grimmiger Hingabe durch die Gegend, als transportiere er unbotmäßige Studenten in die Gaskammern. Jeder kennt Lunn. Er lächelt selten, und wenn, dann auf eine Art, als mache er sich lustig und verachte den Teil seiner selbst, der sich dazu bringen ließ, über irgend etwas zu lächeln. Ich würde mich auf Lunn konzentrieren.»

Sie gingen schweigend weiter durch die milde, duftende Nacht und hörten das Wasser in den Rinnsteinen der Trumpington Street plätschern. Lichter leuchteten jetzt aus Collegetüren und Pförtnerlogen, und die fernen Gärten und untereinander verbundenen Höfe, die sie im Vorbeigehen flüchtig sahen, erschienen entrückt und ätherisch wie im Traum. Cordelia fühlte sich plötzlich niedergeschlagen vor Einsamkeit und Traurigkeit. Wenn Bernie noch lebte, würden sie jetzt gemütlich geborgen in der hintersten Ecke einer Cambridger Kneipe sitzen und den Fall besprechen, durch Lärm und Rauch und Anonymität von der Neugier ihrer Nachbarn abgeschirmt; mit gesenkter Stimme würden sie sich in ihrer eigenen, besonderen Sprache unterhalten. Sie würden über die Persönlichkeit eines jungen Mannes nachsinnen, der unter jenem zarten und klugen Gemälde geschlafen und dennoch eine vulgäre Illustrierte mit obszönen Aktfotos gekauft hatte. Aber hatte er das wirklich? Und wenn nicht, wie war sie in den Garten des Hauses gekommen? Sie würden über einen Vater sprechen, der wegen des letzten Anrufs seines Sohnes log, würden in glücklicher Komplicenschaft Vermutungen über einen ungereinigten Spaten anstellen, über ein nicht fertig umgegrabenes Stück Erde, einen ungespülten Kaffeebecher, ein sorgfältig getipptes Zitat von Blake. Sie würden von Isabelle sprechen, die Angst hatte, und Sophie, die bestimmt ehrlich war, und Hugo, der sicher etwas über Marks Tod wußte und der klug war, aber nicht so klug, wie er sein müßte. Zum erstenmal, seit sie mit dem Fall begonnen hatte, zweifelte Cordelia an ihrer Fähigkeit, ihn allein lösen zu können. Wenn es nur irgendeinen zuverlässigen Menschen gäbe, dem sie sich anvertrauen könnte, jemand, der ihr Selbstvertrauen stärken würde. Sie dachte wieder an Sophie, aber Sophie war mit Mark gegangen und war Hugos Schwester. Sie waren beide in die Sache verwickelt. Sie war auf sich gestellt, und das war, wenn sie darüber nachdachte, im Grunde nicht anders, als es immer gewesen war. Es war wie Ironie, aber diese Feststellung tröstete sie und ließ die Hoffnung zurückkehren.

An der Ecke der Panton Street blieben sie stehen, und er sagte:

«Kommen Sie wieder mit zur Party?»

«Nein, vielen Dank, Hugo. Ich habe noch zu arbeiten.»

«Bleiben Sie in Cambridge?»

Cordelia fragte sich, ob die Frage aus mehr als einem höflichen Interesse rührte. Plötzlich vorsichtig, sagte sie:

«Nur bis morgen oder übermorgen. Ich habe ein sehr ödes, aber billiges Zimmer mit Frühstück beim Bahnhof gefunden.»

Er nahm die Lüge kommentarlos hin, und sie sagten sich gute Nacht. Sie ging zurück zur Norwich Street. Das kleine Auto stand noch immer vor der Nummer siebenundfünfzig, aber das Haus war dunkel und still, als wolle es ihre Ausschließung unterstreichen, und die drei Fenster waren so blind wie abweisende, tote Augen.

Sie war müde, als sie wieder beim Gartenhaus war und den Mini am Rand des Gebüschs geparkt hatte. Das Gartentor knarrte unter ihrer Hand. Die Nacht war dunkel, und sie tastete in ihrer Handtasche nach der Taschenlampe und folgte dem hellen Kreis um das Haus herum zur Hintertür. Mit Hilfe des Lichts steckte sie den Schlüssel ins Schloß. Sie drehte ihn um und trat, benommen vor Müdigkeit, ins Wohnzimmer. Die immer noch brennende Taschenlampe hing lose in ihrer Hand und malte unregelmäßige Muster auf den Fliesenboden. Dann richtete sie sich durch eine unabsichtliche Bewegung nach oben und schien voll auf das Ding, das von dem Haken in der Mitte der Decke hing. Cordelia stieß einen Schrei aus und klammerte sich am Tisch fest. Es war das Keilkissen aus ihrem Bett; um das eine Ende war eine Schnur fest angezogen, wodurch ein grotesker dicker Kopf entstanden war, und das andere Ende war in eine von Marks Hosen gestopft. Die Beine hingen kläglich platt und leer herunter, das eine tiefer als das andere. Als sie es in gebanntem Grausen mit hämmerndem Herzen anstarrte, wehte ein leichter Zug durch die offene Tür, die sich langsam herumschwang, als würde sie von einer menschlichen Hand bewegt.

Sie konnte dort nur Sekunden gestanden haben, angewurzelt vor Angst und mit aufgerissenen Augen das Kissen anstarrend, doch schien es Minuten zu dauern, bis sie die Kraft fand, einen Stuhl unter dem Tisch vorzuziehen und das Ding herunterzuholen. Sogar in diesem Augenblick des Ekels und Schreckens fiel ihr ein, den Knoten genau zu betrachten. Die Schnur war mit einer einfachen Schleife und zwei Halbknoten am Haken befestigt. Also hatte ihr heimlicher Besucher entweder beschlossen, seine frühere Methode nicht zu wiederholen, oder er hatte nicht gewußt, wie der erste Knoten geknüpft gewesen war. Sie legte das Keilkissen auf den Stuhl und ging hinaus, um nach ihrer Waffe zu sehen. In ihrer Müdigkeit hatte sie sie vergessen, aber jetzt sehnte sie sich nach dem beruhigenden Gefühl des harten, kalten Metalls in ihrer Hand. Sie stand an der Hintertür und lauschte. Der Garten schien plötzlich voller Geräusche, geheimnisvolles Geraschel, Blätter, die sich in dem leichten Wind bewegten und wie menschliche Seufzer klangen, verstohlenes Getrippel im Unterholz, das fledermausähnliche Pfeifen eines Tieres beunruhigend nahe. Die Nacht schien den Atem anzuhalten, als sie zu dem Holunderbusch hinausschlich. Sie wartete, hörte auf ihr eigenes Herz, ehe sie den Mut fand, sich umzudrehen und ihre Hand auszustrecken, um nach der Pistole zu tasten. Sie war noch da. Sie seufzte hörbar auf vor Erleichterung und fühlte sich sofort wohler. Die Pistole war nicht geladen, aber das spielte anscheinend keine große Rolle. Die schreckliche Angst hatte sich gelegt, und sie sprang zum Haus zurück.

Erst fast eine Stunde später ging sie endlich zu Bett. Sie zündete die Lampe an und durchsuchte mit der Pistole in der Hand das ganze Haus. Dann überprüfte sie das Fenster. Es war ziemlich eindeutig, wie er hereingkommen war. Das Fenster hatte keine Arretiervorrichtung und konnte leicht von außen aufgestoßen werden. Cordelia holte eine Rolle durchsichtigen Klebstreifen aus ihrem Utensilienköfferchen, schnitt zwei schmale Streifen ab, wie Bernie es ihr gezeigt hatte, und klebte sie über den unteren Rand des Fensters und über den Holzrahmen. Sie glaubte nicht, daß die vorderen Fenster geöffnet werden konnten, aber sie wollte kein Risiko eingehen und versiegelte sie genauso. Das würde keinen Eindringling aufhalten, aber am nächsten Morgen wüßte sie wenigstens, ob er sich Zutritt verschafft hatte. Nachdem sie sich in der Küche gewaschen hatte, ging sie schließlich nach oben zu Bett. Es gab kein Schloß an ihrer Tür, aber sie ließ sie einen kleinen Spalt offen und legte einen Topfdeckel auf den oberen Rahmen. Falls jemand eindringen konnte, würde er sie nicht überraschen. Im Gedanken, daß sie es mit einem Mörder zu tun hatte, lud sie die Pistole und legte sie auf den Nachttisch. Sie untersuchte die Schnur. Es war ein über ein Meter langes Stück gewöhnlicher starker Bindfaden, offenbar nicht neu und am einen Ende ausgefranst. Es war hoffnungslos, seine Herkunft feststellen zu wollen, und das entmutigte sie. Dennoch beschriftete sie ihn sorgfältig, wie Bernie es ihr beigebracht hatte, und packte ihn in ihr Köfferchen. Dasselbe machte sie mit dem zusammengerollten Riemen und dem getippten Abschnitt aus Blake, die sie unten aus ihrer Umhängetasche herausholte und in ihre Plastikhüllen für Beweisstücke legte. Sie war so abgespannt, daß sie selbst für diese Routinearbeit ihre ganze Willenskraft aufwenden mußte. Dann legte sie das Keilkissen wieder aufs Bett, obwohl es sie Überwindung kostete, es nicht auf den Boden zu werfen und ohne es zu schlafen. Doch inzwischen hätte sie nichts mehr – weder Angst noch Unbequemlichkeit – wachhalten können. Sie lag nur ein paar Minuten und lauschte dem Ticken ihrer Uhr, bis die Müdigkeit sie überwältigte und unwiderstehlich hinab in den dunklen Strom des Schlafes trug.

4. Kapitel

Cordelia wurde früh am nächsten Morgen vom schrillen Gezwitscher der Vögel und dem starken, klaren Licht eines weiteren schönen Tages geweckt. Sie blieb noch einige Minuten liegen, streckte sich in ihrem Schlafsack und genoß den Duft eines ländlichen Morgens, jene feine, Erinnerungen weckende Mischung aus Erde, duftendem nassem Gras und starkem Bauernhofgeruch. Sie wusch sich in der Küche, wie Mark es offenbar getan hatte, indem sie sich in die Zinkwanne aus dem Schuppen stellte und, nach Luft schnappend, Kochtöpfe voll kalten Leitungswassers über ihren nackten Körper goß. Das einfache Leben hatte etwas an sich, das einen zu diesen Kasteiungen bereit machte. Cordelia hielt es für unwahrscheinlich, daß sie, unter welchen Umständen auch immer, in London freiwillig in kaltem Wasser gebadet hätte, daß sie den Geruch des Gaskochers, der über dem appetitanregenden Brutzeln des bratenden Specks lag, ertragen und das Aroma ihres ersten Bechers mit starkem Tee so sehr genossen hätte.

Das Gartenhaus war vom Sonnenlicht erfüllt, ein warmes, freundliches Heiligtum, von dem aus sie sich sicher an alles heranwagen konnte, was der Tag bringen mochte. Im stillen Frieden des Sommermorgens schien das kleine Wohnzimmer von dem tragischen Tod Mark Callenders unberührt. Der Haken an der Decke sah so harmlos aus, als hätte er nie seinem schrecklichen Zweck gedient. Das Entsetzen jenes Augenblicks, als ihre Taschenlampe zum erstenmal den dunklen gedunsenen Schatten des Keilkissens gefunden hatte, war jetzt so unwirklich wie ein Traum. Selbst die Erinnerung an die Vorsichtsmaßnahmen der vergangenen Nacht war peinlich, wenn man sie in dem unzweideutigen Licht des Tages besah. Sie kam sich ziemlich lächerlich vor, als sie die Waffe entlud, die Munition unter ihrer Unterwäsche verbarg und die Pistole im Holunderbusch versteckte, wobei sie sich gründlich umschaute, ob sie nicht beobachtet wurde. Als das Geschirr gespült und das einzige Tischdeckchen ausgewaschen und zum Trocknen ins Freie gehängt war, pflückte sie in einer Ecke des Gartens einen kleinen Strauß aus Stiefmütterchen, Schlüsselblumen und Mädesüß und stellte ihn in einem der geriffelten Becher auf den Tisch.

Sie hatte entschieden, daß sie als erstes versuchen müßte, Marks Kindermädchen, Miss Pilbeam, ausfindig zu machen. Selbst wenn die Frau ihr nichts über Marks Tod oder den Grund, warum er das College verlassen hatte, sagen konnte, würde sie von seiner Kindheit und Jugendzeit erzählen können; sie wußte wahrscheinlich besser als jeder andere, was für ein Mensch er wirklich gewesen war. Sie hatte ihn so lieb gehabt, daß sie an der Beisetzung teilgenommen und einen teuren Kranz geschickt hatte. Sie hatte ihn an seinem einundzwanzigsten Geburtstag im College besucht. Er war vermutlich mit ihr in Verbindung geblieben, hatte sich ihr vielleicht sogar anvertraut. Er hatte keine Mutter, und Nanny Pilbeam mochte in gewisser Hinsicht ein Ersatz gewesen sein.

Als sie nach Cambridge fuhr, dachte Cordelia über ihr Vorgehen nach. Es war anzunehmen, daß Miss Pilbeam irgendwo in der Umgebung wohnte. Es war unwahrscheinlich, daß sie in der Stadt selbst lebte, da Hugo Tilling sie nur einmal gesehen hatte. Aus seiner kurzen Schilderung ließ sich heraushören, daß sie alt und vermutlich arm war. Es war daher nicht wahrscheinlich, daß sie weit reisen würde, um an der Beisetzung teilzunehmen. Es war klar, daß sie keine der offiziellen Trauernden von Garforth House war, daß Sir Ronald sie nicht eingeladen hatte. Nach Hugo hatte keiner der Anwesenden auch nur ein Wort mit ihr geredet. Daraus ließ sich kaum schließen, daß Miss Pilbeam die alte geschätzte Hüterin der Tradition war, fast zur Familie gehörig. Daß Sir Ronald sie bei einer solchen Gelegenheit übersehen hatte, fand Cordelia höchst interessant. Sie fragte sich, welche Stellung Miss Pilbeam eigentlich in der Familie gehabt hatte.

Falls die alte Dame in der Nähe von Cambridge wohnte, hatte sie den Kranz wahrscheinlich in einem der Blumengeschäfte in der Stadt bestellt. Es war kaum anzunehmen, daß Dörfer solche Dienste anboten. Es war ein auffälliger Kranz gewesen, was zeigte, daß Miss

Pilbeam bereit gewesen war, viel dafür auszugeben, und vermutlich in eines der größeren Blumengeschäfte gegangen war. Es sprach viel dafür, daß sie ihn persönlich bestellt hatte. Ältere Damen, ohnehin selten im Besitz eines Telefons, erledigten diese Dinge lieber direkt, da sie, wie Cordelia vermutete, einen wohlbegründeten Verdacht hatten, nur dann aufs beste bedient zu werden, wenn sie im persönlichen Gespräch ihre Wünsche ganz genau vortrugen. Falls Miss Pilbeam mit dem Zug oder Bus aus ihrem Dorf gekommen war, hatte sie vermutlich ein Geschäft nahe der Stadtmitte ausgesucht. Cordelia beschloß, ihre Suche zu beginnen, indem sie Passanten fragte, ob sie ihr ein gutes Blumengeschäft empfehlen könnten.

Sie hatte bereits gelernt, daß Cambridge keine Stadt war, in der man mit dem Auto herumkurvte. Sie hielt an und zog die Faltkarte hinten in ihrem Stadtführer zu Rate, dann beschloß sie, den Mini auf dem Parkplatz am Parker's Piece abzustellen. Ihre Suche dauerte vielleicht eine Zeitlang und war zu Fuß am besten zu erledigen. Sie wollte nicht riskieren, daß sie einen Strafzettel bekam oder ihr Auto abgeschleppt würde. Sie sah auf die Uhr. Es war erst ein paar Minuten nach neun. Sie hatte den Tag gut angefangen.

Die erste Stunde war enttäuschend. Die Leute, die sie fragte, bemühten sich zu helfen, aber ihre Vorstellungen von dem, was einen zuverlässigen Blumenhändler in der Stadtmitte ausmachte, waren eigenartig. Cordelia wurde an kleine Gemüsehändler verwiesen, die nebenbei ein paar Sträuße Schnittblumen verkauften, an einen Lieferanten von Gartengeräten, der mit Pflanzen handelte, aber nicht mit Kränzen, und einmal an ein Bestattungsunternehmen. Die beiden Blumengeschäfte, die auf den ersten Blick in Frage zu kommen schienen, hatten nie von Miss Pilbeam gehört und keine Kränze für Mark Callenders Beisetzung geliefert. Ein wenig müde vom vielen Laufen fühlte Cordelia sich allmählich entmutigt. Sie entschied, daß es unvernünftig gewesen war, die ganze Sucherei so optimistisch zu sehen. Wahrscheinlich war Miss Pilbeam von Bury St. Edmunds oder Newmarket rübergekommen und hatte den Kranz in ihrer eigenen Stadt gekauft.

Aber ihr Besuch bei dem Bestattungsunternehmen war nicht umsonst. Als Antwort auf ihre Frage empfahlen sie ihr eine Firma, die «eine sehr hübsche Art von Kränzen liefert, Miss, wirklich sehr hübsch». Das Geschäft lag weiter von der Stadtmitte entfernt, als Cordelia erwartet hatte. Selbst auf dem Bürgersteig davor roch es nach Hochzeiten und Begräbnissen, je nach Stimmung, und als Cordelia die Tür aufstieß, wurde sie von einem Schwall warmer Luft empfangen, der ihr das Atmen schwer machte. Alles war voller Blumen. Große grüne Eimer mit Büscheln von Lilien, Iris und Lupinen standen an der Wand aufgereiht; kleinere Behälter waren zum Bersten mit Goldlack, Ringelblumen und Levkojen gefüllt; es gab kühle Bündel von Rosen mit festen Knospen und dornenlosen Stielen, eine Blüte wie die andere in Größe und Farbe, als seien sie in der Retorte gezüchtet worden. Töpfe mit Zimmerpflanzen, verziert mit bunten Bändern, säumten den Weg zum Ladentisch wie eine blühende Ehrengarde.

In einem Raum an der Rückseite des Geschäfts arbeiteten zwei Verkäuferinnen. Durch die offene Tür beobachtete Cordelia sie. Die jüngere, eine träge Blondine mit fleckigem Teint, war der Hilfshenker, der Rosen und Freesien bereitlegte, ausgewählte Opfer, sortiert nach Art und Farbe. Die ältere, deren Stellung durch eine besser passende Kittelschürze und eine gewichtige Miene gekennzeichnet war, drehte die Blütenköpfe ab, durchstach jede verstümmelte Blume mit Draht und fädelte sie dicht auf eine große herzförmige Unterlage aus Moos. Cordelia wandte entsetzt die Augen ab.

Eine vor Gesundheit strotzende Dame in einem rosa Kittel tauchte anscheinend aus dem Nichts hinter dem Ladentisch auf. Sie duftete genauso stark wie der Laden, hatte aber offenbar entschieden, daß hier kein gewöhnliches Blütenparfum konkurrieren konnte und sie sich deshalb besser auf das Exotische verließ. Sie roch so stark nach Currypulver und Ananas, daß die Wirkung fast betäubend war.

Cordelia sagte ihren vorbereiteten Spruch:

«Ich komme von Sir Ronald Callender aus Garforth House. Ich möchte gern wissen, ob Sie mir helfen können. Sein Sohn wurde am 3. Juni eingeäschert, und das alte Kindermädchen war so freundlich, einen Kranz zu schicken, ein Kreuz aus roten Rosen. Sir Ronald hat ihre Adresse verloren und möchte ihr sehr gern schreiben. Der Name ist Pilbeam.»

«Hm, ich glaube, wir haben keine derartige Bestellung für den 3. Juni ausgeführt.»

«Wenn Sie so freundlich wären, mal in Ihrem Buch nachzusehen ...»

Plötzlich sah die junge Blondine von ihrer Arbeit auf und rief: «Es ist Goddard.»

«Wie bitte, Shirley?» sagte die dralle Dame streng.

«Der Name ist Goddard. Auf der Karte beim Kranz stand Nanny Pilbeam, aber die Kundin war eine Mrs. Goddard. Es war schon eine andere Dame von Sir Ronald Callender da und hat nachgefragt, und das war der Name, den sie angab. Ich habe für sie nachgesehen: Mrs. Goddard, Lavender Cottage, Ickleton. Ein Kreuz, einen Meter lang, aus roten Rosen. Sechs Pfund. Es steht hier im Buch.»

«Vielen Dank», sagte Cordelia begeistert. Sie bedachte unparteiisch alle drei mit einem dankenden Lächeln und ging schnell hinaus, um nicht in eine Debatte über die andere wißbegierige Dame aus Garforth House verwickelt zu werden. Es mußte komisch ausgesehen haben, das war ihr klar, aber den drei Frauen würde es Spaß machen, das zu bereden, wenn sie erst weg war. Lavender Cottage, Ickleton. Sie sagte sich die Adresse immer wieder vor, bis sie in sicherer Entfernung vom Geschäft war und stehenbleiben konnte, um sie aufzuschreiben.

Ihr Müdigkeit schien wie durch ein Wunder verflogen, als sie eilends zum Parkplatz zurückging. Sie sah auf ihrer Straßenkarte nach. Ickleton war ein Dorf nahe der Grenze nach Essex, ungefähr zehn Meilen von Cambridge. Es war nicht weit von Duxford, so daß sie denselben Weg zurückfahren würde. Sie konnte in weniger als einer halben Stunde dort sein.

Aber sie brauchte länger, als sie gerechnet hatte, sich durch den Verkehr in Cambridge zu schlängeln, und war erst fünfunddreißig Minuten später an der hübschen Feldsteinkirche von Ickleton mit ihrer achteckigen Turmspitze. Sie fuhr den Mini direkt vor das Tor und war in Versuchung, einen raschen Blick hineinzuwerfen, aber sie widerstand ihr. Mrs. Goddard machte sich vielleicht in diesem Augenblick fertig, um den Bus nach Cambridge zu erreichen. Sie ging auf die Suche nach Lavender Cottage.

Tatsächlich war es alles andere als ein Cottage, nämlich die Hälfte eines kleinen Doppelhauses aus häßlichen roten Backsteinen am Ende der High Street. Zwischen der Haustür und der Straße gab es nur einen schmalen Streifen Rasen, und von Lavendel war weder etwas zu riechen noch zu sehen. Der eiserne Türklopfer in Form eines Löwenkopfes fiel schwer herunter und ließ die Tür erzittern. Die Antwort kam nicht aus dem Lavender Cottage, sondern aus dem nächsten Haus. Eine ältere Frau erschien, dürr, fast zahnlos und in eine umfangreiche Schürze mit Rosenmuster gehüllt. Sie hatte Pantoffeln an den Füßen, eine Wollmütze, die mit einer Bommel verziert war, auf dem Kopf und trug eine Miene zur Schau, die ein lebhaftes Interesse an der Welt im allgemeinen ausdrückte.

«Sie möchten bestimmt zu Mrs. Goddard.»

«Ja. Können Sie mir sagen, wo ich sie finde?»

«Ich bin sicher, sie ist auf dem Friedhof. Dort ist sie um diese Zeit immer bei schönem Wetter.»

«Ich komme gerade von der Kirche. Ich habe niemand gesehen.»

«Du lieber Gott, Miss, bei der Kirche ist sie nicht! Dort begraben sie uns schon seit vielen Jahren nicht mehr. Ihr Seliger ist dort, wo man auch sie hinbringt, wenn es soweit ist, auf dem Friedhof an der Hinxton Road. Sie können es nicht verfehlen. Gehen Sie nur immer geradeaus.»

«Ich muß erst noch zur Kirche zurücklaufen, mein Auto holen», sagte Cordelia. Es war klar, daß sie beobachtet würde, bis sie außer Sicht war, und sie hielt es deshalb für nötig zu erklären, warum sie in einer Richtung wegging, die der angegebenen genau entgegengesetzt war. Die alte Frau lächelte und nickte, kam heraus, um sich über ihr Gartentor zu lehnen, damit sie Cordelias Marsch die High Street hinunter besser im Auge hatte, und wackelte mit dem Kopf wie eine Marionette, so daß die leuchtende Bommel in der Sonne tanzte.

Der Friedhof war leicht zu finden. Cordelia parkte den Mini auf einem Grasbord, wo ein Wegweiser den Fußweg nach Duxford anzeigte, und ging die wenigen Schritte zu dem Eisentor zurück. Eine kleine Aussegnungskapelle aus Feldsteinen stand dort, und neben der Apsis am Ostende lehnte eine alte Holzbank, grün von Flechten und von Vogeldreck verspritzt. Von hier aus überblickte man den ganzen Friedhof. Ein breiter Grasstreifen lief gerade durch die Mitte hinunter, und zu beiden Seiten lagen die Gräber, abwechslungsreich bezeichnet mit weißen Marmorkreuzen, grauen Grabsteinen, kleinen rostigen Eisenbögen, die in dem weichen Rasen steckten, und leuchtenden Farbflecken von Blumen, die wie Flickenteppiche über der frisch umgegrabenen Erde lagen. Es war sehr friedlich. Der Friedhof war von Bäumen umgeben, deren Blätter sich in der stillen, heißen Luft kaum regten. Es war fast kein Laut zu hören, nur das Zirpen der Grillen im Gras und ab und zu das Klingeln des Signals am nahe gelegenen Bahnübergang und das dröhnende Signalhorn eines Dieselzugs.

Auf dem Friedhof war nur eine einzige andere Person, eine ältere Frau, die sich über eines der Gräber am anderen Ende beugte. Cordelia saß, die Hände im Schoß gefaltet, eine Weile still auf der Bank, bevor sie leise den Graspfad hinunter auf die Frau zuging. Sie wußte mit Sicherheit, daß dieses Gespräch entscheidend sein würde, und dennoch hatte sie seltsamerweise keine Eile, es zu beginnen. Sie ging auf die Frau zu und blieb, immer noch unbemerkt, am Fuß des Grabes stehen.

Sie war eine kleine Frau in Trauerkleidung, deren altmodischer Strohhut mit einem Kranz aus verblichenem Tüll um den Rand mit einer gewaltigen schwarzen Hutnadel am Haar festgesteckt war. Sie kniete mit dem Rücken zu Cordelia und zeigte die Sohlen eines Paars unförmiger Schuhe, aus denen ihre dünnen Beine wie Stöcke hervorkamen. Sie säuberte das Grab von Unkraut; ihre Finger schossen wie eine Schlangenzunge über das Gras und zupften an kleinen, fast unsichtbaren Pflänzchen. Neben ihr stand ein Spankorb, der eine gefaltete Zeitung und eine kleine Gärtnerschaufel enthielt. Von Zeit zu Zeit ließ sie ein kleines Häufchen Unkraut in den Korb fallen.

Nach ein paar Minuten, in denen Cordelia ihr schweigend zugesehen hatte, hielt sie zufrieden inne und begann die Oberfläche des Grases zu glätten, als streichle sie die Knochen darunter. Cordelia las die tief eingemeißelte Inschrift auf dem Grabstein. *Dem Gedenken von Charles Albert Goddard geweiht, dem geliebten Gatten Annies, der am 27. August 1962 dieses Leben im Alter von siebzig Jahren verließ. Er ruhe in Frieden.* In Frieden – der gewöhnlichste Grab-Spruch einer Generation, für die Frieden anscheinend der äußerste Luxus, die höchste Segnung gewesen sein mußte.

Die Frau lehnte sich einen Augenblick auf die Fersen zurück und betrachtete das Grab mit Genugtuung. Jetzt erst bemerkte sie Cordelia. Sie wandte ihr ein gescheites, sehr runzliges Gesicht zu und sagte ohne Neugier oder Unmut über ihre Anwesenheit:

«Es ist ein schöner Stein, nicht wahr?»

«Ja, wirklich. Ich habe die Inschrift bewundert.»

«Tief eingemeißelt ist sie. Das hat einen Haufen Geld gekostet, aber das ist sie wert. Das hält ewig, wissen Sie. Nicht wie die meisten von den Inschriften hier, sie sind zu flach. Es nimmt einem die Freude an einem Friedhof. Ich lese gern die Grabsteine, ich will gern wissen, wer die Leute waren und wann sie gestorben sind und wie lange die Frauen noch gelebt haben, nachdem sie ihre Männer begraben haben. Dann fängt man an zu überlegen, wie sie es geschafft haben und ob sie einsam waren. Ein Stein taugt nichts, wenn man die Inschrift nicht lesen kann. Natürlich sieht das Ganze jetzt ein bißchen unausgewogen aus. Ich habe nämlich darum gebeten, Platz für mich zu lassen: *Und für Annie, seine Frau, die dieses Leben ...* und dann das Datum. Das bringt es dann schön ins Gleichgewicht. Ich habe Geld zurückgelegt, um es zu bezahlen.»

«An was für einen Text haben Sie gedacht?» erkundigte sich Cordelia.

«Ach, keinen Text! ‹In Frieden› reicht für uns beide. Um mehr wollen wir den lieben Gott nicht bitten.»

Cordelia sagte:

«Dieses Kreuz aus Rosen, das Sie zu Mark Callenders Beisetzung geschickt haben, war wunderschön.»

«Oh, haben Sie es gesehen? Sie waren aber nicht bei der Beisetzung? Ja, es hat mir sehr gut gefallen. Sie haben es sehr hübsch gemacht, finde ich. Der arme Junge, er bekam sonst nicht viel, nicht wahr?»

Sie sah Cordelia mit freundlichem Interesse an:

«Also haben Sie Mr. Mark gekannt? Waren Sie vielleicht seine Freundin?»

«Nein, das nicht, aber mir liegt viel an ihm. Es ist seltsam, daß er nie von Ihnen, seinem alten Kindermädchen, gesprochen hat. Aber ich war nicht seine Nanny, meine Liebe, oder wenigstens nur einen oder zwei Monate lang. Er war damals ein Säugling, er konnte nichts davon wissen. Nein, ich war das Kindermädchen seiner lieben Mutter.»

«Aber Sie haben Mark an seinem einundzwanzigsten Geburtstag besucht?»

«Das hat er Ihnen also erzählt? Ich habe mich gefreut, ihn nach all den Jahren wiederzusehen, aber ich hätte mich ihm nicht aufgedrängt. Es wäre nicht recht gewesen, so wie sein Vater darüber denkt. Nein, ich bin hingegangen, um ihm etwas von seiner Mutter zu geben, um etwas zu erledigen, worum sie mich gebeten hatte, als sie starb. Wissen Sie, ich hatte Mark über zwanzig Jahre nicht gesehen – wirklich eigenartig, wenn man bedenkt, daß wir nicht weit auseinander gewohnt haben –, aber ich habe ihn sofort erkannt. Er sah seiner Mutter sehr ähnlich, der arme Junge.»

«Können Sie mir davon erzählen? Es ist nicht bloße Neugier; es ist sehr wichtig für mich, das zu wissen.»

Mrs. Goddard stützte sich auf den Korbhenkel und kam schwerfällig auf die Beine. Sie zupfte an ein paar kurzen Grashalmen, die an ihrem Rock hingen, holte ein Paar graue baumwollene Handschuhe aus ihrer Tasche und zog sie an. Langsam gingen sie zusammen den Weg hinunter.

«Wichtig, so? Ich weiß nicht, was daran wichtig sein könnte. Das gehört jetzt alles der Vergangenheit. Sie ist tot, die arme Frau, und er auch. Die ganzen Hoffnungen und Erwartungen waren umsonst. Ich habe mit keinem darüber gesprochen, aber wer wird es auch wissen wollen?»

«Vielleicht könnten wir uns auf diese Bank setzen und uns ein wenig unterhalten?»

«Ja, warum nicht. Es wartet nichts zu Hause, weshalb ich mich beeilen müßte. Wissen Sie, meine Liebe, ich habe meinen Mann erst geheiratet, als ich dreiundfünfzig war, und trotzdem vermisse ich ihn, als hätten wir uns schon als Kinder geliebt. Die Leute haben gesagt, ich wäre verrückt, in diesem Alter einen Mann zu nehmen, aber sehen Sie, ich habe seine Frau vierzig Jahre gekannt, wir waren zusammen in der Schule, und ich habe ihn gekannt. Wenn ein Mann zu einer Frau gut ist, wird er auch zu einer anderen gut sein. Das habe ich damals gedacht, und es war richtig.»

Sie saßen nebeneinander auf der Bank und blickten über den grünen Streifen zum Grab hin. Cordelia sagte:

«Erzählen Sie mir von seiner Mutter.»

«Sie war eine Miss Bottley, Evenlyn Bottley. Ich kam als zweites Kindermädchen zu ihrer Mutter, bevor sie geboren wurde. Damals war nur der kleine Harry da. Er wurde bei seinem ersten Angriff über Deutschland abgeschossen. Sein Vater nahm es sehr schwer, es gab niemand, der Harry gleichgekommen wäre, aus seinen Augen schien die Sonne. Der Herr kümmerte sich nie richtig um Miss Evie, für ihn gab es nur den Jungen. Mrs. Bottley starb, als Evie geboren wurde, und das mag an allem schuld sein. Viele sagen das, aber ich habe nie daran geglaubt. Ich habe Väter gekannt, die ein Baby dann nur noch mehr geliebt haben – die armen, unschuldigen Dinger, wie kann man ihnen die Schuld geben? Wenn Sie mich fragen, hat er seine mangelnde Liebe einfach damit gerechtfertigt, daß das Kind seine Mutter getötet habe.»

«Ja, ich kenne auch einen Vater, der sich damit gerechtfertigt hat. Aber es ist nicht ihr Fehler. Wir können uns nicht dazu bringen, jemanden zu lieben, nur weil wir es wünschen.»

«Das ist das Unglück, meine Liebe, oder die Welt wäre ein bequemerer Ort. Aber sein eigenes Kind, das ist nicht natürlich!»

«Liebte sie ihn?»

«Wie konnte sie! Man erhält keine Liebe von einem Kind, wenn man keine Liebe gibt. Sie hatte nie den Dreh heraus, ihm Freude zu bereiten, ihn aufzuheitern – er war ein großer Mann, heftig, redete laut, furchteinflößend für ein Kind. Er wäre besser mit einem hübschen, vorlauten kleinen Ding zurechtgekommen, das keine Angst vor ihm gehabt hätte.»

«Wie ist es ihr dann ergangen? Wie hat sie Sir Ronald Callender kennengelernt?»

«Damals war er nicht Sir Ronald, meine Liebe. Oh, weiß Gott nicht! Er war Ronny Callender, der Gärtnerssohn. Sie wohnten in Harrogate, wissen Sie. Und was für ein wunderschönes Haus sie hatten! Als ich damals dorthin in Stellung kam, hatten sie drei Gärtner. Das war natürlich vor dem Krieg. Mr. Bottley arbeitete in Bradford; er war im Wollgeschäft. Aber Sie haben nach Ronny Callender gefragt. Ich erinnere mich gut an ihn, er war ein kämpferischer, gutaussehender junger Kerl, aber einer, der seine Gedanken für sich behielt. Er war klug, der Junge, ja, das war er! Er bekam ein Stipendium für das Gymnasium, und er machte sich sehr gut.»

«Und Evelyn Bottley verliebte sich in ihn?»

«Vielleicht verliebte sie sich, meine Liebe. Was da zwischen ihnen war, als sie jung waren, wer kann das sagen. Aber dann kam der Krieg, und er ging weg. Sie wollte unbedingt etwas Nützliches tun, und sie haben sie als Krankenpflegerin angenommen, obwohl mir unerklärlich ist, wie sie die ärztliche Untersuchung bestanden hat. Und dann trafen sie sich in London wieder, wie das den Leuten im Krieg so ging, und als nächstes hörten wir, daß sie verheiratet waren.»

«Und sie zogen hierher in die Nähe von Cambridge?»

«Erst nach dem Krieg. Zuerst arbeitete sie als Krankenschwester weiter, und er wurde nach Übersee geschickt. Er hatte, was die Männer einen richtigen Krieg nennen; wir würden es allerdings einen schlimmen Krieg nennen, all das Töten und Kämpfen, Gefangenschaft und Flucht. Es hätte Mr. Bottley stolz auf ihn machen und mit der Heirat aussöhnen müssen, aber das war nicht der Fall. Ich glaube, er dachte, daß Ronny hinter dem Geld her sei, denn Geld war da zu erwarten, da gibt es keine Zweifel. Er hatte vielleicht recht, aber wer wollte den Jungen deswegen tadeln? Meine Mutter sagte immer: ‹Heirate nicht wegen des Geldes, aber heirate, wo Geld ist!› Es ist nichts Schlimmes, wenn man aufs Geld sieht, solange auch Zuneigung vorhanden ist.»

«Und meinen Sie, daß Zuneigung da war?»

«Ich habe nie eine Lieblosigkeit gesehen, und sie jedenfalls war verrückt nach ihm. Nach dem Krieg ging er zum Studium nach Cambridge. Er hatte immer Naturwissenschaftler werden wollen, und als ehemaliger Soldat bekam er ein Stipendium. Sie hatte etwas Geld von ihrem Vater, und sie kauften das Haus, in dem er jetzt lebt, so daß er zu Hause wohnen konnte, während er studierte. Es sah damals natürlich nicht genauso aus. Er hat seitdem eine ganze Menge daran gemacht. Sie waren ziemlich arm, und Miss Evie kam praktisch ohne jede Hilfe aus, von mir abgesehen. Mr. Bottley kam hin und wieder zu Besuch. Sie fürchtete sich immer vor seinen Besuchen, das liebe, arme Ding. Er wartete auf ein Enkelkind, müssen Sie wissen, aber es wollte keins kommen. Und dann beendete Mr. Callender die Universität und bekam eine Stelle als Lehrer. Er wollte weiter am College bleiben, als Tutor oder so etwas, aber sie wollten ihn nicht nehmen. Er sagte immer, das kam daher, daß er keine Beziehungen hatte, aber ich denke, er war vielleicht nicht intelligent genug. In Harrogate dachten wir, er sei der klügste Junge des Gymnasiums. Aber Cambridge ist schließlich voll von klugen Männern.»

«Und dann wurde Mark geboren?»

«Ja, am 25. April 1951, neun Jahre nach ihrer Heirat. Er wurde in Italien geboren. Mr. Bottley freute sich so sehr, als sie schwanger wurde, daß er seine finanzielle Unterstützung erhöhte, und sie verbrachten viele Ferien in der Toskana. Die gnädige Frau liebte Italien, sie hatte es schon immer geliebt, und ich glaube, sie wollte, daß das Kind dort zur Welt kam. Sonst wäre sie nicht im letzten Monat der Schwangerschaft in die Ferien gefahren. Ich besuchte sie ungefähr einen Monat nach ihrer Rückkehr mit dem Baby, und ich habe nie eine so glückliche Frau gesehen. Ach, er war ein wunderschöner kleiner Junge!»

«Aber warum haben Sie sie besucht? Haben Sie denn nicht dort gewohnt und gearbeitet?»

«Nein, meine Liebe. Ein paar Monate nicht. Sie fühlte sich am Anfang ihrer Schwangerschaft nicht wohl. Ich konnte selbst sehen, daß sie erschöpft und unglücklich war, und dann ließ mich Mr. Callender eines Tages holen und sagte mir, daß sie eine Abneigung gegen mich gefaßt hätte und daß ich gehen müßte. Ich wollte es nicht glauben, aber als ich zu ihr ging, streckte sie nur ihre Hand aus und sagte: ‹Es tut mir leid, Nanny, ich glaube, es ist besser, wenn Sie gehen.›

Schwangere Frauen haben seltsame Launen, das weiß ich, und das Baby war so wichtig für beide. Ich dachte, sie würde mich vielleicht bitten, später wieder zurückzukommen, und das tat sie auch, aber nicht, um bei ihnen zu wohnen. Ich nahm ein Zimmer im Dorf bei der Postfrau und widmete mich vier Vormittage in der Woche der gnädigen Frau und sonst anderen Frauen im Dorf. Es klappte wirklich sehr gut, nur vermißte ich das Baby, wenn ich nicht bei ihm war. Ich hatte sie während ihrer Schwangerschaft nicht oft gesehen, aber einmal begegneten wir uns in Cambridge. Sie muß nahe vor der Niederkunft gestanden haben. Sie war sehr schwer und schleppte sich dahin, der arme Schatz. Zuerst tat sie so, als habe sie mich nicht bemerkt, dann überlegte sie es sich anders und kam über die Straße. ‹Wir fahren nächste Woche nach Italien, Nanny›, sagte sie. ‹Ist das nicht herrlich?› Ich sagte: ‹Wenn Sie nicht aufpassen, meine Liebe, dann wird das Baby ein kleiner Italiener›, und sie lachte. Es schien, als könne sie nicht erwarten, zurück in die Sonne zu kommen.»

«Und was geschah, nachdem sie wieder zu Hause war?»

«Sie starb nach neun Monaten, meine Liebe. Sie war nie kräftig gewesen, wie ich schon sagte, und sie bekam eine Grippe. Ich half sie pflegen, und ich hätte noch mehr getan, aber Mr. Callender übernahm die Pflege dann selbst. Er konnte keinen anderen in ihrer Nähe ertragen. Wir hatten nur ein paar Minuten zusammen, bevor sie starb, und bei dieser Gelegenheit bat sie mich, Mark an seinem einundzwanzigsten Geburtstag ihr Gebetbuch zu geben. Ich kann sie jetzt noch hören: ‹Geben Sie es Mark, wenn er einundzwanzig wird, Nanny. Packen Sie es gut ein und bringen Sie es ihm, wenn er volljährig wird. Sie werden es doch nicht vergessen?› Ich sagte: ‹Ich werde es nicht vergessen, mein Schatz, das wissen Sie.› Und dann sagte sie etwas Seltsames: ‹Wenn Sie es vergessen oder vorher sterben, oder wenn er es nicht versteht, macht es eigentlich nichts. Das bedeutet dann, daß Gott es so gewollt hat!›»

«Was, glauben Sie, meinte sie damit?»

«Wer kann das sagen, meine Liebe? Sie war sehr fromm, unsere Miss Evie, frommer, als gut für sie war, dachte ich manchmal. Ich glaube, wir sollten die Verantwortung für uns selbst auf uns nehmen, unsere Probleme selbst lösen, nicht alles Gott überlassen, als ob Er bei dem Zustand, in dem sich die Welt befindet, nicht genug zu bedenken hätte. Aber das sagte sie jedenfalls keine drei Stunden, bevor sie starb, und das habe ich versprochen. Als Mark also einundzwanzig wurde, stellte ich fest, in welchem College er war, und besuchte ihn.»

«Und wie war es?»

«Oh, wir verbrachten eine sehr schöne Zeit zusammen. Wissen Sie, sein Vater hatte nie von seiner Mutter geredet. Das gibt es manchmal, wenn eine Frau stirbt, aber ich meine, ein Sohn sollte alles über seine Mutter wissen. Er war voller Fragen über Dinge, die sein Vater ihm hätte erzählen müssen, denke ich.

Er freute sich über das Gebetbuch. Ein paar Tage darauf besuchte er mich. Er fragte nach dem Namen des Arztes, der seine Mutter behandelt hatte. Ich sagte ihm, daß es der alte Dr. Gladwin war. Mr. Callender und sie hatten nie einen anderen Arzt. Ich habe manchmal gedacht, daß das ein Jammer war, wo Miss Evie doch so zart war. Dr. Gladwin muß damals siebzig gewesen sein, und obwohl es Leute gab, die nie etwas auf ihn kommen ließen, habe ich nie viel von ihm gehalten. Der Alkohol, müssen Sie wissen, meine Liebe; man konnte sich nie richtig auf ihn verlassen. Aber ich nehme an, er hat seit langem seinen Frieden gefunden, der arme Mann. Jedenfalls sagte ich Mr. Mark den Namen, und er schrieb ihn auf. Dann tranken wir Tee und unterhielten uns ein wenig, und er ging weg. Ich habe ihn nie wieder gesehen.»

«Und sonst weiß keiner von dem Gebetbuch?»

«Keiner in der ganzen Welt, meine Liebe. Miss Leaming hatte den Namen des Blumengeschäfts auf meiner Karte gesehen und dort nach meiner Adresse gefragt. Sie kam am Tag nach der Beisetzung zu mir, um mir für meine Teilnahme zu danken, aber ich konnte sehen, daß es nur Neugier war. Wenn sie und Sir Ronald sich so sehr gefreut hätten, mich zu sehen, was hätte sie dann daran hindern sollen, zu mir zu kommen und mir die Hand zu geben? Sie deutete so in etwa an, ich sei ohne Einladung dort gewesen. Eine Einladung zu einer Trauerfeier! Hat man jemals so etwas gehört?»

«Sie haben ihr also nichts gesagt?» fragte Cordelia.

«Ich habe es niemand außer Ihnen erzählt, meine Liebe, und ich weiß nicht einmal genau, warum ich es Ihnen erzählt habe. Bestimmt nicht, ich habe ihr nichts gesagt. Ich habe sie nie leiden können. Ich will nicht sagen, daß zwischen ihr und Sir Ronald etwas war, jedenfalls nicht, solange Miss Evie lebte. Es gab nie irgendwelchen Klatsch; sie wohnte in einer Mietswohnung in Cambridge und lebte für sich, das will ich ihr zugestehen. Mr. Callender lernte sie kennen, als er an einer Dorfschule Naturwissenschaften unterrichtete. Sie war die Englischlehrerin. Erst nachdem Miss Evie gestorben war, baute er sein eigenes Laboratorium auf.»

«Wollen Sie damit sagen, daß Miss Leaming ein Examen in Englisch hat?»

«Ja, sicher, meine Liebe! Sie hat keine Ausbildung als Sekretärin. Natürlich gab sie die Schule auf, als sie anfing, für Mr. Callender zu arbeiten.»

«Sie verließen also Garforth House nach Mrs. Callenders Tod? Sie sind nicht geblieben, um sich um das Baby zu kümmern?»

«Ich war nicht erwünscht. Mr. Callender stellte eine von diesen neuen, am College ausgebildeten Mädchen an, und dann wurde Mark, als er noch ein kleines Kind war, in eine Schule weggegeben. Sein Vater gab zu verstehen, er wolle nicht, daß ich das Kind sähe, und ein Vater hat schließlich seine Rechte. Ich hätte Mr. Mark niemals weiter besucht, da ich wußte, daß sein Vater es nicht guthieß. Es hätte den Jungen nur in eine dumme Lage gebracht. Aber jetzt ist er tot, und wir alle haben ihn verloren. Der Untersuchungsrichter hat gesagt, er habe sich selbst umgebracht, und vielleicht hat er recht.»

Cordelia sagte:

«Ich glaube nicht, daß er sich selbst umgebracht hat.»

«Wirklich nicht, meine Liebe? Das ist nett von Ihnen. Aber er ist tot, nicht wahr, was spielt das also für eine Rolle? Ich glaube, es ist Zeit für mich, nach Hause zu gehen. Wenn Sie mir nicht böse sind, lade ich Sie nicht zum Tee zu mir ein, meine Liebe, ich bin heute ein bißchen müde. Aber Sie wissen, wo Sie mich finden, und wenn Sie mich einmal wiedersehen wollen, sind Sie jederzeit willkommen.»

Sie verließen zusammen den Friedhof und trennten sich am Tor. Mrs. Goddard tätschelte Cordelia auf die Schulter, eine Geste der unbeholfenen Zuneigung, mit der sie vielleicht auch ein Tier gestreichelt hätte, dann ging sie langsam auf das Dorf zu.

Als Cordelia um die Straßenbiegung fuhr, kam der Bahnübergang in Sicht. Ein Zug war gerade vorbeigefahren, und die Schranken gingen hoch. Drei Autos waren am Übergang aufgehalten worden, und der letzte in der Schlange zog an den beiden vorderen Autos vorbei, als sie langsam über die Gleise holperten, und war am schnellsten fort. Cordelia sah, daß es ein kleiner schwarzer Lieferwagen war.

Später konnte sich Cordelia kaum an die Rückfahrt zum Gartenhaus erinnern. Sie fuhr schnell, konzentrierte sich auf die Straße vor sich und versuchte, ihre wachsende Erregung durch erhöhte Aufmerksamkeit auf Gangschaltung und Bremse im Zaum zu halten. Sie fuhr den Mini hart an die vordere Hecke und achtete nicht darauf, ob er gesehen werden könnte. Das Gartenhaus roch und sah genauso aus, wie sie es verlassen hatte. Sie hatte fast damit gerechnet, daß man es durchstöbert hätte und das Gebetbuch verschwunden wäre. Mit einem Seufzer der Erleichterung sah sie, daß der weiße Rücken noch zwischen den größeren und dunkleren Einbänden stand. Cordelia schlug das Buch auf. Sie wußte nicht recht, was sie zu finden hoffte; eine Eintragung vielleicht oder eine Botschaft, rätselhaft oder klar, einen Brief, zusammengefaltet zwischen den Blättern. Aber die einzige Eintragung konnte keine denkbare Bedeutung für den Fall haben. Sie war in einer zittrigen altmodischen Handschrift geschrieben; wie eine Spinne war die Feder über die Seite gekrochen. *Für Evelyn Mary zu ihrer Konfirmation – mit herzlichen Grüßen von ihrer Patin. 5. August 1934.*

Cordelia schüttelte das Buch. Kein Papierschnipsel flatterte heraus. Sie überflog die Seiten. Nichts.

Sie saß auf dem Bett und ließ enttäuscht den Kopf hängen. War es unvernünftig gewesen, sich vorzustellen, daß das Vermächtnis des Gebetbuches etwas Wichtiges zu bedeuten hatte? Hatte sie bloß ein vielversprechendes Gebäude aus Vermutungen und Geheimnissen auf den verworrenen Erinnerungen einer alten Frau an eine vollkommen alltägliche und verständliche Handlung errichtet – eine gläubige Mutter auf dem Sterbebett, die ihrem Sohn ein Gebetbuch hinterläßt? Und selbst wenn sie sich nicht geirrt hatte – warum sollte die Botschaft noch dasein? Falls Mark eine zwischen die Blätter gelegte Mitteilung von seiner Mutter gefunden hatte, war es gut möglich, daß er sie gelesen und dann vernichtet hatte. Und falls er sie nicht vernichtet hatte, hätte ein anderer das tun können. Die Mitteilung, wenn es sie jemals gegeben hatte, war jetzt vermutlich ein Teil des vergänglichen Haufens weißer Asche im Kamin des Gartenhauses.

Sie riß sich aus ihrer mutlosen Stimmung. In einer Richtung mußte sie noch Nachforschungen anstellen; sie würde versuchen, Dr. Gladwin ausfindig zu machen. Sie überlegte kurz und steckte das Gebetbuch in ihre Tasche. Dann sah sie auf ihre Armbanduhr und stellte fest, daß es fast ein Uhr war. Sie beschloß, ein kleines

Mittagessen aus Käse und Obst im Garten zu sich zu nehmen und dann wieder nach Cambridge zu fahren, um die Hauptbibliothek aufzusuchen und im Ärzteverzeichnis nachzuschlagen.

Weniger als eine Stunde später fand sie die gewünschte Auskunft. Es gab in dem Verzeichnis nur einen Dr. Gladwin, der vor zwanzig Jahren, als alter Mann von über siebzig, Mrs. Callender behandelt haben konnte. Er hieß Emlyn Thomas Gladwin und hatte seine Ausbildung 1904 am St. Thomas-Krankenhaus abgeschlossen. Sie trug die Adresse in ihr Notizbuch ein: 4 Pratts Way, Ixworth Road, Bury St. Edmunds. St. Edmunds! Die Stadt, von der Isabelle erzählt hatte, daß sie und Mark auf ihrem Weg ans Meer dort gewesen waren.

Also war der Tag doch nicht vergeudet – sie folgte Marks Schritten. Um sofort auf einer Straßenkarte nachzusehen, ging sie in die Kartenabteilung der Bibliothek. Es war jetzt Viertel nach zwei. Wenn sie die A 45 nach Newmarket nahm, konnte sie in ungefähr einer Stunde in Bury St. Edmunds sein. Wenn sie eine Stunde für den Besuch bei dem Arzt und eine weitere Stunde für die Rückfahrt rechnete, konnte sie vor halb sechs wieder im Gartenhaus sein.

Sie fuhr durch die freundliche, gleichförmige Landschaft kurz vor Newmarket, als sie bemerkte, daß ihr der schwarze Lieferwaten folgte. Er war zu weit entfernt, als daß sie den Fahrer hätte erkennen können, aber sie nahm an, daß es Lunn war und daß er allein war. Sie beschleunigte und versuchte, die Entfernung zu ihm zu halten, aber der Lieferwagen schloß ein wenig auf. Es gab natürlich keinen Grund, warum Lunn nicht im Auftrag Sir Ronald Callenders nach Newmarket fahren sollte, aber der ständige Anblick des gedrungenen kleinen Lieferwagens in ihrem Rückspiegel beunruhigte sie. Cordelia beschloß, ihn abzuschütteln. Es gab nur wenige Abzweigungen an der Straße, auf der sie fuhr, und die Gegend war ihr fremd. Sie wollte warten, bis sie Newmarket erreicht hatte, und dann die erste Gelegenheit, die sich bieten würde, ergreifen.

Auf der Hauptdurchgangsstraße durch die Stadt herrschte dichter Verkehr, und jede Ecke schien blockiert. Erst an der zweiten Verkehrsampel sah Cordelia ihre Chance. Der schwarze Lieferwagen wurde an der Kreuzung ungefähr fünfzig Meter hinter ihr aufgehalten. Als die Ampel auf Grün umsprang, fuhr sie schnell an und bog nach links ab. Dann kam noch eine Seitenstraße nach links, in die sie einbog, dann eine nach rechts. Sie fuhr durch unbekannte Straßen weiter, dann, nach ungefähr fünf Minuten, hielt sie an einer Kreuzung und wartete. Der schwarze Lieferwagen tauchte nicht auf. Es sah so aus, als hätte sie es geschafft, ihn abzuschütteln. Sie wartete noch einmal fünf Minuten, dann fuhr sie langsam zur Hauptstraße zurück und reihte sich in den nach Osten fließenden Verkehr ein. Eine halbe Stunde später hatte sie Bury St. Edmunds hinter sich, fuhr langsam die Ixworth Road hinunter und hielt nach dem Pratts Way Ausschau. Fünfzig Meter weiter fand sie ihn, eine Reihe von sechs kleinen verputzten Häusern, die zurückgesetzt an einem Parkplatz standen. Sie hielt das Auto vor Nummer vier an, wobei sie an die gehorsame und willige Isabelle dachte, die offenbar hatte ein Stück weiterfahren und im Auto warten müssen. Und warum? Weil Mark den weißen Renault für zu auffällig hielt? Sogar die Ankunft des Mini hatte Interesse geweckt. Hinter den oberen Fenstern klebten Gesichter, und eine kleine Kinderschar war geheimnisvoll aufgetaucht, drängte sich um das nächste Gartentor und beobachtete sie mit großen ausdruckslosen Augen.

Das Haus Nummer vier war in einem trostlosen Zustand; im Vorgarten stand das Unkraut, und der Zaun wies Lücken auf, wo die Latten verfault oder zur Seite gedrückt waren. Die Außenfarbe war bis auf das blanke Holz abgeblättert, und der braune Anstrich der Haustür hatte sich in der Sonne geschält und Blasen geworfen. Aber Cordelia sah, daß die Erdgeschoßfenster blitzten und die weißen Tüllgardinen sauber waren. Mrs. Gladwin war vermutlich eine tüchtige Hausfrau, die sich abmühte, ihren selbstgesetzten Maßstäben gerecht zu werden, aber zu alt war für die schwere Arbeit und zu arm, um sich eine Hilfe leisten zu können. Cordelia empfand Sympathie für sie. Aber die Frau, die nach ein paar Minuten auf ihr Klopfen – die Klingel funktionierte nicht – die Tür öffnete, wirkte wie ein bestürzendes Gegenmittel auf ihr zartfühlendes Mitleid. Das Mitgefühl erstarb vor diesen harten, mißtrauischen Augen, diesem Mund, eng wie eine Falle, den dünnen Armen, die sie wie eine knöcherne Schranke gegen ihre Brust drückte, als wolle sie jeden menschlichen Kontakt abweisen. Es war schwierig, ihr Alter zu erraten. Ihr straff zu einem kleinen festen Knoten zurückgekämmtes Haar war noch schwarz, aber ihr Gesicht war stark zerfurcht, und die Sehnen und Adern traten an dem mageren Hals wie Schnüre hervor. Sie trug Hausschuhe und eine knallig bunte Kittelschürze. Cordelia sagte:

«Mein Name ist Cordelia Gray. Ich möchte fragen, ob ich Dr. Gladwin sprechen könnte, wenn er zu Hause ist. Es geht um eine alte Patientin.»

«Er ist zu Hause, wo sollte er sonst sein. Er ist im Garten. Sie gehen am besten gleich durch.»

Das Haus roch entsetzlich, eine Mischung von extrem hohem Alter, dem sauren Geruch von menschlichen Ausscheidungen und verdorbenem Essen, überdeckt von starken Desinfektionsmitteln. Cordelia ging durchs Haus in den Garten und vermied dabei den Blick auf die Diele oder die Küche, weil Neugier vielleicht ungezogen erschienen wäre.

Dr. Gladwin saß in einem Lehnstuhl, der in die Sonne gerückt war. Cordelia hatte noch nie einen so alten Mann gesehen. Er trug einen wollenen Trainingsanzug, seine geschwollenen Beine steckten in übergroßen Filzpantoffeln, und über seinen Knien lag eine gestrickte Flickendecke. Seine beiden Hände hingen über die Armlehnen, als seien sie zu schwer für die zerbrechlichen Gelenke; sie waren fleckig und spröde wie Herbstlaub und zitterten mit leiser Ausdauer. Der hochgewölbte Schädel, von dem ein paar graue Borsten wegstanden, sah klein und verletzlich aus wie der eines Kindes. Die Augen waren bleiche Dotter, die in ihrem klebrigen blauädrigen Weiß schwammen.

Cordelia ging auf ihn zu und sprach ihn leise bei seinem Namen an. Es kam keine Antwort. Sie kniete sich zu seinen Füßen ins Gras und sah zu ihm auf.

«Dr. Gladwin, ich möchte mit Ihnen über eine Patientin sprechen. Es ist schon lange her. Mrs. Callender. Erinnern Sie sich an Mrs. Callender vom Garforth House?»

Es kam keine Antwort. Cordelia wußte, daß auch keine mehr kommen würde. Sogar eine Wiederholung ihrer Frage kam ihr wie ein Frevel vor. Mrs. Gladwin stand neben ihr, als zeige sie ihn einer staunenden Welt.

«Machen Sie nur weiter, fragen Sie ihn! Es ist alles in seinem Kopf, wissen Sie. Das hat er immer gesagt. ‹Berichte und Aufzeichnungen sind nicht meine Art. Es ist alles in meinem Kopf.›»

Cordelia sagte:

«Was ist aus seinen Krankengeschichten geworden, als er die Praxis aufgab? Hat sie irgend jemand übernommen?»

«Das habe ich Ihnen ja gerade gesagt. Es hat nie irgendwelche Aufzeichnungen gegeben. Und es hat keinen Sinn, mich zu fragen. Ich habe das auch dem Jungen gesagt. Der Doktor hat mich zwar gern geheiratet, als er eine Krankenschwester brauchte, aber er hat nie von seinen Patienten gesprochen. Oh, weiß Gott nicht! Er hat den ganzen Verdienst aus der Praxis vertrunken, aber er brachte es fertig, dennoch über die medizinische Ethik zu reden.»

Die Bitterkeit in ihrer Stimme war schrecklich. Cordelia konnte ihr nicht in die Augen sehen. Gerade da glaubte sie, die Lippen des alten Mannes sich bewegen zu sehen. Sie beugte den Kopf hinunter und schnappte das eine Wort auf: «Kalt.»

«Ich glaube, er versucht zu sagen, daß ihm kalt ist. Haben Sie noch einen Schal, den man ihm um die Schultern legen könnte?»

«Kalt! In dieser Sonne! Ihm ist immer kalt!»

«Aber vielleicht würde eine zusätzliche Decke helfen. Soll ich sie für Sie holen?»

«Sie lassen ihn in Ruhe, Miss. Wenn Sie sich um ihn kümmern wollen, dann tun Sie es doch. Sehen Sie selbst, wie lustig es ist, ihn sauberzuhalten wie ein Baby, seine Windeln zu waschen, sein Bett jeden Morgen frisch zu beziehen. Ich hole ihm noch einen Schal, aber in zwei Minuten wird er ihn wegschieben. Er weiß nicht, was er will.»

«Es tut mir leid», sagte Cordelia hilflos. Sie fragte sich, ob Mrs. Gladwin alle verfügbare Hilfe bekam, ob die Bezirksschwester vorbeischaute, ob sie ihren Arzt gebeten hatte, sich um ein Krankenhausbett zu bemühen. Aber das waren im Grunde unsinnige Fragen. Selbst sie konnte die hoffnungslose Zurückweisung jeglicher Hilfe erkennen, die Verzweiflung, die nicht mehr die Energie übrigließ, auch nur nach Erleichterung zu suchen. Sie sagte:

«Es tut mir leid; ich will Sie beide nicht noch länger belästigen.»

Sie gingen zusammen durchs Haus zurück. Aber eine Frage mußte Cordelia noch stellen. Als sie das Gartentor erreicht hatten, sagte sie:

«Sie sprachen von einem Junge, der Sie besucht hat. Hieß er Mark?»

«Mark Callender. Er fragte nach seiner Mutter. Und etwa zehn Tage später hatten wir dann den anderen hier.»

«Welchen anderen?»

«Er war ein feiner Herr! Kam herein, als gehörte ihm das Haus. Er stellte sich nicht vor, aber irgendwo habe ich sein Gesicht schon gesehen. Er bat darum, Dr. Gladwin zu sprechen, und ich führte ihn hinein. Wir saßen im hinteren Wohnzimmer, weil es an diesem Tag windig war. Er ging auf den Doktor zu und sagte laut, als redete er mit einem Diener: ‹Guten Tag, Gladwin.› Dann beugte er sich hinunter und sah ihn an. Auge in Auge waren sie. Dann richtete er sich auf, wünschte mir einen guten Tag und ging weg. Oh, wir werden beliebt, wirklich! Noch so ein paar wie Sie, und ich werde Eintritt für die Vorstellung verlangen müssen.»

Sie standen zusammen am Gartentor. Cordelia fragte sich, ob sie ihre Hand ausstrecken sollte, aber sie spürte, daß Mrs. Gladwin sie noch nicht gehen lassen wollte. Plötzlich sprach die Frau mit einer lauten, schroffen Stimme und sah dabei geradeaus:

«Dieser Freund von Ihnen, der Junge, der hierherkam. Er hat seine Adresse hinterlassen. Er sagte, es würde ihm nichts ausmachen, an einem Sonntag bei dem Doktor zu sitzen, wenn ich eine Pause haben wollte; er sagte, er könne für sie beide auch ein kleines Essen kochen. Ich habe Lust, diesen Sonntag meine Schwester in Haverhill zu besuchen. Sagen Sie ihm, daß er rüberkommen kann, wenn er möchte.»

Die Kapitulation klang unfreundlich, die Einladung widerwillig. Cordelia konnte sich denken, was es sie gekostet hatte, das auszusprechen. Sie sagte impulsiv:

«Ich könnte an seiner Stelle am Sonntag kommen. Ich habe ein Auto, ich könnte früh hier sein.»

Der Tag ginge Sir Ronald Callender verloren, aber sie würde ihn nicht in Rechnung stellen. Und gewiß war auch ein Privatdetektiv zu einem arbeitsfreien Sonntag berechtigt.

«Er kann kein junges Mädchen gebrauchen. Es sind Dinge zu tun, die einen Mann erfordern. Er hat Gefallen an dem Jungen gefunden. Das konnte ich sehen. Sagen Sie ihm, daß er kommen kann.»

Cordelia drehte sich zu ihr um.

«Er wäre gekommen, das weiß ich. Aber er kann nicht. Er ist tot.»

Mrs. Gladwin sagte nichts. Cordelia streckte zögernd ihre Hand aus und berührte ihren Ärmel. Es kam keine Reaktion. Sie flüsterte:

«Es tut mir leid. Ich gehe jetzt.» Sie hätte beinahe hinzugefügt: Falls ich nichts für Sie tun kann, aber sie hielt sich rechtzeitig zurück. Es gab nichts, was sie oder irgendein anderer tun konnte.

Sie blickte einmal zurück, wo die Straße nach Bury abbog, und sah die starre Gestalt immer noch am Gartentor stehen.

Cordelia wußte nicht genau, was sie zu dem Entschluß veranlaßte, in Bury haltzumachen und zehn Minuten in den Abteigärten spazierenzugehen. Aber sie fühlte, daß sie die Rückfahrt nach Cambridge einfach nicht durchstehen konnte, ohne ihrer Erregung Herr zu werden, und der flüchtige Anblick des Grases und der Blumen durch die große normannische Pforte war zu verlockend. Sie parkte den Mini am Angel Hill, dann ging sie durch die Gärten zum Flußufer. Dort saß sie fünf Minuten in der Sonne. Es fiel ihr ein, daß sie Geld für Benzin ausgegeben hatte, was sie aufschreiben mußte, und sie suchte in ihrer Tasche nach dem Notizbuch. Ihre Hand zog das weiße Gebetbuch heraus. Sie saß in Gedanken versunken da. Angenommen, sie wäre Mrs. Callender gewesen und hätte eine Botschaft hinterlassen wollen, eine Botschaft, die Mark finden würde, andere, die suchten, aber übersahen. Wo hätte sie sie untergebracht? Die Antwort schien auf einmal kinderleicht. Sicher irgendwo auf der Seite der Kollekte, des Evangeliums und der Epistel zum St. Markustag. Er war am 25. April geboren. Er war nach dem Heiligen genannt worden. Sie fand die Stelle schnell. In dem hellen Sonnenlicht, das vom Wasser zurückgeworfen wurde, sah sie, was ihr beim schnellen Durchblättern entgangen war. Da hob sich gegen Cranmers milde Bitte um die Gnade der Kraft, den verderblichen Einflüssen falscher Lehre zu widerstehen, ein kleines Hieroglyphenmuster ab, so schwach, daß die Zeichen auf dem Papier kaum mehr als ein Fleck waren. Sie sah, daß es eine Gruppe von Buchstaben und Ziffern war

EMC
AA
14. 1. 52

Die ersten drei Buchstaben waren natürlich die Initialen seiner Mutter. Das Datum mußte der Tag sein, an dem sie die Botschaft aufgeschrieben hatte. Hatte Mrs. Goddard nicht gesagt, daß Mrs. Callender starb, als ihr Sohn ungefähr neun Monate alt war? Aber das zweifache A? Cordelias Gedanken jagten Automobilclubs nach, bis ihr die Karte in Marks Brieftasche einfiel. Bestimmt konnten die zwei Buchstaben unter den Initialen nur auf eine Sache hinweisen, auf die Blutgruppe. Mark hatte B gehabt. Seine Mutter war AA. Es gab nur einen einzigen Grund, warum sie ihm diese Auskunft hatte zukommen lassen wollen. Der nächste Schritt war, Sir Ronalds Blutgruppe herauszufinden.

Sie schrie fast auf vor Triumph, als sie durch die Gärten rannte und ihren Mini wieder in Richtung Cambridge wendete. Sie hatte noch nicht zu Ende gedacht, was diese Entdeckung eigentlich bedeuten konnte oder ob ihre Folgerungen stichhaltig waren. Aber sie hatte wenigstens etwas zu tun, hatte wenigstens einen Anhaltspunkt. Sie fuhr schnell, weil sie unbedingt in die Stadt kommen wollte, bevor die Post zumachte. Dort war es möglich, wie sie sich vage erinnerte, ein Exemplar des amtlichen Verzeichnisses der ortsansässigen Ärzte zu bekommen. Es wurde ihr ausgehändigt. Und jetzt zum Telefon. Sie kannte nur ein Haus in Cambridge, wo es die Möglichkeit gab, ungestört vielleicht eine Stunde lang zu telefonieren. Sie fuhr zur Norwich Street 57.

Sophie und Davie waren zu Hause und spielten im Wohnzimmer Schach, der blonde und der dunkle Kopf berührten sich fast über dem Brett. Sie zeigten sich nicht überrascht, als Cordelia bat, das Telefon für eine Reihe von Gesprächen benutzen zu dürfen.

«Ich bezahle es natürlich. Ich schreibe auf, wie viele.»

«Sie wollen allein im Zimmer sein, nehme ich an», sagte Sophie. «Wir spielen die Partie im Garten zu Ende, Davie.»

Ganz und gar nicht neugierig, trugen sie das Schachbrett vorsichtig durch die Küche und stellten es auf den Gartentisch. Cordelia zog einen Stuhl an den Tisch und setzte sich mit ihrer Liste hin. Sie war erschreckend lang. Es gab keinen Anhaltspunkt, wo sie beginnen sollte, aber vielleicht kamen die Ärzte mit Gruppenpraxen und Adressen nahe der Stadtmitte am ehesten in Frage. Sie würde mit ihnen anfangen und die Namen nach jedem Anruf abhaken. Sie erinnerte sich einer weiteren überlieferten Perle der Weisheit des Kriminalrats: «Die Arbeit des Detektivs erfordert eine geduldige Beharrlichkeit, die an Starrsinn grenzt.» Sie dachte an ihn, als sie die erste Nummer wählte. Was für ein unerträglich anspruchsvoller und lästiger Chef er gewesen sein mußte! Aber jetzt war er ziemlich sicher alt – fünfundvierzig mindestens. Vermutlich war er inzwischen ein bißchen umgänglicher geworden.

Aber die eine Stunde Hartnäckigkeit war fruchtlos. Ihre Anrufe wurden stets entgegengenommen; ein Vorteil, wenn man eine Arztpraxis anrief, war, daß das Telefon wenigstens besetzt war. Doch die Antworten, die sie erhielt, höflich, knapp oder in gequältem und gehetztem Ton von einer bunten Mischung von Gesprächspartnern, von den Ärzten selbst bis zu zuvorkommenden Zugehfrauen, die bereit waren, eine Nachricht weiterzugeben, die Antworten waren stets die gleichen: Sir Ronald Callender war kein Patient dieser Praxis. Cordelia wiederholte ihren Spruch: «Es tut mir wirklich leid, daß ich Sie belästigt habe. Ich muß den Namen mißverstanden haben.»

Aber nach fast siebzig Minuten geduldigen Wählens hatte sie Glück. Die Frau des Arztes kam ans Telefon.

«Sie sind leider mit der falschen Praxis verbunden. Um Sir Ronald Callenders Haushalt kümmert sich Dr. Venables.»

Das war in der Tat Glück! Dr. Venables stand nicht auf ihrer vorrangigen Liste, und zum V wäre sie frühestens in einer weiteren Stunde gekommen. Ihr Finger lief die Namen hinunter, und sie wählte zum letztenmal.

Dr. Venables Sprechstundenhilfe antwortete. Cordelia sagte ihren vorbereiteten Spruch: «Ich rufe im Auftag von Miss Leaming vom Garforth House an. Es tut mir leid, Sie zu belästigen, aber könnten Sie uns bitte Sir Ronald Callenders Blutgruppe in Erinnerung bringen? Er möchte es vor der Tagung in Helsinki im nächsten Monat wissen.»

«Einen Augenblick bitte.» Sie mußte kurz warten, dann hörte sie die Schritte zurückkommen.

«Sir Ronald hat Gruppe A. Ich würde es sorgfältig aufschreiben, wenn ich Sie wäre. Sein Sohn mußte vor etwa einem Monat wegen derselben Sache anrufen.»

Cordelia beschloß, ein Risiko einzugehen.

«Ich bin neu hier, als Hilfe von Miss Leaming, und sie hat mir beim letztenmal tatsächlich gesagt, ich soll es aufschreiben, aber ich habe es dummerweise vergessen. Wenn sie zufällig anrufen sollte, sagen Sie ihr bitte nicht, daß ich Sie noch einmal belästigen mußte.»

Die Stimme lachte nachsichtig über die Unzulänglichkeit der Jugend. Schließlich hatte es ihr ja nicht allzuviel Mühe gemacht.

«Machen Sie sich keine Gedanken, ich werde ihr nichts sagen. Ich bin froh, daß sie sich endlich eine Hilfe besorgt hat. Ich hoffe, alle sind gesund?»

«O ja! Es geht allen gut.»

Cordelia legte den Hörer auf. Sie schaute aus dem Fenster und sah, daß Sophie und Davie eben mit ihrem Spiel zu Ende waren und die Figuren wieder in das Kästchen legten. Sie war gerade rechtzeitig fertig geworden. Sie wußte nun die Antwort auf ihre Frage, aber sie mußte sie noch überprüfen. Die Auskunft war zu wichtig, als daß sie sich auf ihre eigene schwache Erinnerung an die Mendelschen Vererbungsgesetze verlassen hätte, die sie sich in dem Kapitel über Blut und Identität in Bernies gerichtsmedizinischem Handbuch angelesen hatte. Davie wüßte es natürlich. Am schnellsten ginge es, wenn sie ihn gleich fragte. Aber sie konnte Davie nicht fragen. Das bedeutete, daß sie wieder in die öffentliche Bibliothek gehen mußte, und sie mußte sich beeilen, wenn sie vor der Schließung dort sein wollte.

Aber sie kam gerade noch rechtzeitig hin. Der Bibliothekar, der sich inzwischen daran gewöhnt hatte, sie zu sehen, war so hilfsbereit wie immer. Das benötigte Nachschlagewerk wurde rasch gebracht. Cordelia stellte fest, was sie bereits gewußt hatte. Ein Mann und eine Frau, die beide die Blutgruppe A hatten, konnten kein Kind mit der Gruppe B zeugen.

Cordelia war sehr müde, als sie wieder ins Gartenhaus kam. So viel war während eines Tages passiert, so viel war aufgedeckt worden. War es denn möglich, daß noch keine zwölf Stunden vergangen waren, seit sie sich auf die Suche nach Nanny Pilbeam gemacht hatte? Und sie hatte nur eine vage Hoffnung gehabt, die Frau würde, falls sie sie fände, vielleicht einen Schlüssel zu Marks Persönlichkeit liefern, ihr vielleicht etwas über seine Entwicklungsjahre erzählen. Sie war erregt vom Erfolg des Tages, rastlos vor Aufregung, aber geistig zu erschöpft, um das wirre Knäuel von Vermutungen, das verknotet irgendwo in ihrem Kopf lag, aufzudröseln. Im Augenblick waren die Tatsachen durcheinandergeraten. Es gab kein klares Muster, keine Theorie, die das Geheimnis um Marks Geburt, Isabelles Entsetzen, Hugos und Sophies heimliches Wissen, Miss Marklands zwanghaftes Interesse am Gartenhaus, Sergeant Maskells fast widerwilligen Argwohn, das Sonderbare und die ungeklärten Widersprüche, die Marks Tod umgaben, auf einmal geklärt hätten.

Sie machte sich im Haus zu schaffen mit einer Energie, die geistiger Übermüdung entspringt. Sie wusch den Küchenboden auf, legte für den Fall, daß der nächste Abend kühl würde, Holz auf den Aschenhaufen, jätete das kleine Blumenbeet hinter dem Haus, bereitete sich dann ein Pilzomelett und aß es, wie er es getan haben mußte, an dem einfachen Tisch. Zu allerletzt holte sie die Pistole aus ihrem Versteck und legte sie auf den Tisch neben dem Bett. Sie schloß die Hintertür sorgfältig ab, zog die Vorhänge vor das Fenster und prüfte noch einmal, ob die Siegel unversehrt waren. Aber sie stellte keinen Kochtopf oben auf die Tür. Heute nacht erschien ihr diese Vorsichtsmaßnahme kindisch und unnötig. Sie zündete die Kerze neben dem Bett an und ging dann zum Fenster, um ein Buch auszusuchen. Der Abend war mild und windstill; die Flamme der Kerze brannte stetig in der reglosen Luft. Draußen war die Nacht noch nicht voll angebrochen, aber der Garten war sehr still, der Frieden wurde nur von einem fernen, auf der Hauptstraße vorbeifahrenden Auto oder dem Ruf eines Nachtvogels gestört. Und dann erblickte sie, undeutlich durch das Zwielicht, eine Gestalt am Gartentor. Es war Miss Markland. Die Frau zögerte, die Hand auf der Klinke, als überlege sie, ob sie den Garten betreten solle. Cordelia glitt zur Seite und drückte sich an die Wand. Die dunkle Gestalt stand so still, daß es schien, als habe sie die Anwesenheit eines Beobachters gespürt und sei erstarrt wie ein überraschtes Tier. Dann, nach zwei Minuten, ging sie weg und verlor sich zwischen den Bäumen des Obstgartens. Cordelia entspannte sich, nahm Trollopes ‹*Pfleger*› aus Marks Bücherreihe und kroch in ihren Schlafsack. Eine halbe Stunde später blies sie die Kerze aus und streckte ihren Körper bequem, um sich langsam und ergeben in den Schlaf sinken zu lassen.

In den frühen Morgenstunden schreckte sie auf und war sofort wach, die Augen weit offen im Halbdunkel. Die Zeit war aufgehoben; die stille Luft war voller Erwartung, als sei der Tag überrascht worden. Sie konnte das Ticken ihrer Armbanduhr auf dem Nachttisch hören und daneben den tröstlichen gekrümmten Umriß der Pistole und den schwarzen Zylinder ihrer Taschenlampe sehen. Sie lag still und lauschte auf die Nacht. Man erlebte diese ruhigen Stunden so selten, eine Zeit, die man fast immer schlafend oder träumend verbrachte, daß man sich nur zögernd und ungeübt wie ein neugeborenes Kind auf sie einstellte. Sie empfand keine Angst, nur eine alles umarmende Stille, eine sanfte Mattigkeit. Ihr Atem erfüllte das Zimmer, und die ruhige, reine Luft schien im Einklang mit ihr zu atmen.

Plötzlich merkte sie, was sie geweckt hatte. Besucher näherten sich dem Gartenhaus. Sie mußte unterbewußt in einer Phase unruhigen Schlafes das Geräusch eines Autos erkannt haben. Jetzt hörte sie das Quietschen des Gartentors, das Rascheln von Füßen, verstohlen wie von einem Tier im Unterholz, ein schwaches, gebrochenes Gemurmel von Stimmen. Sie wand sich aus ihrem Schlafsack und schlich zum Fenster. Mark hatte die Scheiben der vorderen Fenster nicht gesäubert; vielleicht hatte er keine Zeit gehabt, vielleicht war ihm ihr abschirmender Schmutz willkommen gewesen. Cordelia rieb mit ihren Fingern in verzweifelter Eile an der sandigen Ablagerung von Jahren. Aber schließlich spürte sie das kalte, glatte Glas. Es quietschte unter den reibenden Fingern, hoch und dünn wie das Quieken eines Tieres, so daß sie glaubte, der Lärm müsse sie verraten. Sie spähte durch den schmalen Streifen von klarem Glas in den Garten hinunter.

Der Renault war fast gänzlich durch die hohe Hecke verborgen, aber sie konnte den vorderen Teil der Motorhaube sehen, die am Gartentor glänzte, und die zwei Lichtflecke von den Parkleuchten, die wie Zwillingsmonde auf den Pfad schienen. Isabelle trug etwas Langes und Anliegendes; ihre helle Gestalt zitterte wie eine Welle vor dem Dunkel der Hecke. Hugo war nur ein schwarzer Schatten an ihrer Seite. Aber dann drehte er sich um, und Cordelia sah eine weiße Hemdenbrust aufblitzen. Sie waren beide in Abendkleidung. Sie kamen leise zusammen den Pfad herauf und besprachen sich kurz an der Vordertür, dann bewegten sie sich auf die Hausecke zu.

Cordelia griff zu ihrer Taschenlampe, eilte auf leisen, nackten Füßen die Treppe hinunter und stürzte durch das Wohnzimmer, um die Hintertür aufzuschließen. Der Schlüssel ließ sich leicht und lautlos drehen. Sie wagte kaum zu atmen, als sie sich in den Schatten am Fuß der Treppe zurückzog. Sie hatte es gerade rechtzeitig geschafft. Die Tür öffnete sich und ließ einen Streifen helleren Lichts herein. Sie hörte Hugos Stimme:

«Einen Augenblick, ich zünde ein Streichholz an.»

Das Streichholz flammte auf und beleuchtete in einem milden Licht flüchtig die beiden ernsten, erwartungsvollen Gesichter, Isabelles große ängstliche Augen. Dann ging es aus. Sie hörte Hugos gemurmelten Fluch, gefolgt vom Kratzen des zweiten Streichholzes, das über die Schachtel gestrichen wurde. Diesmal hielt er es hoch. Es schien auf den Tisch, auf den stummen, anklagenden Haken, auf den schweigenden Zuschauer am Fuß der Treppe. Hugo rang nach Luft, seine Hand zuckte, und das Streichholz ging aus. Sofort begann Isabelle zu schreien.

Hugos Stimme war scharf.

«Was zum Teufel ...»

Cordelia knipste ihre Taschenlampe an und trat vor.

«Ich bin's nur – Cordelia.»

Aber Isabelle hörte nichts. Die Schreie waren von einer so durchdringenden Stärke, daß Cordelia fast fürchtete, die Marklands müßten sie hören. Der Klang war unmenschlich, ein Schrei von tierischer Angst. Er wurde plötzlich durch eine Bewegung von Hugos Arm, dem Geräusch eines Klapses, einem Keuchen beendet. Darauf folgte ein Augenblick völliger Stille, dann fiel Isabelle Hugo leise schluchzend in die Arme.

Er wandte sich schroff an Cordelia:

«Warum zum Teufel haben Sie das getan?»

«Was getan?»

«Sie haben sie erschreckt, wie Sie da gelauert haben. Was machen Sie hier überhaupt?»

«Das könnte ich Sie fragen.»

«Wir sind gekommen, um den Antonello zu holen, den Isabelle Mark geliehen hat, als sie zum Abendessen hier war, und um sie von einer gewissen krankhaften Besessenheit von diesem Ort zu heilen. Wir waren auf dem Ball des Pitt-Clubs. Wir dachten, es wäre ein guter Einfall, auf unserem Heimweg hier hereinzuschauen. Anscheinend war es ein verdammt dummer Einfall. Gibt es hier im Gartenhaus etwas zu trinken?»

«Nur Bier.»

«O Gott, Cordelia, das habe ich mir gedacht! Sie braucht aber etwas Stärkeres.»

«Es gibt nichts Stärkeres, aber ich kann einen Kaffee kochen. Sie zünden das Feuer an. Es ist schon gerichtet.»

Sie stellte die Taschenlampe aufrecht auf den Tisch, zündete die Tischlampe an und drehte den Docht herunter. Dann half sie Isabelle auf einen der Stühle neben dem Kamin.

Das Mädchen zitterte. Cordelia holte einen von Marks dicken Pullovern und legte ihn ihr um die Schultern. Das Holz begann unter Hugos vorsichtigen Händen zu brennen. Cordelia ging in die Küche, um Kaffee zu kochen und legte die Taschenlampe seitlich auf die Fensterbank, damit sie auf den Kocher schien. Sie zündete die stärkere der beiden Flammen an und nahm vom Brett einen braunen Steingutkrug, die zwei blaurandigen Becher und eine Tasse für sich selbst. Eine zweite, angeschlagene Tasse enthielt den Zucker. Es dauerte nur ein paar Minuten, den halbvollen Wasserkessel zum Kochen zu bringen und über das Kaffeepulver zu gießen. Sie konnte Hugos Stimme aus dem Wohnzimmer hören, leise, eindringlich, tröstend, unterbrochen von Isabelles einsilbigen Antworten. Ohne abzuwarten, bis sich der Kaffee gesetzt hatte, stellte sie ihn auf das einzige Tablett, ein verbeultes aus Blech, gemustert mit einem zerkratzten Bild des Edinburgher Schlosses, trug es ins Wohnzimer und stellte es auf den Rost. Das Reisig zischte und flackerte und schleuderte einen Regen von hellen Funken hoch, der im Fallen Isabelles Kleid mit einem Sternenmuster übersäte. Dann ergriff die Flamme ein dickeres Scheit, und das Feuer glühte mit einer stärkeren, weicheren Wärme.

Als sie sich vorgeugte, um den Kaffee umzurühren, sah Cordelia einen kleinen Käfer, der in verzweifelter Eile an der Kante eines kleinen Scheits entlangkrabbelte. Sie hob einen Zweig vom Anmachholz auf, das noch im Kamin lag, und hielt ihn als Fluchtweg hin. Aber das verwirrte den Käfer noch mehr. Er machte erschreckt kehrt und lief auf die Flamme zu, schlug dann einen Haken auf seinem Weg und fiel schließlich in einen Spalt im Holz. Cordelia fragte sich, ob er in dem kurzen Augenblick sein schreckliches Ende erfaßte. Ein Streichholz an ein Feuer zu halten war eine so unbedeutende Handlung und erzeugte doch solche Todesangst, solchen Schrecken.

Sie reichte Isabelle und Hugo ihre Becher und nahm ihren eigenen. Der erquickende Duft des frischen Kaffees mischte sich mit dem harzigen Geruch des brennenden Holzes. Das Feuer malte lange Schatten auf den Fliesenboden, und die Petroleumlampe warf ihr sanftes Licht über die Gesichter. Bestimmt waren noch keine Mordverdächtigen in einer gemütlicheren Umgebung verhört worden, dachte Cordelia. Sogar Isabelle hatte ihre Ängste verloren. Ob es das beruhigende Gefühl von Hugos Arm um ihre Schultern, die belebende Wirkung des Kaffees oder die gemütliche Wärme und das Knistern des Feuers war – sie schien sich fast wohl zu fühlen.

Cordelia sagte zu Hugo:

«Sie haben gesagt, daß Isabelle krankhaft besessen ist von diesem Ort. Warum eigentlich?»

«Isabelle ist sehr sensibel; sie ist nicht so robust wie Sie.»

Cordelia dachte insgeheim, daß alle schönen Frauen robust waren – wie könnten sie sonst überleben? – und daß Isabelles Nerven sich an Spannkraft sehr wohl mit ihren messen konnten. Aber sie würde nichts gewinnen, wenn sie Hugos Illusionen in Frage stellte: Schönheit war zerbrechlich, vergänglich, verletzlich. Isabelles Empfindlichkeiten mußten geschützt werden. Die Robusten konnten sich selbst um sich kümmern. Sie sagte:

«Nach dem, was Sie sagen, ist sie bis jetzt nur einmal hiergewesen. Ich weiß, daß Mark Callender in diesem Zimmer starb, aber Sie erwarten wohl kaum von mir, daß ich glaube, sie trauert um Mark. Es gibt irgend etwas, das Sie beide wissen, und es wäre besser, wenn Sie es mir jetzt sagen würden. Wenn nicht, werde ich Sir Ronald Callender berichten müssen, daß Isabelle, Ihre Schwester und Sie irgendwie mit dem Tod seines Sohnes zu tun haben, und dann hat er zu entscheiden, ob er die Polizei zuzieht. Ich kann mir nicht vorstellen, daß Isabelle selbst ein noch so freundliches Verhör durch die Polizei durchstehen würde, oder Sie etwa?»

Selbst in ihren eigenen Ohren klang es wie eine hochtrabende, lehrhafte kleine Rede, eine aus der Luft gegriffene, auf eine leere Drohung gestützte Beschuldigung. Cordelia erwartete fast, daß Hugo ihr belustigt und geringschätzig widersprechen würde. Aber er sah sie eine Weile an, als schätze er mehr als nur die Echtheit der Gefahr ab. Dann sagte er ruhig:

«Können Sie nicht mein Wort gelten lassen, daß Mark durch eigene Hand starb und es seinem Vater und seinen Freunden nur Traurigkeit und Schmerz bereiten und keinem auch nur im geringsten helfen wird, wenn Sie die Polizei einschalten?»

«Nein, Hugo, das kann ich nicht.»

«Wollen Sie uns dann versprechen, daß es keine Folgen haben wird, wenn wir Ihnen sagen, was wir wissen?»

«Wie könnte ich das; genausowenig wie ich versprechen kann, Ihnen zu glauben.»

Plötzlich rief Isabelle:

«Oh, sag es ihr, Hugo! Was macht es schon?»

Cordelia sagte:

«Ich glaube, das müssen Sie, ich glaube, Sie haben keine andere Wahl.»

«Es scheint so. Nun gut.» Er stellte seinen Kaffeebecher auf den Rost und blickte ins Feuer.

«Ich habe Ihnen erzählt, daß wir – Sophie, Isabelle, Davie und ich – in der Nacht, in der Mark starb, in das Arts Theatre gingen, aber das war, wie Sie wahrscheinlich vermutet haben, nur zu drei Vierteln wahr. Sie hatten nur noch drei Plätze frei, als ich die Karten bestellte, und wir verteilten sie also auf die drei Leute, die wahrscheinlich am meisten Spaß an dem Stück haben würden. Isabelle geht eher ins Theater, um gesehen zu werden, als um etwas zu sehen, und langweilt sich in jeder Vorstellung, in der nicht wenigstens fünfzig Leute mitspielen, also war sie diejenige, die ausgelassen wurde. Da sie von ihrem derzeitigen Liebhaber so vernachlässigt wurde, beschloß sie vernünftigerweise, bei dem vorigen Trost zu suchen.»

Isabelle sagte mit einem verstohlenen, bedeutungsvollen Lächeln:

«Mark war nicht mein Liebhaber, Hugo.»

Sie sprach ohne Bitterkeit oder Groll. Es ging ihr nur darum, die Sache ins rechte Licht zu rücken.

«Ich weiß, Mark war ein Romantiker. Er nahm nie ein Mädchen

mit ins Bett – oder sonstwohin, soweit ich das sehen konnte –, bevor er entschieden hatte, daß es zwischen ihnen eine angemessene Tiefe interpersoneller Kommunikation gab oder wie immer er sich ausdrückte. Nein, das ist tatsächlich ungerecht. Das ist mein Vater, der solche verdammt scheußlichen, bedeutungslosen Phrasen benutzt. Aber Mark war im großen und ganzen der gleichen Ansicht. Ich bezweifle, daß er den Sex genießen konnte, bevor er davon überzeugt war, daß er und das Mädchen sich liebten. Es war eine notwendige Einleitung – wie das Ausziehen. Ich schließe, daß die Beziehung zu Isabelle nicht die notwendigen Tiefen erreicht hatte, daß sie nicht zu dem wesentlichen emotionalen Verhältnis gediehen war. Es war natürlich nur eine Frage der Zeit. Was Isabelle betraf, war Mark genauso wie wir alle der Selbsttäuschung fähig.» Die hohe, ein wenig zögernde Stimme klang scharf vor Eifersucht.

Isabelle sagte, langsam und geduldig wie eine Mutter, die einem sich dumm stellenden Kind etwas erklärt:

«Mark hat nie mit mir geschlafen, Hugo.»

«Das sage ich ja! Armer Mark! Er tauschte die Wirklichkeit gegen ein Schattenbild ein, und nun hat er keines von beiden.»

«Aber was geschah in jener Nacht?»

Cordelia sprach zu Isabelle, aber es war Hugo, der ihr antwortete:

«Isabelle fuhr hierher und kam kurz nach halb acht an. Die Vorhänge an den hinteren Fenstern waren zugezogen, das Fenster nach vorn ist sowieso undurchsichtig, aber die Tür war offen. Sie kam herein. Mark war bereits tot. Sein Körper hing an einem Riemen von diesem Haken. Aber er sah nicht so aus wie am nächsten Morgen, als Miss Markland ihn fand.»

Er wandte sich an Isabelle:

«Sag es ihr selbst.» Sie zögerte, Hugo beugte sich vor und küßte sie leicht auf die Lippen.

«Nun komm, sag es ihr. Es gibt einige Unannehmlichkeiten, die auch Papas ganzes Geld nicht völlig von dir fernhalten kann, und das hier, mein Schatz, ist eine davon.»

Isabelle wandte den Kopf und blickte angespannt in die vier Ecken des Zimmers, als wollte sie sich vergewissern, daß die drei wirklich allein waren. Die Iris ihrer auffallenden Augen waren purpurn im Feuerschein. Sie lehnte sich zu Cordelia hinüber. Die Geste erinnerte ein wenig an das Vergnügen einer Dorfklatschbase, die gerade vom letzten Skandal berichten will. Cordelia sah, daß die Angst von ihr abgefallen war. Isabelles Seelenängste waren elementar, heftig, jedoch kurzlebig und leicht zu beschwichtigen. Sie hätte ihr Geheimnis für sich behalten, solange Hugo sie anwies, es nicht preiszugeben, aber sie freute sich über die Entlassung aus der Pflicht. Vermutlich sagte ihr der Instinkt, daß die Geschichte, wenn sie erst einmal erzählt war, den Stachel des Schreckens verlieren würde. Sie sagte:

«Ich dachte, ich könnte Mark besuchen, und wir würden vielleicht zusammen zu Abend essen. Mademoiselle de Congé fühlte sich nicht wohl, Hugo und Sophie waren im Theater, und ich langweilte mich. Ich kam an die Hintertür, weil Mark mir gesagt hatte, daß sich die Vordertür nicht öffnen ließ. Ich dachte, ich würde ihn vielleicht im Garten sehen, aber er war nicht da, nur der Spaten steckte in der Erde und seine Schuhe standen vor der Tür. Also stieß ich die Tür auf. Ich klopfte nicht, weil ich dachte, ich könnte Mark überraschen.»

Sie zögerte und blickte in ihren Kaffeebecher, den sie in den Händen drehte.

«Und dann?» drängte Cordelia.

«Und dann sah ich ihn. Er hing am Gürtel von diesem Haken da an der Decke, und ich wußte, daß er tot war. Cordelia, es war entsetzlich! Er war wie eine Frau angezogen, mit einem schwarzen Büstenhalter und schwarzen Spitzenhöschen. Sonst nichts. Und sein Gesicht! Er hatte seine Lippen angemalt, ganz dick, Cordelia, wie ein Clown! Es war schrecklich, aber es war auch komisch. Ich wollte gleichzeitig lachen und schreien. Er sah nicht wie Mark aus. Und auf dem Tisch lagen drei Bilder. Keine schönen Bilder, Cordelia. Bilder von nackten Frauen.»

Ihre großen Augen starrten in Cordelias Augen, die entsetzt und verständnislos waren. Hugo sagte:

«Machen Sie nicht solche Augen, Cordelia. Es war damals entsetzlich für Isabelle, und jetzt ist es unschön, daran zu denken. Aber es ist nicht so furchtbar ungewöhnlich. Das kommt vor. Es ist wahrscheinlich eine der harmloseren sexuellen Abweichungen. Er hat keinen anderen hineingezogen, nur sich selber. Und er hatte nicht vor, sich umzubringen; das war einfach Pech. Ich stelle mir vor, daß die Schnalle des Gürtels verrutschte und er nichts mehr machen konnte.»

Cordelia sagte:

«Das glaube ich nicht.»

«Ich dachte mir, daß Sie es wohl nicht glauben würden. Aber es ist wahr, Cordelia. Kommen Sie doch mit uns, und wir rufen Sophie an. Sie wird es bestätigen.»

«Ich brauche keine Bestätigung für Isabelles Geschichte. Die habe ich bereits. Ich meine, ich glaube immer noch nicht, daß Mark sich umgebracht hat.»

Im selben Augenblick, als sie das sagte, war ihr klar, daß es ein Fehler gewesen war. Sie hätte ihren Verdacht nicht aufdecken sollen. Aber jetzt war es zu spät, und es gab noch Fragen, die sie stellen mußte. Sie sah Hugos Gesicht, ein schnelles, ungeduldiges Stirnrunzeln über ihre Begriffsstutzigkeit, ihre Hartnäckigkeit. Und dann entdeckte sie eine fast unmerkliche Veränderung der Stimmung: war es Ärger, Angst, Enttäuschung? Sie wandte sich direkt an Isabelle:

«Sie haben gesagt, die Tür war offen. Haben Sie den Schlüssel bemerkt?»

«Er steckte auf dieser Seite der Tür. Ich sah ihn, als ich hinausging.»

«Und die Vorhänge?»

«Sie waren wie jetzt vor die Fenster gezogen.»

«Und wo war der Lippenstift?»

«Was für ein Lippenstift, Cordelia?»

«Der benutzt wurde, um Marks Lippen anzumalen. Er war nicht in den Taschen seiner Jeans, sonst hätte ihn die Polizei gefunden, wo war er also? Haben Sie ihn auf dem Tisch gesehen?»

«Es lag nichts auf dem Tisch als die Bilder.»

«Was für eine Farbe hatte der Lippenstift?»

«Purpur. Eine Farbe für ältere Damen. Kein Mensch würde so eine Farbe aussuchen, meine ich.»

«Und die Unterwäsche? Können Sie sie beschreiben?»

«O ja. Sie war von M & S. Ich habe sie erkannt.»

«Sie meinen, daß Sie speziell diese erkannt haben, daß es Ihre war?»

«O nein, Cordelia! Es war nicht meine. Ich trage keine schwarze Unterwäsche. Ich mag nur weiß direkt auf der Haut. Aber es war die Marke, die ich gewöhnlich kaufe. Ich kaufe meine Unterwäsche immer bei M & S.»

Cordelia überlegte, daß Isabelle kaum eine der besten Kundinnen des Geschäfts war, daß aber kein anderer Zeuge so zuverlässig wäre, wenn es um Kleinigkeiten ging, besonders bei Kleidungsstücken.

Sogar in jenem Augenblick des größten Entsetzens und Ekels war Isabelle die Marke der Unterwäsche aufgefallen. Und wenn sie sagte, sie habe den Lippenstift nicht gesehen, dann deshalb, weil kein Lippenstift zu sehen gewesen war.

Cordelia fuhr unerbittlich fort:

«Haben Sie etwas angefaßt, vielleicht Marks Körper, um zu sehen, ob er tot war?»

Isabelle war entsetzt. Die Gegebenheiten des Lebens meisterte sie spielend, nicht aber die Gegebenheiten des Todes.

«Ich konnte Mark nicht berühren! Ich habe nichts angefaßt. Und ich wußte, daß er tot war.»

Hugo sagte:

«Ein ehrbarer, vernünftiger, gehorsamer Bürger hätte das nächste Telefon aufgesucht und die Polizei angerufen. Zum Glück paßt nichts davon auf Isabelle. Ihr Instinkt sagte ihr, zu mir zu kommen. Sie wartete, bis das Stück zu Ende war und fing uns dann vor dem Theater ab. Als wir herauskamen, ging sie auf dem Bürgersteig auf der anderen Seite auf und ab. Davie, Sophie und ich kamen mit ihr im Renault wieder hierher. Wir hielten nur kurz in der Norwich Street, um Davies Fotoapparat und Blitzlicht zu holen.»

«Warum das?»

«Das war meine Idee. Wir hatten natürlich nicht vor, die Bullen und Ronald Callender wissen zu lassen, wie Mark gestorben war. Unsere Absicht war, einen Selbstmord vorzutäuschen. Wir planten, ihm seine eigenen Kleider anzuziehen, sein Gesicht zu waschen und es dann jemand anderem zu überlassen, ihn zu finden. Wir kamen nicht auf die Idee, einen Abschiedsbrief zu fingieren; das war eine Raffinesse, die eher außerhalb unserer Fähigkeiten lag. Wir holten den Fotoapparat, um ihn zu fotografieren, wie er war. Wir wußten nicht, welches bestimmte Gesetz wir brachen, wenn wir einen Selbstmord vortäuschten, aber es dürfte eins geben. Man kann heutzutage seinen Freunden nicht den einfachsten Dienst erweisen, ohne daß es einem die Bullen falsch auslegen. Falls Probleme auftauchen würden, wollten wir einen Beweis für die Wahrheit. Wir alle hatten Mark auf unsere unterschiedliche Art gern, aber doch nicht genug, um eine Mordanklage zu riskieren. Unsere guten Absichten waren jedoch umsonst. Irgendein anderer war vor uns hiergewesen.»

«Erzählen Sie.»

«Es gibt nichts zu erzählen. Wir sagten den beiden Mädchen, sie sollten im Auto warten, Isabelle, weil sie schon genug gesehen hatte, und Sophie, weil Isabelle zuviel Angst hatte, im Auto allein gelassen zu werden. Außerdem schien es gegenüber Mark einfach anständig, Sophie herauszuhalten, sie daran zu hindern, ihn zu sehen. Finden Sie das nicht eigenartig, Cordelia, diese Rücksicht, die man auf die Gefühle von Toten nimmt?»

Cordelia dachte an ihren Vater und an Bernie und sagte:

«Vielleicht können wir erst, wenn Menschen tot sind, ungefährdet zeigen, wieviel uns an ihnen gelegen war. Wir wissen dann, daß es für sie zu spät ist, irgendwie darauf zu reagieren.»

«Das klingt bitter, aber es ist wahr. Jedenfalls gab es für uns nichts mehr zu tun. Wir fanden Marks Leiche und das Zimmer vor, wie Miss Markland es bei der Voruntersuchung beschrieben hat. Die Tür war offen, die Vorhänge waren zugezogen. Mark war bis auf seine Jeans nackt. Auf dem Tisch lagen keine Zeitschriftenbilder, und es war kein Lippenstift auf seinem Gesicht. Aber in der Schreibmaschine steckte ein Abschiedsbrief, und im Kamin lag ein Häufchen Asche. Es sah so aus, als hätte der Besucher gründliche Arbeit geleistet. Wir hielten uns nicht auf. Irgend jemand – vielleicht einer aus dem Haus – hätte jeden Augenblick auftauchen können. Zugegeben, es war inzwischen sehr spät, aber anscheinend war es für die Leute ein Abend für Überraschungsbesuche. Mark muß in dieser Nacht mehr Gäste gehabt haben als während seiner ganzen Zeit im Gartenhaus; zuerst Isabelle, dann der unbekannte Samariter, dann wir.»

Cordelia dachte, daß schon vor Isabelle jemand dagewesen war. Marks Mörder war zuerst dagewesen. Sie fragte plötzlich:

«Irgend jemand hat mir letzte Nacht einen dummen Streich gespielt. Als ich von der Party hierher zurückkam, hing ein Kissen von diesem Haken. Haben Sie das getan?»

Falls seine Überraschung nicht echt war, dann war Hugo ein besserer Schauspieler, als Cordelia für möglich hielt.

«Natürlich nicht! Ich dachte, Sie wohnen in Cambridge, nicht hier. Und warum um Himmels willen sollte ich so etwas tun?»

«Um mich aus dem Haus zu treiben.»

«Aber das wäre doch verrückt! Es würde Sie auch nicht vertreiben, nicht wahr? Eine andere Frau geriete vielleicht in Panik, aber Sie nicht. Wir wollten Sie davon überzeugen, daß es bei Marks Tod nichts zu untersuchen gibt. So ein Scherz hätte Sie doch nur vom Gegenteil überzeugt. Irgendein anderer hat versucht, Sie zu erschrecken. Am ehesten kommt dafür die Person in Frage, die vor uns hier gewesen ist.»

«Ich weiß. Irgendwer hat etwas für Mark riskiert. Er – oder sie – möchte nicht, daß ich hier herumspioniere. Aber er wäre mich auf eine vernünftigere Art losgeworden, indem er mir die Wahrheit gesagt hätte.»

«Wie sollte er wissen, ob er Ihnen vertrauen kann? Was werden Sie jetzt tun, Cordelia? Wieder nach London fahren?»

Er versuchte, seine Stimme beiläufig klingen zu lassen, aber sie glaubte, eine unterschwellige Angst herauszuhören. Sie antwortete:

«Ich glaube schon. Ich muß vorher Sir Ronald aufsuchen.»

«Was werden Sie ihm sagen?»

«Ich denke mir etwas aus. Machen Sie sich keine Sorgen.»

Die Dämmerung färbte den Himmel im Osten, und der erste Chor der Vögel protestierte lautstark gegen den neuen Tag, als Hugo und Isabelle gingen. Sie nahmen den Antonello mit. Cordelia spürte einen Stich des Bedauerns, als sie ihn von der Wand nahmen; ihr war, als verließe ein Stück von Mark das Gartenhaus. Isabelle untersuchte das Bild genau mit ernstem fachmännischem Blick, bevor sie es unter den Arm klemmte. Cordelia dachte, daß sie wahrscheinlich ziemlich großzügig mit ihren Besitztümern umging, mit Menschen wie mit Bildern, vorausgesetzt, daß sie nur ausgeliehen wurden, um auf Verlangen umgehend und im selben Zustand, wie sie sich von ihnen getrennt hatte, zurückgegeben zu werden. Cordelia beobachtete vom Gartentor aus, wie der Renault sich mit Hugo am Steuer aus dem Schatten der Hecke löste. Sie hob ihre Hand in einer förmlichen Abschiedsgeste wie eine müde Gastgeberin, die ihre letzten Gäste auf den Heimweg schickt, dann ging sie ins Haus zurück.

Das Wohnzimmer schien leer und kalt ohne sie. Das Feuer war am Erlöschen, und sie schob hastig die restlichen Zweige vom Rost hinein und blies sie an, um sie in Brand zu setzen. Sie ging unruhig im Zimmer auf und ab. Sie war zu munter, um wieder zu Bett zu gehen, doch die kurze gestörte Nacht hatte sie nervös gemacht vor Müdigkeit. Aber ihre Gedanken wurden von etwas Wesentlicherem als dem Mangel an Schlaf gequält. Zum erstenmal war ihr bewußt, daß sie Angst hatte. Das Böse existierte – es hatte nicht der Erziehung in einer Klosterschule bedurft, um sie von dieser Realität zu überzeugen –, und es war in diesem Zimmer gegenwärtig gewesen. Etwas hier war noch stärker gewesen als Bosheit, Rücksichtslosigkeit, Grausamkeit oder Berechnung. Das Böse. Sie zweifelte nicht daran, daß Mark ermordet worden war, aber mit welch teuflischer Klugheit war das ausgeführt worden! Wenn Isabelle ihre Geschichte erzählte, wer würde jetzt jemals glauben, daß er durch fremde Absicht gestorben war, und nicht durch eigene Hand? Cordelia brauchte nicht in ihrem Buch über Gerichtsmedizin nachzuschlagen, um zu wissen, wie es für die Polizei aussehen würde. Wie Hugo gesagt hatte, waren diese Fälle nicht so furchtbar ungewöhnlich. Er als Sohn eines Psychiaters hatte natürlich davon gehört oder gelesen. Wer würde es noch wissen? Vermutlich jede vernünftige, erfahrene Person. Doch Hugo konnte es nicht gewesen sein. Er hatte ein Alibi. Ihr Inneres lehnte sich gegen den Gedanken auf, Davie und Sophie könnten an dieser Ungeheuerlichkeit beteiligt gewesen sein. Aber wie typisch war es, daß sie den Fotoapparat geholt hatten. Sogar ihr Mitgefühl war hinter den Bedacht auf ihren eigenen Vorteil zurückgetreten. Hätten Hugo und Davie wirklich hier unter Marks groteskem Körper stehen und ruhig über Entfernung und Belichtung sprechen können, bevor sie das Bild knipsten, das sie, wenn nötig, auf seine Kosten entlastete?

Sie ging in die Küche, um Tee zu kochen, froh, von der tückischen Faszination jenes Hakens an der Decke befreit zu sein. Vorher hatte er sie kaum beunruhigt, jetzt war er so aufdringlich wie ein Fetisch. Er schien seit der vorigen Nacht gewachsen zu sein, schien immer noch zu wachsen, während er ihre Augen zwanghaft nach oben zog. Und das Wohnzimmer war bestimmt geschrumpft, war kein Heiligtum mehr, sondern eine beängstigend enge Zelle, grell und anstößig wie ein Hinrichtungsverschlag. Sogar die klare Morgenluft roch nach dem Bösen.

Während sie wartete, bis das Wasser kochte, zwang sie sich, darüber nachzudenken, wie sie den Tag nutzen sollte. Es war noch zu früh, Theorien aufzustellen. Ihre Gedanken waren zu sehr von dem Entsetzen in Anspruch genommen, als daß sie sich vernünftig mit ihrem neuen Wissen hätte beschäftigen können. Isabelles Geschichte hatte den Fall erschwert, nicht erhellt. Aber es gab immer noch wichtige Fakten zu entdecken. Sie würde mit dem bereits geplanten Programm weitermachen. Heute würde sie nach London fahren, um das Testament von Marks Großvater einzusehen.

Aber sie mußte immer noch zwei Stunden hinter sich bringen, ehe es Zeit war aufzubrechen. Sie hatte beschlossen, mit dem Zug nach London zu fahren und das Auto am Bahnhof in Cambridge stehen zu lassen, weil das schneller und bequemer war. Es war ärgerlich, einen Tag in der Stadt verbringen zu müssen, wenn der Kern des Geheimnisses ganz offensichtlich in Cambridgeshire zu suchen war, aber dieses eine Mal war sie über die Aussicht, das Gartenhaus zu verlassen, nicht traurig. Aufgeregt und unruhig, wanderte sie ziellos von Zimmer zu Zimmer, durchstreifte den Garten und drängte darauf wegzukommen. Schließlich griff sie in ihrer Verzweiflung zum Spaten und grub die von Mark angefangene Reihe weiter um. Sie war sich nicht ganz sicher, ob das klug war; Marks unterbrochene Arbeit war ein Teil der Beweisführung für seine Ermordung. Aber andere Personen, darunter Sergeant Maskell, hatten es gesehen und konnten es notfalls bezeugen, und der Anblick der halbfertigen Arbeit, des immer noch schräg in der Erde steckenden Spatens, war unerträglich aufreizend. Als die Reihe fertig war, fühlte sie sich ruhiger und grub ohne Pause eine Stunde lang weiter um, ehe sie den Spaten gründlich säuberte und zu den anderen Gartengeräten in den Schuppen stellte.

Endlich war es Zeit zu gehen. Die Wettervorhersage um sieben Uhr hatte gewittrige Schauer im Südosten angekündigt. Deshalb zog sie ihr Kostüm an, den besten Schutz, den sie mitgenommen hatte. Sie hatte es seit Bernies Tod nicht mehr getragen, und sie stellte fest, daß der Bund unangenehm locker saß. Sie hatte etwas abgenommen. Nach kurzem Nachdenken holte sie Marks Gürtel aus ihrem Köfferchen und schlang ihn zweimal um die Taille. Sie empfand keinen Widerwillen, als sich das Leder an sie drückte. Es war unvorstellbar, daß irgend etwas, das er jemals angefaßt oder besessen hatte, sie ängstigen oder bedrücken könnte. Die Stärke und der Druck des Leders so nahe auf ihrer Haut waren sogar seltsam tröstlich und beruhigend, als wäre der Gürtel ein Talisman.

5. Kapitel

Das Unwetter brach los, als Cordelia gerade aus dem Bus Nr. 11 vor dem Somerset House ausstieg. Sie sah einen gezackten Blitz, und fast gleichzeitig krachte der Donner wie Sperrfeuer in ihren Ohren. Sie rannte über den Innenhof zwischen den Reihen von geparkten Autos durch eine Wand aus Wasser, während der Regen um ihre Knöchel spritzte, als würden die Pflastersteine mit Kugeln beschossen. Sie stieß die Tür auf, ließ das Wasser von sich abtropfen, das auf der Fußmatte Pfützen bildete, und lachte laut vor Erleichterung. Ein paar Leute, die Testamente durchblätterten, sahen auf und lächelten ihr zu, während eine mütterlich aussehende Frau hinter dem Schalter ein besorgtes Ts-ts hören ließ. Cordelia schüttelte ihre Jacke über der Fußmatte aus, hängte sie dann über eine Stuhllehne und versuchte vergebens, mit einem Taschentuch ihre Haare trockenzureiben, bevor sie zum Schalter ging.

Die mütterliche Frau war hilfsbereit. Als Cordelia sie nach dem richtigen Vorgehen fragte, wies sie auf die Regale mit dicken gebundenen Bänden in der Mitte des Saales und erklärte ihr, daß die Testamente unter dem Nachnamen des Erblassers und dem Jahr, in dem das Dokument im Somerset House hinterlegt worden war, registriert waren. Cordelia mußte die Katalognummer ermitteln und den Band zum Schalter bringen. Dann würde man das Originaltestament holen lassen, und sie könnte es gegen eine Gebühr von 20 Pence durchsehen.

Da Cordelia nicht wußte, wann George Bottley gestorben war, machte es ihr Kopfzerbrechen, wo sie mit der Suche anfangen sollte. Aber sie folgerte, daß das Testament nach Marks Geburt oder zumindest nach der Empfängnis gemacht worden war, weil ihm von seinem Großvater ein Vermögen hinterlassen worden war. Mr. Bottley hatte jedoch auch seiner Tochter Geld hinterlassen, und dieser Teil seines Vermögens war nach deren Tod an den Ehemann gefallen. Es war sehr wahrscheinlich, daß er vor ihr gestorben war, weil er andernfalls sicher ein neues Testament abgefaßt hätte. Cordelia beschloß, ihre Suche 1951, im Jahr von Marks Geburt, zu beginnen.

Ihre Folgerungen erwiesen sich als richtig. George Albert Bottley aus Stonegate Lodge, Harrogate, war am 26. Juli 1951 gestorben, genau drei Monate und einen Tag nach der Geburt seines Enkels und nur drei Wochen nach Abfassung seines Testaments. Cordelia fragte sich, ob sein Tod plötzlich und unerwartet eingetreten war oder ob dies das Testament eines Sterbenden war. Sie sah, daß er ein Vermögen von fast einer Dreiviertel Million Pfund hinterlassen hatte. Sie überlegte, wie er wohl dazu gekommen war. Gewiß nicht allein mit Wolle. Sie schleppte den schweren Band zum Schalter, die Angestellte trug die Daten auf ein weißes Formular ein und zeigte ihr den Weg zur Kasse. Innerhalb von wenigen Minuten hatte Cordelia die ihrer Meinung nach bescheidene Gebühr bezahlt und saß unter der Lampe an einem der Schreibtische in Fensternähe mit dem Testament in der Hand.

Es hatte ihr nicht gefallen, was sie von Nanny Pilbeam über George Bottley hörte, und er gefiel ihr keinen Deut besser, nachdem sie sein Testament gelesen hatte. Sie hatte befürchtet, das Dokument könnte lang, verwickelt und schwer verständlich sein, aber es war erstaunlich kurz, einfach und klar. Mr. Bottley verfügte, daß sein gesamter Besitz verkauft werden sollte, «weil ich das übliche ungehörige Gezänk über Nippessachen verhindern möchte». Den Dienern, die zur Zeit seines Todes bei ihm angestellt waren, hinterließ er eine bescheidene Summe, sein Gärtner hingegen wurde, wie Cordelia auffiel, nicht erwähnt. Die Hälfte seines übrigen Vermögens vermachte er seiner Tochter, in vollem Umfang, «jetzt, wo sie bewiesen hat, daß sie wenigstens über eine der normalen Eigenschaften einer Frau verfügt». Die verbleibende Hälfte hinterließ er seinem geliebten Enkel Mark Callender bei Erreichen seines fünfundzwanzigsten Geburtstages, «bis zu welchem Alter er entweder den Wert des Geldes zu schätzen gelernt hat oder wenigstens in einem Alter sein wird, sich nicht ausnutzen zu lassen». Die Kapitalzinsen gingen an sechs Bottleys, von denen einige offenbar nur entfernte Verwandte waren. Das Testament begründete ein Treuhandverhältnis; wenn einer der Nutznießer starb, würde sein Anteil nicht auf die Überlebenden verteilt. Der Erblasser war zuversichtlich, daß diese Regelung bei den Nutznießern ein lebhaftes Interesse an der Gesundheit und dem Überleben aller anderen fördern und sie ermuntern würde, sich durch ein langes Leben auszuzeichnen, da keine andere Auszeichnung für sie erreichbar war. Sollte Mark vor seinem fünfundzwanzigsten Geburtstag sterben, würde die Familienstiftung weiterbestehen, bis alle Nutznießer tot wären, und das Kapital würde dann auf eine lange Liste von Wohltätigkeitseinrichtungen verteilt, die, soweit Cordelia es überblickte, ausgewählt worden waren, weil sie gut bekannt und erfolgreich waren und nicht so sehr, weil ihnen das besondere Interesse oder Mitgefühl des Erblassers galt. Es sah so aus, als habe er seine Anwälte um eine Liste der vertrauenswürdigsten Wohltätigkeitseinrichtungen gebeten, weil es ihm im Grunde gleichgültig war, was aus seinem Vermögen würde, wenn seine eigenen Nachkommen nicht mehr am Leben wären, um es zu erben.

Es war ein eigenartiges Testament. Mr. Bottley hatte seinem Schwiegersohn nichts hinterlassen, hatte sich jedoch anscheinend keine Gedanken über die Möglichkeit gemacht, daß seine Tochter, deren schwache Gesundheit ihm bekannt war, sterben und ihr Vermögen ihrem Mann hinterlassen könnte. In gewisser Hinsicht war es das Testament eines Spielers, und Cordelia fragte sich noch einmal, wie George Bottley zu seinem Vermögen gekommen war. Aber trotz der spöttischen Lieblosigkeit seiner Bemerkungen war das Testament weder ungerecht noch knauserig. Anders als viele reiche Männer hatte er nicht versucht, sein großes Vermögen von jenseits des Grabes zu kontrollieren, zwanghaft entschlossen, keinen Penny jemals in unerwünschte Hände gelangen zu lassen. Seiner Tochter und seinem Enkel waren ihre Vermögen zur vollen Verfügung hinterlassen worden. Es war nicht möglich, Mr. Bottley zu mögen, aber schwer, ihm die Achtung zu versagen. Und die Folgerungen aus seinem Testament waren sehr klar. Keiner außer einer Reihe von hochgeachteten Wohlfahrtseinrichtungen konnte durch Marks Tod gewinnen.

Cordelia notierte die wichtigsten Klauseln des Testaments, allerdings eher, weil Bernie auf genauester Dokumentation bestanden hatte, als daß sie fürchtete, sie zu vergessen, legte die Quittung über die 20 Pence in die Ausgabenseite ihres Notizbuchs, schrieb den Preis ihrer ermäßigten Tagesrückfahrkarte und den Busfahrpreis dazu und gab das Testament am Schalter zurück. Das Gewitter war kurz, aber heftig gewesen. Die heiße Sonne trocknete bereits die Fenster, und die Pfützen glitzerten in dem vom Regen gereinigten Hof. Cordelia beschloß, Sir Ronald nur einen halben Tag zu berechnen und ihre restliche Zeit in London im Büro zu verbringen. Vielleicht war Post abzuholen; vielleicht wartete sogar ein anderer Fall auf sie.

Aber der Entschluß erwies sich als Fehler. Das Büro schien noch heruntergekommener, als sie es verlassen hatte, und die Luft war abgestanden da drinnen im Gegensatz zu den Straßen draußen, die der Regen gereinigt hatte. Eine dicke Staubschicht lag auf den Möbeln, und der Blutfleck auf dem Teppich war zu einem Rostbraun nachgedunkelt, das noch unheimlicher aussah als das ursprüngliche helle Rot. Im Briefkasten lagen nur eine letzte Zahlungsaufforderung von den Stadtwerken und eine Rechnung vom Papierhändler. Bernie hatte für das verschmähte Briefpapier teuer bezahlt – oder vielmehr nicht bezahlt.

Cordelia schrieb einen Scheck für die Stromrechnung aus, staubte die Möbel ab, unternahm einen letzten vergeblichen Versuch, den

Teppich zu säubern. Dann schloß sie das Büro ab und machte sich auf den Weg zum Trafalgar Square. Sie würde in der Nationalgalerie Trost suchen.

Sie erreichte noch den Zug um 18 Uhr 16 vom Bahnhof Liverpool Street, und es war fast acht Uhr, als sie im Gartenhaus ankam. Sie parkte den Mini an seinem üblichen Platz im Schutz des Gestrüpps und ging um das Haus herum. Sie zögerte einen Augenblick und überlegte, ob sie die Pistole aus ihrem Versteck holen sollte, beschloß aber, das auf später zu verschieben. Sie war hungrig, und das Vordringlichste war, etwas zu essen zu bekommen. Sie hatte die Hintertür sorgfältig abgeschlossen und einen schmalen Streifen Klebband über den Fensterrahmen geklebt, bevor sie am Morgen weggegangen war. Falls es noch mehr heimliche Besucher gab, wollte sie gewarnt sein. Aber der Klebstreifen war noch unberührt. Sie fühlte in ihrer Umhängetasche nach dem Schlüssel und beugte sich hinunter, um ihn ins Schloß zu stecken. Sie rechnete nicht mit irgendwelchen Gefahren außerhalb des Hauses, und so kam der Überfall völlig überraschend. Sie merkte es eine halbe Sekunde, bevor die Decke über sie fiel, aber da war es zu spät. Eine Schnur um ihren Hals zog die Maske aus heißer Wolle, die ihr den Atem benahm, fest gegen Mund und Nase. Sie schnappte nach Luft und schmeckte die trockenen, stark riechenden Fasern auf ihrer Zunge. Dann zerriß ihr ein scharfer Schmerz die Brust, und sie erinnerte sich an nichts mehr.

Die befreiende Bewegung war Wunder und Schrecken zugleich. Die Decke wurde weggerissen. Sie sah ihren Angreifer nicht. Sie spürte einen Augenblick die milde, belebende Luft, erhaschte einen Blick, so kurz, daß sie es kaum begriff, auf einen blendenden Himmel durch das Grün hindurch, und dann fühlte sie sich fallen, in hilflosem Erstaunen in kalte Dunkelheit fallen. Der Fall war ein Wirbel von alten Alpträumen, unglaublichen Sekunden erinnerter Kindheitsängste. Dann schlug ihr Körper auf das Wasser. Eiskalte Hände zogen sie in einen Strudel des Schreckens. Unwillkürlich hatte sie ihren Mund im Augenblick des Aufpralls geschlossen, und sie kämpfte sich durch eine anscheinend endlose, kalte Dunkelheit, die alles einhüllte, an die Oberfläche. Sie schüttelte ihren Kopf und blickte durch ihre brennenden Augen nach oben. Der schwarze Tunnel, der sich über ihr dehnte, endete in einem Mond aus blauem Licht. Gerade als sie hinsah, wurde der Brunnendeckel langsam wie ein Kameraverschluß darübergezogen. Der Mond wurde ein Halbmond, dann eine Sichel. Schließlich gab es nichts mehr als acht schmale Lichtschlitze.

Verzweifelt trat sie Wasser und versuchte, den Grund zu erreichen. Es gab keinen Grund. Entsetzt bewegte sie Hände und Füße, dann zwang sie sich, nicht in Panik zu geraten, und tastete die Brunnenwand ringsum nach einem möglichen Halt ab. Sie fand nichts. Die Röhre aus Ziegelstein, glatt, schwitzend vor Feuchtigkeit, wölbte sich um sie und über ihr wie ein kreisrundes Grab. Als sie nach oben blickte, krümmte und weitete sich die Röhre, schwankte und drehte sich wie der Bauch einer riesigen Schlange.

Und dann verspürte sie den rettenden Zorn. Sie würde sich nicht ersäufen lassen, würde nicht an diesem entsetzlichen Ort sterben, allein und voller Angst. Der Brunnen war tief, aber eng, der Durchmesser kaum ein Meter. Wenn sie kaltes Blut bewahrte und sich Zeit ließe, könnte sie Beine und Schultern gegen die Steine stemmen und sich nach oben arbeiten.

Sie hatte sich nicht an den Wänden gestoßen und war nicht bewußtlos geworden, als sie fiel. Wie durch ein Wunder war sie unverletzt. Es war ein sauberer Fall gewesen. Sie war am Leben und in der Lage nachzudenken. Sie war bisher immer davongekommen. Sie würde überleben.

Sie schwamm auf dem Rücken und stützte die Schultern gegen die kalten Wände, indem sie die Arme ausbreitete und die Ellbogen in die Zwischenräume zwischen den Steinen drückte, um einen besseren Halt zu bekommen. Sie befreite sich mühsam von ihren Schuhen und stemmte beide Füße fest an die gegenüberliegende Wand. Knapp unter der Wasseroberfläche konnte sie fühlen, daß einer der Ziegelsteine nicht ganz in der Reihe war. Sie klammerte sich mit den Zehen daran fest. Das gab ihr einen unsicheren, aber willkommenen Halt, um mit dem Aufstieg zu beginnen. Durch diese Stütze konnte sie ihren Körper über das Wasser heben und für kurze Zeit die Anspannung ihrer Rücken- und Beinmuskeln lockern.

Dann begann sie langsam zu klettern, indem sie zuerst ihre Füße einen nach dem anderen in winzigen gleitenden Schritten hochschob, dann rückte sie ihren Körper qualvoll Stückchen um Stückchen nach oben. Sie richtete ihre Augen starr auf die gekrümmte Wand vor sich, zwang sich, weder nach unten noch nach oben zu blicken, maß ihr Fortkommen an der Breite jedes einzelnen Steins. Die Zeit verging. Sie konnte Bernies Armbanduhr nicht sehen, obgleich das

Ticken ihr unnatürlich laut vorkam, ein regelmäßiger, aufdringlicher Taktmesser zum Klopfen ihres Herzens und dem heftigen Keuchen ihres Atems. Der Schmerz in ihren Beinen war stark, und ihre Bluse klebte an ihrem Rücken mit einer warmen, fast tröstlichen Flüssigkeit, die, wie ihr klar war, Blut sein mußte. Sie zwang sich, nicht an das Wasser unter sich oder an die schmalen, aber breiter werdenden Lichtstreifen über sich zu denken. Wenn sie überleben wollte, mußte sie ihre ganze Energie für das nächste quälende Stückchen nutzen.

Einmal glitten ihre Beine ab, und sie rutschte mehrere Meter hinunter, ehe ihre Füße, die vergeblich über die schlüpfrige Wand kratzten, endlich einen Angriffspunkt fanden. Der Fall hatte ihren verletzten Rücken aufgeschürft, und sie wimmerte vor Selbstmitleid und Enttäuschung. Sie redete sich Mut ein und begann wieder zu klettern. Einmal bekam sie einen Krampf und lag ausgestreckt wie auf einer Folterbank, bis der schneidende Schmerz nachließ und ihre steifen Muskeln sich bewegen konnten. Ab und zu fanden ihre Füße einen anderen kleinen Halt, und sie konnte die Beine strecken und sich ausruhen. Die Versuchung, in der relativen Sicherheit und Bequemlichkeit zu verharren, war fast unwiderstehlich, und sie mußte sich zwingen, den langsamen Aufstieg wiederaufzunehmen.

Es schien ihr, als wäre sie schon Stunden geklettert, als ginge sie gleichsam durch schwierige Wehen einer hoffnungslosen Geburt entgegen. Die Dunkelheit brach an. Die Lichtstreifen vom Brunnenrand waren jetzt breiter, aber weniger hell. Sie sagte sich, daß das Klettern eigentlich nicht schwierig sei. Es waren nur die Dunkelheit und die Einsamkeit, die es so erscheinen ließen. Wenn dies Teil eines Hindernisrennens, eine Übung in der Turnhalle der Schule gewesen wäre, hätte sie es bestimmt ziemlich leicht geschafft. Sie führte sich tröstliche Bilder von Hockern und Sprungpferden vor Augen, Bilder von der fünften Klasse, die anfeuernd schrie. Schwester Perpetua war da. Aber warum sah sie Cordelia nicht an? Warum hatte sie sich abgewandt? Cordelia rief sie, und die Gestalt drehte sich langsam um und lächelte sie an. Aber es war gar nicht die Schwester. Es war Miss Leaming, das hagere, blasse Gesicht höhnisch verzogen unter dem weißen Schleier.

Und jetzt, als ihr klar war, daß sie ohne Hilfe nicht weiterkommen konnte, sah Cordelia die Rettung. Nicht viel über ihr war die unterste Sprosse einer kurzen Holzleiter, die am obersten Abschnitt des Brunnens festgemacht war. Zuerst dachte sie, es sei eine Sinnestäuschung, ein aus Erschöpfung und Verzweiflung geborenes Trugbild. Sie schloß die Augen ein paar Minuten; ihre Lippen bewegten sich. Dann schlug sie die Augen wieder auf. Die Leiter war immer noch da, verschwommen, aber tröstlich stabil im schwindenden Licht. Sie streckte ohnmächtig die Hände danach aus, obgleich sie im selben Augenblick wußte, daß sie außer Reichweite war. Die Leiter konnte ihr Leben retten, und sie wußte, daß sie nicht die Kraft hatte, sie zu erreichen.

In diesem Augenblick fiel ihr ohne bewußte Überlegung oder Planung der Gürtel ein. Ihre Hand glitt auf ihre Taille hinab und fühlte nach der schweren Messingschnalle. Sie machte sie auf und zog die lange, lederne Schlange von ihrem Körper. Vorsichtig warf sie das Ende mit der Schnalle nach der untersten Leitersprosse. Die ersten drei Male schlug das Metall mit einem harten Knall an das Holz, fiel aber nicht über die Sprosse; beim viertenmal klappte es. Sie schob das andere Ende des Gürtels vorsichtig nach oben, und die Schnalle kam auf sie zu, bis sie ihre Hand ausstrecken und sie packen konnte. Sie machte sie an dem anderen Ende fest, um eine starke Schleife zu bekommen. Dann zog sie, zuerst ganz leicht, dann stärker, bis fast ihr ganzes Gewicht an dem Riemen hing. Ihre Erleichterung war unbeschreiblich. Sie stützte sich gegen das Mauerwerk, um Kraft für die letzte erfolgreiche Anstrengung zu sammeln. Da geschah es. Die Sprosse, an ihren Fugen verfault, brach mit einem harten, krachenden Geräusch und trudelte an ihr vorbei in die Dunkelheit, wobei sie knapp ihren Kopf verfehlte. Es schien eher Minuten als Sekunden zu dauern, bis das ferne Klatschen an dem Mauerwerk widerhallte.

Sie machte den Gürtel auf und versuchte es noch einmal. Die nächste Sprosse war ein ganzes Stück höher, und der Wurf war schwerer. Selbst diese kleine Anstrengung erschöpfte sie in ihrem augenblicklichen Zustand, und sie zwang sich dazu, sich Zeit zu lassen. Jeder vergebliche Wurf machte den nächsten schwieriger. Sie zählte nicht, wie oft sie es versuchte, aber schließlich fiel die Schnalle über die Sprosse und kam ihr entgegen. Als sie sich in ihre Reichweite schlängelte, stellte sie fest, daß sie den Riemen gerade noch zuschnallen konnte. Die nächste Sprosse würde zu hoch sein. Wenn diese brach, war es das Ende.

Aber die Sprosse hielt. Sie hatte keine klare Erinnerung an die letzte halbe Stunde des Aufstiegs, aber schließlich erreichte sie die Leiter und band sich fest an die Pfosten. Zum erstenmal war sie äußerlich in Sicherheit. Solange die Leiter hielt, brauchte sie nicht zu fürchten hinabzustürzen. Sie ließ sich in eine kurze Bewußtlosigkeit fallen. Aber dann griffen die Gedankenrädchen, die sich einen Moment glücklich und frei gedreht hatten, wieder, und sie begann zu überlegen. Sie wußte, daß es keine Hoffnung gab, die schwere hölzerne Abdeckung ohne Hilfe zu bewegen. Sie streckte beide Hände aus und drückte dagegen, aber sie verschob sich nicht, und die hohe, gewölbte Kuppel machte es unmöglich, sich mit den Schultern gegen das Holz zu stemmen. Sie würde sich auf Hilfe von außen verlassen müssen, und diese würde bis Tagesanbruch nicht kommen. Sie kam vielleicht nicht einmal dann, aber sie schob den Gedanken von sich. Früher oder später würde jemand kommen. Sie konnte hoffen, so festgebunden, mehrere Tage durchzuhalten. Selbst wenn sie ohnmächtig werden sollte, gab es eine Möglichkeit, daß sie lebend herausgeholt würde. Miss Markland wußte, daß sie im Gartenhaus war; ihre Sachen waren noch dort. Miss Markland würde kommen.

Sie dachte nach, wie sie auf sich aufmerksam machen könnte. Die Schlitze waren breit genug, um etwas zwischen den Holzplanken durchzuschieben, wenn sie nur etwas hätte, das steif genug war, um sich schieben zu lassen. Mit der Kante der Schnalle war es wohl möglich, wenn sie sich enger anband. Aber sie mußte bis zum Morgen warten. Im Augenblick konnte sie nichts tun. Sie würde ausspannen und schlafen und auf Rettung warten.

Und dann brach das endgültige Grausen über sie herein. Es würde keine Rettung geben. Jemand würde zwar zum Brunnen kommen, würde auf leisen, verstohlenen Sohlen im Schutz der Dunkelheit kommen. Aber es würde ihr Mörder sein. Er mußte zurückkommen; das gehörte zu seinem Plan. Der Überfall, der im Augenblick so erstaunlich, so grenzenlos dumm geschienen hatte, war durchaus nicht dumm gewesen. Alles war so geplant, daß es wie ein Unfall aussah. Er würde diese Nacht zurückkommen und den Brunnendeckel wieder zur Seite schieben. Dann, am nächsten Tag oder innerhalb der nächsten paar Tage, würde Miss Markland zufällig durch den Garten gehen und entdecken, was geschehen war. Niemand würde jemals beweisen können, daß es kein Unfall war. Sergeant Maskells Worte fielen ihr ein: «Es geht nicht darum, was Sie vermuten; es geht darum, was Sie beweisen können.» Aber würde diesmal überhaupt ein Verdacht auftauchen? Da war eine junge, impulsive, überneugierige Frau, die ohne Erlaubnis des Eigentümers in dem Gartenhaus wohnte. Sie hatte offenbar beschlossen, den Brunnen zu untersuchen. Sie hatte das Vorhängeschloß zerschlagen, den Deckel mit der Seilschlinge, die der Mörder liegenlassen würde, damit sie jemand fände, weggezogen und sich, von der Leiter verführt, die wenigen Tritte hinuntergelassen, bis die letzte Sprosse unter ihr zerbrochen war. Man würde bloß ihre Fingerabdrücke auf der Leiter finden, wenn man sich die Mühe machte nachzusehen. Das Gartenhaus war völlig verlassen; die Möglichkeit, daß jemand ihren Mörder zurückkommen sah, war äußerst gering. Sie konnte nichts tun als warten, bis der Deckel langsam weggezogen würde, um sein Gesicht zu enthüllen.

Nach dem ersten heftigen Schrecken wartete Cordelia auf den Tod ohne Hoffnung und ohne weiteren Kampf. Es lag sogar eine Art von Frieden in dieser Ergebung. Wie ein Opfer an die Leiterpfosten angebunden, ließ sie sich dankbar in ein kurzes Vergessen treiben und betete, daß es genauso sein möge, wenn ihr Mörder zurückkäme, daß sie im Augenblick des letzten Schlages nicht bei Bewußtsein wäre. Sie war nicht mehr daran interessiert, das Gesicht ihres Mörders zu sehen. Sie würde sich nicht demütigen, indem sie um ihr Leben flehte, sie würde den Mann, der Mark aufgeknüpft hatte, nicht um Gnade bitten. Sie wußte, daß es keine Gnade gab.

Aber sie war bei Bewußtsein, als sich der Brunnendeckel langsam zu bewegen begann. Das Licht fiel über ihren gesenkten Kopf herein. Der Spalt wurde breiter. Und dann hörte sie eine Stimme, eine Frauenstimme, leise, drängend und schrill vor Entsetzen: «Cordelia!»

Sie blickte auf.

Auf dem Brunnenrand – ihr bleiches Gesicht schwebte groß und scheinbar körperlos im Raum wie das Trugbild eines Alptraums – kniete Miss Markland. Und die Augen, die in Cordelias Gesicht starrten, waren genauso wild vor Entsetzen wie ihre eigenen.

Zehn Minuten später lag Cordelia zusammengekrümmt im Sessel am Kamin. Ihr ganzer Körper schmerzte, und sie war machtlos, ihr heftiges Zittern zu beherrschen. Ihre dünne Bluse klebte an ihrem Rücken fest, und jede kleine Bewegung bereitete Schmerzen. Miss Markland hatte das Holz angezündet und kochte jetzt Kaffee. Cordelia konnte sie in der kleinen Küche hin und her gehen hören, konnte den Ofen riechen, als er stärker gestellt wurde, und bald darauf das anregende Aroma des Kaffees. Diese vertrauten

Anblicke und Geräusche wären normalerweise beruhigend und tröstlich gewesen, aber jetzt wollte sie unbedingt allein sein. Der Mörder würde zurückkommen. Er mußte zurückkommen, und wenn er kam, wollte sie dort sein, dort sein, um ihm entgegenzutreten. Miss Markland brachte die zwei Becher herein und drückte einen in Cordelias zitternde Hände. Sie stampfte nach oben und kam mit einem von Marks Pullovern herunter, den sie dem Mädchen um die Schultern wickelte. Das Entsetzen war von ihr abgefallen, aber sie war aufgeregt wie ein junges Mädchen bei ihrem ersten, halb ungehörigen Abenteuer. Ihre Augen waren wild, ihr ganzer Körper bebte vor Aufregung. Sie setzte sich direkt vor Cordelia und sah sie mit ihren scharfen, neugierigen Augen fest an.

«Wie ist das passiert? Sie müssen es mir erzählen.»

Cordelia hatte das Denken nicht verlernt.

«Ich weiß nicht. Ich kann mich an nichts erinnern, was passiert ist, bevor ich auf das Wasser schlug. Ich muß beschlossen haben, den Brunnen zu untersuchen, und habe das Gleichgewicht verloren.»

«Aber der Brunnendeckel! Der Deckel war am richtigen Platz!»

«Ich weiß. Irgend jemand muß ihn wieder hingelegt haben.»

«Aber warum? Wer könnte schon hier vorbeigekommen sein?»

«Ich weiß es nicht. Aber jemand muß ihn gesehen haben. Jemand muß ihn über den Brunnen gezogen haben.»

Sie sagte freundlicher:

«Sie haben mir das Leben gerettet. Wie haben Sie gemerkt, was geschehen war?»

«Ich kam zum Gartenhaus, um nachzusehen, ob Sie noch hier sind. Ich war heute schon einmal hier, aber da war nichts von Ihnen zu sehen. Die Seilschlinge – die, die Sie benutzt haben, denke ich – lag noch auf dem Pfad, und ich stolperte darüber. Dann merkte ich, daß der Deckel nicht ganz richtig lag und daß das Vorhängeschloß aufgebrochen worden war.»

«Sie haben mir das Leben gerettet», sagte Cordelia noch einmal, «aber gehen Sie jetzt bitte. Bitte gehen Sie. Es geht mir gut, wirklich.»

«Aber Sie sind nicht in der Verfassung, daß man Sie allein lassen kann! Und dieser Mann – der den Deckel wieder hingelegt hat – er könnte zurückkommen. Ich mag nicht daran denken, daß Fremde um das Haus schleichen und Sie allein hier sind.»

«Ich bin völlig in Sicherheit. Außerdem habe ich eine Pistole. Ich möchte nur in Frieden gelassen werden, um mich auszuruhen. Machen Sie sich bitte keine Sorgen um mich!»

Cordelia konnte den Ton der Verzweiflung, der Hysterie fast, aus ihrer eigenen Stimme heraushören.

Aber Miss Markland schien nichts zu hören. Plötzlich lag sie auf den Knien vor Cordelia und ließ einen Schwall von lautem, aufgeregtem Geplapper hervorsprudeln. Ohne Überlegung und ohne Mitgefühl vertraute sie dem Mädchen ihre schreckliche Geschichte an, eine Geschichte von ihrem Sohn, dem vierjährigen Kind, das sie mit ihrem Liebhaber hatte, wie es sich einen Weg durch die Hecken um das Gartenhaus gebrochen hatte und durch den Brunnen in den Tod gestürzt war. Cordelia versuchte, sich von den wilden Augen loszureißen. Es war gewiß alles Einbildung. Die Frau mußte verrückt sein. Und falls es die Wahrheit war, dann war es gräßlich und unvorstellbar, und sie konnte nicht ertragen, es zu hören. Irgendwann später würde sie sich daran erinnern, würde sich an jedes Wort erinnern und an das Kind denken, an seinen letzten Schrecken, seinen verzweifelten Schrei nach seiner Mutter, während das kalte, würgende Wasser es in den Tod gezogen hatte. Sie würde seinen Todeskampf in Alpträumen durchleben, wie sie ihren eigenen wiedererleben würde. Aber nicht jetzt. Durch den Wortschwall, die Selbstbezichtigungen, das wieder wachgerufene Entsetzen erkannte Cordelia den Ton der Befreiung. Was für sie Grausen gewesen war, bedeutete für Miss Markland Erlösung. Ein Leben für ein Leben. Plötzlich hielt Cordelia es nicht mehr länger aus. Sie sagte heftig:

«Es tut mir leid! Es tut mir leid! Sie haben mir das Leben gerettet, und ich bin Ihnen dankbar. Aber ich halte es nicht mehr aus, Ihnen zuzuhören. Ich möchte Sie nicht hier haben. Gehen Sie um Himmels willen!»

Ihr ganzes Leben lang würde sie sich an das verletzte Gesicht der Frau, an ihren schweigenden Rückzug erinnern. Cordelia hörte sie nicht gehen, erinnerte sich nicht an das leise Schließen der Tür. Sie wußte nur, daß sie allein war. Das Zittern war jetzt vorbei, obwohl sie immer noch sehr fror. Sie ging nach oben, zog ihre Hosen an, löste dann Marks Pullover von ihrem Hals und zog ihn an. Er würde die Blutflecken auf ihrer Bluse verdecken, und die Wärme machte sich sofort angenehm bemerkbar. Sie bewegte sich sehr schnell. Sie tastete nach der Munition, nahm ihre Taschenlampe und schlüpfte durch die Hintertür des Hauses hinaus. Die Pistole war, wo sie sie gelassen hatte, in der Astgabel des Baumes. Sie lud sie und spürte ihre vertraute Form, ihr vertrautes Gewicht in der Hand. Dann trat sie zurück zwischen die Büsche und wartete.

Es war zu dunkel, um das Zifferblatt ihrer Armbanduhr zu sehen, aber Cordelia schätzte, daß sie fast eine halbe Stunde reglos im Schatten gewartet haben mußte, ehe ihre Ohren das Geräusch auffingen, auf das sie wartete. Ein Auto näherte sich auf dem Weg. Cordelia hielt den Atem an. Das Motorengeräusch erreichte einen kurzen Höhepunkt und nahm wieder ab. Das Auto war weitergefahren, ohne anzuhalten. Es war ungewöhnlich, daß ein Auto nach Einbruch der Dunkelheit auf diesem Weg vorbeifuhr, und sie fragte sich, wer das gewesen sein mochte. Wieder wartete sie und zog sich noch tiefer in den Schutz des Holunders zurück, so daß sie sich mit ihrem Rücken anlehnen konnte. Sie hatte die Pistole so fest umklammert, daß ihr rechtes Handgelenk schmerzte, und sie nahm die Pistole in die andere Hand, ließ das Gelenk langsam kreisen und streckte die verkrampften Finger aus.

Sie wartete weiter. Die Minuten gingen schleppend dahin. Die Stille wurde nur vom heimlichen Scharren eines kleinen nächtlichen Jägers im Gras und dem plötzlichen wilden Schrei einer Eule unterbrochen. Und dann hörte sie noch einmal das Geräusch eines Motors. Diesmal war der Lärm schwach und kam nicht näher. Irgend jemand hatte sein Auto weiter oben an der Straße angehalten. Sie nahm die Pistole in die rechte Hand und umschloß die Mündung mit der linken. Ihr Herz klopfte so laut, daß sie meinte, sein wildes Hämmern müsse sie verraten. Sie bildete sich das leise Quietschen des Gartentores eher ein, als daß sie es hörte, aber das Geräusch von Füßen, die um das Gartenhaus herumgingen, war unverkennbar und klar. Und jetzt war er zu sehen, eine untersetzte, breitschultrige Gestalt, schwarz gegen das Licht. Er bewegte sich auf sie zu, und sie sah ihre Umhängetasche von seiner linken Schulter baumeln. Die Entdeckung verwirrte sie. Sie hatte die Tasche vollkommen vergessen. Aber jetzt hatte sie begriffen, warum er sie an sich genommen hatte. Er hatte sie nach Beweisstücken durchsuchen wollen, aber es war wichtig, daß sie schließlich bei ihrer Leiche im Brunnen entdeckt würde.

Er kam leise auf Zehenspitzen heran, die langen, affenähnlichen Arme steif vom Körper weggestreckt wie die Karikatur eines Filmcowboys, der bereit ist, den Colt zu ziehen. Als er an den Brunnenrand kam, wartete er, und der Mond traf das Weiße seiner Augen, als er sich langsam umschaute. Dann beugte er sich hinunter und tastete im Gras nach der Seilschlinge. Cordelia hatte sie hingelegt, wo Miss Markland sie gefunden hatte, aber irgend etwas daran, vielleicht ein winziger Unterschied in der Art, wie sie geschlungen war, schien ihm aufzufallen. Er richtete sich unsicher auf, stand einen Augenblick da und ließ das Seil von seiner Hand baumeln. Cordelia versuchte, regelmäßig zu atmen. Es erschien ihr unvorstellbar, daß er sie nicht hören, riechen oder sehen sollte, daß er so sehr einem Raubtier ähneln, aber dennoch nicht den Instinkt des Tieres für den Feind im Dunkeln haben sollte. Er bewegte sich vorwärts. Jetzt war er am Brunnen. Er beugte sich hinunter und steckte das Ende des Seils durch einen Eisenring.

Cordelia trat mit einem Schritt aus der Dunkelheit. Sie hielt die Pistole fest und gerade, wie Bernie es ihr gezeigt hatte. Diesmal war das Ziel sehr nahe. Sie wußte, daß sie nicht abdrücken würde, aber in diesem Augenblick wußte sie auch, was das war, das einen Mann zum Töten veranlassen konnte. Sie sagte laut:

«Guten Abend, Mr. Lunn.»

Sie erfuhr nie, ob er die Pistole gesehen hatte. Aber in der einen unvergeßlichen Sekunde, als der von Wolken verhüllte Mond in den offenen Himmel schwamm, sah sie sein Gesicht deutlich, sah den Haß, die Verzweiflung, die Qual und den Abgrund des Entsetzens. Er stieß einen rauhen Schrei aus, warf die Umhängetasche und das Seil weg und rannte in blinder Panik durch den Garten. Sie verfolgte ihn, kaum wissend, warum oder was sie zu erreichen hoffte, einzig und allein entschlossen, vor ihm im Garforth House anzukommen. Und noch immer feuerte sie die Pistole nicht ab.

Aber er war im Vorteil. Als sie durch das Tor stürzte, sah sie, daß er den Lieferwagen ungefähr fünfzig Meter weiter oben an der Straße geparkt und den Motor laufen gelassen hatte. Sie jagte ihm nach, sah aber ein, daß es aussichtslos war. Ihre einzige Hoffnung, ihn einzuholen, war, den Mini zu holen. Sie rannte den Weg hinunter und wühlte im Laufen in ihrer Umhängetasche. Das Gebetbuch und ihr Notizbuch waren weg, aber ihre Finger fanden die Autoschlüssel. Sie schloß den Mini auf, warf sich hinein und fuhr ihn mit Vollgas rückwärts auf die Straße. Die Rücklichter des Lieferwagens waren ungefähr hundert Meter vor ihr. Sie wußte nicht, wie schnell er fahren konnte, glaubte aber nicht, daß er den Mini abschütteln könnte. Sie trat auf das Gaspedal und nahm die Verfolgung auf. Sie bog von dem Weg links ab auf die Landstraße und konnte den Lieferwagen immer noch vor sich sehen. Er fuhr schnell und hielt den

Abstand. Jetzt machte die Straße eine Biegung, und ein paar Sekunden lang war er außer Sicht. Er mußte jetzt ganz nahe an der Kreuzung mit der Straße nach Cambridge sein.

Sie hörte den Aufprall gerade, bevor sie selbst die Kreuzung erreichte, einen ganz kurzen Knall, der die Hecken schüttelte und den Mini erzittern ließ. Cordelias Hände umklammerten für einen Augenblick das Steuer, und der Mini kam mit einem Ruck zum Stehen. Sie rannte um die Ecke und sah vor sich die glänzende, von Scheinwerfern beleuchtete Fläche der Hauptstraße nach Cambridge. Sie war voll von rennenden Gestalten. Der Lastwagen, der noch auf seinen vier Rädern stand, war eine riesengroße längliche Masse, die den Horizont verstellte, eine quer über die Straße geschleuderte Barrikade. Der Lieferwagen hatte sich unter den Vorderrädern zusammengedrückt wie ein Kinderspielzeug. Es roch nach Benzin, eine Frau schrie schrill auf, bremsende Reifen quietschten. Cordelia ging langsam auf den Lastwagen zu. Der Fahrer saß noch auf dem Sitz und blickte starr geradeaus, sein Gesicht war eine Maske gespannter Aufmerksamkeit. Menschen riefen ihm zu, streckten ihre Arme aus. Er rührte sich nicht. Irgend jemand – ein Mann mit schwerem Ledermantel und Motorradbrille – sagte:

«Das ist der Schock. Wir ziehen ihn besser raus.»

Drei Gestalten bewegten sich zwischen Cordelia und dem Fahrer. Schultern hoben sich im Einklang. Sie hörte ein Ächzen vor Anstrengung. Der Fahrer wurde herausgehoben, steif wie eine Puppe, mit gebogenen Knien, die verkrampften Hände ausgestreckt, als packten sie immer noch das riesige Steuerrad. Die Schultern beugten sich in geheimer Beratung über ihn.

Andere Gestalten standen um den zerquetschten Lieferwagen herum. Cordelia schloß sich dem Kreis von namenlosen Gesichtern an. Zigarettenenden glühten auf und erloschen wie Signale, warfen einen kurzen Schein auf zitternde Hände, auf aufgerissene entsetzte Augen. Sie fragte:

«Ist er tot?» Der Mann mit der Motorradbrille antwortete lakonisch:

«Was glauben Sie denn?»

Dann kam eine Mädchenstimme, zaghaft, atemlos:

«Hat jemand den Krankenwagen gerufen?»

«Ja. Ja. Der Mann im Cortina ist telefonieren gefahren.»

Die Gruppe stand unschlüssig da. Das Mädchen und der junge Mann, an den sie sich klammerte, zogen sich zurück. Ein weiteres

Auto hielt an. Eine große Gestalt schob sich durch die Menge. Cordelia hörte eine laute, herrische Stimme:

«Ich bin Arzt. Hat jemand den Krankenwagen gerufen?»

«Ja, Sir.»

Die Antwort kam respektvoll. Sie traten zur Seite, um den Fachmann durchzulassen. Er wandte sich an Cordelia, vielleicht weil sie am nächsten stand.

«Falls Sie den Unfall nicht beobachtet haben, junge Frau, dann fahren Sie lieber weiter. Und Sie da, treten Sie bitte zurück. Sie können hier nichts ausrichten. Und machen Sie die Zigaretten da aus!»

Cordelia ging langsam zu dem Mini zurück, indem sie vorsichtig einen Fuß vor den anderen setzte, wie eine Genesende, die die ersten schmerzhaften Schritte probiert. Sie fuhr langsam um die Unfallstelle herum, wobei der Mini über den Grasstreifen holperte. Näherkommende Sirenen heulten auf. Als sie von der Hauptstraße abbog, glühte ihr Rückspiegel plötzlich rot auf, und sie hörte ein zischendes Geräusch, gefolgt von einem leisen mehrstimmigen Stöhnen, das von dem lauten Aufschrei einer Frau durchbrochen wurde. Eine Wand aus Flammen zog sich über die Straße. Die Warnung des Arztes war zu spät gekommen. Der Lieferwagen stand in Flammen. Jetzt gab es keine Hoffnung mehr für Lunn; aber es hatte sowieso keine mehr gegeben.

Cordelia wußte, daß sie unberechenbar fuhr. Vorbeifahrende Autos hupten und blendeten auf, und ein Fahrer verringerte seine Geschwindigkeit und schrie sie wütend an. Sie sah ein Tor, bog von der Straße hinein und schaltete den Motor ab. Die Stille war vollkommen. Ihre Hände waren feucht und zitterten. Sie wischte sie an ihrem Taschentuch ab und legte sie in den Schoß, wobei sie ein Gefühl hatte, als wären sie von ihrem Körper losgelöst. Sie nahm kaum wahr, daß ein Auto vorbeifuhr, dann langsamer wurde und anhielt. Ein Gesicht tauchte an ihrem Fenster auf. Die Stimme war undeutlich und aufgeregt, aber widerlich einschmeichelnd. Sie konnte die Alkoholfahne riechen.

«Was nicht in Ordnung, Miss?»

«Nein. Ich habe hier nur gehalten, um mich auszuruhen.»

«Sie sollten sich nicht allein ausruhen – ein hübsches Mädchen wie Sie.»

Seine Hand war am Türgriff. Cordelia griff in ihre Umhängetasche und zog die Pistole heraus. Sie hielt sie ihm ins Gesicht.

«Sie ist geladen. Verschwinden Sie sofort, oder ich schieße.»

Die Drohung in ihrer Stimme klang selbst in ihren eigenen Ohren kalt. Das blasse, schwitzende Gesicht zerfiel vor Überraschung, die Kinnlade fiel herunter. Er wich zurück.

«Tut mir leid, Miss, bestimmt. Ein Mißverständnis. Nehmen Sie's mir nicht krumm.»

Cordelia wartete, bis sein Auto außer Sicht war. Dann ließ sie den Motor an. Aber sie wußte, daß sie nicht weiterfahren konnte. Sie schaltete den Motor wieder aus. Wellen von Müdigkeit schlugen über ihr zusammen, eine unwiderstehliche Flut, sanft wie eine Gnade, gegen die sich weder ihr erschöpftes Gehirn noch ihr Körper sträuben wollte. Ihr Kopf fiel nach vorn, und Cordelia schlief.

6. Kapitel

Cordelia schlief tief, aber kurz. Sie wußte nicht, was sie aufgeweckt hatte, entweder das blendende Licht eines vorbeifahrenden Autos, das über ihre geschlossenen Augen gehuscht war, oder ihr unterbewußtes Wissen, daß die Ruhepause auf eine knappe halbe Stunde beschränkt werden mußte; soviel mindestens war notwendig, damit sie in der Lage war, das zu tun, was getan werden mußte, bevor sie sich endgültig dem Schlaf überlassen konnte. Als sie sich aufsetzte, spürte sie den stechenden Schmerz in ihren überanstrengten Muskeln und das fast wohltuende Jucken des angetrockneten Blutes auf ihrem Rücken. Die Nachtluft war schwer und voll von der Hitze und den Gerüchen des Tages; sogar die Straße, die sich vor ihr wand, sah im grellen Licht ihrer Scheinwerfer klebrig aus. Aber Cordelias durchgefrorener und schmerzender Körper war immer noch dankbar für die Wärme von Marks Pullover. Zum erstenmal, seit sie ihn angezogen hatte, merkte sie, daß er dunkelgrün war. Wie seltsam, daß ihr seine Farbe nicht vorher aufgefallen war!

Sie fuhr den Rest des Weges wie eine Anfängerin, kerzengerade sitzend, die Augen streng geradeaus, Hände und Füße verkrampft an den Hebeln. Da waren endlich die Tore von Garforth House. Sie ragten im Scheinwerferlicht höher auf und schienen reicher verziert, als sie sie in Erinnerung hatte, und sie waren geschlossen. Sie stieg aus dem Mini, rannte darauf zu und betete, daß sie nicht abgeschlossen wären. Aber die Eisenklinke hob sich, wenn auch schwer, unter ihren verzweifelten Händen. Die Türen schwangen lautlos auf.

Es standen keine Autos an der Auffahrt, und sie parkte den Mini ein kleines Stück vom Haus entfernt. Die Fenster waren dunkel, und das einzige Licht schien durch die offene Haustür, weich und einladend. Cordelia nahm die Pistole in die Hand und trat, ohne zu klingeln, in die Halle. Sie war körperlich erschöpfter als damals, als sie zum erstenmal zum Garforth House gekommen war, aber in dieser Nacht sah sie es mit einer neuen Intensität, mit Nerven, die überempfindlich jede Einzelheit aufnahmen. Die Halle war leer, Erwartung hing in der Luft. Es schien, als habe das Haus auf sie gewartet. Derselbe Duft nach Rosen und Lavendel strömte ihr entgegen, aber heute nacht sah sie, daß der Lavendelduft aus einer großen Schale auf einem Tischchen kam. Sie erinnerte sich an das eindringliche Ticken einer Uhr, aber jetzt bemerkte sie zum erstenmal die zierliche Schnitzerei am Uhrenkasten, die verschlungenen Schnörkel und Wirbel auf dem Zifferblatt. Sie stand leicht schwankend mitten in der Halle, hielt die Pistole locker in ihrer herunterhängenden rechten Hand und sah nach unten. Der Teppich hatte ein strenges, geometrisches Muster in satten Olivtönen, blassen Blautönen und Karmesinrot, jedes Bild glich dem Schatten eines knienden Mannes. Er schien sie auf ihre Knie zu ziehen. War es vielleicht ein orientalischer Gebetsteppich?

Dann nahm sie wahr, daß Miss Leaming leise die Treppe herunter auf sie zukam, im langen roten Morgenrock, der ihr um die Knöchel wehte. Die Pistole wurde Cordelia unvermittelt, aber bestimmt aus der Hand genommen. Sie wußte, daß sie weg war, weil ihre Hand sich plötzlich leichter fühlte. Es war ihr gleich. Sie würde sich niemals damit verteidigen, niemals einen Menschen töten können. Das war ihr bewußt geworden, als Lunn erschrocken vor ihr davongelaufen war. Miss Leaming sagte:

«Es ist niemand hier, gegen den Sie sich verteidigen müßten, Miss Gray.»

Cordelia sagte:

«Ich bin hergekommen, um Sir Ronald zu berichten. Wo ist er?»

«Wo er das letzte Mal war, als Sie hier waren, in seinem Arbeitszimmer.»

Wie damals saß er an seinem Schreibtisch. Er hatte diktiert, und das Gerät stand rechts neben ihm. Als er Cordelia sah, schaltete er es ab, ging dann an die Wand und zog den Stecker aus der Steckdose.

Er ging an seinen Schreibtisch zurück, und sie nahmen einander gegenüber Platz. Er faltete seine Hände in dem Lichtkreis, den die Schreibtischlampe warf, und sah Cordelia an. Sie schrie fast auf vor Schreck. Sein Gesicht erinnerte sie an Gesichter, wie sie sich nachts verzerrt in schmutzigen Zugfenstern spiegeln – eingefallen, hart hervorstehende Knochen, Augen in bodenlosen Höhlen –, Gesichter von den Toten Auferstandener.

Als er zu sprechen anfing, war seine Stimme leise, rückwärts gewandt:

«Vor einer halben Stunde habe ich erfahren, daß Chris Lunn tot ist. Er war der beste Laborassistent, den ich jemals hatte. Ich holte ihn vor fünfzehn Jahren aus einem Waisenhaus. Er hat seine Eltern nie gekannt. Er war ein häßlicher, schwieriger Junge, der bereits unter Bewährung stand. Die Schule hatte nichts für ihn getan. Aber Lunn war einer der besten Naturwissenschaftler, die ich jemals gekannt habe. Wenn er eine Ausbildung bekommen hätte, wäre er genausogut wie ich gewesen.»

«Warum haben Sie ihm denn nicht die Gelegenheit geboten, warum haben Sie ihn nicht ausgebildet?»

«Weil er für mich als Laborassistent nützlicher war. Ich habe gesagt, er hätte genausogut wie ich sein können. Das ist aber nicht gut genug. Ich kann eine Menge ebenso gute Wissenschaftler finden. Dagegen hätte ich keinen anderen Laborassistenten finden können, der es mit Lunn aufgenommen hätte. Er konnte erstaunlich gut mit den Apparaten umgehen.»

Er blickte zu Cordelia auf, jedoch ohne Neugier, anscheinend ohne Interesse.

«Sie sind natürlich gekommen, um mir zu berichten. Es ist sehr spät, Miss Gray, und ich bin müde, wie Sie sehen. Kann es nicht bis morgen warten?»

Cordelia dachte, daß dies einer flehentlichen Bitte so nahe kam, als es ihm nur möglich war. Sie sagte:

«Nein. Ich bin auch müde. Aber ich möchte den Fall heute nacht zu Ende bringen, jetzt.» Er nahm ein Papiermesser aus Ebenholz vom Schreibtisch und hielt es auf seinem Zeigefinger im Gleichgewicht. Er sah Cordelia nicht an.

«Dann sagen Sie mir, warum sich mein Sohn umgebracht hat. Ich gehe davon aus, daß Sie tatsächlich Neuigkeiten für mich haben. Sie wären wohl kaum um diese Uhrzeit hier hereingeplatzt, wenn Sie nichts zu berichten hätten.»

«Ihr Sohn hat sich nicht umgebracht. Er wurde ermordet. Er wurde von jemand ermordet, den er sehr gut kannte, jemand, den er ohne weiteres in das Gartenhaus einließ, jemand, der vorbereitet kam. Er wurde erwürgt oder erstickt, dann mit seinem eigenen Gürtel an jenem Haken aufgehängt. Zuletzt malte der Mörder seine Lippen an, zog ihm Frauenunterwäsche an und breitete Aktfotos auf dem Tisch vor ihm aus. Es sollte nach einem Unfalltod während eines sexuellen Experiments aussehen; solche Fälle sind gar nicht so ungewöhnlich.»

Eine halbe Minute herrschte Schweigen. Dann sagte er vollkommen ruhig:

«Und wer war dafür verantwortlich, Miss Gray?»

«Sie. Sie haben Ihren Sohn umgebracht.»

«Aus welchem Grund?» Er war wie ein Prüfer, der seine unerbittlichen Fragen stellte.

«Weil er entdeckt hat, daß Ihre Frau nicht seine Mutter war, daß das Geld, das sein Großvater ihr und ihm hinterlassen hatte, durch einen Betrug an sie gefallen war. Weil er nicht die Absicht hatte, noch einen Augenblick länger seinen Nutzen daraus zu ziehen oder in vier Jahren sein Erbe anzunehmen. Sie hatten Angst, er könnte sein Wissen allgemein bekannt machen. Und was würde dann aus der Wolvington-Stiftung? Wenn die Wahrheit herauskäme, wäre es aus mit dem Zuschuß. Die Zukunft Ihres Labors stand auf dem Spiel. Sie konnten kein Risiko eingehen.»

«Und wer zog ihn wieder aus, tippte diesen Brief, wusch den Lippenstift von seinem Gesicht ab?»

«Ich glaube es zu wissen, aber ich werde es Ihnen nicht sagen. Das war es eigentlich, was ich in Ihrem Auftrag herausbekommen sollte, nicht wahr? Das war es, was Sie unbedingt wissen mußten. Aber Sie haben Mark getötet. Sie haben sogar ein Alibi vorbereitet, nur für den Fall, daß Sie eines brauchen würden. Sie haben Lunn dazu gebracht, Sie im College anzurufen und sich als Ihr Sohn auszugeben. Er war die einzige Person, auf die Sie sich voll und ganz verlassen konnten. Ich glaube nicht, daß Sie ihm die Wahrheit gesagt haben. Er war nur Ihr Laborassistent. Er verlangte keine Erklärungen, er tat, was Sie ihm sagten. Und selbst wenn er die Wahrheit erraten hätte, war er sicher, nicht wahr? Sie besorgten sich ein Alibi, das Sie dann nicht zu benutzen wagten, weil Sie nicht wußten, wann Marks Leiche entdeckt würde. Wenn jemand ihn vor Ihrer Behauptung, mit ihm am Telefon gesprochen zu haben, gefunden und diesen

Selbstmord vorgetäuscht hätte, wäre Ihr Alibi geplatzt, und ein geplatztes Alibi ist vernichtend. Also führten Sie eine Gelegenheit herbei, mit Benskin zu reden, und stellten die Dinge richtig. Sie sagten ihm die Wahrheit; daß es Lunn gewesen war, der Sie angerufen hatte. Sie konnten sich darauf verlassen, daß Lunn Ihre Geschichte stützen würde. Aber hätte es denn überhaupt etwas ausgemacht, wenn er geredet hätte? Kein Mensch hätte ihm geglaubt.»

«Nein, ebensowenig, wie man Ihnen glauben wird. Sie wollten unbedingt Ihr Honorar verdienen, Miss Gray. Ihre Erklärung ist klug ausgedacht; einige Einzelheiten sind sogar in gewisser Weise glaubwürdig. Aber Sie wissen ebensogut wie ich, daß kein Polizeibeamter auf der Welt das ernst nehmen würde. Es ist Pech für Sie, daß Sie Lunn nicht fragen können. Aber Lunn ist tot, wie ich gesagt habe. Er starb in den Flammen nach einem Autounfall.»

«Ich weiß, ich habe es gesehen. Er versuchte heute nacht, mich zu töten. Wußten Sie das? Und vorher versuchte er, mich einzuschüchtern, damit ich die Sache fallenlasse. Hatte er vielleicht angefangen, die Wahrheit zu ahnen?»

«Falls er tatsächlich versucht hat, Sie zu töten, dann ist er über seine Anweisungen hinausgegangen. Ich habe ihn nur gebeten, ein Auge auf Sie zu haben. Ich hatte Sie vertraglich auf Ihre ausschließlichen und ganztägigen Dienste verpflichtet, wenn Sie sich erinnern; ich wollte sichergehen, daß ich den Gegenwert erhielt. Ich bekomme gerade eine Art von Gegenwert. Aber Sie dürfen sich nicht außerhalb dieses Zimmers Ihren Phantasien hingeben. Weder die Polizei noch die Gerichte haben für üble Nachrede oder hysterischen Unsinn Verständnis. Und was für einen Beweis haben Sie? Keinen. Meine Frau wurde eingeäschert. Es gibt nichts Lebendes oder Totes auf dieser Erde, was beweisen könnte, daß Mark nicht ihr Sohn war.»

Cordelia sagte: «Sie haben Dr. Gladwin aufgesucht und sich überzeugt, daß er zu senil ist, um gegen Sie auszusagen. Sie hätten sich darüber nicht den Kopf zerbrechen müssen. Er hat nie einen Verdacht gehabt, nicht wahr? Sie haben ihn als Arzt Ihrer Frau ausgesucht, weil er alt und unfähig war. Aber ich habe ein kleines Beweisstück. Lunn wollte es Ihnen bringen.»

«Dann hätten Sie besser darauf aufpassen sollen. Nichts von Lunn als seine Knochen haben den Zusammenstoß überstanden.»

«Da sind immer noch die Frauenkleider, die schwarzen Höschen und der Büstenhalter. Irgend jemand könnte sich daran erinnern, wer sie gekauft hat, besonders wenn diese Person ein Mann war.»

«Es gibt doch Männer, die Unterwäsche für ihre Frauen kaufen. Aber wenn ich so einen Mord geplant hätte, glaube ich nicht, daß es mir Kopfzerbrechen bereitet hätte, das Zubehör zu kaufen. Würde irgendeine abgearbeitete Verkäuferin an der Kasse eines vielbesuchten Kaufhauses sich an einen ganz bestimmten Kauf erinnern, einen Kauf, der bar bezahlt wurde, einen unter einer ganzen Anzahl von harmlosen Gegenständen, die alle zusammen in der geschäftigsten Tageszeit vorgelegt wurden? Der Mann könnte vielleicht sogar eine einfache Verkleidung getragen haben. Ich bezweifle, daß sie sein Gesicht überhaupt bemerkt hätte. Erwarten Sie tatsächlich von ihr, daß sie sich Wochen später noch erinnert, einen von Tausenden von Kunden identifizieren, ihn mit ausreichender Gewißheit identifizieren kann, um damit eine Geschworenenversammlung zu überzeugen? Und wenn sie es könnte, was würde das beweisen, wenn Sie die fraglichen Kleidungsstücke nicht haben? Glauben Sie mir eines, Miss Gray – wenn ich es nötig hätte zu töten, würde ich es gründlich tun. Mich würde man nicht entdecken. Falls die Polizei jemals erfährt, wie mein Sohn gefunden wurde, was leicht geschehen kann, weil offenbar noch jemand außer Ihnen es weiß, wird sie nur mit noch größerer Gewißheit glauben, daß er sich selbst umgebracht hat. Marks Tod war notwendig und diente, anders als der Tod der meisten, einem Zweck. Menschenwesen haben einen unwiderstehlichen Drang zur Selbstaufopferung. Sie sterben für jeden beliebigen oder auch ohne jeden Grund, für leere, abstrakte Begriffe wie Patriotismus, Gerechtigkeit, Frieden; für anderer Männer Ideale, für anderer Männer Macht, für ein paar Fußbreit Erde. Sie würden zweifellos Ihr Leben geben, um ein Kind zu retten, oder wenn Sie überzeugt wären, daß durch Ihr Opfer ein Heilmittel gegen Krebs gefunden würde.»

«Vielleicht. Ich möchte gern glauben, daß ich so handeln würde. Aber dann sollte die Entscheidung bei mir liegen, nicht bei Ihnen.»

«Natürlich. Das würde Ihnen die notwendige emotionale Befriedigung verschaffen. Aber es würde weder die Tatsache Ihres Sterbens noch das Ergebnis Ihres Todes ändern. Und sagen Sie nicht, das, was ich hier tue, sei nicht ein einzelnes Menschenleben wert. Ersparen Sie mir diese Heuchelei. Sie wissen nichts, und Sie sind unfähig, den Wert dessen, was ich hier tue, zu begreifen. Was macht Ihnen Marks Tod aus? Sie hatten nie von ihm gehört, bevor Sie nach Garforth House kamen?»

Cordelia sagte:

«Gary Webber wird es etwas ausmachen.»

«Soll ich etwa alles verlieren, wofür ich hier gearbeitet habe, weil Gary Webber jemand haben will, der mit ihm Squash spielt oder über Geschichte redet?»

Unvermittelt sah er Cordelia ins Gesicht. Er sagte heftig:

«Was ist los? Sind Sie krank?»

«Nein, ich bin nicht krank. Ich wußte, daß ich recht haben mußte. Ich wußte, daß meine Schlüsse wahr sind. Aber ich kann es nicht glauben. Ich kann nicht glauben, daß ein menschliches Wesen so böse sein kann.»

«Wenn Sie fähig sind, es sich auszumalen, dann bin ich fähig, es zu tun. Haben Sie das noch nicht herausbekommen über die Menschen, Miss Gray? Es ist der Schlüssel zu dem, was man die Niedertracht des Menschen nennt.»

Plötzlich konnte Cordelia diese menschenverachtenden Reden nicht mehr ertragen. Sie rief in leidenschaftlichem Protest aus:

«Aber was für einen Sinn hat es, die Welt schöner zu machen, wenn die Menschen, die darin leben, einander nicht lieben können?»

Sie hatte wenigstens seinen Zorn gereizt.

«Liebe! Das abgegriffenste Wort der Sprache. Hat es irgendeine Bedeutung außer dem besonderen Inhalt, den Sie ihm geben wollen? Was verstehen Sie denn unter Liebe? Daß die Menschen lernen müssen, mit einem unaufdringlichen Interesse am Wohl des anderen miteinander zu leben? Das macht das Gesetz geltend. Möglichst großes Wohlergehen einer möglichst großen Zahl. Neben dieser grundsätzlichen Erklärung des gesunden Menschenverstands sind alle anderen Philosophien metaphysische Theorien. Oder definieren Sie Liebe im christlichen Sinn – als Caritas? Lesen Sie Geschichte, Miss Gray. Sehen Sie, zu welchen Greueln, zu welcher Gewalt und Unterdrückung, zu welchem Haß die Religion der Liebe die Menschen geführt hat. Aber vielleicht ziehen Sie eine weiblichere, eine individuellere Erklärung vor; Liebe als leidenschaftliche Hingabe an die Persönlichkeit eines anderen. Gefühlsbetonte persönliche Hingabe endet immer in Eifersucht und Versklavung. Liebe ist zerstörerischer als Haß. Wenn Sie Ihr Leben etwas widmen müssen, widmen Sie es einer Idee.»

«Ich meine die Liebe, mit der ein Vater ein Kind liebt.»

«Um so schlimmer für beide vielleicht. Aber wenn er nicht liebt, gibt es keine Macht auf der Erde, die ihn dazu anregen oder zwingen kann. Und wo keine Liebe ist, kann es keine der Verpflichtungen der Liebe geben.»

«Sie hätten ihn leben lassen können! Das Geld war nicht wichtig für ihn. Er hätte Ihre Bedürfnisse verstanden und Stillschweigen gewahrt.»

«Wirklich? Wie hätte er – oder ich – in vier Jahren erklären können, warum er ein so großes Vermögen zurückweist? Menschen, die ihrem Gewissen, wie sie es nennen, ausgeliefert sind, kann man nie vertrauen. Mein Sohn war ein selbstgerechter Snob. Wie konnte ich mich und meine Arbeit in seine Hände legen?»

«Sie sind in meinen, Sir Ronald.»

«Sie irren sich. Keiner hat mich in der Hand. Zu Ihrem Pech läuft das Tonbandgerät hier nicht. Wir haben keine Zeugen. Sie werden nichts, was in diesem Zimmer gesagt worden ist, gegenüber irgend jemand draußen wiederholen. Andernfalls werde ich Sie vernichten müssen. Ich werde verhindern, daß Sie noch einmal eine Anstellung finden. Und zuallererst werde ich Ihre armselige Firma zugrunde richten. Nach dem, was mir Miss Leaming gesagt hat, dürfte das nicht schwer sein. Verleumdung ist ein sehr kostspieliges Vergnügen. Denken Sie daran, falls Sie jemals in Versuchung kommen sollten zu reden. Denken Sie auch an das: Sie werden sich selbst schaden; Sie werden Marks Andenken schaden; mir werden Sie nicht schaden.»

Cordelia erfuhr nie, wie lange die hohe Gestalt in dem roten Morgenmantel im Schatten der Tür zugesehen und zugehört hatte. Sie erfuhr nie, wieviel Miss Leaming gehört hatte oder in welchem Augenblick sie leise weggeschlichen war. Aber jetzt wurde sie des roten Schattens gewahr, der sich lautlos über den Teppich bewegte, die Augen auf die Gestalt hinter dem Schreibtisch gerichtet, die Pistole fest vor der Brust gehalten. Cordelia sah in fasziniertem Entsetzen zu, hielt den Atem an. Sie wußte genau, was geschehen würde. Es konnte nur weniger als drei Sekunden gedauert haben, aber sie gingen so langsam vorbei wie Minuten. Es wäre doch genug Zeit gewesen zu schreien, Zeit, ihn zu warnen, Zeit, vorzuspringen und dieser ruhigen Hand die Pistole zu entreißen? Er hätte doch genug Zeit gehabt zu schreien? Aber er gab keinen Laut von sich. Er erhob sich halb, ungläubig, und starrte die Mündung in blindem Zweifel an. Dann wandte er seinen Kopf zu Cordelia hin, als flehe er sie an. Sie würde diesen letzten Blick nie vergessen. Er war jenseits von Todesangst, jenseits von Hoffnung. Er enthielt nichts als das völlige Eingeständnis der Niederlage.

Es war eine Hinrichtung, sauber, nicht hastig, rituell genau. Die Kugel drang hinter dem rechten Ohr ein. Der Körper machte einen Sprung in die Luft, mit hochgezogenen Schultern, wurde vor Cordelias Augen weich, als zerschmölzen die Knochen zu Wachs, und lag schließlich über dem Schreibtisch wie etwas Weggeworfenes. Ein Ding – wie Bernie, wie ihr Vater.

Miss Leaming sagte:

«Er hat meinen Sohn getötet.»

«Ihren Sohn?»

«Natürlich. Mark war mein Sohn. Sein Sohn und meiner. Ich dachte, Sie hätten es vielleicht erraten.»

Sie stand mit der Pistole in der Hand da und starrte mit ausdruckslosen Augen durch das offene Fenster auf den Rasen. Es war vollkommen still. Nichts rührte sich. Miss Leaming sagte:

«Er hatte recht, als er sagte, niemand könne ihm etwas anhaben. Es gab keinen Beweis.»

Cordelia rief entsetzt aus:

«Wie konnten Sie ihn dann töten? Wie konnten Sie so sicher sein?»

Ohne den Griff um die Pistole zu lockern, steckte Miss Leaming ihre Hand in die Tasche ihres Morgenmantels. Die Hand glitt über die Schreibtischplatte. Ein kleiner goldener Zylinder rollte über das polierte Holz auf Cordelia zu und blieb dann liegen. Miss Leaming sagte:

«Es war mein Lippenstift. Ich fand ihn gerade in der Tasche seines Abendanzugs. Er hatte ihn nicht mehr getragen, seit er damals an dem Festessen im College teilgenommen hatte. Er war immer wie eine Elster. Er steckte kleine Sachen instinktiv in seine Taschen.»

Cordelia hatte nie an Sir Ronalds Schuld gezweifelt, aber jetzt verlangte sie mit jeder Faser eine nochmalige Absicherung.

«Aber er könnte hineingeschmuggelt worden sein! Lunn könnte ihn hineingesteckt haben, um ihn zu belasten.»

«Lunn hat Mark nicht umgebracht. Er war mit mir im Bett, als Mark starb. Er ließ mich nur fünf Minuten allein, und das war kurz nach acht Uhr, als er telefonieren ging.»

«Sie waren Lunns Geliebte!»

«Sehen Sie mich nicht so an! Ich habe nur einen Mann in meinem Leben geliebt, und das ist der, den ich eben getötet habe. Sprechen Sie von Dingen, die Sie verstehen. Liebe hatte nichts mit dem zu tun, was Lunn und ich voneinander brauchten.»

Einen Augenblick herrschte Schweigen. Dann sagte Cordelia:
«Ist jemand im Haus?»

«Nein, die Angestellten sind in London. Im Labor macht heute nacht auch niemand Überstunden.»

Und Lunn war tot. Miss Leaming sagte mit müder Resignation:
«Wäre es nicht besser, Sie rufen die Polizei?»

«Wollen Sie, daß ich das tue?»

«Was macht das schon aus?»

«Gefängnis macht etwas aus. Die Freiheit zu verlieren, macht etwas aus. Und wollen Sie wirklich, daß die Wahrheit in einer öffentlichen Verhandlung herauskommt? Wollen Sie, daß jeder erfährt, wie Ihr Sohn starb und wer ihn ermordet hat? Hätte Mark das selber gewollt?»

«Nein. Mark hat nie viel von Strafen gehalten. Sagen Sie mir, was ich tun muß.»

«Wir müssen schnell arbeiten und sorgfältig planen. Wir müssen einander vertrauen, und wir müssen klug sein.»

«Klug sind wir. Was müssen wir tun?»

Cordelia holte ihr Taschentuch heraus und ließ es über die Pistole fallen, nahm Miss Leaming die Waffe weg und legte sie auf den Schreibtisch. Sie packte das schlanke Handgelenk der Frau und drückte ihre widerstrebende, instinktiv zurückzuckende Hand gegen Sir Ronalds Handfläche, preßte die steifen, aber lebendigen Finger mit Gewalt gegen die weiche, nachgiebige Hand des Toten.

«Vielleicht gibt es da ein wenig Pulverschmauch. Ich weiß eigentlich nicht viel davon, aber die Polizei prüft es vielleicht daraufhin. Waschen Sie jetzt Ihre Hände und holen Sie mir ein Paar dünne Handschuhe. Schnell.»

Sie ging ohne ein Wort. Allein gelassen, sah Cordelia auf den toten Wissenschaftler hinunter. Er war mit dem Kinn auf die Schreibtischplatte gefallen, und seine Arme pendelten locker an seinem Körper, eine ungeschickte, unbequeme Haltung, die ihn aussehen ließ, als spähe er feindselig über seinen Schreibtisch. Cordelia konnte seine Augen nicht ansehen, aber es war ihr bewußt, daß sie nichts empfand, weder Haß noch Wut, noch Mitleid. Zwischen ihren Augen und der liegenden Gestalt pendelte ein langer, dünner Schatten mit häßlich schiefem Kopf und kläglich gestreckten Zehen. Sie ging hinüber zu dem offenen Fenster und sah mit der zwanglosen Neugier eines Gastes, der in einem fremden Zimmer warten muß, in den Garten hinaus. Die Luft war warm und sehr still. Der Duft der Rosen kam in Wellen durch das offene Fenster, mal widerlich süß, dann wieder unbestimmbar wie eine nicht ganz eingeholte Erinnerung.

Diese seltsame Spanne von Frieden und aufgehobener Zeit konnte nur weniger als eine halbe Minute gedauert haben. Dann begann Cordelia zu planen. Sie dachte an die Clandon-Sache. Die Erinnerung malte ihr aus, wie sie und Bernie rittlings auf einem umgestürzten Baumstamm im Epping Forest gesessen und ihr kaltes Picknick gegessen hatten. Sie erinnerte sich wieder an den hefigen Duft der frischen Brötchen mit Butter und scharfem Käse, den betäubenden Pilzgeruch des sommerlichen Waldes. Er hatte die Pistole auf die Rinde zwischen ihnen gelegt und durch Brot und Käse hindurch undeutlich geredet. «Wie würdest du dich hinter dem rechten Ohr erschießen? Komm, Cordelia, zeig's mir.»

Cordelia hatte die Pistole in die rechte Hand genommen, wobei ihr Zeigefinger leicht auf dem Abzug ruhte, und dann mit einiger Schwierigkeit ihren Arm nach hinten gebogen, um die Pistolenmündung an die Schädelbasis zu halten. «So?» – «So würdest du es bestimmt nicht machen. Nicht wenn du an den Umgang mit einer Pistole gewöhnt wärest. Das ist der kleine Fehler, den Mrs. Clandon gemacht hat, und er hätte sie fast an den Galgen gebracht. Sie erschoß ihren Mann hinter dem rechten Ohr mit seinem Dienstrevolver und versuchte dann, einen Selbstmord vorzutäuschen. Aber sie drückte den falschen Finger auf den Abzug. Wenn er sich wirklich selbst hinter dem rechten Ohr erschossen hätte, dann hätte er den Abzug mit seinem Daumen gedrückt und den Revolver mit der Handfläche um die Rückseite des Kolbens gehalten. Ich erinnere mich gut an diesen Fall. Es war der erste Mord, bei dem ich mit dem Kriminalrat – damals war er noch Kommissar Dalgliesh – zusammengearbeitet habe. Mrs. Clandon legte am Ende ein Geständnis ab.» – «Und was wurde aus ihr, Bernie?» – «Lebenslänglich. Sie wäre wahrscheinlich mit Totschlag davongekommen, wenn sie nicht versucht hätte, einen Selbstmord vorzutäuschen. Die Geschworenen fanden es nämlich nicht so nett, was sie von Major Clandons kleinen Gewohnheiten hörten.»

Aber Miss Leaming konnte nicht mit Totschlag davonkommen, es sei denn, sie würde die ganze Geschichte von Marks Tod erzählen.

Sie war jetzt wieder ins Zimmer gekommen. Sie reichte Cordelia ein Paar dünne Baumwollhandschuhe. Cordelia sagte:

«Ich halte es für besser, wenn Sie draußen warten. Was Sie nicht sehen, brauchen Sie nicht mühsam zu vergessen. Was haben Sie gerade gemacht, als Sie mich in der Halle trafen?»

«Ich wollte mir eben einen Schlaftrunk holen, einen Whisky.»

«Dann hätten Sie mich wieder gesehen, wie ich aus dem Arbeitszimmer kam, als Sie Ihren Whisky nach oben in Ihr Zimmer trugen. Holen Sie ihn, und lassen Sie das Glas auf dem kleinen Tisch in der Halle stehen. Solche Einzelheiten zu bemerken, darauf ist die Polizei trainiert.»

Wieder allein, hob Cordelia die Pistole auf. Es war erstaunlich, wie abstoßend ihr dieses tote Stück Metall jetzt erschien. Wie seltsam, daß sie darin jemals ein harmloses Spielzeug gesehen hatte! Sie rieb sie gründlich mit dem Taschentuch ab und tilgte Miss Leamings Fingerabdrücke. Dann faßte sie sie an. Es war ihre Pistole. Sie würden damit rechnen, auf dem Kolben außer denen des Toten ein paar von ihren Fingerabdrücken zu finden. Sie legte sie wieder auf die Schreibtischplatte und zog die Handschuhe aus. Sie drückte seinen Daumen fest gegen den Abzug, danach bog sie die kalte nachgiebige Hand um die Rückseite des Kolbens. Dann löste sie seine Finger und ließ die Pistole fallen. Sie traf den Teppich mit einem dumpfen Schlag. Sie streifte die Handschuhe ab, schloß leise die Tür zum Arbeitszimmer hinter sich und ging hinaus in die Halle zu Miss Leaming.

«Hier, die legen Sie besser wieder dahin, wo Sie sie gefunden haben. Wir dürfen sie nicht so herumliegen lassen, daß die Polizei sie findet.»

Sie blieb nur wenige Sekunden weg. Als sie zurückkam, sagte Cordelia:

«Jetzt spielen wir den Rest genauso, wie es stattgefunden haben könnte. Sie treffen mich, als ich aus dem Zimmer komme. Ich bin ungefähr zwei Minuten bei Sir Ronald gewesen. Sie stellen Ihr Whiskyglas auf den Tisch in der Halle und gehen mit mir zur Haustür. Sie sagen – was würden Sie sagen?»

«Hat er Sie bezahlt?»

«Nein, ich komme morgen wegen meinem Geld. Es tut mir leid, daß es nicht gut gelaufen ist. Ich habe Sir Ronald gesagt, daß ich den Fall nicht weiter untersuchen will.»

Sie gingen jetzt durch die Haustür nach draußen. Plötzlich wandte sich Miss Leaming an Cordelia und sagte eindringlich und mit ihrer normalen Stimme:

«Da ist eine Sache, die Sie besser wissen sollten. Ich war es, die Mark zuerst entdeckt und den Selbstmord vorgetäuscht hat. Er hatte mich früher am selben Tag angerufen und gebeten, ihn zu besuchen. Ich konnte wegen Lunn erst nach neun loskommen. Ich wollte ihn nicht mißtrauisch machen.»

«Aber ist Ihnen denn nicht der Gedanke gekommen, als Sie Mark fanden, daß irgend etwas mit seinem Tod möglicherweise nicht in Ordnung war? Die Tür war nicht abgeschlossen, obwohl die Vorhänge zugezogen waren. Der Lippenstift war nicht da.»

«Ich hatte keinen Verdacht bis heute nacht, als ich da im Dunkeln stand und Sie sprechen hörte. Wir sind heutzutage ja so aufgeklärt über Fragen der Sexualität. Ich habe geglaubt, was ich sah. Es war ganz entsetzlich, aber ich wußte, was ich zu tun hatte. Ich arbeitete schnell aus Angst, es könnte jemand vorbeikommen. Ich säuberte sein Gesicht mit meinem Taschentuch, das ich mit Wasser vom Spülstein in der Küche angefeuchtet hatte. Der Lippenstift schien überhaupt nicht mehr abgehen zu wollen. Ich zog ihn aus und streifte ihm seine Jeans über, die über eine Stuhllehne geworfen waren. Ich nahm mir nicht die Zeit, ihm seine Schuhe anzuziehen, das schien mir nicht so wichtig. Den Brief zu tippen, war der schlimmste Teil. Ich wußte, daß er seinen Blake irgendwo im Gartenhaus haben mußte und daß der Abschnitt, den ich aussuchte, vielleicht mehr überzeugen würde als ein gewöhnlicher Abschiedsbrief. Das Geklapper der Schreibmaschinentasten klang unnatürlich laut in der Stille; ich hatte Angst, jemand würde es hören. Er hatte eine Art Tagebuch geführt. Ich hatte keine Zeit, es zu lesen, sondern verbrannte die maschinengeschriebenen Blätter im Wohnzimmerkamin. Zuletzt packte ich die Kleider und die Bilder zusammen und brachte sie mit hierher, um sie im Ofen des Labors zu verbrennen.»

«Sie ließen eins der Bilder im Garten fallen. Und Sie schafften es nicht ganz, den Lippenstift von seinem Gesicht zu entfernen.»

«So also haben Sie es erraten?»

Cordelia antwortete nicht sofort. Was auch immer geschehen würde – sie mußte Isabelle de Lasterie aus der Sache heraushalten.

«Ich war nicht sicher, ob Sie es waren, die zuerst dort war, aber ich dachte, so müßte es gewesen sein. Da waren vier Punkte. Sie wollten nicht, daß ich Marks Tod untersuche; Sie haben in Cambridge Englisch studiert und konnten also wissen, wo Sie dieses Blake-Zitat finden würden; Sie haben Übung im Maschinenschreiben, und ich glaubte nicht, daß die Nachricht von einem Amateur geschrieben worden war, trotz des Versuchs am Ende, es wie Marks Arbeit aussehen zu lassen; als ich zum erstenmal im Garforth House war, sagten Sie das ganze Blake-Zitat auf, aber die getippte Version war zehn Worte kürzer. Ich habe das erst gemerkt, als ich auf dem Polizeikommissariat war und den Abschiedsbrief vorgelegt bekam. Das wies direkt auf Sie. Es war der stärkste Beweis, den ich hatte.»

Sie waren jetzt beim Auto angekommen und blieben zusammen stehen. Cordelia sagte:

«Wir dürfen keine Zeit mehr verlieren, wir müssen die Polizei anrufen. Vielleicht hat jemand den Schuß gehört.»

«Das ist unwahrscheinlich. Wir sind ein ganzes Stück vom Dorf weg. Hören wir ihn jetzt?»

«Ja, wir hören ihn jetzt.» Nach einer kurzen Pause sagte Cordelia:

«Was war das? Es hörte sich wie ein Schuß an.»

«Das kann nicht sein. Es war wahrscheinlich eine Fehlzündung von einem Auto.»

Miss Leaming redete wie eine schlechte Schauspielerin, die Worte waren steif, überzeugten nicht. Aber sie sagte sie; sie würde sie behalten.

«Aber da ist kein Auto. Und es kam eher vom Haus.»

Sie warfen sich einen Blick zu, dann rannten sie durch die offene Tür in die Halle. Miss Leaming blieb kurz stehen und sah Cordelia in die Augen, bevor sie die Tür zum Arbeitszimmer öffnete. Cordelia ging nach ihr hinein. Miss Leaming sagte:

«Er ist erschossen worden! Ich muß die Polizei anrufen.»

Cordelia sagte:

«Das würden Sie nicht sagen! Das dürfen Sie nicht einmal denken! Sie würden zuerst zu der Leiche gehen und dann sagen: ‹Er hat sich erschossen. Ich muß die Polizei anrufen.›»

Miss Leaming betrachtete teilnahmslos die Leiche ihres Liebhabers, dann schaute sie sich im Zimmer um. Ihre Rolle vergessend, fragte sie:

«Was haben Sie hier drinnen gemacht? Was ist mit den Fingerabdrücken?»

«Machen Sie sich keine Gedanken. Darum habe ich mich gekümmert. Sie müssen nur daran denken, daß Sie nicht wußten, daß ich eine Pistole besaß, als ich zum erstenmal ins Garforth House kam; Sie wußten nicht, daß Sir Ronald sie mir wegnahm. Sie haben die Pistole bis zu diesem Augenblick nicht gesehen. Als ich heute nacht ankam, führten Sie mich ins Arbeitszimmer und begegneten mir wieder, als ich zwei Minuten später herauskam. Wir gingen zusammen zum Auto und unterhielten uns, wie wir gerade geredet haben. Wir hörten den Schuß. Wir verhielten uns, wie wir es gerade getan haben. Vergessen Sie alles andere, was passiert ist. Wenn man Sie vernimmt, schmücken Sie nichts aus, erfinden Sie nichts, haben Sie keine Angst zu sagen, daß Sie sich nicht erinnern können. Und jetzt – rufen Sie die Polizei in Cambridge an.»

Drei Minuten später standen sie zusammen an der offenen Tür und warteten auf die Polizei. Miss Leaming sagte:

«Wir dürfen nicht mehr miteinander reden, sobald sie hier sind. Und danach dürfen wir uns nicht mehr begegnen oder irgendein besonderes Interesse füreinander zeigen. Es ist klar, daß das kein Mord sein kann, wenn wir nicht beide damit zu tun haben. Und warum sollten wir das gemeinsam aushecken, wo wir uns erst einmal vorher getroffen haben, wo wir uns nicht einmal mögen?»

Sie hatte recht, dachte Cordelia. Sie mochten einander nicht einmal. Es war ihr eigentlich gleichgültig, wenn Elizabeth Leaming ins Gefängnis käme; was ihr in Wirklichkeit etwas ausmachen würde, wäre, wenn Marks Mutter ins Gefängnis käme. Sie hatte auch ein Interesse daran, daß die Wahrheit über seinen Tod niemals bekannt würde. Die Stärke dieser Entschlossenheit kam ihr ganz irrational vor. Es konnte ihm jetzt nichts mehr ausmachen, und er war kein Junge gewesen, der sich viel darum gekümmert hatte, was die Leute von ihm dachten. Aber Ronald Callender hatte seinen Körper nach dem Tod entweiht, hatte geplant, ihn zum Gegenstand der Verachtung schlimmstenfalls, des Mitleids bestenfalls zu machen. Sie hatte sich gegen Ronald Callender gestellt. Sie hatte seinen Tod nicht gewollt, wäre nicht fähig gewesen, selbst den Schuß abzugeben. Aber er war tot, und sie konnte kein Bedauern empfinden, noch konnte sie ein Werkzeug der Vergeltung für seine Mörderin sein. Es war zweckmäßig, nicht mehr als das, daß Miss Leaming nicht bestraft würde. Während sie hinausstarrte in die Sommernacht und auf das Geräusch der Polizeiautos wartete, nahm Cordelia ein für allemal die ganze Ungeheuerlichkeit und die Rechtfertigung dessen, was sie getan hatte und was sie noch zu tun gedachte, auf sich. Sie durfte später niemals die kleinste Spur von Bedauern oder von Gewissensbissen spüren.

Miss Leaming sagte:

«Es gibt wahrscheinlich noch Dinge, die Sie fragen wollen, Dinge, die zu wissen Sie ein Recht haben, wie ich meine. Wir können uns am ersten Sonntag nach der Voruntersuchung in der Kapelle des King's College nach dem Spätgottesdienst treffen. Ich gehe durch den Lettner in den Chor, Sie bleiben im Schiff. Es wird ganz normal aussehen, daß wir uns dort zufällig treffen, das heißt, wenn wir beide noch auf freiem Fuß sind.»

Cordelia bemerkte mit Interesse, daß Miss Leaming die Dinge wieder in die Hand nahm. Sie sagte:

«Das werden wir sein. Wenn wir einen klaren Kopf behalten, kann es nicht schiefgehen.»

Einen Augenblick herrschte Schweigen. Dann sagte Miss Leaming:

«Sie lassen sich Zeit. Sie müßten doch jetzt eigentlich hiersein?»

«Es wird nicht mehr lange dauern.»

Miss Leaming lachte plötzlich auf und sagte mit verräterischer Bitterkeit:

«Wovor haben wir überhaupt Angst? Wir werden es auch nur mit Männern zu tun haben.»

Also warteten sie schweigend zusammen. Sie hörten die sich nähernden Autos, bevor die Scheinwerfer über die Zufahrt huschten und jeden Kieselstein anstrahlten, die kleinen Pflänzchen an den Rändern der Beete erkennen ließen, den blauen Schleier der Glyzinien in Licht badeten, die Augen der Wartenden blendeten. Dann wurden die Scheinwerfer abgeblendet, während die Autos langsam ausrollten und vor dem Haus hielten. Dunkle Schatten tauchten auf und kamen ohne Eile, aber entschlossen auf sie zu. Die Halle war plötzlich voll von großen ruhigen Männern, einige davon in gewöhnlicher Kleidung. Cordelia zog sich bescheiden in den Hintergrund zurück, während Miss Leaming auf sie zuging, leise mit ihnen sprach und sie ins Arbeitszimmer führte.

Zwei Männer in Uniform blieben in der Halle. Sie unterhielten sich, ohne Cordelia zu beachten. Ihre Kollegen ließen sich Zeit. Sie mußten das Telefon im Arbeitszimmer benutzt haben, weil noch mehr Autos und Männer nach und nach eintrafen. Zuerst kam der Polizeiarzt, den man an seiner Tasche erkannt hätte, auch wenn sie ihn nicht mit «Guten Abend, Doktor. Bitte hier herein!» begrüßt hätten.

Wie oft mußte er diesen Satz gehört haben! Er warf einen kurzen, neugierigen Blick auf Cordelia, als er durch die Halle lief, ein dickes, schlampiges Männchen mit einem Gesicht, das zerknittert und unwirsch war wie das eines Kindes, das man aus dem Schlaf gerissen hat. Dann kamen ein Fotograf in Zivil, der seine Kamera, ein Stativ und die Tasche mit seiner Ausrüstung trug; ein Mann von der Spurensicherung; zwei andere in Zivil, in denen Cordelia, von Bernie in der Verfahrensweise unterrichtet, Kriminalbeamte vermutete. Demnach behandelten sie die Sache als einen verdächtigen Todesfall. Und warum nicht? Er war verdächtig.

Der Vorstand des Haushalts war tot, aber das Haus selbst schien zum Leben erwacht zu sein. Die Polizisten redeten nicht flüsternd miteinander, sondern mit selbstsicheren normalen Stimmen, die sich dem Tod nicht unterwarfen. Sie hatten ihren Beruf und erledigten ihre Aufgabe, drangen in die Geheimnisse des gewaltsamen Todes ein; dessen Opfer konnten bei der vorgeschriebenen Routine nicht mehr so leicht Scheu wecken. Sie waren in diese Dinge eingeweiht worden. Sie hatten zu viele Leichen gesehen: Leichen, die von Autostraßen gekratzt und Stück für Stück in Krankenwagen geladen, mit Haken oder Netz aus Flußtiefen gezogen, verwesend aus der zähen Erde gegraben wurden. Wie Ärzte waren sie freundlich und herablassend liebenswürdig gegenüber den Uneingeweihten und ließen sie nicht an ihr schreckliches Wissen heran. Dieser Körper war, solange er geatmet hatte, wichtiger als andere gewesen. Jetzt war er nicht mehr wichtig, aber er konnte ihnen immer noch Schwierigkeiten machen. Sie würden um so gründlicher sein, um so taktvoller. Aber es war dennoch nicht mehr als ein Fall.

Cordelia saß allein und wartete. Sie wurde plötzlich von Müdigkeit überwältigt. Sie verlangte nichts sehnlicher, als ihren Kopf auf den Tisch in der Halle zu legen und zu schlafen. Sie bemerkte kaum Miss Leaming, die auf dem Weg zum Salon durch die Halle ging, oder den hochgewachsenen Beamten, der mit ihr sprach, als sie vorbeigingen. Keiner achtete auf die kleine Gestalt in dem viel zu großen wollenen Pullover, die an der Wand saß. Cordelia zwang sich, wach zu bleiben. Sie wußte, was sie sagen mußte; es war alles klar in ihrem Kopf. Wenn sie nur kämen, um sie zu verhören und dann schlafen zu lassen.

Erst als der Fotograf und der Mann von der Spurensicherung ihre Arbeit beendet hatten, kam einer der ranghöheren Beamten zu ihr heraus. Sie konnte sich später sein Gesicht nicht mehr vergegenwärtigen, aber sie erinnerte sich an seine Stimme, eine behutsame, ausdruckslose Stimme, aus der auch der kleinste Anflug einer Gefühlsregung verbannt war. Er hielt ihr die Pistole hin. Sie lag auf seiner offenen Handfläche und war durch ein Taschentuch vor dem Kontakt mit seiner Hand geschützt.

«Erkennen Sie diese Waffe, Miss Gray?»

Cordelia hielt es für eigenartig, daß er das Wort Waffe gebrauchte. Warum sagte er nicht einfach Pistole?

«Ich glaube wohl. Ich glaube, es muß meine sein.»

«Sie sind nicht sicher?»

«Es muß meine sein, wenn Sir Ronald nicht eine vom gleichen Fabrikat hatte. Er nahm sie mir weg, als ich vor vier oder fünf Tagen zum erstenmal hierherkam. Er versprach, sie mir zurückzugeben, wenn ich morgen früh vorbeikäme, um mein Geld zu holen.»

«Dann sind Sie heute also erst zum zweitenmal in diesem Haus?»

«Ja.»

«Sind Sie Sir Ronald Callender oder Miss Leaming jemals vorher begegnet?»

«Nein. Erst als Sir Ronald mich rufen ließ, damit ich diesen Fall übernehme.»

Er ging weg. Cordelia lehnte ihren Kopf an die Wand zurück und nickte immer wieder für einen Augenblick ein. Ein anderer Beamter kam. Diesmal hatte er einen Mann in Uniform dabei, der sich Notizen machte. Sie stellten weitere Fragen. Cordelia erzählte ihre vorbereitete Geschichte. Sie schrieben sie ohne eine Bemerkung mit und gingen weg.

Sie mußte ein wenig geschlafen haben. Als sie aufwachte, sah sie einen großen Mann in Uniform über sich stehen. Er sagte:

«Miss Leaming ist in der Küche und kocht Tee, Miss. Vielleicht möchten Sie ihr gern helfen. Dann haben Sie wenigstens etwas zu tun, nicht wahr?»

Cordelia überlegte; sie würden nun wohl die Leiche wegbringen. Sie sagte:

«Ich weiß nicht, wo die Küche ist.»

Sie sah ein Flackern in seinen Augen.

«Ach, tatsächlich, Miss? Sie sind fremd hier, nicht? Na, dann gehen Sie mal da lang.»

Die Küche lag im rückwärtigen Teil des Hauses. Es roch nach Gewürzen, Öl und Tomatensoße, was sie an Italien und an Mahlzeiten mit ihrem Vater denken ließ. Miss Leaming holte Tassen aus einem geräumigen Küchenschrank. Ein elektrischer Wasserkessel dampfte und zischte bereits. Der Polizeibeamte blieb. Sie durften also nicht allein gelassen werden. Cordelia sagte:

«Kann ich Ihnen helfen?» Miss Leaming sah sie nicht an.

«In der Dose da sind ein paar Kekse. Sie können sie auf ein Tablett legen. Die Milch steht im Kühlschrank.»

Cordelia bewegte sich wie ein Automat. Die Milchflasche war eine Eissäule in ihren Händen, der Deckel der Keksdose sträubte sich gegen ihre müden Finger, und sie brach sich einen Fingernagel ab, als sie ihn hochdrückte. Sie bemerkte flüchtig ein paar Einzelheiten in der Küche – einen Wandkalender mit einem Bild der Heiligen Theresa von Avila, auf dem das Gesicht der Heiligen unnatürlich in die Länge gezogen und blaß war, so daß sie wie eine geheiligte Miss Leaming aussah; einen Porzellanesel mit zwei Körben voll künstlicher Blumen, dessen melancholischer Kopf von einem winzigen Strohhut gekrönt war; eine große blaue Schüssel mit braunen Eiern.

Sie hatten zwei Tabletts. Der Konstable nahm Miss Leaming das größere ab und ging in die Halle voraus. Cordelia folgte ihm mit dem zweiten Tablett. Sie hielt es hoch an die Brust wie ein Kind, das als besondere Auszeichnung der Mutter helfen darf. Die Polizisten scharten sich um sie. Cordelia nahm selbst eine Tasse und kehrte zu ihrem gewohnten Stuhl zurück.

Und jetzt hörte sie noch einmal ein Auto vorfahren. Eine Frau in mittleren Jahren kam mit einem uniformierten Chauffeur neben sich herein. Durch den Schleier ihrer Müdigkeit hörte Cordelia eine laute schulmeisternde Stimme.

«Meine liebe Eliza, das ist ja entsetzlich! Du mußt heute nacht mit zu mir kommen. Nein, ich bestehe darauf. Ist der Polizeidirektor hier?»

«Nein, Marjorie, aber die Polizisten hier sind sehr nett gewesen.»

«Laß ihnen den Schlüssel da. Sie schließen das Haus ab, wenn sie fertig sind. Du kannst heute nacht unmöglich allein hierbleiben.»

Man stellte sich vor, beriet eilends mit den Polizisten, wobei vor allem die Stimme der neu angekommenen Frau herauszuhören war. Miss Leaming ging mit ihrer Besucherin nach oben und erschien nach fünf Minuten wieder mit einem kleinen Koffer und dem Mantel über dem Arm. Sie gingen zusammen weg, begleitet von dem Chauffeur und einem der Polizisten. Keiner in der kleinen Gruppe warf einen Blick auf Cordelia.

Fünf Minuten später kam der Kommissar mit dem Schlüssel in der Hand zu Cordelia.

«Wir schließen jetzt das Haus ab für heute nacht, Miss Gray. Es ist Zeit, daß Sie nach Hause kommen. Haben Sie vor, im Gartenhaus zu bleiben?»

«Nur die nächsten paar Tage, falls Major Markland es mir erlaubt.»

«Sie sehen sehr müde aus. Einer meiner Leute fährt Sie in Ihrem eigenen Wagen hin. Ich hätte gern morgen früh eine schriftliche Aussage von Ihnen. Können Sie so bald wie möglich nach dem Frühstück auf die Wache kommen? Sie wissen, wo das ist?»

«Ja, das weiß ich.»

Einer der Streifenwagen fuhr zuerst los, und der Mini folgte ihm. Der Polizist am Steuer fuhr schnell und jagte das kleine Auto durch die Kurven. Cordelias Kopf lehnte müde an der Rücklehne und wurde ab und zu gegen den Arm des Fahrers geworfen. Er war in Hemdsärmeln, und sie war sich verschwommen des Behagens, das durch den Stoff von dem warmen Fleisch ausging, bewußt. Das Autofenster war offen, und sie spürte die warme Nachtluft über ihr Gesicht wehen, bemerkte die eilenden Wolken, die ersten überraschenden Farben des Tages, die den Himmel im Osten erhellten. Der Weg schien ihr fremd und die Zeit selbst aus den Fugen geraten; sie überlegte, warum das Auto plötzlich angehalten hatte, und es dauerte eine Weile, bis sie die hohe Hecke, die sich wie ein bedrohlicher Schatten über den Weg neigte, und das morsche Gartentor erkannte. Sie war zu Hause. Der Fahrer sagte:

«Ist es hier richtig, Miss?»

«Ja. Aber ich lasse den Mini gewöhnlich weiter unten rechts vom Weg stehen. Dort ist ein Gestrüpp, wo Sie ihn von der Straße fahren können.»

«Geht in Ordnung, Miss.»

Er stieg aus dem Auto, um mit dem anderen Fahrer zu sprechen. Sie fuhren langsam die letzten paar Meter der Strecke weiter. Und jetzt, endlich, war der Streifenwagen weggefahren, und sie stand allein am Tor. Es war anstrengend, es gegen den Druck des Unkrauts aufzustoßen, und sie taumelte wie betrunken um das Gartenhaus herum zur Hintertür. Sie brauchte noch einmal eine Zeitlang, bis sie den Schlüssel ins Schloß gebracht hatte, aber das war die letzte Schwierigkeit. Es gab keine Pistole mehr, die sie verstecken mußte; es war nicht mehr nötig, die Klebstreifenversiegelung der Fenster zu überprüfen. Lunn war tot, und sie lebte. Jede Nacht, die Cordelia im Gartenhaus geschlafen hatte, war sie müde nach Hause gekommen, aber kein einziges Mal vorher war sie so müde wie diesmal gewesen. Sie ging wie eine Schlafwandlerin nach oben, kroch einfach unter ihren Schlafsack, da sie zu erschöpft war, den Reißverschluß aufzuziehen, und wußte von nichts mehr.

Und dann endlich – Cordelia kam es wie Monate, nicht Tage des Wartens vor – fand eine weitere gerichtliche Voruntersuchung statt. Sie ging ebenso gemächlich, ebenso unaufdringlich förmlich wie damals bei Bernie vor sich, aber es gab einen Unterschied. Anstatt einer Handvoll armseliger Zufallsgäste, die sich auf die Hinterbänke – wo es warm war – geschlichen hatten, um Bernies Trauerzeremoniell zu hören, gab es hier ernst blickende Kollegen und Freunde, gedämpfte Stimmen, die geflüsterten Vorbesprechungen von Anwälten und Polizisten, eine unbestimmbare Vorahnung eines besonderen Ereignisses. Cordelia vermutete, daß der grauhaarige Mann, der Miss Leaming begleitete, ihr Anwalt war. Sie beobachtete ihn bei der Arbeit, freundlich, jedoch nicht unterwürfig gegenüber den ranghöheren Polizisten, auf eine leise Art um seine Klientin bemüht, und bei allem strahlte er die Zuversicht aus, daß sie alle nur mit einer notwendigen, wenn auch ermüdenden Formalität beschäftigt waren, einem Ritual, das genausowenig beängstigend war wie der sonntägliche Frühgottesdienst.

Miss Leaming sah sehr bleich aus. Sie trug das graue Kostüm, das sie bei der ersten Begegnung mit Cordelia getragen hatte, allerdings mit einem kleinen schwarzen Hut, schwarzen Handschuhen und einem am Hals geknoteten schwarzen Chiffonschal. Die zwei Frauen sahen einander nicht an. Cordelia fand einen Platz am Ende einer Bank und saß allein da, ohne rechtlichen Vertreter. Ein oder zwei jüngere Polizisten lächelten ihr mit aufmunternder, aber mitleidiger Freundlichkeit zu.

Miss Leaming machte mit gefaßter Stimme als erste ihre Aussage. Sie ließ bei der Eidesformel die Berufung auf Gottes Hilfe weg, eine Entscheidung, die ein kurzes, besorgtes Stirnrunzeln bei ihrem Anwalt bewirkte. Aber sie lieferte ihm keinen weiteren Grund zur Sorge. Sie sagte aus, Sir Ronald sei wegen des Todes seines Sohnes bedrückt gewesen und habe sich, wie sie meinte, Vorwürfe gemacht, weil er sich nicht darum gekümmert hatte, daß Mark irgend etwas quälte. Er habe ihr mitgeteilt, daß er beabsichtige, einen Privatdetektiv hinzuzuziehen, und sie selbst sei es gewesen, die zuerst mit Miss Gray gesprochen und sie ins Garforth House gebracht habe. Miss Leaming sagte, sie habe sich dem Vorschlag widersetzt; sie habe keinen Sinn und Nutzen darin gesehen und gemeint, diese oberflächliche und fruchtlose Untersuchung würde Sir Ronald nur an das tragische Geschehen erinnern. Sie habe weder gewußt, daß Miss Gray eine Pistole besaß, noch daß Sir Ronald sie ihr weggenommen hatte. Sie sei bei dem Vorgespräch nicht dabeigewesen. Sir Ronald habe Miss Gray begleitet, um ihr das Zimmer seines Sohnes zu zeigen, während sie, Miss Leaming, nach einem Foto von Mr. Callender gesucht habe, um das Miss Gray gebeten hatte.

Der Untersuchungsrichter fragte sie freundlich nach der Nacht von Sir Ronalds Tod.

Miss Leaming sagte, Miss Gray sei kurz nach halb elf gekommen, um ihren ersten Bericht abzuliefern. Sie selbst sei gerade durch die Halle gegangen, als das Mädchen auftauchte. Miss Leaming habe sie darauf hingewiesen, daß es spät sei, aber Miss Gray habe gesagt, sie wolle den Fall aufgeben und nach London zurückfahren. Sie habe Miss Gray in das Arbeitszimmer geführt, wo Sir Ronald noch über seiner Arbeit saß. Sie seien, meinte sie, keine zwei Minuten zusammengewesen. Miss Gray sei dann aus dem Arbeitszimmer gekommen, und sie habe sie zum Auto begleitet; sie hätten nur kurz miteinander gesprochen. Miss Gray habe gesagt, Sir Ronald habe sie gebeten, am Morgen wegen der Abrechnung noch einmal vorbeizukommen. Sie habe nichts von einer Pistole erwähnt.

Sir Ronald habe erst eine halbe Stunde davor einen Anruf von der Polizei erhalten und gehört, daß sein Laborassistent Christopher Lunn bei einem Autounfall ums Leben gekommen sei. Sie habe Miss Gray die Nachricht über Lunn vor ihrem Gspräch mit Sir Ronald nicht mitgeteilt; es sei ihr nicht in den Sinn gekommen. Das Mädchen sei fast sofort in das Arbeitszimmer gegangen, um Sir Ronald zu sprechen. Miss Leaming sagte, sie hätten zusammen am Auto gestanden und geredet, als sie den Schuß hörten. Zuerst habe sie gedacht, es sei eine Fehlzündung bei einem Auto, aber dann habe sie gemerkt, daß es vom Haus gekommen war. Sie seien beide ins Arbeitszimmer gerannt und hätten Sir Ronald über dem Schreibtisch zusammengebrochen vorgefunden. Die Pistole habe unter seiner Hand auf dem Boden gelegen.

Nein, Sir Ronald habe ihr nie einen Anlaß gegeben, an die Möglichkeit einer Selbstmordabsicht zu denken. Sie glaube, er sei sehr unglücklich über den Tod von Mr. Lunn gewesen, aber das könne man schwer sagen. Sir Ronald sei kein Mann gewesen, der seine Gefühle zeigte. Er habe in letzter Zeit sehr hart gearbeitet und sei seit dem Tod seines Sohnes nicht mehr derselbe gewesen. Aber Miss Leaming habe keinen Augenblick geglaubt, Sir Ronald sei ein Mann, der seinem Leben selbst ein Ende machen würde.

Nach ihr machten die Polizisten ihre Aussagen, respektvoll, routiniert, wobei es ihnen aber gelang, den Eindruck zu vermitteln, daß das alles nichts Neues für sie war; sie hatten alles schon früher gesehen und würden es wieder sehen.

Nach ihnen kamen die Ärzte, darunter der Pathologe, der seine Aussage in einer, nach offensichtlicher Meinung des Gerichts, unnötigen Ausführlichkeit machte, als er sich über die Wirkung des Abfeuerns eines Teilmantel-Hohlspitzgeschosses von 5,8 Gramm in das menschliche Gehirn ausließ. Der Untersuchungsrichter fragte:

«Sie haben die Aussage der Polizei gehört, daß Sir Ronalds Daumenabdruck auf dem Abzug der Pistole war und am Griff Spuren von seiner Handfläche gefunden wurden. Was würden Sie daraus schließen?»

Der Pathologe wirkte ein wenig überrascht, daß er gebeten wurde, Schlüsse zu ziehen, doch er sagte, es sei klar, daß Sir Ronald die Pistole mit dem Daumen am Abzug gehalten habe, als er sie auf seinen Kopf richtete. Der Pathologe meinte, das sei die bequemste Art, wenn man die Lage der Eintrittswunde in Betracht ziehe.

Zuletzt wurde Cordelia in den Zeugenstand gerufen und leistete den Eid. Sie hatte sich einige Gedanken über die Richtigkeit ihres Tuns gemacht und überlegt, ob sie nicht Miss Leamings Beispiel folgen sollte. Es gab Augenblicke, gewöhnlich an einem sonnigen Ostermorgen, in denen sie wünschte, sie könne sich aufrichtig als Christin bezeichnen; aber für den Rest des Jahres wußte sie genau, was sie war – eine unverbesserliche Agnostikerin, allerdings anfällig für unvorhersehbare Rückfälle in den Glauben. Dies schien ihr jedoch ein Augenblick zu sein, in dem religiöse Gewissenhaftigkeit ein Luxus war, den sie sich nicht leisten konnte. Die Lügen, die sie jetzt erzählte, würden durch den Beigeschmack von Gotteslästerung nicht noch abscheulicher.

Der Untersuchungsrichter ließ sie ihre Geschichte ohne Unterbrechung erzählen. Sie spürte, daß das Gericht von ihrem Auftreten verwirrt war, aber doch Mitgefühl mit ihr hatte. Dieses eine Mal erwies sich der sorgfältig abgestufte Mittelklasseakzent, den sie in ihren sechs Jahren Klosterschule unbewußt angenommen hatte und der sie bei anderen Leuten oft genauso reizte, wie ihr eigener Tonfall ihren Vater geärgert hatte, als Vorteil. Sie trug ihr Kostüm und hatte sich ein schwarzes Chiffontuch als Kopfbedeckung gekauft. Sie vergaß auch nicht, daß sie den Untersuchungsrichter mit «Sir» anreden mußte.

Nachdem sie kurz Miss Leamings Geschichte bestätigt hatte, wie sie zu dem Fall gerufen worden war, sagte der Untersuchungsrichter:

«Und würden Sie jetzt, Miss Gray, dem Gericht erklären, was in der Nacht geschah, in der Sir Ronald Callender starb?»

«Ich hatte beschlossen, Sir, daß ich an dem Fall nicht mehr weiterarbeiten wollte. Ich hatte nichts Brauchbares entdeckt, und ich glaubte nicht, daß es etwas Brauchbares zu entdecken gab. Ich hatte in dem Gartenhaus gewohnt, in dem Mark Callender die letzten Wochen seines Lebens verbrachte, und ich war zu dem Schluß gekommen, daß das, was ich tat, nicht recht war, daß ich Geld dafür nahm, meine Nase in sein Privatleben zu stecken. Ich beschloß spontan, Sir Ronald mitzuteilen, daß ich den Fall abschließen wollte. Ich fuhr zum Garforth House. Ich kam etwa um halb elf dort an. Mir war klar, daß es spät war, aber ich wollte unbedingt am nächsten Morgen nach London zurückfahren. Ich sah Miss Leaming, als sie durch die Halle ging, und sie führte mich gleich in das Arbeitszimmer.»

«Würden Sie bitte dem Gericht beschreiben, wie Sie Sir Ronald antrafen?»

«Er schien müde und zerstreut zu sein. Ich versuchte zu erklären, warum ich den Fall aufgeben wollte, aber ich bin nicht sicher, ob er mir zuhörte. Er sagte, ich solle am nächsten Morgen wiederkommen, um mein Geld zu holen, und ich erwiderte, ich würde nur vorschlagen, meine Unkosten zu berechnen, möchte aber gern meine Pistole haben. Er tat das einfach mit einer Handbewegung ab und sagte: ‹Morgen früh, Miss Gray. Morgen früh.›»

«Und dann ließen Sie ihn allein?»

«Ja, Sir. Miss Leaming begleitete mich zum Auto, und ich wollte gerade wegfahren, als wir den Schuß hörten.»

«Sie haben die Pistole nicht bei Sir Ronald gesehen, solange Sie bei ihm im Arbeitszimmer waren?»

«Nein, Sir.»

«Er sprach nicht mit Ihnen von Lunns Tod und gab Ihnen keinen Hinweis, daß er an Selbstmord dachte?»

«Nein, Sir.»

Der Untersuchungsrichter kritzelte gedankenlos auf den Schreibblock vor sich. Ohne Cordelia anzusehen, sagte er:

«Und würden Sie, Miss Gray, dem Gericht nun bitte erklären, wie Sir Ronald zu Ihrer Pistole kam?»

Das war der schwierige Teil, aber Cordelia hatte ihn geprobt. Die Polizei in Cambridge war sehr gründlich gewesen. Sie hatten dieselben Fragen immer wieder gestellt. Sie wußte genau, wie Sir Ronald zu der Pistole gekommen war. Sie erinnerte sich an ein Stück Dalglieshscher Lehre, das Bernie berichtet hatte und das ihr damals eher wie ein passender Ratschlag für einen Kriminellen als für einen Detektiv vorgekommen war. «Erzähle nie eine unnötige Lüge; die Wahrheit hat große Gewalt. Die klügsten Mörder sind nicht etwa geschnappt worden, weil sie die eine wesentliche Lüge erzählt haben, sondern weil sie fortwährend bei unwichtigen Kleinigkeiten gelogen haben, wo die Wahrheit ihnen nicht hätte schaden können.»

Sie sagte:

«Die Pistole gehörte meinem Partner, Mr. Pryde, und er war sehr stolz darauf. Als er sich umbrachte, war mir klar, daß er sie mir hinterlassen wollte. Deshalb hat er sich die Pulsadern aufgeschnitten, anstatt sich zu erschießen, was schneller und einfacher gewesen wäre.»

Der Untersuchungsrichter sah aufmerksam auf.

«Und Sie waren dabei, als er sich umbrachte?»

«Nein, Sir. Aber ich fand die Leiche.»

Ein mitfühlendes Gemurmel ging durch den Gerichtssaal; sie konnte die Anteilnahme spüren.

«Wußten Sie, daß die Pistole nicht angemeldet war?»

«Nein, Sir, aber ich hatte wohl den Verdacht, daß sie es nicht war. Ich nahm sie hierher mit, weil ich sie nicht im Büro lassen wollte und weil es ein beruhigendes Gefühl war. Ich wollte das mit dem Waffenschein nachprüfen, sobald ich zurück sein würde. Ich hatte nicht vor, die Pistole jemals zu benutzen. Ich habe eigentlich gar keine tödliche Waffe in ihr gesehen. Das war nur einfach mein erster Fall, und Bernie hatte sie mir hinterlassen, und ich fühlte mich wohler, wenn ich sie bei mir hatte.»

«Ich verstehe», sagte der Untersuchungsrichter.

Cordelia glaubte, daß er es wohl tatsächlich verstand und das Gericht genauso. Es fiel ihnen nicht schwer, ihr zu glauben, weil sie die – wenn auch etwas unwahrscheinliche – Wahrheit erzählte. Jetzt, wo sie im Begriff war zu lügen, würden sie ihr weiter glauben.

«Und würden Sie dem Gericht nun bitte sagen, wie es dazu kam, daß Sir Ronald Ihnen die Pistole wegnahm?»

«Das war bei meinem ersten Besuch im Garforth House, als Sir Ronald mir das Zimmer seines Sohnes zeigte. Er wußte, daß ich der alleinige Inhaber des Büros war, und er fragte mich, ob es nicht ein schwieriger und ziemlich beängstigender Beruf für eine Frau sei. Ich sagte, ich hätte keine Angst, ich hätte ja Bernies Pistole. Als er merkte, daß ich sie in meiner Tasche bei mir hatte, verlangte er, daß ich sie ihm gebe. Er sagte, er habe nicht die Absicht, jemanden anzustellen, der eine Gefahr für andere Menschen und für sich selbst werden könnte. Er sagte, er wolle die Verantwortung nicht übernehmen. Er nahm die Pistole und die Munition an sich.»

«Und was machte er mit der Pistole?»

Cordelia hatte gründlich über diesen Punkt nachgedacht. Es war klar, daß er sie nicht in der Hand nach unten getragen hätte, sonst hätte Miss Leaming sie gesehen. Am liebsten hätte sie gesagt, er habe sie in eine Schublade in Marks Zimmer gelegt, aber sie konnte sich nicht daran erinnern, ob der Nachttisch überhaupt Schubladen hatte. Sie sagte:

«Er brachte sie aus den Zimmer, er sagte mir nicht wohin. Er war nur einen Augenblick weg, und dann gingen wir zusammen nach unten.»

«Und Sie haben die Pistole nicht mehr wieder zu Gesicht bekommen, bis Sie sie auf dem Boden unter Sir Ronalds Hand sahen, als Sie und Miss Leaming die Leiche fanden?»

«Nein, Sir.»

Cordelia war die letzte Zeugin. Das Urteil war schnell gefällt, ein Urteil, das, wie das Gericht offensichtlich meinte, für Sir Ronalds peinlich genaues wissenschaftliches Denken annehmbar gewesen wäre. Es besagte, daß der Verstorbene sich das Leben genommen hatte, daß es aber keinen Hinweis auf seinen Geisteszustand gab. Der Untersuchungsrichter sprach schließlich die obligatorische Warnung über die Gefährlichkeit von Schußwaffen aus. Schußwaffen, erfuhr das Gericht, konnten Menschen töten. Er verstand es, seine Überzeugung deutlich zu machen, daß besonders Waffen ohne den zugehörigen Waffenschein diese Gefahren heraufbeschworen. Er sprach keine Kritik an Cordelia persönlich aus, obwohl man deutlich merkte, daß diese Zurückhaltung ihn einige Anstrengung kostete. Er erhob sich, und das Gericht erhob sich mit ihm.

Nachdem der Untersuchungsrichter die Richterbank verlassen hatte, löste sich das Publikum in kleine flüsternde Gruppen auf. Miss Leaming wurde sofort umringt. Cordelia sah sie Hände schütteln, Beileidsbekundungen entgegennehmen, mit ernstem, zustimmendem Gesicht den ersten zögernden Vorschlägen für einen Gedenkgottesdienst zuhören. Cordelia fragte sich, wie sie nur jemals befürchten konnte, man würde Miss Leaming verdächtigen. Sie selbst stand ein wenig abseits, als Straffällige. Sie wußte, daß die Polizei sie wegen des illegalen Besitzes einer Pistole belangen würde. Das mußten sie auf jeden Fall tun. Gewiß, die Strafe würde mild ausfallen, falls sie überhaupt bestraft würde. Aber für den Rest ihres Lebens bliebe sie das Mädchen, dessen Sorglosigkeit und Naivität England um einen seiner hervorragendsten Naturwissenschaftler gebracht hatte.

Wie Hugo gesagt hatte, waren alle Cambridger Selbstmörder hochbegabt. Aber bei diesem konnte es kaum Zweifel geben. Sein Tod würde Sir Ronald wahrscheinlich in den Rang eines Genies erheben.

Fast unbemerkt kam sie allein aus dem Gerichtssaal hinaus auf den Market Hill. Hugo mußte gewartet haben; jetzt schloß er sich ihr an.

«Wie ist es gelaufen? Ich muß schon sagen, der Tod scheint Ihnen zu folgen, nicht wahr?»

«Es ist gutgegangen. Aber eher scheine ich dem Tod zu folgen.»

«Ich nehme an, er erschoß sich selbst?»

«Ja. Er erschoß sich selbst.»

«Und mit Ihrer Pistole?»

«Wie Sie wohl wissen, wenn Sie im Gericht waren. Ich habe Sie nicht gesehen.»

«Ich war nicht da. Ich hatte eine Übung, aber die Neuigkeit hat sich tatsächlich herumgesprochen. Ich würde mich darüber nicht aufregen. Ronald Callender war nicht so bedeutend, wie manche Leute in Cambridge vielleicht gern glauben wollen.»

«Sie wissen nichts von ihm. Er war ein Mensch, und er ist tot. Diese Tatsache ist immer wichtig.»

«Ach nein, Cordelia, das ist sie nicht. Der Tod ist das am wenigsten wichtige Ding an uns. Trösten Sie sich mit Joseph Hall. ‹Der Tod grenzt an unsere Geburt, und unsere Wiege steht im Grab.› Und er wählte doch selbst die Waffe, selbst den Zeitpunkt. Er hatte von sich genug. Viele Menschen hatten genug von ihm.»

Sie gingen zusammen die St. Edward's Passage in Richtung King's Parade hinunter. Cordelia wußte nicht genau, wohin sie eigentlich gingen. Aber im Augenblick wollte sie nur einfach reden, und sie fand ihren Begleiter nicht unangenehm. Sie fragte:

«Wo ist Isabelle?»

«Isabelle ist zu Hause in Lyon. Der Papa tauchte gestern überraschend auf und fand, daß Mademoiselle nicht genug tat für ihr Geld. Papa beschloß, daß die gute Isabelle weniger – oder vielleicht auch mehr – aus ihrer Erziehung in Cambridge machte, als er erwartet hatte. Ich glaube, Sie brauchen sich um sie keine Gedanken zu machen. Isabelle ist jetzt ziemlich sicher. Selbst wenn die Polizei tatsächlich beschließt, es sei den Weg nach Frankreich wert, sie zu verhören – und warum in aller Welt sollte sie das? –, wird es ihnen nichts nützen. Der Papa wird sie mit einem Wall von Anwälten umgeben. Er ist im Augenblick nicht in der Stimmung, sich von Engländern irgendwelchen Unsinn bieten zu lassen.»

«Und wie steht es mit Ihnen? Falls Sie jemand fragt, wie Mark starb, werden Sie nie die Wahrheit sagen?»

«Was glauben Sie denn! Sophie, Davie und ich sind absolut verschwiegen. Ich bin zuverlässig, wenn es ums Wesentliche geht.»

Einen Augenblick lang wünschte Cordelia, er wäre auch in weniger wesentlichen Dingen zuverlässig. Sie fragte:

«Tut es Ihnen leid, daß Isabelle weggegangen ist?»

«Ziemlich. Schönheit ist verwirrend; sie sabotiert den gesunden Menschenverstand. Ich konnte nie ganz schlucken, daß Isabelle war, was sie wirklich ist: eine großzügige, träge, sehr zärtliche und dumme junge Frau. Ich dachte, jede Frau, die so schön ist wie sie, müsse eine natürliche Begabung zum Leben haben, einen Zugang zu irgendeiner geheimen Weisheit, die jenseits von Klugheit liegt. Jedesmal wenn sie diesen köstlichen Mund öffnete, erwartete ich, sie würde das Leben erleuchten. Ich glaube, ich hätte mein ganzes Leben damit verbringen können, sie einfach anzusehen und auf das Orakel zu warten. Und alles, worüber sie reden konnte, waren Kleider.»

«Armer Hugo.»

«Nichts armer Hugo. Ich bin nicht unglücklich. Das Geheimnis der Zufriedenheit ist, nie etwas zu wollen, von dem einem die Vernunft sagt, daß man keine Möglichkeit hat, es zu bekommen.»

Cordelia dachte daran, daß er jung war, wohlhabend, klug, wenn vielleicht auch nicht außerordentlich klug, gut aussehend; es gab nicht viel, worauf er unter diesen oder irgendwelchen anderen Gesichtspunkten würde verzichten müssen.

Sie hörte ihn sprechen:

«Warum bleiben Sie nicht eine Woche oder so in Cambridge und lassen sich von mir die Stadt zeigen? Sophie würde Ihnen ihr freies Zimmer überlassen.»

«Nein, vielen Dank, Hugo. Ich muß nach London zurück.»

Es wartete in London nichts auf sie, aber Hugo konnte ihr auch nichts bieten in Cambridge. Es gab nur einen Grund, in dieser Stadt zu bleiben. Sie wollte bis Sonntag, bis zu ihrem Treffen mit Miss Leaming, im Gartenhaus wohnen. Danach war, soweit es sie betraf, der Fall Mark Callender für immer abgeschlossen.

Der Spätgottesdienst am Sonntagnachmittag war vorbei, und die Gemeinde, die in respektvoller Stille dem Gesang der Responsorien, Psalmen und Choräle von einem der vorzüglichsten Chöre der Welt gelauscht hatte, erhob sich und sang mit freudiger Hingabe die letzte Hymne mit. Cordelia stand auf und sang mit ihnen. Sie hatte sich an das Ende ihrer Reihe gesetzt, nicht weit vom Lettner mit seinem reichen Schnitzwerk. Von hier aus konnte sie in den Chor sehen. Die Gewänder der Chorsänger leuchteten scharlachrot und weiß auf; die Kerzen flackerten in Muster bildenden Reihen und hohen Kreisen aus goldenem Licht; zwei hohe, schlanke Kerzen standen zu beiden Seiten des Rubens über dem Hochaltar, der in weiches Licht getaucht war und von weitem wie ein Fleck aus Karminrot, Blau und Gold aussah. Der Segen wurde gesprochen, das letzte Amen tadellos gesungen, und der Chor begann sittsam im Gänsemarsch aus dem Chorraum zu marschieren. Das Südportal wurde geöffnet, und Sonnenlicht flutete in die Kapelle. Die Mitglieder des Colleges, die am Gottesdienst teilgenommen hatten, schlenderten hinter dem Rektor und den Dozenten in zwanglosem Durcheinander hinaus, die vorgeschriebenen Chorhemden hingen schmuddelig und schlaff über den in einem fröhlichen Mißverhältnis dazu stehenden Kord- und Tweedhosen. Die große Orgel schnaufte und stöhnte wie ein atemholendes Tier, bevor sie ihre herrliche Stimme in einer Bach-Fuge erklingen ließ. Cordelia saß still auf ihrem Platz, lauschte und wartete. Jetzt drängte sich die Gemeinde durch den Mittelgang, kleine Gruppen in leichten, bunten Sommerkleidern, die sich leise unterhielten, ernste junge Männer im feierlichen, sonntäglichen Schwarz, Touristen mit illustrierten Führern in der Hand, fast verlegen wegen ihrer aufdringlichen Fotoapparate, eine Gruppe von Nonnen mit stillen, fröhlichen Gesichtern.

Miss Leaming war eine der letzten, eine hohe Gestalt in einem grauen Leinenkleid und weißen Handschuhen, ohne Kopfbedekkung, eine weiße Strickjacke gegen die Kühle in der Kapelle hatte sie lose um die Schultern gelegt. Sie war offenbar allein und unbeobachtet, und ihre sorgfältig gespielte Überraschung, als sie Cordelia erkannte, war vermutlich eine überflüssige Vorsichtsmaßnahme. Sie gingen nebeneinander aus der Kapelle.

Auf dem Kiesweg vor der Tür drängten sich die Menschen. Eine kleine Gruppe von Japanern, mit Kameras samt Zubehör behängt, mischte ihr hohes, abgehacktes Geschnatter unter das gedämpfte Sonntagnachmittagsgeplauder. Von hier aus war das Silberband des Cam unsichtbar, aber die halbierten Körper der Bootsfahrer glitten vor dem gegenüberliegenden Ufer wie Marionetten vorbei, hoben die Arme über die Stange und drehten sich, um sie nach hinten zu stoßen, als nähmen sie an einem rituellen Tanz teil. Der weite Rasen lag schattenlos in der Sonne, ein Inbegriff von Grün, das die duftende Luft färbte. Ein zierlicher älterer Tutor in Talar und Mütze humpelte über das Gras; die Ärmel seines Talars fingen einen vereinzelten Luftzug auf und blähten sich, so daß er wie eine riesige, flügellahme Krähe aussah, die mühsam versuchte, sich in die Luft zu erheben. Miss Leaming sagte, als hätte Cordelia um eine Erklärung gebeten:

«Er ist Mitglied des Lehrkörpers. Der geheiligte Rasen wird deshalb von seinen Füßen nicht befleckt.»

Sie gingen schweigend am Gibbs Building vorbei. Cordelia fragte sich, wann Miss Leaming etwas sagen würde. Als sie schließlich anfing, kam ihre erste Frage überraschend:

«Glauben Sie, Sie können etwas daraus machen?»

Als Sie Cordelias Verwunderung merkte, fügte sie ungeduldig hinzu:

«Das Detektivbüro. Glauben Sie, daß Sie es schaffen können?»

«Ich muß es versuchen. Es ist die einzige Arbeit, die ich kann.»

Sie hatte nicht die Absicht, ihre Zuneigung und Treue gegenüber Bernie vor Miss Leaming zu rechtfertigen; es hätte ihr sogar Schwierigkeiten bereitet, es sich selbst zu erklären.

«Ihre laufenden Unkosten sind zu hoch.»

Das war eine Erklärung, die mit dem ganzen Nachdruck eines Urteilsspruchs geäußert wurde.

«Meinen Sie das Büro und den Mini?» fragte Cordelia.

«Ja. In Ihrem Beruf sehe ich nicht, wie eine einzige Person genügend Einkommen hereinbringen kann, um die Ausgaben zu decken. Sie können nicht im Büro sitzen, um Aufträge entgegenzunehmen und Briefe zu schreiben, und gleichzeitig draußen sein und Fälle lösen. Auf der anderen Seite glaube ich nicht, daß Sie sich eine Hilfe leisten können.»

«Noch nicht. Ich habe daran gedacht, mir einen automatischen Telefonbeantworter zuzulegen. Damit gingen die Aufträge klar, obwohl die Klienten natürlich viel lieber ins Büro kommen und ihren Fall besprechen. Wenn ich nur genug Spesen mache, um davon leben zu können, dann können die Honorare die laufenden Unkosten decken.»

«Falls es Honorare gibt.»

Darauf war nichts zu erwidern, und sie gingen schweigend eine Weile weiter. Dann sagte Miss Leaming:

«Sie bekommen jedenfalls die Spesen für diesen Fall. Das sollte Ihnen wenigstens bei der Geldstrafe wegen unerlaubten Waffenbesitzes helfen. Ich habe die Sache meinem Anwalt übergeben. Sie dürften recht bald einen Scheck erhalten.»

«Ich möchte für diesen Fall kein Geld nehmen.»

«Das kann ich verstehen. Wie Sie Ronald erklärt haben, fällt das unter Ihre Fairplay-Klausel. Strenggenommen haben Sie keinen Rechtsanspruch. Trotzdem meine ich, daß es weniger verdächtig aussieht, wenn Sie sich Ihre Auslagen erstatten lassen. Würden Ihnen dreißig Pfund angemessen erscheinen?»

«Voll und ganz, vielen Dank.»

Sie hatten das Ende des Rasens erreicht und waren in Richtung King's Bridge abgebogen. Miss Leaming sagte:

«Ich werde Ihnen für den Rest meines Lebens zu Dank verpflichtet sein. Das bedeutet für mich eine ungewohnte Demütigung, und ich weiß nicht recht, ob mir das gefällt.»

«Sie brauchen es nicht so zu empfinden. Ich habe an Mark gedacht, nicht an Sie.»

«Ich dachte, Sie hätten vielleicht im Dienst der Gerechtigkeit oder irgendeiner ähnlich abstrakten Sache gehandelt.»

«Ich habe an nichts Abstraktes gedacht. Ich habe an einen Menschen gedacht.»

Sie hatten jetzt die Brücke erreicht. Sie lehnten sich nebeneinander über das Brückengeländer und schauten in das glitzernde Wasser hinunter. Die Wege, die zu der Brücke führten, waren für ein paar Minuten menschenleer. Miss Leaming sagte:

«Wissen Sie, es ist nicht schwer, eine Schwangerschaft vorzutäuschen. Man braucht dazu nur ein lockeres Korsett und ein geschicktes Polster. Es ist natürlich erniedrigend für eine Frau, fast unanständig, wenn sie zufällig unfruchtbar ist. Aber schwierig ist es nicht, besonders wenn sie nicht ständig beobachtet wird. Das war bei Evelyn nicht der Fall. Sie war immer eine scheue, verschlossene Frau gewesen. Bei ihr rechnete man ohnehin damit, daß sie übertrieben zurückhaltend wäre mit ihrer Schwangerschaft. In Garforth House gab es nicht die Scharen von Freunden und Verwandten, die Horrorgeschichten über Schwangerschaftsuntersuchungen und -übungen ausgetauscht und ihren Bauch getätschelt hätten. Wir mußten natürlich diese lästige, dumme Nanny Pilbeam loswerden. Ronald sah ihren Weggang als einen zusätzlichen Gewinn der Pseudo-Schwangerschaft an. Er hatte es satt, daß jemand mit ihm sprach, als wäre er immer noch Ronnie Callender, der aufgeweckte Gymnasiast aus Harrogate.»

Cordelia sagte:

«Mrs. Goddard erzählte mir, Mark habe seiner Mutter sehr ähnlich gesehen.»

«So, hat sie das? Sie war genauso sentimental wie dumm.»

Cordelia erwiderte nichts. Nach kurzem Schweigen fuhr Miss Leaming fort:

«Ich entdeckte, daß ich von Ronald ein Kind erwartete, ungefähr zur gleichen Zeit, als ein Londoner Spezialist bestätigte, was wir alle drei schon vermutet hatten, daß nämlich eine Empfängnis für Evelyn höchst unwahrscheinlich war. Ich wollte das Kind haben; Ronald wollte unbedingt einen Sohn; Evelyns Vater war von dem Wunsch nach einem Enkelsohn geradezu besessen, und er war bereit, sich von einer halben Million zu trennen, um es zu beweisen. Es war alles so einfach. Ich gab meinen Lehrberuf auf und zog mich in die sichere Anonymität von London zurück, und Evelyn erzählte ihrem Vater, sie sei endlich schwanger. Weder Ronald noch ich hatten ein schlechtes Gewissen, George Bottley zu beschwindeln. Er war ein arroganter, rücksichtsloser, selbstzufriedener Narr, der sich nicht vorstellen konnte, wie die Welt sich ohne einen Nachkommen, der sie überwachte, weiterdrehen würde. Er finanzierte sogar seine eigene Täuschung. Die Schecks für Evelyn begannen einzutreffen, jeder mit ein paar beschwörenden Worten, sie solle auf ihre Gesundheit achten, die besten Londoner Ärzte aufsuchen, ruhen, Ferien im Süden machen. Sie hatte Italien immer geliebt, und Italien wurde in den Plan einbezogen. Wir drei trafen uns alle zwei Monate in London und flogen zusammen nach Pisa. Ronald mietete dann eine kleine Villa außerhalb von Florenz, und sobald wir dort waren, wurde ich Mrs. Callender und Evelyn trat an meine Stelle. Wir hatten nur Aushilfspersonal, und die hatten keinen Grund, unsere Pässe zu sehen. Sie gewöhnten sich an unsere Besuche, auch der Arzt dort, den wir zur Überwachung meiner Gesundheit zuzogen. Die Einheimischen hielten es für schmeichelhaft, daß die englische Dame Italien so liebte, daß sie so kurz vor der Entbindung Monat für Monat wiederkam.»

Cordelia fragte:

«Aber wie konnte sie das tun, wie konnte sie es ertragen, mit Ihnen dort im Haus zu sein, Sie mit ihrem Mann zu sehen, zu wissen, daß Sie von ihm ein Kind haben würden?»

«Sie tat es, weil sie Ronald liebte und ihn auf keinen Fall verlieren wollte. Sie war als Ehefrau nicht sehr erfolgreich gewesen. Was wäre ihr noch vom Leben geblieben, wenn sie ihren Mann verloren hätte? Sie hätte nicht zu ihrem Vater zurückgehen können. Außerdem konnten wir sie bestechen. Sie sollte das Kind haben. Wenn sie abgelehnt hätte, dann hätte Ronald sie verlassen und die Scheidung eingereicht, um mich zu heiraten.»

«Ich hätte ihn lieber sitzenlassen und wäre Türschwellen scheuern gegangen.»

«Nicht jeder hat das Talent, Türschwellen zu scheuern, und nicht jeder verfügt über Ihre Fähigkeit zu moralischer Entrüstung. Evelyn war religiös. Sie war deshalb in Selbsttäuschung geübt. Sie redete sich ein, daß alles, was wir taten, zum Besten des Kindes wäre.»

«Und ihr Vater? War er nie mißtrauisch?»

«Er verachtete sie wegen ihrer Frömmigkeit. Schon immer. Psychologisch gesehen, konnte er kaum dieser Abneigung nachgeben und sie gleichzeitig für fähig halten, ihn zu täuschen. Außerdem brauchte er unbedingt dieses Enkelkind. Es wäre ihm nie in den Sinn gekommen, daß dieses Kind vielleicht nicht ihres wäre. Und er hatte das Untersuchungsergebnis eines Arztes. Bei unserem dritten Besuch in Italien erzählten wir Doktor Sartori, daß Mrs. Callenders Vater sich Sorgen wegen ihrer Betreuung mache. Auf unsere Bitte schrieb er einen beruhigenden Bericht über den Fortschritt der Schwangerschaft. Wir gingen zwei Wochen bevor das Baby erwartet wurde, zusammen nach Florenz und blieben dort, bis Mark kam. Zum Glück kam er ein paar Tage zu früh. Wir waren so weitsichtig gewesen, das errechnete Datum der Entbindung zurückzuverlegen, so daß es ganz natürlich aussah, als habe Evelyn wider Erwarten eine Frühgeburt gehabt. Doktor Sartori erledigte alles Notwendige mit vorzüglicher Sachkenntnis, und wir drei kamen mit dem Baby und einer Geburtsurkunde auf den richtigen Namen nach Hause.»

Cordelia sagte:

«Und neun Monate später war Mrs. Callender tot.»

«Er hat sie nicht getötet, falls Sie das gedacht haben. Er war wirklich nicht das Ungeheuer, das Sie sich vorstellen, wenigstens nicht damals. Aber in gewissem Sinne haben wir beide sie zugrunde gerichtet. Sie hätte einen Spezialisten haben müssen, auf jeden Fall einen besseren Arzt als diesen unfähigen Narren Gladwin. Aber wir drei hatten schreckliche Angst, ein tüchtiger Arzt würde merken, daß sie kein Kind geboren hatte. Sie war genauso besorgt wie wir. Sie bestand darauf, daß kein anderer Arzt zugezogen würde. Sie hatte das Kind nämlich allmählich liebgewonnen. Also starb sie und wurde eingeäschert, und wir wähnten uns für immer in Sicherheit.»

«Sie hat Mark eine Nachricht hinterlassen, bevor sie starb, nur ein paar Buchstaben, die sie in ihr Gebetbuch kritzelte. Sie teilte ihm ihre Blutgruppe mit.»

«Wir wußten, daß die Blutgruppen eine Gefahr waren. Ronald hatte Blutproben von uns genommen und die notwendigen Untersuchungen gemacht. Aber nachdem sie tot war, endete auch diese Sorge.»

Eine Zeitlang herrschte Schweigen. Cordelia sah eine kleine Touristengruppe den Weg zur Brücke herunterkommen. Dann sagte Miss Leaming:

«Die Ironie dabei ist, daß Ronald ihn nie wirklich geliebt hat. Marks Großvater betete ihn an; da gab es keine Schwierigkeiten. Er hinterließ Evelyn sein halbes Vermögen, und es fiel automatisch an ihren Mann. Mark sollte die andere Hälfte an seinem fünfundzwanzigsten Geburtstag bekommen. Aber Ronald machte sich nie etwas aus seinem Sohn. Er stellte fest, daß er ihn nicht lieben konnte, und mir war es nicht erlaubt. Ich sah ihn groß werden und in die Schule gehen. Aber ich durfte ihn nicht lieben. Ich strickte ihm einen Pullover nach dem anderen. Es war fast eine fixe Idee.

Die Muster wurden kniffliger und die Wolle dicker, als er größer wurde. Armer Mark, er muß mich für verrückt gehalten haben, eine komische, unzufriedene Frau, ohne die sein Vater nicht auskommen konnte, die er aber nicht heiraten wollte.»

«Im Gartenhaus sind noch ein paar von diesen Stricksachen. Was soll ich mit ihnen machen, was wäre Ihnen am liebsten?»

«Nehmen Sie sie mit und geben sie jemandem, der sie braucht. Oder meinen Sie, ich sollte sie auftrennen und etwas Neues daraus stricken? Glauben Sie, das wäre eine angemessene Geste, symbolisch für vergebliche Mühe, Mitleid, Sinnlosigkeit?»

«Ich werde Verwendung dafür finden. Und seine Bücher?»

«Bringen Sie sie auch weg. Ich kann das Gartenhaus nicht mehr betreten. Schaffen Sie alles weg, wenn Sie wollen.»

Die kleine Touristengruppe war jetzt ganz nahe, aber alle schienen ganz von ihren eigenen Gesprächen in Anspruch genommen. Miss Leaming holte einen Umschlag aus der Tasche und überreichte ihn Cordelia:

«Ich habe ein kurzes Geständnis aufgeschrieben. Es kommt darin nichts von Mark vor, nichts über seinen Tod oder was Sie entdeckt haben. Es ist nur eine knappe Aussage, daß ich Ronald Callender unmittelbar, nachdem Sie Garforth House verlassen hatten, erschossen und Sie gezwungen habe, meine Geschichte zu unterstützen. Sie legen es am besten an einen sicheren Ort. Eines Tages können Sie es vielleicht gebrauchen.»

Cordelia sah, daß der Umschlag an sie selbst adressiert war. Sie öffnete ihn nicht. Sie sagte:

«Jetzt ist es zu spät. Wenn Sie bedauern, was wir getan haben, hätten Sie früher reden müssen. Der Fall ist jetzt abgeschlossen.

«Ich empfinde keine Reue. Ich bin froh, daß wir so gehandelt haben. Aber der Fall ist vielleicht noch nicht vorbei.»

«Aber natürlich ist er vorbei! Das Gericht hat das Urteil gesprochen.»

«Ronald hatte eine Reihe sehr mächtiger Freunde. Sie verfügen über Einfluß, den sie von Zeit zu Zeit gern geltend machen, und sei es auch nur, um zu zeigen, daß sie ihn noch haben.»

«Aber sie können diesen Fall nicht wieder aufrollen lassen! Es ist doch praktisch ein Parlamentsbeschluß nötig, um den Urteilsspruch eines Untersuchungsrichters aufzuheben.»

«Ich sage nicht, daß sie das versuchen werden. Aber sie stellen vielleicht Fragen. Sie flüstern vielleicht, wie man so schön sagt, ein leises Wort ins richtige Ohr. Und die richtigen Ohren finden die im allgemeinen immer. Auf diese Art gehen sie vor. Solche Leute sind das.»

Cordelia sagte plötzlich:

«Haben Sie ein Feuerzeug?»

Ohne Frage oder Widerspruch machte Miss Leaming ihre Handtasche auf und reichte ihr ein elegantes silbernes Feuerzeug. Cordelia rauchte nicht und konnte damit nicht umgehen. Sie mußte es dreimal versuchen, ehe der Docht entflammte. Dann lehnte sie sich über das Brückengeländer und brannte eine Ecke des Umschlags an.

Die weißglühende Flamme war in dem stärkeren Licht der Sonne unsichtbar. Alles, was Cordelia sehen konnte, war ein schmaler Rand von zuckendem purpurrotem Licht, während die Flamme sich in das Papier fraß und die verkohlten Ränder größer wurden. Der beißende Brandgeruch wurde vom Wind verweht. Erst als die Flamme ihre Finger färbte, ließ Cordelia den immer noch brennenden Umschlag fallen und sah ihm nach, wie er sich drehte und wendete, als er klein und zart wie eine Schneeflocke hinunterschwebte und sich schließlich im Cam verlor. Sie sagte:

«Ihr Geliebter hat sich selbst erschossen. Das ist alles, woran wir uns jetzt und in Zukunft zu erinnern brauchen.»

Sie sprachen nicht mehr weiter von Ronald Callenders Tod, sondern gingen schweigend über den von Ulmen gesäumten Weg auf die Backs zu. Einmal warf Miss Leaming einen Blick auf Cordelia und sagte in einem aufgebrachten, verdrießlichen Ton:

«Sie sehen erstaunlich gut aus!»

Cordelia betrachtete diesen kurzen Ausbruch als den Groll der Frau in mittleren Jahren über die Spannkraft der Jungen, die sich so schnell von körperlichen Strapazen erholen konnten. Es hatte nur einer Nacht langen und tiefen Schlafes bedurft, um sie wieder in den Zustand zu versetzen, den Bernie mit aufreizender Sprödigkeit als kläräugig und widerborstig zu beschreiben pflegte. Auch ohne die Wohltat eines heißen Bades war die aufgesprungene Haut auf ihren Schultern und auf dem Rücken sauber geheilt. Körperlich hatten die Ereignisse der letzten vierzehn Tage sie unbeschadet gelassen. Bei Miss Leaming war sie nicht so sicher. Das glatte platinblonde Haar war immer noch makellos um den Kopf gelegt und frisiert; sie trug ihre Kleider immer noch mit kühler Vornehmheit, als sei es wichtig, die tüchtige und unermüdliche Gehilfin eines berühmten Mannes darzustellen. Aber die bleiche Haut zeigte nun einen Anflug von Grau; ihre Augen waren tief umschattet und die beginnenden Linien an den Mundwinkeln und auf der Stirn waren tiefer geworden, so daß das Gesicht zum erstenmal alt und angestrengt aussah.

Sie gingen durch das King's Gate und wandten sich nach rechts. Cordelia hatte einen freien Platz gefunden und den Mini ein paar Schritte neben dem Tor geparkt; Miss Leamings Rover stand noch ein Stück weiter unten an der Queen's Road. Sie gab Cordelia einen kurzen, aber festen Händedruck und sagte so unbewegt auf Wiedersehen, als wären sie Cambridger Bekannte, die sich nach einer unerwarteten Begegnung beim Spätgottesdienst ungewöhnlich förmlich voneinander verabschiedeten. Sie lächelte nicht. Cordelia beobachtete die hohe, eckige Gestalt, wie sie den Weg unter den Bäumen auf das John's Gate zuschritt. Sie schaute sich nicht um. Cordelia fragte sich, wann, wenn überhaupt, sie sich wohl wiedersehen würden. Es war nur schwer vorstellbar, daß sie sich bloß viermal begegnet waren. Sie hatten nichts miteinander gemeinsam als ihr Geschlecht; allerdings hatte Cordelia in den Tagen, die auf Ronald Callenders Ermordung gefolgt waren, gemerkt, wie stark diese weibliche Loyalität sein konnte. Und dabei mochten sie einander nicht einmal, wie Miss Leaming selbst gesagt hatte. Aber jede hatte die Sicherheit der anderen in der Hand. Es gab Augenblicke, wo ihr Geheimnis Cordelia in seiner Ungeheuerlichkeit fast entsetzte. Aber diese Augenblicke waren selten und würden noch seltener werden. Die Zeit würde die Bedeutung ihres Geheimnisses unweigerlich mindern. Das Leben ging weiter. Keine von ihnen würde es jemals völlig vergessen, solange die Gehirnzellen lebten, aber sie konnte sich vorstellen, daß einmal der Tag käme, an dem sie einander flüchtig in einem Theater oder Restaurant sehen oder wehrlos von U-Bahn-Rolltreppen aneinander vorbeigetragen würden und sich dann fragten, ob das wirklich irgendwann einmal geschehen war, woran sich beide im Schock des Wiedererkennens erinnern würden. Bereits jetzt, erst vier Tage nach der Voruntersuchung, ordnete sich die Ermordung Ronald Callenders allmählich in die Landschaft der Vergangenheit ein.

Es gab nichts mehr, was sie noch länger im Gartenhaus gehalten hätte. Sie verbrachte eine Stunde damit, wie besessen die Zimmer zu säubern und aufzuräumen, die wahrscheinlich für Wochen keiner betreten würde. Sie goß frisches Wasser in den Becher mit Schlüsselblumen auf dem Wohnzimmertisch. In drei Tagen würden sie verwelkt sein, und niemand würde es bemerken, aber sie brachte es nicht übers Herz, die noch frischen Blumen wegzuwerfen. Sie ging hinaus zum Schuppen und betrachtete die Flasche mit saurer Milch und den Rindfleischeintopf. Ihr erster Gedanke war, beides zu nehmen und in die Toilette zu schütten. Aber sie waren ein Teil der Beweisführung. Sie würde diese Beweise nicht mehr brauchen, aber sollten sie vollkommen vernichtet werden? Sie erinnerte sich an Bernies ständig wiederholte Ermahnung. «Vernichte niemals ein Beweisstück.» Der Kriminalrat hatte viele warnende Geschichten auf Lager gehabt, um die Wichtigkeit dieses Grundsatzes zu unterstreichen. Am Ende beschloß sie, die Stücke zu fotografieren, indem sie sie auf dem Küchentisch aufbaute und genau auf die Belichtungszeit und Lichtverhältnisse achtete. Es schien ihr eine nutzlose, ein wenig lächerliche Übung zu sein, und sie war froh, als sie es erledigt hatte und der widerliche Inhalt von Flasche und Kochtopf beseitigt werden konnte. Danach wusch sie beide Gefäße aus und ließ sie in der Küche.

Zuletzt packte sie ihre Tasche und verstaute ihr Gepäck zusammen mit Marks Pullovern und Büchern im Mini. Als sie die dicken Wollsachen zusammenlegte, dachte sie an Dr. Gladwin, wie er in seinem Garten hinter dem Haus saß, mit seinen ausgetrockneten Adern, die auch die Sonne nicht mehr wärmte. Ihm würden die Pullover nutzen, aber sie konnte sie ihm nicht bringen. Eine solche Geste wäre vielleicht von Mark angenommen worden, aber nicht von ihr.

Sie verschloß die Tür und legte den Schlüssel unter einen Stein. Sie konnte Miss Markland nicht noch einmal gegenübertreten, wollte ihn aber auch keinem anderen Mitglied der Familie aushändigen. Sie würde warten, bis sie in London war, dann einen kurzen Brief an Miss Markland schicken, in dem sie ihr für ihre Freundlichkeit danken und erklären würde, wo der Schlüssel zu finden war. Sie ging zum letztenmal durch den Garten. Sie war sich nicht im klaren, welche plötzliche Regung sie zum Brunnen führte, aber als sie hinkam, stockte sie vor Überraschung. Die Erde um den Rand war gejätet und umgegraben und mit einem Kreis von Stiefmütterchen, Gänseblümchen und kleinen Büscheln von Steinkraut und Lobelien bepflanzt worden. Die Pflanzen sahen in ihren feuchten Erdmulden schon gut angewurzelt aus. Die Wirkung war hübsch, aber lächerlich und beunruhigend komisch. Auf diese seltsame Art gefeiert, sah der Brunnen selbst obszön aus. Eine hölzerne Brust, gekrönt von einer riesenhaften Brustwarze. Wie hatte sie den Brunnendeckel als eine unschuldige und fast elegante Spielerei ansehen können?

Cordelia war zwischen Mitleid und Ekel hin und her gerissen. Das mußte Miss Marklands Werk sein. Der Brunnen, der für sie jahrelang ein Gegenstand des Entsetzens, der Gewissensbisse und einer widerwilligen Faszination gewesen war, sollte jetzt als Heiligtum gehütet werden. Es war absurd und bemitleidenswert, und Cordelia wünschte, sie hätte das nicht gesehen. Sie hatte plötzlich Angst, Miss Markland zu begegnen, den beginnenden Wahnsinn in ihren Augen zu sehen. Sie rannte fast aus dem Garten, zog das Tor gegen den Widerstand des Unkrauts zu und fuhr schließlich vom Gartenhaus weg, ohne einen Blick zurückzuwerfen. Der Fall Mark Callender war abgeschlossen.

7. Kapitel

Am nächsten Morgen ging sie pünktlich ins Büro in der Kingly Street. Das unnatürlich heiße Wetter war endlich umgeschlagen, und als sie das Fenster aufmachte, bewegte ein scharfer Zug die Staubschicht auf Schreibtisch und Aktenschrank. Es war nur ein Brief da. Er steckte in einem langen, steifen Umschlag und trug im Kopf Namen und Adresse von Ronald Callenders Anwalt. Er war sehr knapp.

Sehr geehrte Miss Gray,

beiliegend übersende ich Ihnen einen Scheck über 30 £ zur Begleichung Ihrer Auslagen in Zusammenhang mit der Untersuchung, die Sie auf Ersuchen des verstorbenen Sir Ronald Callender zur Klärung des Todes seines Sohnes Mark durchgeführt haben. Falls Sie mit diesem Betrag einverstanden sind, wäre ich Ihnen dankbar, wenn Sie die beigefügte Quittung unterschrieben an mich zurücksenden.

Nun, das würde, wie Miss Leaming gesagt hatte, wenigstens einen Teil ihrer Geldstrafe begleichen. Sie hatte genügend Geld, um das Büro noch einen Monat in Gang zu halten. Falls in der Zwischenzeit keine neuen Fälle hereinkamen, gab es immer noch Miss Feakins und eine andere Arbeit zur Überbrückung. Cordelia dachte ohne Begeisterung an die Bürokräftevermittlung Feakins. Miss Feakins operierte, und das war das passende Wort, von einem kleinen Büro aus, das genauso elend wie Cordelias eigenes war, dem sie aber eine verzweifelte Fröhlichkeit in Form von bunten Wänden, Papierblumen in den verschiedensten urnenartigen Gefäßen, Porzellanfiguren und einem Poster übergestülpt hatte. Das Poster hatte Cordelia immer fasziniert. Eine kurvenreiche Blondine, mit knappen Hot-pants bekleidet und hysterisch lachend, machte einen Bocksprung über ihre Schreibmaschine, eine Meisterleistung, bei der sie es schaffte, so ziemlich alles zu zeigen und obendrein noch in jeder Hand ein Bündel Fünf-Pfund-Noten zu halten. Die Aufschrift sagte: «Haben Sie Mut – werden Sie Springer. Wir vermitteln die schönsten Spielwiesen, und die besten Kunden stehen auf unserer Liste.»

Unter diesem Poster saß Miss Feakins, ausgemergelt, unermüdlich fröhlich und herausgeputzt wie ein Weihnachtsbaum, und interviewte eine mutlose Schlange von alten, häßlichen und tatsächlich unbrauchbaren Bewerberinnen. Ihre Milchkühe entkamen selten in eine dauerhafte Anstellung. Miss Feakins pflegte vor den nicht näher bezeichneten Gefahren einer festen Stelle fast so zu warnen, wie viktorianische Mütter vor dem Sex gewarnt hatten. Aber Cordelia konnte sie gut leiden. Miss Feakins wäre froh, wenn sie zurückkäme, ihr Überlaufen zu Bernie wäre vergessen, und es würde wieder eines dieser heimlichen Telefongespräche mit dem glücklichen Kunden geben, bei denen sie ein strahlendes Auge auf Cordelia ruhen ließe, wie eine Puffmutter, die ihre letzte Neuerwerbung einem ihrer heikleren Gäste empfiehlt. «Ein ganz hervorragendes Mädchen – gute Bildung – sie wird Ihnen gefallen – und sie arbeitet!» Die Betonung auf dem letzten Wort, voll staunender Bewunderung, war berechtigt. Wenige von Miss Feakins' Aushilfskräften, die von entsprechenden Anzeigen verführt waren, rechneten ernsthaft damit, arbeiten zu müssen. Es gab andere und tüchtigere Agenturen, aber nur eine Miss Feakins. Da sie Mitleid hatte und sich auf Grund einer sonderbaren Loyalität verpflichtet fühlte, hatte Cordelia kaum Hoffnung, diesem funkelnden Auge zu entgehen. Eine Reihe von Kurzzeit-Jobs bei Miss Feakins' Kunden war vielleicht das einzige, was ihr blieb. Führte eine Verurteilung wegen illegalen Waffenbesitzes nach § 1 der Schußwaffenverordnung von 1968 nicht zu einem Eintrag ins Strafregister, der einen für den

Rest seines Lebens von sozial verantwortlichen und sicheren Posten im Staatsdienst oder in der lokalen Verwaltung ausschloß?

Sie setzte sich an die Schreibmaschine und legte das Branchentelefonbuch bereit, um ihren Rundbrief auch an die letzten zwanzig Anwälte auf ihrer Liste zu senden. Der Brief selbst berührte sie peinlich und deprimierte sie. Er war von Bernie nach einem Dutzend Vorentwürfen ausgedacht und war ihr damals nicht so unsinnig vorgekommen. Aber Bernies Tod und der Fall Callender hatten alles verändert. Die hochtrabenden Wendungen von umfassenden fachmännischen Diensten, unverzüglicher Dienstbereitschaft in jedem beliebigen Teil des Landes, diskreten und erfahrenen Detektiven und mäßigen Honoraren kamen ihr lächerlich vor, ja sogar gefährlich anmaßend. Gab es nicht einen Paragraphen über unlauteren Wettbewerb in der Gewerbeordnung? Aber die Zusage mäßiger Honorare und absoluter Diskretion war jedenfalls begründet. Es war schade, dachte sie zynisch, daß sie kein Empfehlungsschreiben von Miss Leaming bekommen konnte. Besorgen Alibis; wohnen gerichtlichen Voruntersuchungen bei; verheimlichen Morde wirksam; Meineid zu unseren ganz besonderen Tarifen.

Das heisere Schnarren des Telefons schreckte sie auf. Im Büro war es so still und leise, daß sie sicher gewesen war, es würde niemand anrufen. Sie starrte mit aufgerissenen Augen und plötzlich voller Angst mehrere Sekunden lang auf den Apparat, bevor sie ihre Hand ausstreckte.

Die Stimme war ruhig und selbstsicher, höflich, aber keineswegs unterwürfig. Sie äußerte keine Drohung, und doch spürte Cordelia hinter jedem Wort deutlich eine drohende Gefahr.

«Miss Cordelia Gray? Hier ist New Scotland Yard. Wir wollten wissen, ob Sie schon wieder in Ihrem Büro sind. Könnten Sie es bitte einrichten, irgendwann im Laufe des Tages hier vorbeizukommen? Oberkriminalrat Dalgliesh möchte Sie gern sprechen.»

Zehn Tage später wurde Cordelia zum drittenmal zum Yard bestellt. Das Bollwerk aus Beton und Glas nahe der Victoria Street war ihr inzwischen recht vertraut, obgleich sie es immer noch mit einem Gefühl betrat, als lege sie vorübergehend einen Teil ihrer Persönlichkeit ab, so wie man Schuhe vor einer Moschee stehen läßt.

Kriminalrat Dalgliesh hatte dem Zimmer wenig von seiner eigenen Persönlichkeit aufgeprägt. Die Bücher in dem genormten Bücherschrank waren offenbar Gesetzestexte, Sammlungen von

Dienstvorschriften und Parlamentsbeschlüssen, Wörterbücher und Nachschlagewerke. Das einzige Bild war ein großes Aquarell des alten Norman-Shaw-Gebäudes am Themseufer, das vom Fluß aus gemalt war, ein ansprechendes Gemälde in Grautönen und weichen Ockerfarben, von denen sich die goldenen Flügel des Denkmals der Königlichen Luftwaffe abhoben. Wie bei den früheren Besuchen stand auch diesmal eine Vase mit Rosen auf dem Schreibtisch, Gartenrosen mit kräftigen Stielen und wie starke Schnäbel gebogenen Dornen, nicht die verkümmerten, duftlosen Blumen eines Blumenhändlers im Westend.

Bernie hatte ihn nie beschrieben, hatte ihn nur immer in Anspruch genommen für seine eigene verbohrte, unheroische, grobschlächtige Philosophie. Cordelia, die schon der bloße Namen anödete, hatte nie Fragen gestellt. Aber der Kriminalrat, den sie sich vorgestellt hatte, unterschied sich sehr von der großen ernsten Gestalt, die aufgestanden war, um ihr die Hand zu geben, als sie zum erstenmal in dieses Zimmer gekommen war, und die Kluft zwischen ihrem eigenen Bild und der Wirklichkeit war verwirrend gewesen. Gegen jede Vernunft hatte sie einen plötzlichen heftigen Ärger auf Bernie verspürt, weil er sie so Dalgliesh gegenüber in den Nachteil gesetzt hatte. Natürlich war er alt, mindestens über vierzig, aber nicht so alt, wie sie erwartet hatte. Er war dunkel, sehr groß und schlaksig, während sie sich ihn blond, untersetzt und stämmig vorgestellt hatte. Er war ernst und sprach mit ihr wie mit einer voll verantwortlichen Erwachsenen, nicht onkelhaft und herablassend. Sein Gesicht war sensibel, ohne schwach zu sein, und ihr gefielen seine Hände und seine Stimme und die Art, wie sie seinen Knochenbau unter der Haut erkennen konnte. Er hörte sich freundlich und nett an, was hinterlistig war, da sie doch wußte, daß er gefährlich und grausam war, und sie mußte sich immer wieder selbst daran erinnern, wie er Bernie behandelt hatte. In manchen Augenblicken des Verhörs hatte sie sich tatsächlich gefragt, ob er der Dichter Adam Dalgliesh sein könne.

Sie waren nie allein gewesen. Bei jedem Besuch war eine Polizistin, die ihr als Sergeant Mannering vorgestellt worden war, dabeigewesen und hatte mit ihrem Notizblock an der Schmalseite des Schreibtischs gesessen. Cordelia kam es vor, als würde sie Sergeant Mannering gut kennen, da sie ihr an ihrer Schule in der Person der Klassensprecherin Teresa Campion-Hook begegnet war. Die beiden Mädchen hätten Schwestern sein können. Keine Akne hatte jemals ihre strahlend reine Haut verunziert; ihr blondes Haar kräuselte sich genau in der vorgeschriebenen Länge über dem Uniformkragen; ihre Stimmen klangen ruhig. Ehrfurcht einflößend, entschieden heiter, aber nie schrill; sie strahlten ein unsägliches Vertrauen auf die Gerechtigkeit und Logik der Welt und die Richtigkeit ihres eigenen Platzes darin aus. Sergeant Mannering hatte Cordelia kurz zugelächelt, als sie hereingekommen war. Der Blick war offen, nicht eindeutig freundlich, da ein zu freigebiges Lächeln den Fall beeinflußt hätte, aber auch nicht kritisch. Es war ein Blick, der imstande war, Cordelia zu Unbedachtsamkeit zu verleiten; sie mochte vor diesem sachkundigen, festen Blick nicht wie ein Dummkopf aussehen.

Sie hatte wenigstens vor ihrem ersten Besuch Zeit gehabt, sich für eine Taktik zu entscheiden. Es lag kaum ein Vorteil, dafür aber eine große Gefahr darin, Tatsachen zu verheimlichen, die ein kluger Mann leicht selbst herausbekommen konnte. Sie würde aufdecken, falls man sie fragte, daß sie über Mark Callender mit den Tillings und seinem Tutor gesprochen hatte; daß sie Mrs. Goddard ausfindig gemacht und ausgefragt hatte; daß sie Dr. Gladwin besucht hatte. Sie beschloß, nichts über den Anschlag auf ihr Leben und ihren Besuch im Somerset House zu sagen. Sie wußte, welche Tatsachen sie unter allen Umständen verheimlichen mußte: Ronald Callenders Ermordung, den Hinweis im Gebetbuch, die Art und Weise, wie Mark tatsächlich gestorben war. Sie redete sich fest zu, daß sie sich nicht in eine Erörterung des Falles ziehen lassen, nicht über sich selbst, ihr Leben, ihren Beruf, ihren Ehrgeiz sprechen durfte. Sie erinnerte sich daran, was Bernie ihr gesagt hatte: «Wenn in diesem Land jemand nicht reden will, kannst du nichts machen, um ihn dazu zu bringen, und das ist ein Jammer. Zum Glück für die Polizei können die meisten Leute einfach nicht den Mund halten. Die Intelligenten sind am schlimmsten. Sie müssen einfach zeigen, wie klug sie sind, und wenn du sie einmal dazu gebracht hast, über den Fall zu sprechen, auch nur ganz allgemein zu sprechen, dann hast du sie in der Tasche.» Cordelia rief sich auch den Rat, den sie Elizabeth Leaming gegeben hatte, ins Gedächtnis. «Schmücken Sie nichts aus, erfinden Sie nichts, haben Sie keine Angst zu sagen, daß Sie sich nicht erinnern können.»

Dalgliesh redete:

«Haben Sie daran gedacht, sich an einen Anwalt zu wenden, Miss Gray?»

«Ich habe keinen Anwalt.»

«Die Juristenvereinigung kann Ihnen die Namen von einigen sehr zuverlässigen und nützlichen Anwälten nennen. Ich würde an Ihrer Stelle ernsthaft darüber nachdenken.»

«Aber ich müßte ihn doch dann bezahlen? Warum sollte ich einen Anwalt nötig haben, wenn ich die Wahrheit sage?»

«Gerade wenn jemand anfängt, die Wahrheit zu sagen, merkt er am ehesten, wie notwendig ein Anwalt ist.»

«Aber ich habe immer die Wahrheit gesagt. Warum sollte ich lügen?» Die rhetorische Frage war ein Fehler. Er beantwortete sie ernsthaft, als hätte sie es wirklich wissen wollen.

«Nun, damit könnten Sie sich selbst schützen – was ich für unwahrscheinlich halte – oder eine andere Person. Das Motiv dafür könnte Liebe, Angst oder Gerechtigkeitssinn sein. Ich glaube nicht, daß Sie irgendeinen von den Menschen in diesem Fall lang genug gekannt haben, um ihn sehr gern zu haben, das schließt also Liebe aus, und ich glaube nicht, daß Sie sehr leicht einzuschüchtern sind. Bleibt uns also die Gerechtigkeit. Ein sehr gefährlicher Gedanke, Miss Gray.»

Sie war zuvor schon eingehend verhört worden. Die Cambridger Polizei war sehr gründlich gewesen. Aber das hier war das erste Mal, daß sie von jemandem verhört wurde, der Bescheid wußte, von jemandem, der wußte, daß sie log, wußte, daß Mark Callender nicht Selbstmord begangen hatte, der alles wußte, wie sie verzweifelt spürte, was es zu wissen gab. Nein, sie mußte sich zwingen, sich auf die Realität zu verlassen. Er konnte unmöglich sicher sein. Er hatte keinerlei rechtsgültigen Beweis, und er würde nie einen haben. Außer Elizabeth Leaming und ihr selbst lebte niemand, der ihm die Wahrheit sagen könnte. Und sie hatte nicht die Absicht, sie ihm zu sagen. Dalgliesh konnte mit seiner unerbittlichen Logik, seiner seltsamen Freundlichkeit, seiner Höflichkeit, seiner Geduld gegen ihren Willen ankämpfen. Aber sie würde nicht reden, und in England gab es kein Mittel, mit dem er sie dazu bringen könnte.

Als sie nicht antwortete, sagte er heiter:

«So, dann wollen wir mal sehen, wie weit wir gekommen sind. Als Ergebnis Ihrer Nachforschungen argwöhnten Sie, Mark Callender sei möglicherweise ermordet worden. Sie haben das mir gegenüber nicht eingestanden, aber Sie ließen Ihre Verdächtigungen durchblicken, als Sie Maskell von der Cambridger Polizei aufsuchten. Sie machten daraufhin das alte Kindermädchen seiner Mutter ausfindig und erfuhren von ihr etwas über seine Kinderjahre, über die Heirat der Callenders, über Mrs. Callenders Tod. Anschließend an diesen Besuch suchten Sie Dr. Gladwin auf, den praktischen Arzt, der sich um Mrs. Callender gekümmert hat, bevor sie starb. Durch einen einfachen Trick ermittelten Sie Ronald Callenders Blutgruppe. Das war nur sinnvoll, wenn Sie vermuteten, daß Mark nicht das Kind aus der Ehe der Callenders war. Dann taten Sie, was ich an Ihrer Stelle getan hätte, Sie suchten nämlich das Somerset House auf, um Mr. George Bottleys Testament durchzusehen. Das war vernünftig. Wenn man einen Mordverdacht hat, soll man immer ins Auge fassen, wer durch den Mord gewinnen kann.»

Demnach hatte er das mit dem Somerset House und dem Anruf bei Dr. Venables herausbekommen. Nun gut, damit hatte man rechnen müssen. Er traute ihr seine eigene Art von Intelligenz zu. Sie hatte sich verhalten, wie er sich verhalten hätte.

Sie redete immer noch nicht. Er sagte:

«Sie haben mir nicht von Ihrem Sturz in den Brunnen erzählt. Ich hörte es von Miss Markland.»

«Das war ein Unfall. Ich weiß überhaupt nichts mehr davon, aber ich muß beschlossen haben, den Brunnen zu erkunden, und das Übergewicht bekommen haben. Er hat mich immer irgendwie gelockt.»

«Ich glaube nicht, daß es ein Unfall war, Miss Gray. Sie hätten den Deckel nicht ohne ein Seil wegziehen können. Miss Markland stolperte über ein Seil, aber das lag säuberlich zusammengerollt und halb verborgen im Unterholz. Hätten Sie sich denn überhaupt die Mühe gemacht, es von dem Haken zu lösen, nur um ein bißchen zu forschen?»

«Ich weiß es nicht. Ich kann mich an nichts erinnern, was passierte, bevor ich fiel. Meine erste Erinnerung ist, wie ich auf das Wasser auftraf. Und ich verstehe nicht, was das mit Sir Ronald Callenders Tod zu tun hat.»

«Es könnte eine ganze Menge damit zu tun haben. Falls jemand versucht hat, Sie umzubringen, könnte diese Person aus dem Garforth House gekommen sein.»

«Warum?»

«Weil der Anschlag auf Ihr Leben wahrscheinlich mit Ihrer Untersuchung von Mark Callenders Tod verbunden war. Sie waren für irgend jemand eine Gefahr geworden. Töten ist eine ernste Angelegenheit. Die Profis tun es nicht gern, wenn es nicht unbedingt notwendig ist, und selbst die Amateure morden weniger unbekümmert, als Sie vielleicht denken. Sie müssen für irgend jemand eine sehr gefährliche Frau geworden sein. Irgendwer legte den Deckel wieder an seinen Platz, Miss Gray: Sie sind nicht durch festes Holz gefallen.»

Cordelia sagte immer noch nichts. Eine Weile herrschte Schweigen, dann redete er weiter:

«Miss Markland sagte mir, daß sie Sie nach Ihrer Rettung aus dem Brunnen nur ungern allein lassen wollte. Aber Sie bestanden darauf, daß sie gehen sollte. Sie sagten ihr, Sie hätten keine Angst, allein im Gartenhaus zu bleiben, weil Sie eine Pistole hätten.»

Cordelia war überrascht, wie sehr sie dieser kleine Verrat schmerzte. Doch wie konnte sie Miss Markland Vorwürfe machen? Der Kriminalrat hatte natürlich ganz genau gewußt, wie er sie anpacken mußte, hatte sie wahrscheinlich überzeugt, daß Offenheit in Cordelias eigenem Interesse wäre. Aber gut, nun konnte auch sie Verrat üben. Und diese Erklärung hatte zumindest das Gewicht der Wahrheit.

«Ich wollte sie loswerden. Sie erzählte mir eine schreckliche Geschichte von ihrem unehelichen Kind, das in den Brunnen stürzte und ertrank. Ich war gerade erst selbst gerettet worden. Ich wollte das nicht hören, ich konnte es gerade in diesem Augenblick nicht ertragen. Ich belog sie wegen der Pistole, nur um sie dazu zu bringen, wegzugehen. Ich hatte sie nicht gebeten, sich mir anzuvertrauen, es war einfach nicht anständig. Es war ein Mittel, mich um Hilfe zu bitten, und ich hatte keine zu geben.»

«Und wollten Sie sie nicht aus einem anderen Grund loswerden? Wußten Sie nicht, daß Ihr Gegner in jener Nacht zurückkommen mußte, weil er gezwungen war, den Brunnendeckel wieder wegzuziehen, damit es wie ein Unfall aussah?»

«Wenn ich wirklich geglaubt hätte, daß ich in irgendeiner Gefahr war, hätte ich sie gebeten, mich ins Summertrees House mitzunehmen. Ich hätte nicht allein im Gartenhaus gewartet ohne meine Pistole.»

«Nein, Miss Gray, das glaube ich. Sie hätten in jener Nacht nicht dort allein im Gartenhaus gewartet ohne Ihre Pistole.»

Zum erstenmal hatte Cordelia schreckliche Angst. Das war kein Spiel. Das war es nie gewesen, obgleich das Verhör durch die Polizei in Cambridge etwas von der Unwirklichkeit eines förmlichen Wettstreits gehabt hatte, in dem das Ergebnis vorhersehbar und nicht aufregend gewesen war, da einer der Gegner nicht einmal gewußt hatte, daß er spielte. Jetzt war es durchaus wirklich. Wenn sie überlistet, überredet, gezwungen würde, ihm die Wahrheit zu sagen, würde sie ins Gefängnis gehen. Sie war eine Helfershelferin. Wieviel Jahre bekam man für die Beihilfe zur Verheimlichung eines Mordes? Sie hatte irgendwo gelesen, daß es in Holloway stank. Man würde ihr die Kleider wegnehmen. Sie würde in eine beängstigend enge Zelle gesperrt werden. Es gab vorzeitige Entlassungen bei guter Führung, aber wie konnte man sich im Gefängnis gut verhalten? Vielleicht würde man sie in ein offenes Gefängnis schicken. Offen. Das war ein Widerspruch in sich. Und wie würde sie danach leben? Wie würde sie eine Arbeit finden? Welche tatsächliche persönliche Freiheit konnte es jemals für jene geben, die die Gesellschaft als Straffällige abstempelt?

Sie hatte Angst um Miss Leaming. Wo war sie jetzt? Sie hatte nie gewagt, Dalgliesh zu fragen, und Miss Leamings Name war kaum erwähnt worden. War sie in diesem Augenblick in einem anderen Zimmer von New Scotland Yard und wurde auf ähnliche Art verhört? Wie verläßlich würde sie unter Druck sein? Planten sie, die zwei Verschwörerinnen einander gegenüberzustellen? Würde die Tür plötzlich aufgehen und Miss Leaming hereingebracht werden, um Entschuldigung bittend, reumütig, widerspenstig? War es nicht die übliche Kriegslist, Komplicen getrennt zu vernehmen, bis der Schwächere zusammenbrach? Und wer würde sich als der Schwächere erweisen?

Sie vernahm die Stimme des Kriminalrats. Sie glaubte, eine Spur von Mitleid aus ihr herauszuhören.

«Wir haben gewisse Beweise, daß die Pistole in jener Nacht in Ihrem Besitz war. Ein Autofahrer erzählte uns, er habe ungefähr drei Meilen vom Garforth House ein an der Straße geparktes Auto gesehen, und als er angehalten habe, um zu fragen, ob er helfen könne, sei er von einer jungen Frau mit einer Pistole bedroht worden.»

Cordelia erinnerte sich an diesen Augenblick, an die Lieblichkeit und Stille der Sommernacht, als sie plötzlich seinen heißen alkoholisierten Atem gespürt hatte.

«Er muß getrunken haben. Die Polizei hat ihn wohl angehalten und ins Röhrchen pusten lassen, und jetzt hat er beschlossen, mit dieser Geschichte anzukommen. Ich weiß nicht, was er damit erreichen will, aber es ist nicht wahr. Ich hatte keine Pistole bei mir.

Sir Ronald hat mir die Pistole an dem ersten Abend im Garforth House abgenommen.»

«Die Londoner Polizei hielt ihn gerade jenseits der Grenze ihres Bereichs an. Ich denke, er dürfte bei seiner Geschichte bleiben. Er war sehr bestimmt. Natürlich hat er Sie noch nicht identifiziert, aber er konnte das Auto beschreiben. Nach seiner Geschichte glaubte er, Sie hätten Schwierigkeiten damit, und hielt an, um zu helfen. Sie mißverstanden seine Motive und bedrohten ihn mit einer Pistole.»

«Ich verstand seine Motive sehr gut. Aber ich bedrohte ihn nicht mit einer Pistole.»

«Was sagten Sie zu ihm, Miss Gray?»

«Verschwinden Sie oder ich bringe Sie um.»

«Ohne Pistole war das gewiß eine leere Drohung.»

«Es wäre in jedem Fall eine leere Drohung gewesen. Aber es bewirkte, daß er verschwand.»

«Was hat sich genau abgespielt?»

«Ich hatte einen Schraubenschlüssel in dem Fach an der Tür, und als er sein Gesicht durch das Fenster schob, griff ich danach und bedrohte ihn damit. Aber keiner, der seine Sinne beisammen hat, kann einen Schraubenschlüssel mit einer Pistole verwechseln.»

Aber er hatte seine Sinne nicht beisammen gehabt. Die einzige Person, die in jener Nacht die Pistole in ihrem Besitz gesehen hatte, war ein Autofahrer, der nicht nüchtern gewesen war. Das, wußte sie, war ein kleiner Sieg. Sie hatte der flüchtigen Versuchung widerstanden, ihre Geschichte zu ändern. Bernie hatte recht gehabt. Sie erinnerte sich an seinen Ratschlag, den Ratschlag des Kriminalrats; diesmal konnte sie es fast in seiner tiefen, leicht heiseren Stimme gesprochen hören: «Wenn du einmal gezwungen bist, eine Ungesetzlichkeit zu begehen, bliebe fest bei deiner ursprünglichen Aussage. Nichts beeindruckt eine Versammlung von Geschworenen mehr als Folgerichtigkeit. Ich habe es erlebt, daß die unwahrscheinlichste Verteidigung erfolgreich war, einfach weil der Angeklagte bei seiner Geschichte blieb. Schließlich steht nur das Wort eines anderen gegen deins; mit einem tüchtigen Anwalt ist das schon der halbe Weg zu einem vernünftigen Zweifel.»

Der Kriminalrat redete wieder. Cordelia wünschte, sie könnte sich genauer auf seine Worte konzentrieren. Sie hatte in den letzten zehn Tagen nicht sehr tief geschlafen – vielleicht war das der Grund für diese ständige Müdigkeit.

«Ich glaube, Chris Lunn hat Ihnen in der Nacht, in der er starb, einen Besuch abgestattet. Ich kann keinen anderen Grund entdekken, warum er sonst auf dieser Straße unterwegs gewesen sein sollte. Einer der Zeugen des Unfalls sagte, er sei in dem kleinen Lieferwagen aus dieser Seitenstraße herausgeschossen, als wären alle Teufel der Hölle hinter ihm her. Irgend jemand war hinter ihm her – Sie, Miss Gray.»

«Wir haben uns darüber schon unterhalten. Ich war auf dem Weg, Sir Ronald zu besuchen.»

«Zu dieser Stunde? Und in dieser Eile?»

«Ich wollte ihn dringend sehen, um ihm zu sagen, daß ich beschlossen hatte, den Fall aufzugeben. Ich konnte nicht warten.»

«Aber Sie haben doch gewartet, nicht wahr? Sie schliefen in Ihrem Auto am Straßenrand ein. Deshalb kamen Sie erst fast eine Stunde, nachdem man Sie am Unfallort gesehen hatte, im Garforth House an.»

«Ich mußte anhalten. Ich war müde, ich wußte, daß es gefährlich war weiterzufahren.»

«Aber Sie wußten auch, daß Sie ruhig schlafen konnten. Sie wußten, daß die Person, die Sie am meisten fürchteten, tot war.»

Cordelia antwortete nicht. Schweigen breitete sich im Zimmer aus, aber es erschien ihr als geselliges, nicht als anklagendes Schweigen. Sie wünschte sich nur, nicht so müde zu sein. Am allermeisten wünschte sie sich, jemanden zu haben, mit dem sie über den Mord an Ronald Callender hätte sprechen können. Bernie wäre keine Hilfe gewesen. Für ihn wäre das moralische Dilemma im Kern des Verbrechens nicht interessant, nicht stichhaltig gewesen, wäre ihm nur als bewußte Verwirrung einfacher Fakten erschienen. Sie konnte sich seinen kurzen, derben Kommentar zu Eliza Leamings Verhältnis mit Lunn ausmalen. Aber der Kriminalrat hätte es vielleicht verstanden. Sie konnte sich vorstellen, mit ihm zu reden. Sie erinnerte sich der Worte Ronald Callenders, daß Liebe ebenso zerstörerisch wie Haß sei. Würde Dalgliesh dieser freudlosen Philosophie beipflichten? Sie wünschte, sie hätte ihn fragen können. Das war die tatsächliche Gefahr, wie sie erkannte – nicht die Versuchung, ein Geständnis abzulegen, sondern das Verlangen, sich einem Menschen anzuvertrauen. War ihm klar, wie sie sich fühlte? War auch dies Teil seiner Methode?

Es klopfte an die Tür. Ein Polizist in Uniform kam herein und übergab Dalgliesh eine Nachricht. Im Zimmer war es sehr still, während er sie las. Cordelia zwang sich, sein Gesicht anzusehen. Es war ernst und ausdruckslos, und er sah immer noch auf das Papier, lange nachdem er die kurze Botschaft aufgenommen haben mußte.

Sie glaubte, er müsse sich über irgend etwas klarwerden. Nach einer Weile sagte er:

«Das hier betrifft jemanden, den Sie kennen, Miss Gray. Elizabeth Leaming ist tot. Sie kam vor zwei Tagen ums Leben, als das Auto, das sie fuhr, südlich von Amalfi von der Küstenstraße abkam. Diese Nachricht ist der Identitätsnachweis.»

Cordelia wurde von einer so unsäglichen Erleichterung überwältigt, daß ihr körperlich schlecht wurde. Sie ballte die Fäuste und spürte den Schweiß auf der Stirn ausbrechen. Sie begann vor Kälte zu zittern. Es kam ihr keinen Moment in den Sinn, daß er vielleicht log. Sie wußte, daß er rücksichtslos und geschickt war, aber sie hatte es immer als selbstverständlich betrachtet, daß er sie nicht belügen würde. Sie sagte flüsternd:

«Darf ich jetzt nach Hause gehen?»

«Ja. Ich glaube nicht, daß es viel Sinn hätte, wenn Sie bleiben, oder was meinen Sie?»

«Sie hat Sir Ronald nicht umgebracht. Er nahm mir die Pistole weg. Er nahm die Pistole ...»

Irgend etwas war anscheinend mit ihrer Kehle nicht in Ordnung. Die Worte wollten nicht mehr kommen.

«Das haben Sie mir die ganze Zeit gesagt. Ich glaube, Sie brauchen sich nicht die Mühe zu machen, es noch einmal zu sagen.»

«Wann muß ich wieder kommen?»

«Ich denke, Sie brauchen nicht mehr zu kommen, es sei denn, Sie gelangen zu dem Schluß, daß Sie der Polizei etwas sagen wollen. Sie wurden nach dem wohlbekannten Spruch gebeten, der Polizei zu helfen. Sie haben der Polizei geholfen. Vielen Dank.»

Sie hatte gewonnen. Sie war frei. Sie war sicher, und da Miss Leaming tot war, hing diese Sicherheit allein von ihr ab. Sie mußte nicht mehr an diesen schrecklichen Ort zurückkehren. Die Erleichterung, so unerwartet und so unglaubhaft, war zu groß, um ertragen zu werden. Cordelia brach in heftiges und hemmungsloses Weinen aus. Sie hörte Sergeant Mannerings leisen, teilnahmsvollen Ausruf und sah ein gefaltetes weißes Taschentuch, das ihr der Kriminalrat reichte. Sie verbarg ihr Gesicht in dem sauberen, nach Wäscherei riechenden Leinen und ließ ihrem angestauten Schmerz und Zorn freien Lauf. So seltsam es war – und die Seltsamkeit fiel ihr sogar mitten in ihrem Schmerz auf –, ihr ganzes Elend konzentrierte sich auf Bernie. Es war ihr jetzt gleichgültig, was Dalgliesh von ihr dachte. Sie hob ihr von Tränen entstelltes Gesicht und stieß einen letzten sinnlosen Protest hervor:

«Und nachdem Sie ihn rausgeschmissen hatten, haben Sie nie mehr gefragt, wie es ihm geht. Sie sind nicht einmal zur Beerdigung gekommen!»

Er hatte einen Stuhl genommen und sich neben sie gesetzt. Er reichte ihr ein Glas Wasser. Das Glas war sehr kalt, aber wohltuend, und sie merkte überrascht, wie durstig sie war. Sie trank das kalte Wasser in kleinen Schlucken und bekam einen leichten Schluckauf. Am liebsten hätte sie deswegen hysterisch gelacht, aber sie beherrschte sich. Nach ein paar Minuten sagte er:

«Es tut mir leid wegen Ihrem Freund. Ich war mir nicht im klaren, daß Ihr Partner der Bernie Pryde war, der einmal mit mir gearbeitet hat. Tatsächlich ist es sogar noch schlimmer. Ich hatte ihn völlig vergessen. Dieser Fall wäre vielleicht ganz anders ausgegangen, wenn ich ihn nicht vergessen hätte, falls das ein Trost für Sie ist.»

«Sie haben ihn rausgeschmissen. Er wollte nichts anderes, als Detektiv sein, und Sie haben ihm keine Chance gegeben.»

«Die Vorschriften der Londoner Polizei über Einstellung und Rauswurf sind nicht ganz so einfach. Aber es ist richtig, daß er vielleicht immer noch Polizist wäre, wenn ich nicht gewesen wäre. Aber er wäre kein Detektiv gewesen.»

«So schlecht war er nicht.»

«Doch, das war er. Aber ich frage mich allmählich, ob ich ihn nicht unterschätzt habe.»

Als Cordelia sich ihm zuwandte, um ihm das Glas zu geben, trafen sich ihre Augen. Sie lächelten einander zu. Sie wünschte, Bernie hätte ihn hören können.

Eine halbe Stunde später saß Dalgliesh seinem Vorgesetzten in dessen Büro gegenüber. Die beiden Männer konnten sich nicht ausstehen, aber nur einer von ihnen wußte es, und das war der, für den es keine Rolle spielte. Dalgliesh berichtete, knapp, logisch, ohne auf seine Aufzeichnungen zu sehen. Sein Vorgesetzter hatte das schon immer für unüblich und eingebildet gehalten, und das dachte er auch jetzt. Dalgliesh schloß:

«Wie Sie sich vorstellen können, Sir, gedenke ich nicht, das alles zu Papier zu bringen. Es gibt keinen gültigen Beweis, und eine Ahnung ist ein guter Diener, aber ein schlechter Meister, wie Bernie Pryde uns immer gesagt hat. Gott, wie dieser Mann seine schrecklichen Platitüden ausspucken konnte! Er war nicht unintelligent, nicht gänzlich ohne Urteilsvermögen, aber alles, selbst Gedanken, ging in seinen Händen zu Bruch. Er hatte ein Gedächtnis wie ein Polizistennotizbuch. Erinnern Sie sich an den Fall Clandon, Mord durch Erschießen? Das war, glaube ich, 1954.»

«Sollte ich das?»

«Nein. Aber es wäre nützlich gewesen, wenn ich mich daran erinnert hätte.»

«Ich weiß nicht recht, wovon Sie reden, Adam. Aber wenn ich Sie richtig verstehe, haben Sie den Verdacht, daß Ronald Callender seinen Sohn getötet hat. Ronald Callender ist tot. Sie haben den Verdacht, daß Chris Lunn versuchte, Cordelia Gray zu ermorden. Lunn ist tot. Sie deuten an, daß Elizabeth Leaming Ronald Callender erschossen hat. Elizabeth Leaming ist tot.»

«Ja, es ist alles hübsch ordentlich.»

«Ich schlage vor, wir lassen es dabei. Der Chef bekam übrigens einen Anruf von Dr. Hugh Tilling, dem Psychiater. Er ist empört, daß sein Sohn und seine Tochter wegen Mark Callenders Tod verhört wurden. Ich bin bereit, Dr. Tilling über seine Bürgerpflichten aufzuklären – seine Rechte kennt er bereits sehr wohl –, wenn Sie es wirklich für nötig halten. Aber wird es uns weiterbringen, wenn wir uns die beiden Tillings noch einmal vornehmen?»

«Das glaube ich nicht.»

«Oder wenn wir die Sureté wegen diesem französischen Mädchen belästigen, von dem Miss Markland behauptet, es habe Mark im Gartenhaus besucht?»

«Ich glaube, wir können uns diese Peinlichkeit sparen. Es gibt jetzt nur eine einzige lebende Person, die die Wahrheit über diese Verbrechen weiß, und sie ist gefeit gegen jede Art von Verhör, die wir anwenden können. Ich kann mich mit dieser Einsicht trösten. Bei den meisten Verdächtigen haben wir einen unschätzbaren Verbündeten, der in ihren verborgensten Gedanken lauert, um sie zu verraten. Aber was für Lügen sie auch immer erzählt haben mag – sie ist völlig frei von Schuld.»

«Meinen Sie, sie hat sich der Illusion hingegeben, daß das alles wahr ist?»

«Ich glaube nicht, daß diese junge Frau sich irgendwelchen Illusionen hingibt. Sie ist mir sympathisch geworden, aber ich bin froh, daß ich sie nicht noch einmal treffen werde. Ich mag es nicht, wenn ich dazu gebracht werde, während eines ganz gewöhnlichen Verhörs zu fühlen, daß ich die jungen Leute verderbe.»

«Dann können wir also dem Minister sagen, daß sein guter Freund von eigener Hand gestorben ist?»

«Sagen Sie ihm, wir sind davon überzeugt, daß kein lebender Finger diesen Abzug betätigt hat. Aber vielleicht besser nicht. Selbst er könnte fähig sein, sich darauf einen Reim zu machen. Sagen Sie ihm, daß er ruhig den Urteilsspruch der gerichtlichen Voruntersuchung gelten lassen kann.»

«Es hätte viel öffentliche Zeit erspart, wenn er ihn von vornherein akzeptiert hätte.»

Sie schweigen eine Weile. Dann sagte Dalgliesh:

«Cordelia Gray hatte recht. Ich hätte mich erkundigen sollen, was aus Bernie Pryde geworden ist.»

«Das konnte man nicht von Ihnen erwarten. Das gehörte nicht zu Ihren Pflichten.»

«Natürlich nicht. Aber schließlich fallen die schwerwiegenden Unterlassungen selten in den Bereich der eigenen Pflichten. Und ich finde es ironisch und seltsam befriedigend, daß Pryde sich gerächt hat. Was für ein Unheil dieses Kind auch immer in Cambridge angerichtet hat – sie arbeitete nach seiner Anleitung.»

«Sie werden immer philosophischer, Adam.»

«Ach was, nur weniger verbissen oder vielleicht bloß älter. Es ist gut, gelegentlich spüren zu können, daß es Fälle gibt, die man besser ungelöst läßt.»

Das Haus in der Kingly Street sah unverändert aus, roch unverändert. Aber es gab einen Unterschied. Vor dem Büro wartete ein Mann, ein Mann von mittlerem Alter in einem engen blauen Anzug, mit Schweinsaugen, die scharf wie Kiesel in den fleischigen Falten des Gesichts saßen.

«Miss Gray? Ich hatte Sie fast schon aufgegeben. Mein Name ist Freeling. Ich habe zufällig Ihr Schild gesehen und bin einfach heraufgekommen, wissen Sie.»

Seine Augen waren lüstern, gierig.

«Na ja, Sie sind nicht genau das, was ich erwartet habe, nicht die übliche Art von Privatdetektiv.»

«Kann ich etwas für Sie tun, Mr. Freeling?»

Er sah sich verstohlen auf dem Flur um und fand dessen Schäbigkeit anscheinend ermutigend.

«Es geht um die Dame, mit der ich befreundet bin. Ich habe Grund zu der Annahme, daß sie ein bißchen aus der Reihe tanzt. Und ein Mann will gern wissen, woran er ist, Sie verstehen?»

Cordelia steckte den Schlüssel ins Schloß.

«Ich verstehe, Mr. Freeling. Wollen Sie nicht hereinkommen?»